insel taschenbuch 4900
Rachael Lucas
Die kleine Buchhandlung im alten Postamt

Gefangen im Hamsterrad des Alltags als Mutter eines fußballverrückten Teenagers und Ehefrau eines Workaholics, fragt sich Hannah, warum eigentlich ihre eigenen Interessen immer auf der Strecke bleiben. Das kann es doch noch nicht gewesen sein, oder? Und als sich überraschend die Möglichkeit ergibt, den Dorfladen samt Postamt in Little Maudley zu übernehmen, zögert sie nicht lange.

Zwar gestaltet sich das Leben auf dem Land nicht ganz so einfach wie erwartet, aber Ben, ihr Sohn, findet dank seines Talents rasch Anschluss in der örtlichen Fußballmannschaft, und Hannah schmiedet Pläne, um ihren heimlichen Traum von einer eigenen kleinen Buchhandlung zu verwirklichen. Und die finden so großen Anklang im Dorf, dass sie kaum bemerkt, dass sich ihr Ehemann extrem rar macht.

Und als dann noch Jake Lovatt, gutaussehender, charmanter Ex-Fußballstar, das Training der Jungen übernimmt, sind die Verwicklungen vorprogrammiert ...

Rachael Lucas wuchs in den schottischen Highlands auf. Nach ihrem Studium verdiente sie ihren Lebensunterhalt mit verschiedenen Jobs, bis sie sich ganz dem Schreiben zuwandte. Sie lebt heute mit ihrem Mann, ihren Kindern und zwei Hunden in Southport.

Sabine Schulte studierte Anglistik und Germanistik. Sie übersetzt aus dem Englischen, u. a. Donna Williams, Holly Greene und Alan Carter.

Rachael Lucas

Die kleine Buchhandlung im alten Postamt

Aus dem Englischen von
Sabine Schulte

Insel Verlag

Die Originalausgabe erschien 2021 unter dem Titel *The Village Green Bookshop* bei Pan Macmillan Books, London

Dieses Buch wurde klimaneutral produziert.

insel taschenbuch 4900
Deutsche Erstausgabe
Erste Auflage 2022
© der deutschen Ausgabe Insel Verlag
Anton Kippenberg GmbH & Co. KG, Berlin, 2022
Copyright © Rachael Lucas 2021
Alle Rechte vorbehalten. Wir behalten uns auch eine Nutzung des
Werks für Text und Data Mining im Sinne von § 44b UrhG vor.
Umschlaggestaltung: zero-media.net, München
Umschlagabbildungen: FinePic®, München
Satz: Dörlemann Satz, Lemförde
Druck: CPI books GmbH, Leck
Printed in Germany
ISBN 978-3-458-68200-4

www.insel-verlag.de

Die kleine Buchhandlung im alten Postamt

Für James, mit aller Liebe

Erstes Kapitel

»Ich fasse es nicht, dass du da allein hinfahren musst. Wie können die beiden dich bloß so hängen lassen?«

Hannah Reynolds nutzte die Gelegenheit, dass sie gerade im Stau stand, um im Rückspiegel ihres etwas unordentlichen Autos einen Blick auf ihr Gesicht zu werfen. Mit ihren fünfunddreißig Jahren konnte sie immer noch wie ein Schulmädchen aussehen, das – wieder einmal – ermahnt wurde, weil es im Unterricht geschwätzt hatte. Sie verdrehte die Augen. Inzwischen hatte dieses Mädchen sich irgendwie in eine recht hübsche Frau verwandelt, oder jedenfalls schätzte sie sich selbst so ein, wenn sie sich bemühte, diese »Liebe dich selbst«-Bewegung auf Instagram mitzumachen. Allerdings mischten sich in ihre ungebärdigen dunklen Locken hier und da schon vorwitzige graue Sprenkel.

Die Schlange setzte sich langsam wieder in Bewegung, und Hannah winkte dankbar, als ein Lastwagenfahrer ihr Platz ließ, sodass sie sich in die linke Spur einfädeln konnte, um die Ausfahrt nach Oxford zu nehmen. Währenddessen tat ihre Freundin Katie über die Freisprechanlage weiter murrend ihr Missfallen kund.

»Du bist einfach zu weich, das ist dein Problem.«

»Ich weiß«, sagte Hannah geduldig, obwohl sie das eigentlich nicht so sah. Hätte man sie gefragt, was die liebevolle, aber manchmal etwas übergriffige Katie eher selten tat, dann hätte Hannah zugegeben, dass sie zwar oft leicht rumzukriegen war, ja – aber in wichtigen Fragen blieb sie standhaft. Und wenn Phil, ihr Gatte, der als Geschäftsmann immer irrwitzigere Überstunden machte, es zeitlich nicht hinkriegte, mit zu Tante Jess' Beerdigung zu kommen, sodass sie allein hinfahren musste, na gut, in modernen Familien war das eben so. Oder jedenfalls sagte Hannah sich das.

»Aber Phil muss arbeiten. Und Ben hat eine Prüfung, und noch mehr Ärger in der Schule kann er im Moment wirklich nicht gebrauchen.«

Hannah sah Ben vor sich, wie er heute Morgen das Haus verlassen hatte, mit seinen wirren dunklen Locken, die er von ihr geerbt hatte, und dem Rucksack lässig über der Schulter. Sie staunte immer wieder darüber, dass sie einen fünfzehnjährigen Sohn hatte, während sie sich selbst noch gar nicht richtig erwachsen fühlte. Aber irgendwie war der kleine Junge zu einem stattlichen Teenager herangewachsen, einsachtzig groß, mit einem feinen Sinn für sarkastischen Humor und einer zunehmenden Tendenz, sich Ärger einzuhandeln, sowohl in als auch außerhalb der Schule.

»Ich sag ja bloß, wenn in Phils Familie jemand gestorben wäre, wärst du unter allen Umständen beim Begräbnis dabei.«

Wieder verdrehte Hannah die Augen. Katie hatte ja recht. Wie immer.

»Ja, das stimmt. Ich bin das Dummerchen und er ist ein Idiot, Ende.«

Sie wusste genau, worauf dieses Gespräch hinauslaufen würde – und Katie, die solche Themen mit großer Verbissenheit verfolgte, würde nicht aufgeben.

»Ach komm, jetzt werd nicht gleich pampig.« Katies Tonfall wurde ein wenig sanfter.

»Werd ich doch gar nicht. Verdammt noch mal!« Ein Motorradfahrer hatte sich mit einem eleganten Schlenker vor sie gesetzt, sodass sie eine Vollbremsung machen musste. »Hab nicht dich gemeint, sondern den Verrückten auf dem Motorrad da vorne.«

»Da bin ich beruhigt.« Katie lachte. »Hör mal, ich mag Phil sehr. Ich finde, er ist ein total netter Ehemann und Vater und so weiter. Aber dich mag ich noch viel lieber, und es macht mich sauer, dass du dich darauf spezialisiert hast, so was auf die leichte Schulter zu nehmen.«

Jetzt komm mir bloß nicht mit deiner hieb- und stichfesten Logik, dachte Hannah kopfschüttelnd.

»Kannst du dir vielleicht ausnahmsweise mal überlegen, dich selbst an erste Stelle zu setzen? Mir zuliebe?«

»Abgemacht.« Schon während Hannah das sagte, wusste sie, dass die Chancen dafür verschwindend gering waren. Und Katie wusste das auch – schließlich waren sie beide in Salford, einer Trabantenstadt von Manchester, aufgewachsen und seit der Schulzeit befreundet. Der Unterschied war nur, dass Katie etwas aus ihrem Leben gemacht hatte, während Hannah immer noch mehr oder weniger da stand, wo sie beide angefangen hatten, nur dass bei ihr die Schwangerschaftsstreifen und die Stirnfalten der Mutterschaft hinzugekommen waren.

»Okay. Muss auflegen. Wir sprechen wieder. Hab dich lieb!«

Für die Freundin war es einfach, überlegte Hannah, während sie vom Zubringer abbog und beobachtete, wie die grüne Landschaft von den ausfernden Randbezirken Oxfords abgelöst wurde. Katie war Single, kinderlos, hatte einen super Job als Leiterin der Forschungsabteilung in einem multinationalen Unternehmen und ließ sich nicht die Butter vom Brot nehmen. Seit sie ihr Studium erwartungsgemäß mit Auszeichnung abgeschlossen hatte, hatte sie daran gearbeitet, sich nichts gefallen zu lassen, und war mit verbissener Entschlossenheit die Karriereleiter hochgestiegen.

Aber es war nicht so einfach, Durchsetzungskraft zu entwickeln, wenn man fünfunddreißig war und sein Leben lang die Liebenswürdige, Nachgiebige gespielt hatte. Hannah ging eine Liste der Dinge durch, auf die sie aus irgendwelchen Gründen verzichtet hatte. Die alte Universitätsstadt Oxford löste stets dieselbe Sehnsucht in ihr aus. Mit neunzehn, im ersten Semester, hatte sie festgestellt, dass sie schwanger war. Damals hatte sie ihr Ziel, in der Stadt der träumenden Türmchen Literaturprofessorin zu werden, aufgegeben und stattdessen Phil geheiratet, der seit der letzten Klasse ihr Liebster gewesen war und sich zu jener Zeit an einer neu gegründeten Uni in Lancashire durch ein BWL-Studium kämpfte. Phil hatte sein Studium beendet, während sie eine Teilzeitstelle in einer Kita angenommen hatte. Als Ben dann geboren war, hatte sie ihn mit zur Arbeit genommen, ins Babyzimmer gelegt und ihn in ihren Pausen gestillt. Vernünftig, strukturiert, zuverlässig. Das waren Worte, mit denen andere sie beschrieben. Immerhin waren es keine schlechten Eigenschaften, tröstete Hannah sich.

Während sie weiterfuhr, riss der graue Himmel auf und tauchte die Stadt in helles, mildes Licht. Die goldenen Steine saugten den Sonnenschein auf, als wäre er das Mindeste, was ihnen zustand. Das Hotel war ein altes Herrenhaus mit einer hübschen, von Bäumen gesäumten Zufahrt. Hinter dem Gebäude lag eine Weide mit Kühen, die paradoxerweise vor einer Kulisse aus verfallenen Läden und Studentenwohnheimen grasten. Hannah parkte, zerrte ihre Reisetasche aus dem Kofferraum und betrat das Foyer, um einzuchecken.

Wenn es etwas gab, was die Familie Reynolds gut konnte – ja, worin sie sich selbst übertraf –, dann waren das Beerdigungen. Im Foyer hatten sich bereits diverse entfernte Freunde und Verwandte versammelt. Die meisten hatte Hannah seit der Beerdigung ihrer Mutter vor zwei Jahren nicht mehr gesehen, doch alle begrüßten sie mit herzlichem Lächeln.

»Heute ohne Phil?«

»Kommt er später?« Vetter Andy hob das Kinn und musterte sie über sein Pint Guinness hinweg.

»Er arbeitet. Konnte sich nicht losmachen. Anruf in letzter Minute.« Hannah presste die Lippen zusammen und wartete ab.

»Ach, wie schade. Und Ben?«

»Schule. Eine Prüfung.« *Dieses Gespräch werde ich vor der Trauerfeier noch ungefähr achtzehn Mal führen*, dachte Hannah, während sie höflich lächelte und auf den Empfangstresen deutete. »Ich will eben schnell einchecken.«

»Hannah Reynolds.« Sie zog ihre Kreditkarte heraus und reichte sie der jungen Frau hinter dem Tresen.

»Und wird Mr Reynolds später zu ihnen stoßen?«

Hannah unterdrückte einen Wutschrei.

»Heute nicht«, sagte sie freundlich. »Dieses Mal nicht.«

Die Trauerfeier war so bewegend, wie Hannah es erwartet hatte. Es gab Tränen, denn Tante Jess, die Schwester ihrer

Mutter, war nur achtundsiebzig geworden, überhaupt kein Alter, wie alle sich sagten. Und es gab Gelächter, denn Jess' Tochter Beth, überschwänglich, laut und mitteilsam wie eh und je, zeigte eine Reihe von Fotos, die sie mit Musik unterlegt hatte, und alle prusteten vor Vergnügen darüber, was Jess so angestellt hatte. Als ein Foto von ihr Arm in Arm mit ihrer Schwester, Hannahs Mutter, erschien, bildete sich in Hannahs Kehle ein dicker Kloß. Die beiden Schwestern waren beste Freundinnen gewesen, und als Einzelkind hatte Hannah eine derartige Bindung nie erlebt.

Während sie sich, bevor es zum Büfett ging, auf der Toilette die Hände wusch, dachte sie an Ben und seine Probleme in der Schule. Wäre das anders gelaufen, wenn er einen Bruder oder eine Schwester gehabt hätte? Hätte er besser Wurzeln schlagen können, wenn sie nicht von London erst nach Inverness und später dann nach Manchester gezogen wären? Was wäre gewesen, wenn sie sich mehr angestrengt hätte, um herauszufinden, warum sie nicht wieder schwanger geworden war – aber nein. Daran war sie eigentlich nicht schuld gewesen. Sie hatte sich bemüht. Sie hatte die empfohlenen Vitamine und Lebensmittel zu sich genommen, aber der blöde Phil hatte es sich in den Kopf gesetzt, dass es unmöglich seine Schuld sein konnte, weil es einfach ihr Problem sein musste, und …

»Alles in Ordnung? Du siehst aus, als wärst du ganz weit weg.«

Als Hannah aufblickte, sah sie im Spiegel ihre Kusine Beth. Hannah schüttelte den Kopf. Sie war in ihre eigenen, egozentrischen Gedanken vertieft, und da kam Beth, die gerade ihre Mutter verloren hatte, und erkundigte sich nach ihrem Wohlbefinden.

Sie drehte sich um und nahm Beth in die Arme. »Doch, alles gut. Aber wie geht es dir? Die Trauerfeier war schön, oder?«

Beth stieß ein respektloses Prusten aus, sodass Hannah lachen musste. »Das sagt man immer, oder? Stell dir mal vor, wir würden eine TripAdvisor-Bewertung für Beerdigungen machen. Einer von zehn Punkten: Entsetzlich langweilige Trauerfeier, beschissenes Essen. Vier von zehn Punkten: Leckere Sandwiches, todlangweilige Gäste.«

Hannah kicherte. »Du weißt doch, wie ich das meine.«

»Klar. Wie ich sehe, konnte Phil sich nicht dazu durchringen, in letzter Minute alles abzusagen und als Überraschungsgast zu erscheinen.«

»Jetzt fang nicht damit an.« Hannah schüttelte den Kopf.

»Er hat dich nicht verdient, weißt du.«

»Das sage ich ihm auch immer.« Was gar nicht stimmte. Hannah folgte Beth in den Saal, wo alle mit lauwarmem Weißwein und Sandwiches durcheinanderwuselten. Beth wechselte ein paar Worte mit der Frau hinter der Theke und kam mit einer gekühlten Flasche Pinot Grigio zurück.

»Komm, wir schleichen uns nach draußen. Ich halte dieses höfliche Geschwafel nicht mehr aus. Jetzt will ich alles über dein Leben hören.« Sie schenkte Hannahs Glas bis zum Rand voll. »Schade, dass Ben nicht kommen konnte – Lauren und er haben sich seit Jahren nicht gesehen ... Was?«

Hannah deutete mit dem Kopf auf ihr Glas. »Wenn das so weitergeht, hab ich morgen immer noch zu viel Promille.«

»Quark.« Beth schenkte ihr eigenes Glas genauso voll. »So, liebes Kusinchen, was ist in deiner Welt so los?«

»Du hast gerade deine Mutter verloren«, begann Hannah. »Da sollten wir jetzt nicht über mich reden.«

Es war herrlich, mit Beth zusammen zu sein. Da sie beide ohne Geschwister aufgewachsen waren, hatten sie trotz aller Verschiedenheit eine enge Beziehung. In vieler Hinsicht waren sie das genaue Gegenteil voneinander: Beth hatten Klatschgeschichten immer magnetisch angezogen, sie war rotzfrech und hatte keine Angst zu sagen, was sie dachte, und andere damit vor den Kopf zu stoßen; Hannah dagegen hatte so ziemlich alles getan, um sich das Leben einfach zu machen.

»Das ist jetzt nicht witzig gemeint, aber ich habe sie schon im Laufe der letzten anderthalb Jahre verloren. Krebs ist eine böse Sache. Ehrlich, zum Schluss war es, als würden wir auf einen Zug warten, der viele Stunden Verspätung hat. Mutter hat es gehasst, ich habe es gehasst. Ich hab sie schon vor Ewigkeiten verloren, nicht erst im vorigen Monat.« Frustriert schüttelte Beth den Kopf.

»Ich weiß, aber ...«

»Ehrlich, es ist eine Erleichterung, über was anderes reden zu können als über Medikamente, Palliativpflege oder Bestattungen. Ich habe das Gefühl, dass in den letzten anderthalb Jahren der Krebs mein Leben bestimmt hat.«

»Verstehe.« Hannah trank einen großen Schluck Wein und blickte über die Terrasse auf die Wiese. »Komisch, dass es hier mitten in der Stadt Kühe gibt.«

»Ja, das ist, als wäre ich wieder auf dem Dorf, bloß mit allen ruhmreichen Errungenschaften der gegenwärtigen Zivilisation.«

»Ich dachte, du würdest gern in Little Maudley leben?«

»Ist ja auch so.« Beth wirkte nachdenklich. »Oder jedenfalls war es bisher so. Aber ich bin so viel hin- und hergefahren und ... Keine Ahnung, bei der ganzen Sache ist mir einfach klar geworden, dass ich mehr will.« Sie blickte wieder auf die Stadt, die sich in die Ferne erstreckte.

»Und Lauren?«

»Lauren erst recht.«

Als hätte sie ihren Namen gehört, erschien Lauren – hochgewachsen, gertenschlank, mit langem Haar, das ihr in perfekt frisierten Locken über den Rücken wallte, und unglaublich schick in einem schmalen schwarzen Kleid.

»Hast du was dagegen, wenn ich mit Ellie in die Stadt gehe?« Sie lächelte Hannah kurz zu. Vor der Trauerfeier hatten sie sich zur Begrüßung umarmt, und Hannah war erstaunt gewesen, wie groß ihre Nichte geworden war und wie selbstbewusst sie wirkte. Das kleine Mädchen, das im schlammverschmierten Regenmantel mit Ben im Garten herumgetollt war, war nicht wiederzuerkennen.

»Meinetwegen gern.« Beth griff nach ihrem Smartphone und tippte auf dem Display herum. »Da, ich hab dir ein bisschen Geld überwiesen. Besorgt euch was Nettes zu essen.«

»Danke, Mum.« Lauren strahlte. »Du bist Spitze.«

»Ich kann bloß nicht nein sagen, das ist alles.« Beth verabschiedete sich mit einem Luftkuss von ihrer Tochter, und beide Frauen schauten Lauren nach, als sie wieder in den Saal tänzelte und sich bei ihrer ebenso glamourösen Freundin einhakte. Die Mädchen machten sich auf den Weg in die City.

»Du meine Güte, wir waren mit achtzehn Jahren nicht halb so selbstbewusst, oder?«

»Das kannst du laut sagen.« Beth lachte in sich hinein. »Aber das ist mit ein Grund, warum ich beschlossen habe, wieder nach Oxford zu ziehen. Lauren braucht einfach mehr, als das Dorf zu bieten hat.«

»Du willst nach Oxford ziehen? Und der Laden?«

»Ich muss bloß jemanden finden, der ihn übernimmt. Ist ja keine Hexerei.« Beth rieb sich nachdenklich das Ohr, dann zog sie ihre Ohrringe aus und ließ sie im Seitenfach ihrer Handtasche verschwinden. »Ich hasse es, mich für solche Veranstaltungen in Schale zu werfen.«

»Ihr zwei seid so verschieden wie Tag und Nacht.« Hannah neigte den Kopf Richtung Tür, wo Lauren gerade in einer Wolke von Parfümduft verschwunden war.

»Da hast du recht. Wie kommt es, dass ich eine Tochter geboren habe, die aussieht, als würde sie in *Love Island* mitspielen, während ich mich in Jeans und Turnschuhen am wohlsten fühle?«

»Wie kommt es, dass ich einen genialen Fußballer geboren habe, obwohl weder Phil noch ich so was wie die Abseitsregel kapieren und ich von Grasplätzen Heuschnupfen kriege?«

»Mutter zu sein ist seltsam.«

»Das kann man wohl sagen.« Hannah hob ihr Glas und stieß zur Bekräftigung mit ihrer Kusine an.

»Mum hatte vor einer Weile mal erzählt, dass ihr mit Ben Schwierigkeiten habt?«

Hannah strich sich das Haar aus dem Gesicht, ihre übliche Geste, wenn sie gestresst war oder nachdachte. In letzter Zeit hatte sie es so oft getan, dass sie schon fast damit rechnete, plötzlich lange Haarsträhnen in der Hand zu haben.

»Er ist ja erst fünfzehn. Eben ein typischer Fünfzehnjähriger.«

Beth nickte, wie es nur andere Eltern oder vielleicht auch Lehrer konnten. »Verstehe.«

»Es gibt ein paar Jungen bei uns in der Nachbarschaft, mit denen er nach der Schule rumhängt – Lernen hat bei denen nicht gerade Priorität. Sie konzentrieren sich eher darauf, was für Unfug sie anstellen können, verstehst du?«

»Drogen?« Beth riss erschrocken die Augen auf.

»Nein, nein.« Hannah schüttelte energisch den Kopf. »Aber sie trinken Alkohol, obwohl sie noch minderjährig sind, und...«

»Weißt du noch, wie wir uns auf der Silberhochzeit von Oma und Opa Miller haben volllaufen lassen?«, unterbrach Beth zu Hannahs Erleichterung. Die Liste von Bens Verfehlungen wurde von Woche zu Woche länger, und auf der Autofahrt, nur mit dem Radio als Gesellschaft, hatte sie Zeit gehabt, darüber nachzudenken.

Hannah lachte. »Allerdings.«

»Ein bisschen Alkohol ist kein Weltuntergang – auch wenn Ben noch minderjährig ist.« Beth hob eine Augenbraue. »Lauren hat auch allen möglichen Blödsinn gemacht. Das ist ganz normal.«

»Klar, das weiß ich ja. Aber wenn die Polizei ihn aufgreift, weil er mit diesen Jungs in einem Laden was geklaut hat, ist das schon ein Problem.« Hannah ließ die Schultern ein wenig sinken. Es war eine riesengroße Erleichterung, es endlich einmal auszusprechen, denn bisher hatte sie es geheim gehalten.

»Ach so.« Beth verzog das Gesicht. »Aber er war nicht beteiligt, oder?«

»Oh doch.« Hannah nickte. »Und noch schlimmer ist, dass er bei solchen Sachen genauso wenig Grips hat wie ich – das heißt, die anderen sind so davongekommen und alles wurde ihm angehängt.«

»Oh Gott.«

»Genau. Also wurde die Schule eingeschaltet, und das Jugendamt ist gekommen, um zu sehen, ob ich meine Sache als Mutter gut genug mache –«

»Halt mal – und was war mit Phil?«

»Na ja, es ging natürlich auch um ihn, aber er hat gearbeitet, wie immer, deswegen war ich allein zuständig.«

»Ja, ich verstehe. Ehrlich, Hannah, du bist wie eine alleinerziehende Mutter, bloß dass du die Vorteile nicht hast.«

»Sag bloß, das hat auch Vorteile.«

»Aber sicher doch. Keiner klaut dir die Bettdecke, keiner furzt im Bett, wenn er zum Sonntagsdinner Pastinaken gegessen hat, ich hab die Fernbedienung ganz für mich und –«

»Würdest du nicht gern jemanden kennenlernen?«

Beth schenkte ihnen die Gläser wieder randvoll. »Doch, natürlich. Glaub mir, auch das ist ein Grund, weshalb ich überlege, hierherzuziehen.« Sie zuckte mit den Augenbrauen. »Onlinedating in Little Maudley bringt nicht viel. Ich vermute mal, dass die Chance, einen tollen, reichen und charmanten Mann zu finden, hier in der Stadt größer ist, meinst du nicht?«

»Na ja, jedenfalls theoretisch. Bei der Hälfte meiner Freundinnen klappt das allerdings nicht so richtig – sie klagen dauernd, dass die Männer auf den Datingseiten entweder verheiratet sind oder Bindungsangst haben.«

»Ich riskiere es einfach mal. Ein bisschen Action kann nicht schaden«, sagte Beth, und beide kicherten los.

»Und wie genau planst du deine Flucht aus dem Landleben?«

»Ach, das ist einfach.« Beth schnitt eine Grimasse. »Ich muss bloß jemanden finden, der den Dorfladen übernimmt, und unsere Sachen in Mums Haus transportieren, und die Sache ist geritzt.«

»Es kann nicht so schwer sein, jemanden für den Laden zu finden, oder?« Hannah folgte Beth und der Seite für den Dorfladen auf Facebook. Das Geschäft im alten Postamt schien der Mittelpunkt der kleinen Dorfgemeinschaft zu sein, und ihre Kusine führte es mit militärischer Effizienz.

»Sollte man meinen.« Beth schüttelte den Kopf. »Aber in Little Maudley sind sie ein bisschen – na ja ...«

»Hochnäsig?« Hannah war seit Jahren nicht mehr dort gewesen, aber sie erinnerte sich an das Bilderbuchdorf und die vorbildliche Ordnung, in der kein Lavendelstängel aus der Reihe tanzte.

Beth schüttelte prustend den Kopf. »*Speziell* war das Wort, das ich suchte. Sie haben zu allem und jedem viele verschiedene Meinungen.«

»Aber das Dorf ist wunderschön.«

»Stimmt. Allerdings gibt es da diese vertrackte Regelung, dass ich zwar das Postamt gepachtet habe, der Laden selbst aber dem Dorf gehört.«

»Wie geht denn das?«

»Der Laden ist als Kooperative organisiert. Ist eine lange, sehr komplizierte Geschichte. Aber Flo führt das Café, das ist also geregelt, und ich führe den Laden. Wir haben sogar eine Dorfschreiberin.«

»Sehr vornehm. Wie kommt ihr dazu?«

»Sie ist vor ein paar Jahren ins Dorf gezogen, nach ihrer Scheidung. Sie hatte sich in Little Maudley verliebt, nachdem sie von unserer kleinen Bücherei im Telefonhäuschen gehört hatte – du weißt ja, in der Church Street. Sie hat zwei Schulkinder, und zu Hause kann sie nicht arbeiten, also kommt sie regelmäßig ins Café, setzt sich in eine Ecke und schreibt.«

»Traumhaft.« Hannah stützte das Kinn in die Hände und schloss die Augen. Es klang tatsächlich wie das Leben, von dem sie immer geträumt hatte. Aber irgendwie saß sie am Rand von Manchester fest, in einer Doppelhaushälfte aus den 1930er Jahren, mit einem Mann, der ihr nicht mal eine SMS geschrieben hatte, um zu fragen, wie die Beerdigung gewesen war.

»Du kannst gern nach Little Maudley kommen und den Laden übernehmen.«

Hannah riss die Augen wieder auf.

»Wie bitte?«

»Ja, natürlich!« Beth richtete sich auf und klatschte begeistert in die Hände. »Das sollte ein Scherz sein, aber – es wäre perfekt! Du möchtest Ben doch von diesen zwielichtigen Burschen wegholen. In Little Maudley würden solche Sachen nicht laufen.«

»Nach allem, was du erzählt hast, läuft in Little Maudley überhaupt nichts«, zog Hannah ihre Kusine auf.

»Gut, das stimmt auch wieder, aber – die Idee ist einfach genial. Phil ist beruflich viel unterwegs, oder?«

»Stimmt.« Irgendwo in Hannahs tiefstem Innern entzündete sich ein winziger Freudenfunke. Sie spürte, wie die kleine Flamme sie bereits wärmte – oder war es der Wein?

»Also«, Beth spann ihre Idee weiter aus, »für Phil ist es nicht wichtig, wo er wohnt, weil er keinen festen Arbeitsplatz hat, zu dem er hinpendeln müsste, oder?«

»Hm, nein ...«, sagte Hannah langsam. »Er ist immer unterwegs.«

»Komm doch morgen auf dem Nachhauseweg vorbei und sieh dir den Laden an.« Beth wirkte wieder wie vierzehn, so strahlte sie. »Machst du das?«

Die Vorstellung, in ein idyllisches Dorf am Rand der Cotswolds zu flüchten, war himmlisch. Hannah stellte sich die Hügellandschaft vor, einen blauen Himmel mit flauschigen Wolken und den warmen, honiggelben Stein der Cottages, die sich rings um die schöne alte Kirche von Little Maudley an den Hang schmiegten. Dort zu wohnen wäre wie das Leben in einem herzerwärmenden Fernsehfilm am Sonntagabend.

Doch dann schüttelte sie sich und fand in die Realität zurück. In ihrem Leben war so etwas nicht denkbar.

»Ich kann doch nicht einfach unser ganzes Leben umkrempeln und aus einer Laune heraus mit Ben in ein Dorf in den Cotswolds ziehen.«

»Warum nicht? Das Leben ist so kurz.« Beth schüttelte den Kopf. »Ganz im Ernst. Sieh dir unsere Familiengeschichte an. Unsere Mütter sind beide jung gestorben. Mit siebzig haben wir beide vielleicht schon den Löffel abgegeben. Möchtest du dir in deinen restlichen Jahren immer ausmalen, was hätte sein können?«

Hannah atmete langsam aus und gestattete sich noch einen weiteren Moment lang die Vorstellung, wie es wäre, wenn Phil und sie einmal im Leben etwas tun würden, weil *sie* es wollte, nicht, weil es seiner Karriere nutzte oder weil es so richtig war. Aber es kam überhaupt nicht in Frage, dass sie alles zusammenpackte und in eine ganz andere Gegend zog. Oder doch? In der Vergangenheit hatte ihre kleine Familie das oft genug gemacht. Ja, in Manchester hatte sie ihre Freundinnen, aber schließlich würde sie ja nicht nach Australien auswandern.

»Na schön.« Hannah stellte ihr Glas auf den Tisch und verschränkte entschlossen die Arme. »Ich komme morgen vorbei und sehe mir deinen Laden an. Aber mehr auch nicht.«

Beth boxte vor Freude in die Luft. »Ja!«

»Ich will nur mal gucken!«

»Ich glaube, unsere Mütter wären beeindruckt.« Beth hob ihr Weinglas und stieß damit an Hannahs fast ganz geleertes Glas.

»Kann sein.« Hannah kaute gedankenverloren auf der Unterlippe. Sie dachte bereits an die vielen Gründe, warum es nicht klappen konnte. Bis morgen würde sie es schaffen, sich dieses Hirngespinst auszureden – aber im Moment, beschloss sie, wollte sie sich einfach mal darauf einlassen. Immerhin machte es Beth glücklich, und gerade heute war das am allerwichtigsten.

Zweites Kapitel

Auf dem Küchentisch lagen zwei Handys, und beide brummten beharrlich. Jake griff danach, schaltete sie stumm und schubste sie zurück auf die gescheuerte Eichenplatte, wo sie wie Bobschlitten weitersausten, zusammenstießen und gegen eine Glasschüssel mit glänzend roten Äpfeln knallten.

Die Küche war tadellos sauber – das hatte er Jenna zu verdanken, seiner Putzhilfe, aber es hieß auch, dass es hier absolut nichts zu tun gab. Jake nahm sich einen Apfel und biss hinein. Kauend blickte er aus dem Fenster auf die wogende Hügellandschaft der Cotswolds. Diese idyllische Umgebung war ein himmelweiter Unterschied zu der Sozialsiedlung in Manchester, wo er aufgewachsen war. Nach der Schule hatte er in der schmalen Gasse zwischen den Reihenhäusern aus rotem Backstein herumgebolzt, oder – er lächelte reumütig, als er an seinen lückenhaften Schulbesuch dachte – manchmal auch statt der Schule. Wie oft hatte er sich vor dem Unterricht gedrückt und lieber etwas mit den älteren Jungen aus der Siedlung unternommen, die mit sechzehn von der Schule abgegangen waren und eigentlich an Programmen für arbeitslose Jugendliche teilnehmen sollten. Doch sie hatten vor allem herumgehangen, widerlichen billigen Cider getrunken und den Mädchen nachgepfiffen, die zufällig an dem verwahrlosten Grasplatz vorbeikamen, auf dem sie sich trafen.

Wenn Tommo ihn jetzt sehen könnte! Jake schob sich mit einer Pobacke auf den Küchentresen hinauf und schaute sich im Raum um: ein Aga – in Landhäusern ein Muss! –, ein massiver Stahlblock, der die Küche im Sommer unerträglich aufheizte, dabei aber total unzuverlässig war, wenn es ums Kochen ging; zwei schimmernde weiße Keramikspülbecken mit Armaturen in satiniertem Chrom; eine Kücheninsel, in deren Regalen geschmackvolles weißes Porzellan gestapelt war. Diana, seine neueste Exfreundin, hatte Monate damit verbracht, diesen Raum nach ihrem Geschmack einzurichten. Das war Jake entgegengekommen, denn er hatte eigentlich keine Meinung dazu, welche Fliesen sie als Spritzschutz verwenden oder ob sie sich für feine oder eher für rustikale Gläser entscheiden sollten. Er war mit allem einverstanden gewesen, denn nach seinem Abschied vom Fußball hatte er immer noch unter Schock gestanden.

Viele Spieler betrachteten ihre Karriere als Pyramide: Sie fingen unten an, kletterten bis an die Spitze hoch und stiegen dann in unbedeutenderen Mannschaften wieder ab. Dabei ging es ihnen nicht um Geld oder Ruhm, sondern einzig und allein um die Möglichkeit, weiter ihrer geliebten Tätigkeit nachzugehen. Jakes Verletzung jedoch hatte alldem ein Ende bereitet. Zerstreut rieb er sich das Schienbein. Der tragische Unfall in einem Spiel gegen Manchester United hatte Schlagzeilen gemacht – der grässliche Moment, als zwei Spieler gleichzeitig grätschten und gegen ihn prallten, war für das Internet ein gefundenes Fressen gewesen. Für Jake jedoch hatte er das Aus bedeutet. Nachdem die monatelange physiotherapeutische Behandlung ergeben hatte, dass er nie wieder ganz oben spielen würde, hatte er sich entschieden, dem Fußball den Rücken zu kehren, seine Mannschaft einen anderen Verteidiger suchen zu lassen und würdevoll in den Ruhestand zu gehen.

»Ich hab jemand anders kennengelernt«, war eigentlich nicht eingeplant gewesen. Er hatte Diana geliebt, mehr oder weniger jedenfalls. Sie war hübsch und tüchtig, auch wenn er ihre eiserne Entschlossenheit etwas befremdlich fand. Sie war die perfekte Spielerfrau – mit seidigem blondem Haar, groß, langbeinig und immer tadellos angezogen. Eine Frau, bei deren Anblick Jack als Zwölfjähriger Stielaugen bekommen hätte.

»Jemand anders – wo?«

»Ist das wichtig?« Sie steckte sich eine Kirsche in den Mund und lächelte betörend, was Jake nervös machte.

»Vermutlich nicht.« Er zuckte die Achseln. »Ich hatte nur – ich hatte gedacht, wir wären ein Paar?«

»Waren wir ja auch«, sagte sie bedauernd. »Aber ich hab Adam kennengelernt, und …«

Adam Leyland war der Kapitän einer anderen Premier-League-Mannschaft, hochgewachsen, mit kurz geschorenem schwarzem Haar und einer etwas bedrohlichen Ausstrahlung. Er hatte häufiger die rote Karte kassiert, als sein Manager zählen wollte, und Jake und er konnten sich nicht ausstehen. Eines Abends war Adam bei einem Sponsorendinner geradewegs auf Diana zugesteuert und hatte recht deutlich zu verstehen gegeben, dass er sie ins Visier genommen hatte. Sie hatte die Naive gespielt und Ahnungslosigkeit vorgetäuscht, doch Jake war aufgefallen, dass sie seitdem ihr Smartphone immer gut im Auge behielt und dass ihre Mädelsabende sich verdoppelt hatten. Dann passierte der Unfall, und als man ihn in aller Eile in die Chirurgie transportiert hatte, war sie nirgends zu sehen gewesen. Während er fortgerollt wurde, kalkweiß vor Schmerzen und nach einer Dosis Lachgas schon halb weggetreten, hatte Max, sein Agent, ihm noch versprochen, dass er Diana sofort kontaktieren würde.

»Tut mir leid«, hatte Max dann später gesagt und war sich mit der Hand durch das gegelte hellblonde Haar gefahren, »ich habe es überall probiert und sie nicht erreicht. Dann habe ich Charlotte angerufen. Sie glaubt, dass Diana irgendwo ein Schweigewochenende mitmacht.«

Jake war von der Narkose immer noch schlecht gewesen. Er hatte die Augen geschlossen und sich erneut der Bewusstlosigkeit überlassen.

Man hätte meinen sollen, dass es vollauf genug gewesen wäre, den Abschied von seinem Beruf zu bewältigen, zusätzlich zu den Geschichten aus der Vergangenheit, die stets am Rand lauerten und nur darauf warteten, aufzutauchen und alles zu verderben. Aber nein. Am nächsten Tag war Diana dann in die Privatklinik am Rand von Oxford gekommen, in sein Krankenzimmer, das ein Fünf-Sterne-Hotel beschämt hätte. Sie war niedlich errötet, hatte einen Blumenstrauß auf ein Tischchen gelegt und an dem Band, das die Blumen zusammenhielt, herumgenestelt. Schließlich hatte sie sich ihm zugewandt.

»Tut mir leid, Schatz, ich war –«

Und in diesem Augenblick wusste Jake Bescheid. »... mit Adam Leyland zusammen?«

»Auf einem Achtsamkeits-Wochenende«, beendete sie den Satz kleinlaut. Sie schob sich eine Haarsträhne hinters Ohr, was ihn daran erinnerte, wie sie sich kennengelernt hatten.

Fragend sah Jake sie an. Er saß mit einem Stapel Kissen im Rücken im Bett, sein operiertes Bein hochgelagert, und er fühlte sich aufgequollen und unwohl. Er sehnte sich nach einem Workout, um den Kopf freizukriegen, aber das stand natürlich gar nicht zur Debatte.

Und dann hatte Diana alles herausgesprudelt. Sie war ein eher schlichtes Gemüt. Jakes Freund Gerry, der in der Stadt arbeitete und einen Verstand wie ein schlaues, berechnendes Frettchen hatte, hätte gesagt: »Hübsch, aber nicht sehr helle.« Für Diana war es daher vollkommen logisch: Sie hatte einen anderen kennengelernt, und jetzt war der richtige Zeitpunkt, um die Sache durchzuziehen, auch wenn Jakes Leben gerade auf den Kopf gestellt worden war.

Und so saß er jetzt hier und sah sich in der Küche um, die nach Dianas Vorgaben renoviert worden war. Er überlegte, ob er vielleicht alles rausreißen und von vorn anfangen sollte. Nicht, dass er es sich nicht hätte leisten können; mit Sponsorenverträgen und aufregenden Abendeinladungen war es zwar vorbei, aber er hatte immer noch genug Geld auf der Bank, von den klug gewählten Kapitalanlagen ganz zu schweigen, sodass er keine Sorge haben musste, jemals wieder pleite zu sein. Es war eine eigentümliche Gewissheit, und trotzdem blieb die nagende Angst, dass etwas schiefgehen könnte. Jedes Mal, wenn er seine Kreditkarte zückte, um etwas zu bezahlen, stiegen Erinnerungen an seine Kindheit und Jugend auf. Ein quälendes Gefühl tief in seinem Inneren warnte ihn, dass dieser ganze Luxus vergänglich war und dass er eines Tages wieder in Manchester landen könnte, in dem winzigen Kabuff, in dem alles angefangen hatte.

Fußball war ein launischer Sport, und Jake hatte genug davon. Jetzt, nach achtzehn Monaten, war er so weit genesen, dass ein normaler Mann sich an seiner Stelle für topfit gehalten hätte – aber als Ex-Profifußballer ärgerte er sich dauernd darüber, was er alles nicht mehr konnte, statt mit dem zufrieden zu sein, was ihm wieder möglich war. Und wo er gerade daran dachte – Jake sah auf die Uhr –, es war Zeit zum Joggen.

Er zog seine Laufschuhe an und trabte die lange, von Bäumen gesäumte Auffahrt entlang. Ein stabiler hölzerner Weidezaun hatte das rostende Eisen ersetzt, das er beim Kauf des Hauses vor drei Jahren vorgefunden hatte, und dahinter graste jetzt eine Schafherde. Sie gehörte Jack, dem Farmer, der die zwanzig Hektar, die zum Herrenhaus gehörten, gepachtet hatte. Früher hatte es auf dem Landgut Stallungen gegeben, einen Milchviehbetrieb und eine Reihe von Landarbeiterhäuschen für die Angestellten. In den Nachkriegsjahren war das alles verschwunden, doch die Bewohner von Little Maudley, dem nächsten Dorf, bezeichneten Greenhowes immer noch als das »Herrenhaus«.

Während des Zweiten Weltkriegs war das Gebäude requiriert und als Lazarett verwendet worden. Die Besitzer hatten gern mit angepackt und ihren Beitrag geleistet, um Männern zu helfen, die an Leib und Seele so gebrochen waren, dass Jakes doppelter Bruch und die zahllosen Nägel in seinem Bein dagegen wie ein Sonntagsspaziergang wirkten. Nach dem Krieg jedoch war die Besitzerfamilie irgendwann unter Erbschaftssteuern und horrenden Instandhaltungskosten in die Knie gegangen. Als der Erbe des Anwesens schließlich ein neues Dach bezahlen sollte, das ihn bankrott gemacht hätte, war er einfach weggezogen und hatte Insolvenz angemeldet. Danach hatte das Haus fast zehn Jahre lang leer gestanden.

Etwas an dem verfallenen, ungeliebten Herrenhaus hatte Jake angesprochen. Man hatte ihm geraten, in Immobilien zu investieren – und sein letzter Vertrag hatte ihm pro Tag mehr Geld eingebracht, als irgendjemand aus seiner Familie jemals in einem ganzen Jahr verdient hatte. Selbst wenn er gewusst hätte, wo seine Mutter sich aufhielt, wäre es jetzt zu spät gewesen, um sie zu unterstützen. Ihr war, so schien es, nicht zu helfen. Aber seiner Tante Jane hatte er eine Villa in Spanien eingerichtet. Dort lebte sie jetzt recht zufrieden mit Shaun, ihrem zweiten Mann, und einer bunten Mischung schlanker Ungarischer Vorstehhunde, die am Pool herumlagen und freundlich mit den Schwänzen wedelten. Es fehlte ihr an nichts, und Jake fand, das war das Mindeste, was er für sie tun konnte, nachdem sie jahrelang im Zweitjob als Putzfrau gearbeitet hatte, um seine Fußballschuhe und seine Gaming-Abos bezahlen zu können.

Seine Kusine Lisa lebte in einem teuren Einfamilienhaus auf einem Landgut in Cheshire und ahmte den Lifestyle einer Spielerfrau nach. Sie war in *The Real Housewives of Cheshire* aufgetreten und führte eine exklusive Beautyklinik, wobei jedes seidenglatte, schön kolorierte Haar an seinem Platz saß. Ihre Stirn, überlegte Jake mit einem Lächeln, war jetzt ebenfalls seidenglatt, denn eine Krankenschwester, die neu in der Klinik war, hatte Lisa eine Überdosis Botox verabreicht. Vor ein paar Tagen hatten sie über FaceTime miteinander gesprochen. Er hatte über ihr maskenhaftes Gesicht Tränen gelacht und fünf Minuten gebraucht, um sich wieder zu beruhigen.

Am Ende der Einfahrt bog Jake links ab und lief den Hügel hinauf zum anderen Ende des Dorfes. Es war Hochsommer, der Zeitpunkt im Juli, wenn die Blätter sich noch nicht färben und an den Spitzen einrollen, und das Sonnenlicht war hell und klar. Seit Jake nicht mehr Fußball spielte, hatte er Zeit, Dinge wahrzunehmen, die ihm früher nicht aufgefallen waren, und das kostete er jetzt nach Herzenslust aus.

Er hatte sich vor drei Jahren in den Charakter des alten Hauses verliebt und die Handwerker, die er mit der Renovierung beauftragte, dementsprechend ausgesucht. Er wollte weder die billigste noch die schnellste Firma, sondern Menschen, welche die Grundsubstanz des alten Gebäudes erkannten und es in seiner früheren Pracht wiederherstellen wollten. Und so geschah es, Stück für Stück: Uralte hölzerne Geländer wurden liebevoll poliert, bis sie wieder matt schimmerten, und die Holzumrandungen der offenen Kamine und die gefliesten Simse glänzten, wenn im Winter die Holzscheite auf dem Feuerrost knisterten. Mittlerweile war er fast am Ziel – er hatte die ideale Kombination aus der Gemütlichkeit eines alten Hauses und allen modernen Annehmlichkeiten geschaffen.

Bis zu jenem Abend war sein Leben nahezu perfekt gewesen. Doch dann hatte er sich das Bein gebrochen und seinen Job verloren, seinen Vertrag verloren, seine Freundin verloren. Und jetzt lebte er hier allein mit seinen Hunden in einem schuldenfreien Haus, das Platz genug für eine zehnköpfige Familie bot. Oder jedenfalls hatte er allein gelebt, bis –

Wie auf Bestellung meldete sich sein Handy.

»Wo bist du?«

Aus seinen AirPods ertönte Sarahs Stimme. Jake lief in gleichmäßigem Tempo weiter den Hügel hinauf zum Dorf. Diesmal würde er sich nicht stören lassen.

»Ich jogge gerade.«

»Ich hab ein bisschen – Stress.«

Jake stieß die Luft aus und bemühte sich, sein Tempo durchzuhalten. Doch er spürte bereits, wie sein Verantwortungsgefühl ihn nach Hause zurückzog, und gleich darauf blieb er stehen. Frustriert reckte er die geballten Fäuste gen Himmel, dann machte er auf dem Absatz kehrt.

»Bin in fünf Minuten zurück.«

»Danke.« Es war nur ein Flüstern.

Drittes Kapitel

Es kam nicht oft vor, dass Hannah eine ganze Nacht allein in einem Hotelzimmer durchschlafen konnte – oder eigentlich, überlegte sie, als sie im Hotelrestaurant saß und über die Terrasse auf die weidenden Kühe blickte, konnte sie sich nicht erinnern, dass es überhaupt jemals passiert war. Phil und sie waren seit ihrer Teenagerzeit zusammen, und dann war Ben gekommen. Ihre Mutter hatte ihr, obwohl die Beziehung zwischen ihnen sehr eng gewesen war, die Kinderbetreuung nur selten abgenommen, denn sie war mit ihrer Arbeit und ihrem ganzen Leben voll ausgelastet gewesen. Daher hatten Phil, Ben und sie selbst meistens als ziemlich eingeschworenes Dreiergrüppchen agiert.

Folglich hatte Hannah es genossen, in der vergangenen Nacht in dem riesigen Doppelbett zu liegen, alle viere von sich zu strecken und heute Morgen erst um halb neun aufzuwachen, ohne sich Gedanken über Bens Fahrt zur Schule, sein Sportzeug oder sein Geld fürs Mittagessen zu machen. Sie hatte nicht mal Kopfweh, was ein Wunder war, wenn man bedachte, wie viel Wein Beth und sie gestern konsumiert hatten.

Wir sehen uns im Laden, wann immer es dir passt.

Beths Nachricht wartete bereits auf ihrem Handy. Hannah war etwas unbehaglich zumute. Es war unmöglich, da wieder rauszukommen, ohne ihre Kusine zu kränken. Schon beim Aufwachen hatte sie einfach gewusst, dass ihr Gespräch gestern Abend zu diesen albernen »wenn das Wörtchen wenn nicht wär«-Spekulationen gehörte, bei denen man schon im Vorhinein weiß, dass sie zu nichts führen werden. Hannah hatte ihr Zuhause in Salford, und Ben ging dort zur Schule. Phil würde einen Umzug gar nicht erst in Erwägung ziehen, keine Sekunde lang. Sie konnte unmöglich erwarten, dass ihre kleine Familie sich einer Laune von ihr fügte, ganz egal, wie toll es wäre, in einem Bilderbuchdörfchen zu leben und einen kleinen Laden zu führen.

Doch während Hannah jetzt ein üppiges Frühstück mit Speck und Eiern verzehrte, ließen die Gedanken an diese Möglichkeit sie nicht los. Sie hatte in den fünfzehn Familienjahren nie um etwas gebeten. Sie war flexibel und anspruchslos gewesen, hatte sich um die Umzüge und alles andere gekümmert und war bewundernswert gut mit allem klargekommen, was das Leben von ihnen verlangt hatte. Vielleicht war jetzt ihre Zeit gekommen? Ben war fünfzehn und wurde erwachsen. Vielleicht sollte sie sich den Laden einfach mal ansehen und ein bisschen herumfantasieren, wie es wäre, ein anderes Leben zu leben? Das konnte doch nicht schaden, oder?

Hannah checkte aus und fuhr über die A40 nach Westen. Die ganze Gegend stand in starkem Kontrast zu den eintönigen Straßenzügen aus den 1930er Jahren in Salford, wo sie jetzt lebte. Auf den Feldern tuckerten Traktoren, und die hügelige Landschaft war so idyllisch – als wäre sie einem Gedicht entsprungen. Hannah folgte den Anweisungen ihres Navis, und bald bog sie auf eine kurvenreiche Landstraße ab, die nach Little Maudley führte. Die Straße überquerte einen Fluss, und Hannah fuhr über die Brücke und einen Hügel hinauf und wieder in ein Tal hinunter. Dann wartete sie vor einer weiteren schönen Steinbrücke, bis von der anderen Seite her der hundertachtzigste Traktor herübergerumpelt war. Der Farmer winkte ihr ein Dankeschön zu. Das Leben in der Vorstadt von Manchester war hier himmelweit entfernt.

Und dann fuhr Hannah an dem Schild vorbei, das »vorsichtige Autofahrer« in Little Maudley willkommen hieß. Unwillkürlich trat sie auf die Bremse. Ein Mann, der zwei zottige Red Setter ausführte, lächelte ihr wissend zu, und sie gab wieder Gas. Rechts und links säumten hübsche honigfarbene Reihenhäuser die Straße. Ein diskret in eine Fensterscheibe eingeätzter Hinweis besagte, dass dort hinter dem getönten Glas eine Kosmetikerin arbeitete. Alles war unglaublich geschmackvoll und so sauber, dass es Hannah vorkam, als würde ihr etwas schmuddeliger Ford Focus das gepflegte Straßenbild stören. Sie fuhr das schmale Sträßchen hinauf bis zur Hauptstraße. Hier tauchten zwischen weiteren Reihenhäusern ab und zu weiße, strohgedeckte Cottages auf. Und da stand ein Wegweiser, an dem ein Pflanzkorb mit Geranien hing. Der Pfeil deutete in Richtung Laden und Postamt.

Auf der anderen Seite der Hügelkuppe, hinter einer mit bunten Fähnchengirlanden dekorierten Mauer, erhob sich eine majestätische, aus hellem Stein erbaute Dorfkirche. Auch in den Bäumen hingen Fähnchen. Anscheinend sollte hier ein Dorffest stattfinden. Bei dieser Vorstellung wurde Hannah ganz kribbelig vor Aufregung, sodass sie über sich selbst lachen musste. Falls sie hierherziehen sollten, könnte sie bald zu den Frauen gehören, die sich im *Women's Institute* engagierten, Marmelade für Wohltätigkeitsbasare kochten und grüne Gummistiefel besaßen. Sie stellte sich schon Bens spöttische Miene vor.

Und da, auf der Dorfwiese, leuchtete ihr das berühmte rote Telefonhäuschen entgegen. Es war voller Bücher und ebenfalls mit Girlanden geschmückt. Hannah hielt am Rand der Wiese und ließ das Wagenfenster herunter. Fasziniert las sie das Schild außen an der Tür des Telefonhäuschens. Es ermahnte die Dorfbewohner, bitte keine Bücher in die Regale zu stellen, ohne vorher eine Erlaubnis einzuholen.

Gegenüber von der kleinen Bücherei stand ein weißes, strohgedecktes Cottage. Mit seinen vor Blüten überquellenden Blumenkästen an den Fenstern sah es unglaublich malerisch aus. Hannah fiel auf, dass sämtliche Türen und sonstige Holzarbeiten an den Häusern in der gleichen Farbe gestrichen waren. Sie fuhr weiter, bog nach links ab und bekam richtig Herzklopfen, als sie das Schild des Dorfladens sah.

Sie parkte vor dem Geschäft und sah aus dem Wagenfenster. Soeben lud ein Mann Postsäcke hinten in ein Postauto. Es war, als wäre sie in eine Folge von *Postbote Pat* hineingeraten; fast rechnete sie damit, dass seine schwarzweiße Katze Jess auftauchen und sich an ihre Waden schmiegen würde, sobald sie den Laden betrat. Stattdessen jedoch kam Beth herausgestürzt. Sie war ungeschminkt und strahlte über das ganze Gesicht. Hier trug sie wieder ihr übliches Outfit, das aus einer weiten Hemdbluse und Jeans bestand. Das Haar hatte sie zu einem Pferdeschwanz zusammengebunden. Sie wischte sich die Hände an einer schwarzen Schürze ab, auf die in moderner, stilvoller Schrift »Das Alte Postamt« gestickt war.

»Super, du hast es wirklich geschafft!«, rief sie Hannah

entgegen. »Ehrlich, ich hatte schon befürchtet, dass es bloß eine Eintagsfliege war – was man eben so redet, wenn man einen kleinen Schwips hat, und am nächsten Morgen bereut man es dann.«

Hannah schüttelte den Kopf. »Nein, du siehst ja, dass ich tatsächlich hier bin.« Eine merkwürdige Bangigkeit überfiel sie. Dieses kleine Geschäft war noch hübscher, als sie es in Erinnerung hatte, und das Dorf war fast zu schön, um wahr zu sein.

»Dann komm, ich zeig dir alles.«

Der Laden war tadellos in Schuss. Unter einer hübschen, mit Kreide beschriebenen Tafel standen frisches Brot und frische Eier aus der Region, und die Regale beherbergten nicht nur hochpreisige Delikatessen, sondern auch Waschpulver, Baked Beans in Dosen und Kerzen. Neben den Sechserpacks mit weißen Tischkerzen für den Fall, dass der Strom ausfiel, stand eine Kollektion teurer, handgegossener Dosenkerzen aus Sojawachs und ätherischen Ölen.

»Die stellt Helen Bromsgrove hier aus dem Dorf her, das ist ihr neues Hobby. Eigentlich hat sie so was gar nicht nötig, aber sie ist unermüdlich. Es ist ein Fundraising-Projekt.«

An einer Pinnwand hingen schön geordnet Zettel und Ankündigungen für Events im Dorf sowie eine Erinnerung daran, dass das Treffen des *Women's Institute* aufgrund unerwarteter Ereignisse in diesem Monat eine Woche später stattfinden musste.

Beim Frühstück hatte Hannah kurz in die Facebook-Gruppe von Little Maudley hineingeschaut. Es war klar, dass es allen hier ziemlich wichtig war, gute Mitglieder der Dorfgemeinschaft zu sein, paradox dabei allerdings war, wie viele spitze Bemerkungen zu übervollen Mülltonnen oder nicht perfekt gepflegten Gärten abgegeben wurden. Mehrere Namen waren immer wieder aufgetaucht, und wenn Hannah sich richtig erinnerte, war Helen Bromsgrove auch darunter gewesen. Die Frau stellte nicht nur Kerzen her, sondern schien sich in allen Bereichen des Dorflebens sehr zu engagieren.

Die Türglocke bimmelte, und eine schlanke, gut gekleidete Frau mit modischen Strähnchen trat ein. Sie sah von Beth zu Hannah hinüber und lächelte selbstbewusst. »Hallo«, sagte sie und griff nach einem der geflochtenen Weidenkörbe, die an der Ladentür gestapelt waren.

»Wenn man vom Teufel spricht«, sagte Beth ganz leise, und dann in normaler Lautstärke: »Ist ja witzig, Helen – wir haben gerade von Ihren Kerzen gesprochen.«

»Ach, wirklich?« Helen war sichtlich erfreut.

»Ja.« Hannah nahm eine Kerze in die Hand und atmete den Duft von Lavendel und Jasmin ein. »Sie sind wunderschön.«

»Finden Sie?«, sagte Helen sichtlich geschmeichelt.

»Die gehen weg wie heiße Semmeln«, sagte Beth, »oder wie heiße Kerzen«, fügte sie hinzu.

»Schön, schön.« Helen packte einen Karton mit Eiern und ein frisches Brot in ihren Einkaufskorb. »Das höre ich gern.« Sie wanderte durch den Laden, checkte ihre Liste und stellte den Korb dann auf die Theke. Hannah war reglos stehen geblieben und versuchte sich vorzustellen, wie ihr Leben hier aussehen könnte. Alles war so friedlich, überschaubar und schön. Draußen heulten keine Martinshörner, und der Verkehr, den sie durchs Fenster sah, bestand nur aus einem

Traktor, der einen ratternden Anhänger voller Heuballen zog.

»Ich muss mit George über die nächste Gemeinderatsversammlung sprechen«, sagte Helen. Sie zog eine rot gepunktete Geldbörse von Cath Kidston aus der Handtasche und wartete, während Beth ihre Einkäufe in die Kasse eintippte. »Wir benutzen im Dorf immer noch viel zu viele Plastiktüten. Dauernd sehe ich, wie Leute mit solchen Tüten aus dem Laden kommen.«

»Aber ich habe auch viele Stoffbeutel verkauft.« Beth zeigte auf die verschiedenen Tragetaschen an der Wand hinter dem Tresen. Sie waren mit einem Bild vom Dorfladen und den Worten »Little Maudley liebt die Umwelt« bedruckt.

»Ja, ja, ich weiß. Aber die Leute geben sich einfach nicht genug Mühe.« Helen schnalzte missbilligend mit der Zunge. »Beth, Sie müssen versuchen, ein bisschen mehr Druck zu machen, sonst bekommen wir das Geld für die neue Küche im Dorfgemeinschaftshaus nie zusammen.« Helen warf Hannah einen Blick zu und streckte dann die Hand aus.

Hannah schüttelte sie. »Hallo, ich bin Hannah Reynolds, Beths Kusine.«

»Du meine Güte, Sie sehen sich aber überhaupt nicht ähnlich.« Staunend betrachtete Helen die beiden Frauen.

»Das stimmt«, sagte Beth.

»Wie schön, Sie kennenzulernen, Hannah. Vielleicht sehen wir uns mal wieder.«

Beth warf Hannah einen listigen Blick zu und gab ihr einen Stups. »Vielleicht eher, als Sie denken«, sagte sie, woraufhin Helen leicht die Stirn runzelte. »Aber das ist eine lange Geschichte.«

Beth wartete, bis die Ladentür zugefallen war, und prustete dann los. »Puh, Helen ist das perfekte Beispiel dafür, warum ich lieber heute als morgen aus diesem elenden Nest wegwill.«

»Auf mich hat sie eigentlich recht nett gewirkt.« Hannah blickte Helen nach, die gerade die Dorfwiese überquerte und dann an dem Telefonhäuschen voller Bücher stehen blieb. Sie rückte das Schild an der Tür gerade und bewunderte ihre Tat mit verschränkten Armen. »Sie hat sehr viel ... Gemeinschaftssinn.«

»So kann man es auch nennen. Sie ist ein echtes Alphatier.« Beth beugte sich über die Theke und stützte das Kinn in die Hände. »Sie hat das Herz auf dem rechten Fleck, aber sie gehört zu den Menschen, die einfach immer ihre Finger im Spiel haben müssen. Verstehst du, was ich meine?«

»Was hat es mit dieser Küche im Dorfgemeinschaftshaus auf sich?«

»Also, Ziel ist, mit den Stofftaschen und Helens Duftkerzen so viel Geld zu verdienen, dass wir die alte Küche rausreißen und eine neue einbauen können. Aber ich fürchte, das ist nicht zu schaffen. Wir kriegen zwar einen Zuschuss – alles, was wir bis zum Jahresende zusammenbekommen, wird noch mal obendrauf gelegt –, aber ...« Beth bremste sich. »Keine Ahnung, warum ich dir das alles erzähle. Mit solchen Dingen werde ich dich wohl kaum überreden können, herzuziehen und hier zu leben, oder?«

Hannah schwieg. Das Dorfleben, von dem Beth die Nase so gestrichen voll hatte, erschien ihr selbst ideal. Vielleicht sah sie es einfach aus einer anderen Perspektive als ihre Kusine.

Wieder bimmelte die Ladenglocke. Eine Frau mit langem dunklem Pferdeschwanz stieß mit dem Rücken die Tür auf. Sie schwankte unter dem Gewicht eines großen Kartons voller Bücher.

»Darf ich die zu den anderen in den Lagerraum stellen?« Sie wuchtete den Karton mit einer Kante auf den Ladentisch und sah Beth flehend an.

»Oje«, sagte Beth halb scherzhaft, »ach, Lucy, wir haben doch schon Millionen von den alten Schinken auf Lager.«

»Ich weiß einfach nicht, wohin damit. Manche haben wir doppelt und dreifach, und die meisten sind fast neu.«

Beth warf einen Blick auf die Bücher, die obenauf lagen, nahm ein Hardcover über Gärten aus dem Karton und blätterte darin. »Dieses hier sieht sogar aus, als wäre es ungelesen. Lucy, das ist übrigens meine Kusine Hannah. Lucy ist auch zugezogen«, fuhr sie an Hannah gewandt fort, »sie kommt aus Brighton. Erst war sie nur zu Besuch hier, dann konnte sie sich nicht mehr losreißen. Sie ist mit Sam zusammen, von dem ich dir gestern Abend erzählt habe, das ist der Mann, der die Baumhäuser baut.« Beth plapperte fröhlich weiter und merkte offenbar gar nicht, dass es Lucy mehr als peinlich war, zum Gesprächsgegenstand gemacht zu werden. Sie nahm den Karton wieder an sich und schleppte ihn durch den Laden zu einer breiten Nische mit einem schönen Fenster, in der bereits mehrere Kartons aufgestapelt waren.

»Darf ich die erst mal hier abstellen?«

»Wenn das so weitergeht, musst du deinem Sam sagen, er soll ein Regal dafür bauen.«

Hannah betrachtete die Nische. Man betrat sie durch einen

gemauerten Rundbogen, und das Fenster ging auf die Dorfwiese hinaus. Wenn es ihr Laden wäre, überlegte sie ... Nein, es hatte keinen Sinn, darüber nachzudenken. Das Gespräch gestern Abend war schön gewesen, und sie fühlte sich hier wie in einem Roman aus vergangenen Zeiten, aber in Salford musste sie sich um Berge von Wäsche kümmern, um ein Haus, das wahrscheinlich aussah, als hätte eine Bombe eingeschlagen, und um einen Sohn, der womöglich wieder wer weiß was angestellt hatte.

»Alles hat mit der Bücherei im Telefonhäuschen angefangen«, erklärte Lucy, nachdem sie den Karton abgesetzt und sich wieder aufgerichtet hatte. »Inzwischen bekommen wir so viele Spenden, dass wir nicht mehr wissen, wohin mit den Büchern.«

»Aber mit mir kann man's ja machen – mein Laden wird jetzt zum Bücherlager.« Beth schüttelte den Kopf.

»Wir sagen den Leuten schon, sie sollten sich ein bisschen zurückhalten und die Bücher an Secondhand-Läden oder zu wohltätigen Zwecken spenden, aber anscheinend sind sie auf dem Ohr taub.«

»Ihr solltet sie wirklich secondhand verkaufen«, bemerkte Hannah, ohne groß nachzudenken. »Hast du nicht eben gesagt, ihr sammelt Geld für eine neue Küche im Dorfgemeinschaftshaus?«

»Oh, oh«, sagte Beth. »Helen hat dich also schon eingespannt.«

»Wohl kaum.« Hannah lachte. »Ich finde das einfach logisch.«

Lucy und Beth warfen sich einen Blick zu.

»Da ist was dran«, sagte Lucy. »Wie wär's mit einer Dorfbuchhandlung zusätzlich zu unserer kleinen Bücherei?«

»Hallo?«, rief jemand am anderen Ende des Ladens. »Ich komm nicht an das oberste Fach heran.«

»Sofort!« Beth ließ Hannah mit Lucy allein.

»Verrückt oder?« Lucy nahm ein brandneues Buch in die Hand, das noch den Preisaufkleber vom Supermarkt trug. »Kannst du dir vorstellen, Bücher einfach so wegzugeben?«

Hannah schüttelte den Kopf. »Eigentlich nicht. Bei uns stehen in jedem Zimmer Bücherregale, und ich verspreche immer wieder, dass ich einen Teil zum Roten Kreuz oder so bringen will, aber sie sind wie alte Freunde.«

»Genau.« Lucy lächelte. »Ich hab immer noch eine Menge Bücher, die ich als Jugendliche gelesen habe.«

»Ich auch. Früher hab ich gedacht, ich würde sie an meinen Sohn weitergeben, aber er ist nicht gerade ein Bücherwurm.«

»Mein Partner auch nicht. Er ist Legastheniker und ist nie richtig darüber weggekommen, es hat ihm seine ganze Schulzeit vermiest. Zum Glück geht man heutzutage anders damit um.« Lucy machte eine Pause. »Ich bin Lehrerin – wir haben so viele Möglichkeiten, Kindern mit Legasthenie beim Lesen zu helfen.«

»Mein Sohn ist kein Legastheniker, aber er hat einfach keine Lust auf Lesen.«

»Ja, das geht manchen Jugendlichen so. Es ist ganz schön schwer, sie zum Lesen zu animieren, zumal die sozialen Medien und das ganze Zeug so verführerisch sind.

»Genau.«

Hannah hatte sich jahrelang bemüht, das richtige Buch zu

finden, das Phil oder Ben zum Lesen verlocken könnte – für Ben hatte sie es mit Biografien von berühmten Sportlern und für Phil mit interessanten Büchern über Persönlichkeitsentwicklung oder Betriebswirtschaft probiert. Aber alle Bücher standen unberührt zu Hause im Flur im Regal.

»Also«, Beth kam zurück, »Hannah hat ganz viele Ideen für den Laden, oder?«

»War bloß ein Gedanke.« Die Aufmerksamkeit machte Hannah etwas verlegen.

»Aber ein guter«, sagte Lucy. »Ich muss wieder los. Bunty kommt nachher zu Besuch.«

»Ah«, sagte Beth. »Liebe Grüße. Ich habe sie ewig nicht gesehen.«

»Seit ihrer OP geht es ihr viel besser.« Lucy zog die Tür auf, zögerte dann aber. »War schön, dich kennenzulernen.« Sie lächelte Hannah zu.

»Gleichfalls.«

»Siehst du«, sagte Beth triumphierend, »du kommst hier im Dorf super an.«

»Ja.« Hannah nestelte an ihrem Ärmel herum und zupfte an einem losen Fädchen. »Aber ich kann doch nicht einfach in Salford alles aufgeben und hierherziehen und deinen Laden übernehmen.«

»Warum nicht?«

»Ich habe Verpflichtungen.«

»Die kannst du mitbringen.«

»So einfach ist das nicht.«

»Doch.« Beth verschränkte die Arme. »Es ist ganz einfach, du musst es bloß wollen. Ernsthaft, Hannah, denk darüber nach. Du kannst es nicht dein Leben lang allen recht machen, nur dir selbst nicht.«

»Gut, ich denke darüber nach«, sagte Hannah vor allem, um Beth abzuwimmeln.

»Prima. Also abgemacht. So, jetzt übergebe ich an die Ehrenamtliche für den Nachmittag, und dann gibt es was zu essen. Wie findest du das?«

»Perfekt.«

Beth führte Hannah durch den kleinen Gang, der den Laden mit dem Wohnhaus verband. Es war winzig und einfach entzückend und offenbar zusammen mit dem Postamt erbaut worden, das man mittlerweile zum Laden umfunktioniert hatte. Das Wohnzimmer mit seiner niedrigen Balkendecke war recht dunkel, und die beiden tiefen Fenster gingen auf die Dorfwiese und die Straße hinaus. Ein aus Backsteinen gemauerter Kamin nahm den größten Teil einer Seitenwand ein, und das riesige weiche Sofa lag voller Kissen. Mit einer Geste forderte Beth Hannah auf, sich zu setzen. »Ich mach uns was zu Mittag. Musst du eilig wieder nach Hause?«

Ben war beim Fußball, und Phil hatte kurz geschrieben, dass er arbeitete und sie sich auf dem Heimweg nicht hetzen solle. Hannah schüttelte den Kopf. »Nein, alles gut.«

»Schön. Dann hab ich ja noch Zeit, dich weiter zu bearbeiten.« Beth gackerte los und verschwand Richtung Küche. »Du bleibst einfach da sitzen und stellst dir vor, wie es wäre, hier zu wohnen.«

Aber Hannah setzte sich nicht. Stattdessen ging sie zum Bücherregal hinüber. Es war mit einem Durcheinander von Laurens Schulbüchern vollgestellt und mit Promibiografien, wie man sie zu Weihnachten bekommt, wenn Leute nicht wissen, was sie schenken sollen. Hannah fand Häuser ohne Bücher immer sonderbar – und die Vorstellung von den Bücherkartons im Laden ließ ihr keine Ruhe. Viel würde nicht nötig sein, um die Nische mit dem Fenster in einen Minibuchladen zu verwandeln. Einen Moment lang überließ sie sich einem Tagtraum von Vormittagen, an denen sie den Laden führte, und Nachmittagen, die sie mit dem Sortieren von Büchern verbrachte. Phil wäre zur Arbeit, und Ben würde glücklich und zufrieden in der Schule sitzen. Wahrscheinlich gab es im Dorf viele Menschen, die Bücher liebten, und sie könnte mit ihnen darüber diskutieren, welcher von Jane Austens Romanen der beste war – *Stolz und Vorurteil* natürlich, auch wenn sie immer noch eine Schwäche für Mr Knightley in *Emma* hatte.

»Was machst du?«, rief Beth kurze Zeit später aus der Küche.

»Ich gucke mir dein Bücherregal an.«

»Da findest du nicht viel; Lesen ist nicht so mein Ding. Warte mal, ich will dir was zeigen.«

Beth kam zurück ins Wohnzimmer und klickte mit der Maus etwas im Computer an. Im nächsten Moment scrollte sie durch eine komplizierte, mehrfarbige Excel-Tabelle. An der Seite war eine Spalte mit einer Namensliste. Hannah versuchte, sich darauf zu konzentrieren, aber Tabellen waren für sie immer ein Buch mit sieben Siegeln gewesen.

»Ich musste nur eben was nachgucken, aber es ist eine gute Gelegenheit, dass du das mal siehst. Im Grunde haben wir eine Mitarbeiterin, die den Laden managt – das wärst du«, Beth warf ihr einen vielsagenden Blick zu – »und alle anderen arbeiten ehrenamtlich.« Sie klopfte sich mit dem Ende eines Kugelschreibers gegen die Zähne, dann löste sie einen etwas mitgenommenen Klebezettel von der Seite des Bildschirms und zerknüllte ihn. »Du brauchst nichts weiter zu machen als zu erscheinen, deinen Teil zu erledigen und dann die anderen weiterarbeiten zu lassen.«

Hannah sah ihre Kusine von der Seite an. »Und die anderen kommen zuverlässig?«

»Theoretisch ja.« Beth verdrehte die Augen. »Ich meine, manchmal taucht eine nicht auf, dann muss man ein bisschen hinter ihr her sein ...«

Das klang schon plausibler. Hannah sah sich noch einmal in dem kleinen Wohnzimmer um und überlegte. Sie konnte sich vorstellen, in einer Schürze hinter der Ladentheke zu stehen, mit den Einheimischen zu quatschen und sich als Teil einer Gemeinschaft zu fühlen. Es war genau das, was Ben brauchte. Wenn sie ihn hierherbringen könnte, weit fort von den schlechten Einflüssen in Manchester, dann würde ihr Verhältnis zu ihm vielleicht wieder so werden wie früher, bevor Hormone und Teenager-Gemuffel zugeschlagen hatten. Und dazu ein Buchladen ... es war, als würde ihr die Verwirklichung eines Traumes auf dem Silbertablett serviert.

Der kleine Haken an der Sache war bloß, dass sie unter gar keinen Umständen zugreifen konnte.

Viertes Kapitel

Auf der Heimfahrt kam Hannah nicht zur Ruhe, ihre Gedanken kreisten unaufhörlich um Beths Angebot. Wie war sie bloß zu so einer Transuse geworden? Sowohl Beth als auch Katie hatten ihr in diesen wenigen Tagen aufgezeigt, dass sie im Grunde eine Jasagerin war. Während sie die Autobahn entlangschlich, gefangen zwischen gigantischen Schwerlastern und Leitkegeln, sann sie darüber nach, wie ein Mensch beschaffen sein musste, der aus einer Laune heraus die gesamte Familie entwurzelte.

Ihre Musik wurde durch einen Anruf unterbrochen.

»Wie war's?«

Katie meldete sich aus einem Hotelzimmer in London.

»Ganz okay. Traurig und schön. Und verrückt. Du weißt schon, wie Beerdigungen eben so sind.«

»Ja. Ich wollte einfach mal hören, wie's dir geht. Und ob es irgendwelche Neuigkeiten gibt.«

»Also ...« Hannah machte eine Pause. »Nein, eigentlich nicht.«

Sie wusste nicht genau, warum sie ihrer Freundin nichts von ihrem Gedankenkarussell erzählte. Wenn irgendjemand sie ermuntern würde, ihr Leben zu ändern, dann war das Katie – aber im Moment wollte Hannah sich nicht zu irgendetwas überreden lassen. Sie ließ ihre Freundin von einem bevorstehenden Date schwatzen, hörte zu und ermutigte sie an den richtigen Stellen. Anschließend schalt sie sich, dass sie Katie keine richtige Hilfe gewesen war. Sie musste sich jetzt einfach zusammenreißen, diese beknackte Idee vergessen und in ihren Alltag zurückkehren.

Das jedenfalls war der Plan. Später überlegte Hannah, wie ihr Leben wohl weitergegangen wäre, wenn das Haus bei ihrer Rückkehr nicht wie nach einem Wirbelsturm ausgesehen hätte und wenn sie nicht mit der Schulter die Haustür hätte aufstemmen müssen, weil Ben offenbar am Morgen seine verschwitzten Sportklamotten davorgeschmissen hatte und dann durch die Hintertür verschwunden war. Vielleicht hätte sich ihr Gedanke, dass sie ein Recht auf ein eigenes Leben hatte, dann ganz schnell verflüchtigt. Aber so – Hannah ließ den Blick durch den Flur wandern. Phil hatte einen Aktenordner und einen Berg Papiere von seiner Arbeit auf der Kommode liegen lassen, aber von ihm selbst war nichts zu sehen.

Sie ging nach oben und lugte vorsichtig in Bens dämmrige Höhle hinein. Es roch gleichzeitig nach Deo und verschwitzten Fußballsachen – ein Geruch war scheußlicher als der andere. Natürlich hatte Ben sein Bett nicht gemacht, und die Vorhänge waren fest zugezogen. Etwas argwöhnisch betrat sie das Zimmer, zog die Vorhänge auf und öffnete das Fenster. Wenn Ben nachher nach Hause kam, würde es hier drinnen zumindest nicht mehr ganz so schlimm stinken.

Unten fand sie einen Klebezettel an der Obstschale – wer außer Phil schrieb heutzutage noch Zettel? Er war leuchtend rot und mit dem Logo ebenjener Firma bedruckt, die mehr von Phils Zeit schluckte als alles andere. *Ben beim Fußball*, war darauf gekritzelt. *Bin ca. fünf Uhr zurück.*

Hannah sah zur Uhr hoch, die an der Küchenwand hing.

Geschmückt war sie mit einem Kunstwerk von Ben, das inzwischen ausgeblichen war und sich an den Rändern aufrollte, schließlich hing es da schon seit seiner Grundschulzeit. Es war erst vier Uhr – wo um Himmels willen war Phil denn an diesem Samstagnachmittag? Und warum hinterließ er ihr einen Zettel, als wären sie im Jahr 1994? Sie zog ihr Handy aus der Jeans und tippte auf seinen Namen.

Piep – piep – piep. Hannah runzelte die Stirn. Dieses Piepen bedeutete außer Betrieb. Sie versuchte es noch einmal. Oder hieß es, dass Phil sein Handy ausgeschaltet hatte? Wie auch immer, sie fand es unbegreiflich. Hinzu kam, dass Phil immerhin Vaterpflichten hatte, er war nämlich während ihrer Abwesenheit und auch noch heute für Ben zuständig gewesen. Wer konnte wissen, was Ben gerade wieder anstellte?

»Hallo!« Eine Stimme im Flur ließ Hannah zusammenzucken.

»Ben!«

»So heiße ich«, sagte er, beugte sich zu ihr hinunter und gab ihr ein Begrüßungsküsschen. Hannah lächelte, sagte aber nichts. Mitunter war er immer noch der verschmuste kleine Junge, mit dem sie beim Fernsehen stundenlang auf dem Sofa gekuschelt hatte – auch wenn er mittlerweile größer war als sie und eine tiefere Stimme hatte als sein Vater.

»Wie war das Spiel?«

Ben setzte sich auf die Kücheninsel, mit seinen schmutzigen Knien, den dreckigen Fußballschuhen und allem, und verzog das Gesicht. »Nicht schlecht. Harry hat eine Torvorlage gegeben und den Kasten sauber gehalten, und wir haben drei null gewonnen.«

»Toll.«

»Harry ist *Man of the Match* geworden.«

»Das ist auch toll.« Harry war während der ganzen Grundschulzeit Bens bester Freund gewesen, bis Ben dann angefangen hatte, mit den zwielichtigen Burschen aus den Nachbarstraßen herumzuhängen.

Wieder biss Hannah sich auf die Zunge. Sie hätte Ben leicht fragen können, ob er Harry gern zum Abendessen einladen würde oder wie es Harrys Mutter ging, einfach um irgendetwas zu finden, womit sie ihren Sohn wieder auf den richtigen Weg zurückbringen konnte. Im Moment war Fußball die einzige Rettung. Die Konzentration auf ein Spiel hielt Ben davon ab, Unfug zu machen. Und nach dem Spiel war er dann, vor allem, wenn die Mannschaft so gut gewesen war wie heute, vor lauter Endorphinen und Erschöpfung ganz geschafft und blieb zufrieden zu Hause. Er duschte, ließ sich in T-Shirt und Shorts aufs Sofa plumpsen und brüllte seine Xbox an. Dagegen hatte Hannah nichts. Seine Spielkonsole konnte er wenigstens mitnehmen, falls sie umzogen. Sie stellte sich den goldgelben Mauerstein des alten Postamtes vor und malte sich aus, wie sie morgens früh in der Tür stand und auf die Eier, die Zeitungen oder sonst etwas wartete, das geliefert wurde, bevor das übrige Dorf erwachte.

Ben schnappte sich zwei Bananen und eine Schüssel Müsli und verschwand nach oben zum Duschen. Hannah sammelte einen Arm voll Wäsche ein, die auf dem Küchentisch lag, und schnupperte daran, um zu prüfen, ob die Sachen sauber oder schmutzig waren. Igitt, dachte sie dabei, ist wirklich nicht zu fassen, dass ich das hier mache. Falls sie tatsächlich einen

Laden führen wollte, musste sie ihre Männer ein bisschen besser erziehen.

Eine halbe Stunde später tauchte Ben wieder auf. Inzwischen hatte Hannah die Ordnung in der Küche einigermaßen wiederhergestellt, vier von Phils Arbeitshemden in dem winzigen Hauswirtschaftsraum aufgehängt und sich einen Kaffee gemacht.

»Kannst du bis morgen meine Fußballsachen waschen? Ich hab ein Sonntagsspiel, weil ich in einer der anderen Mannschaften einspringen muss.«

»Klar, Schatz. Pack sie hier neben die Waschmaschine.« Hannah hielt inne. »Oder weißt du was? Kannst du die Maschine leer machen und die Wäsche draußen aufhängen?«

Ben sah sie mit einem Gesicht an, als wäre sie durchgeknallt.

»Ich weiß nicht, wie das geht.«

»Dann ist jetzt der richtige Zeitpunkt, dass du es lernst. Die Wäscheklammern sind in dem Beutel, der an der Leine hängt.«

Er warf ihr einen sehr altväterlichen Blick zu, sagte aber nichts, sondern öffnete die Maschine und trug die feuchte Wäsche in den Garten hinaus. Auch Hannah hielt den Mund und lachte nicht, als er einen Moment auf der Terrasse stehen blieb und ihm ein paar Unterhosen aus den Armen rutschten. Auch als Ben den Holztisch als geeignetes Zwischenlager für die Wäsche wählte, juckte es sie nur ein ganz klein wenig in den Fingern. Doch dann hängte er die Wäsche so planlos auf, dass sie vor Frust fast explodiert wäre. Aber wenn sie ihn das nicht allein machen ließ, würde er es niemals lernen.

»So«, sagte er eine Viertelstunde später, als er wieder hereinkam und direkt auf den Kühlschrank zusteuerte. »Wenn das alles ist, verziehe ich mich jetzt wieder zu meinem Spiel.«

»Nein, noch nicht.« Hannah unterdrückte ein Kichern. Aus Ben einen verantwortungsvollen Erwachsenen zu machen war eigentlich recht befriedigend. »Du möchtest dein Fußballzeug gewaschen haben?«

»Das glaub ich jetzt nicht«, sagte Ben so, wie nur ein Teenager es fertigbrachte.

Hannah hatte Pasta und Salat gemacht, und sie saßen schon am Tisch, als ihr Smartphone sich meldete.

Bin auf der Arbeit aufgehalten worden, wartet nicht mit dem Essen auf mich.

»Dad?«, Ben sah auf, mit der beladenen Gabel in der Hand.

Hannah nickte. »Er muss noch arbeiten.«

»Wie immer«, sagte Ben.

Hannah blickte ihren Sohn an. Wenn das sogar Ben auffiel, wurde es ernst. Diese Situation musste sich ändern, und zwar schnell.

Es wäre schön, dachte sie, während sie anschließend die Spülmaschine einräumte, wenn Phil ausnahmsweise einmal zu Hause wäre, wenn es etwas Besonderes gab. Er würde niemals der einfühlsamste Ehemann der Welt werden – da sie seit ihrem achtzehnten Lebensjahr mit ihm zusammen war, hatte sie das mittlerweile begriffen –, aber es wäre doch mal nett, wenn sie von einem Familientreffen nach Hause käme und er mit einem Glas Wein auf sie wartete oder sogar mit einem vorbereiteten Bad mit Kerzen – jetzt übertrieb sie ein bisschen – und einem offenen Ohr.

»Ich geh duschen.« Plötzlich hatte Hannah das Bedürfnis, sich das Wochenende abzuwaschen und dann einfach in den Schlafanzug zu steigen und abzuhängen.

Aber die Dusche war total schmutzig, wie immer, also drehte sie das Wasser auf, zog sich aus und stieg mit einem Mikrofasertuch und einer Flasche Badreiniger bewaffnet in die Duschwanne. Während sie unter der Brause stand, sprühte sie den Reiniger auf die Fliesen und rieb sie sauber. Mit einem luxuriösen Wellnessbad hatte das nichts zu tun.

Als Hannah später mit einem Glas Rotwein auf dem Sofa lag und die *Antiques Roadshow* guckte, hörte sie das vertraute Zuschlagen von Phils Autotür. Sie setzte sich auf, um ihn zu begrüßen. Oder vielleicht sollte sie ihm auch ein Glas Wein holen? Schließlich hatte er einen langen Tag hinter sich. Sie schlurfte in die Küche, holte ein Weinglas aus der Spülmaschine und schenkte ihm großzügig ein. Dann nahm sie die Weinflasche mit ins Wohnzimmer, um sich selbst nachzuschenken.

»Das ist ein ganz besonderes Objekt«, begann der Mann im Fernsehen feierlich. »So etwas haben wir in all den Jahren, die unsere Sendung nun schon läuft, noch nie ...«

»Jetzt mach schon«, sagte Hannah gereizt. »Wir wissen doch alle, das Ding bringt das große Geld.«

Eine Menschenmenge versammelte sich um die Experten, die eine scheußliche Porzellanschüssel bewunderten. Sie ähnelte dem Gefäß im Gartenschuppen, in dem Hannah allen möglichen Krimskrams aufbewahrte.

»Diese Schale ist insofern ein ganz ungewöhnliches Stück, als sie im Jahr 1934 hergestellt wurde. Zu diesem Zeitpunkt schloss die Fabrik bereits, daher gibt es nicht mehr viele Exemplare davon.«

Die Frau, der die Schale gehörte, fing vor Aufregung an zu zittern, und das Publikum drängte sich noch näher heran. Der Moment war gekommen, in dem sie erfahren würde, ob das uralte Ding, das sie in eine Schublade verbannt hatte, tatsächlich ein Vermögen wert war.

»Wir haben ein seltenes Sammlerstück vor uns, und ich denke, falls Sie es versichern lassen würden ...«

»Oder eher verkaufen«, sagte Hannah leise.

»... würden Sie sich in einem Bereich zwischen dreißig- und vierzigtausend Pfund bewegen ...«

Es dauerte noch weitere fünf Minuten, bis Phil endlich erschien.

»Hallo, Liebes«, sagte er von der Wohnzimmertür aus. »Alles in Ordnung?«

Hannah nickte und deutete auf das Weinglas. »Hab dir was zu trinken eingeschenkt.«

»Ach, lieber nicht.« Er tätschelte sich den Bauch. »Ich versuche gerade, etwas für meine Fitness zu tun, verstehst du?«

Hannah schnaufte. »Na ja, gehört hab ich schon von so was, aber ...«

»Genau. Schön, dass du heil wieder da bist. Ich geh hoch und springe unter die Dusche. Bin fix und fertig nach diesem Tag.«

Erst als Hannah sein Glas Rotwein schon halb ausgetrunken hatte, wurde ihr bewusst, dass Phil ihr nicht mal einen Begrüßungskuss gegeben hatte.

Fünftes Kapitel

»Heute Abend wird's spät. Ich muss zu einer Besprechung nach Leeds.«

Es war halb sieben am Montagmorgen, und Phil war auf und bewegte sich zielstrebig durchs Schlafzimmer. Er knöpfte sein Hemd zu und besprühte sich mit einem neuen Aftershave, das für Hannahs Geschmack ein bisschen zu sehr nach Bens Deo roch. Doch sie äußerte sich nicht dazu, sondern zog die Decke bis zur Nase hoch und bemühte sich, wach zu werden. Der Sonntag war von Hausarbeit und Bens zusätzlichem Fußballspiel verschluckt worden, daher hatte sie noch nicht den richtigen Moment gefunden, um das Thema »Lass uns unser Leben umkrempeln und 150 Meilen weit wegziehen« anzuschneiden. Doch die Idee nahm in ihrem Kopf immer mehr Raum ein, und inzwischen verspürte Hannah eine eiserne Entschlossenheit, die ihr vollkommen neu war. Sie würde das durchsetzen, irgendwie.

»Wann bist du zurück? Ich dachte, wir könnten vielleicht einen Spaziergang machen oder so.«

Phil drehte sich um und sah sie verdutzt an. »Einen Spaziergang?«

»Andere tun das auch«, sagte Hannah ein wenig gekränkt. »Ich meine ... es könnte doch schön sein, mal was zusammen zu unternehmen.«

»Ja.« Phil wirkte nicht überzeugt. »Klar. Wenn du das gern möchtest.«

»Wann kommst du denn heute Abend wieder?«

Hannah setzte sich auf, stopfte sich Phils Kopfkissen in den Rücken und zog den Kragen ihres blau-weiß gestreiften Nachthemds zurecht. Phil war ganz mit seinen Manschettenknöpfen beschäftigt und blickte nicht auf.

»Schatz?«

»Hmm?«

»Wenn wir spazieren gehen wollen, müsstest du mir sagen, wann. Ich muss kochen, und –«

»Ach so, übrigens, Ben hat Hausarrest.« Phil strich sich das Haar zurück. Es wurde dünner, fiel Hannah auf. Doch ganz sicher war sie sich nicht, daher sagte sie nichts. Auf die Vorstellung, dass er irgendwann mit Vollglatze dastehen könnte, kahl wie ein Ei, genauso wie sein Vater, hatte ihr lieber Mann immer empfindlich reagiert.

»Schon wieder?«

»Sieht so aus. Jedenfalls, ich hab keine Ahnung, wann ich heute Abend nach Hause komme, das wissen die Götter. Was hat es mit deinem plötzlichen Bedürfnis nach Spaziergängen auf sich?«

Er setzte sich für einen Augenblick auf den Hocker vor der Frisierkommode und schenkte ihr seine volle Aufmerksamkeit.

»Ich wollte einfach etwas mit dir besprechen.«

Mit gerunzelter Stirn kaute Phil am Daumennagel. »Ja, tut mir leid, ich hab ein richtig schlechtes Gewissen. Ich hatte so viel zu tun, und du musstest die ganze Geschichte mit der Beerdigung allein bewältigen.«

»Hab ich ja auch«, begann Hannah, und dann purzelten die Worte einfach aus ihr heraus. »Und Beth hat mir angeboten, den Laden in Little Maudley zu übernehmen und auch da zu wohnen. Also, ich meine, wir würden natürlich alle drei da wohnen, nicht ich allein. Du kannst ja von überall aus arbeiten, das gehört zu deinem Job, oder? Ben muss irgendwo leben, wo es nicht so viele Ablenkungen gibt, und ...« Sie verstummte, weil ihr bewusst wurde, dass ihr Plan, das Thema behutsam und strategisch geschickt anzugehen, gerade von der typischen Hannah, die mit Neuigkeiten nicht hinterm Berg halten konnte, zunichtegemacht worden war.

»Du willst hier weg und in die Cotswolds ziehen, weil deine Kusine dir angeboten hat, einen Laden zu übernehmen?«

»Ja, so ungefähr.«

Phil stand auf und trat ans Fenster. Hannah sah ihm zu und betrachtete seinen Rücken, während er einen langen Moment reglos und schweigend dastand. Wieder musste sie daran denken, dass sie Phil nie um etwas gebeten hatte, nicht in all den Jahren, seit ihr bewusst geworden war, dass ihre Regel zweimal ausgeblieben war, aber nicht wegen Examensstress, sondern weil sie mit Ben schwanger war. In alles hatte sie sich gefügt: Wegen der Umzüge hatte sie ihre Freundinnen verlassen, und wenn Phil Kunden einlud, verbrachte sie elend langweilige Abende in Restaurants. Kein einziges Mal hatte sie gefragt: »Und was ist mit mir?« Jetzt wappnete sie sich gegen die unvermeidliche Enttäuschung.

»Meinetwegen.« Phil drehte sich um. Er wirkte ein wenig verwirrt. »Wenn es dich glücklich macht, bin ich einverstanden.«

»Wenn es mich glücklich macht?«

»Na ja, du versprichst dir doch offenbar etwas davon, sonst würdest du es nicht vorschlagen.«

»Das stimmt.«

Phil warf einen Blick auf sein Handy und verzog das Gesicht. »Ich muss los, Schatz.«

»Darf ich dir Infos dazu schicken? Du kannst doch nicht einfach ja sagen, wenn du gar nicht weißt, was du dir da einbrockst.«

»Doch, das kann ich«, sagte Phil und schob sein Handy in die Tasche. »Ich glaube, ich habe es gerade getan.«

Und weg war er. Etwas verblüfft blieb Hannah im Bett sitzen. Sie konnte sich nicht recht zusammenreimen, warum er kapituliert hatte – oder nein, das war nicht das richtige Wort, irgendwie schien es ihn gar nicht besonders zu interessieren.

Den ganzen Tag über saß Hannah in jeder freien Minute an ihrem Laptop und schickte Phil Infos zum Laden. Aufgeregt ließ sie sich über ihre vielen Pläne aus. Immer wieder musste sie daran denken, wie sie die Fensternische in ein winziges Antiquariat verwandeln könnte, und sie ertappte sich dabei, wie sie am Küchentisch in eins von Bens DIN-A4-Heften kleine Skizzen zeichnete.

Beth war hocherfreut, das war ja klar.

»O mein Gott«, kreischte sie und ließ vor Aufregung ihr Handy fallen, sodass sie zurückrufen musste. »Sorry. Ich kann's noch gar nicht glauben. Das ist einfach perfekt für dich, und ich bin verdammt erleichtert, dass ich tatsächlich hier rauskomme. Dabei läuft das wirklich alles gut, bloß ...«

Hannah lachte. »Ich weiß schon.«

Zwischen zwei Meetings schrieb Phil ihr eine Nachricht:

Eine Sache wäre allerdings zu klären, Schatz – wir müssen überlegen, was wir mit unserem Haus machen.

Wir könnten es vermieten, tippte Hannah und zappelte vor Aufregung auf ihrem Stuhl herum. Das war alles viel einfacher, als sie erwartet hatte. Phil schien nicht nur begeistert zu sein, sondern er brachte sich sogar richtig ein, was sie schon lange nicht mehr erlebt hatte.

Ja, das ginge. Und ich habe mir überlegt: Wie wäre es, wenn du mit Ben schon früher umziehst, dann kann ich hier alles schön in Ordnung bringen, bevor wir das Haus vermieten.

Gute Idee, antwortete Hannah. Im Stillen faszinierte sie die Vorstellung, wie friedlich es sein würde, das Häuschen in Little Maudley für sich allein zu haben – oder wenigstens ohne Männer darin. Ben zählte in ihren Augen nicht, auch wenn er überall mannshohe Berge schmutziger Wäsche und Chaos hinterließ.

Wir müssen es nur noch mit Ben besprechen.

Zusammen?

Nein. Das Meeting heute Abend wird voraussichtlich lange dauern. Rede du doch mit ihm und sieh einfach, wie er reagiert.

Okay, antwortete Hannah und wappnete sich innerlich. Ben hatte die ständigen Umzüge in seiner Kindheit gar nicht gut weggesteckt, und erst seit sie wieder in Manchester lebten, schien er angekommen zu sein. Doch wenn Hannah an die Freunde dachte, mit denen er sich herumtrieb, machte sie sich Sorgen.

In der Annahme, dass Teenager Neuigkeiten am besten mit einem Bauch voller Junkfood verkraften, nahm sie Ben schließlich mit zu McDonald's. Er war gerade mitten in der Phase, in der es ihm höchst peinlich war, wenn er in einem Abstand von weniger als fünfzig Metern zu seiner Mutter gesehen wurde – schließlich konnten die Leute ja glauben, dass er mit ihr verwandt war –, daher bestand er darauf, das Essen am Drive-in-Schalter zu besorgen und es dann im Auto zu verzehren. Trotz der offenen Wagenfenster war es brütend heiß, daher fuhren sie auf den Parkplatz des Supermarktes und parkten dort im Schatten.

»In normalen Familien werden solche Gespräche beim Abendessen geführt«, erklärte Hannah.

»In normalen Familien werden gar keine Gespräche geführt.« Ben pulte eine Gurkenscheibe von seinem Burger und legte sie auf die Schachtel.

Anschließend überlegte Hannah, wie merkwürdig es war, dass sie sich niemals hätte vorstellen können, wie gut Ben die Sache wegstecken würde.

»Willst du mich nicht anschreien, weil ich dein Leben zerstöre?«

Ben zuckte die Achseln, und wie sehr sie auch in ihn drang, er wollte sich nicht weiter dazu äußern. Es war kein begeistertes Ja, aber es war auch kein Nein. Vielleicht musste sie sich damit zufriedengeben.

Wieder zu Hause angekommen stellte Hannah sich in die Terrassentür zum Garten und überlegte, was sie alles tun musste, falls sie umzogen. Der Rasen war ungepflegt und mit Gänseblümchen übersät – Phil hatte zwar versprochen, ihn am Wochenende zu mähen, aber offenbar hatte er es vergessen. Sie würde es wohl selbst mit einplanen müssen. Der ganze Garten wirkte ein bisschen zugewuchert. Sie waren beide keine Gärtner, und ihre Tätigkeiten beschränkten sich meist nur darauf, alles zurückzuschneiden und das Beste zu hoffen. Auf der verwahrlosten Rasenfläche mit den Narben von zu vielen Fußballspielen stand auf einer Seite etwas schief ein rissiger Torpfosten und auf der anderen ein altersschwacher Tisch mit Stühlen. Falls sie wirklich umziehen sollten, musste hier gründlich aufgeräumt werden.

»Ich hab mal gegoogelt.« Ben saß am Küchentisch, und obwohl Hannah gerade ein kleines Vermögen für Fastfood ausgegeben hatte, schmierte er sich einen Berg Toast und hatte sich dazu ein großes Glas Milch eingegossen. Er bemerkte Hannahs Blick. »Was ist?«

»Nichts.« Hannah lächelte ihm liebevoll zu. »Du bist einfach ein Fass ohne Boden.«

»Ich brauche alle Energie, die ich kriegen kann«, sagte er, »besonders wenn ich es in die Mannschaft da unten schaffen will.«

»Da gibt es eine Mannschaft? Eine Schulmannschaft, meinst du?«

»Nein, eine Art Fußballakademie. Wenn ich mich richtig anstrenge, könnte ich da vermutlich einen Platz kriegen und nächstes Jahr nach den Sommerferien hingehen.«

»Okay, das klingt gut.«

»Und David Beckham hat da in der Nähe ein Haus. Vielleicht sieht er mich, und ich werde entdeckt.«

»Ich kann mir nicht vorstellen, dass er herumwandert und nach Fußballspielern sucht«, sagte Hannah, bereute es aber sofort wieder. Sie klang genauso negativ wie ihre Mutter früher, als sie selbst Teenager gewesen war, und genau das versuchte sie doch zu vermeiden. Ihr heranwachsender Sohn sollte das Gefühl haben, dass ihm alle Möglichkeiten offenstanden.

Also fing sie nochmal an.

»Das klingt ja toll. Wahrscheinlich gibt es bis dahin eine richtig gute Mannschaft da unten. Wenn wir in den Sommerferien umziehen, kannst du dich zum neuen Schuljahr anmelden.«

»Wenn sie mich nehmen.«

»Natürlich nehmen sie dich.«

Ben zuckte die Achseln. Er griff nach seinem Handy und starrte einen Moment lang abwesend aufs Display.

»Ich geh noch ein bisschen raus, ist das okay?« Er warf Hannah einen Blick zu. Es war der Blick eines Teenagers, der einfach sein Glück probierte. Hoffnungsvoll, mit einer hochgezogenen Augenbraue und einem halben Lächeln im Mundwinkel. Genau dieser Blick trieb seine Lehrer in den Wahnsinn, aber Hannah war eine leichte Beute und schmolz dahin. Sie erinnerte sich, dass Ben den gleichen Gesichtsausdruck schon als Kleinkind gehabt hatte, wenn er auf seinen stämmigen Beinchen durch den Park gestolpert war und Dummheiten gemacht hatte.

»Okay. Aber mach keinen Blödsinn.«

Als es um halb neun an der Tür klingelte, vermutete Hannah, dass Ben seinen Schlüssel vergessen hatte. Sie öffnete, doch die Worte »Du musst immer an den Schlüssel denken, falls ich mal nicht da bin« blieben ihr im Hals stecken. Vor ihr stand nicht Ben, sondern eine sehr ernste Polizistin. An der Straße parkte ein weißer Polizeiwagen – und Hannah sah, dass Mrs Harris von gegenüber schon wie wild an ihrer Gardine zerrte.

»Oh ...«

»Sind Sie Mrs Reynolds?«

Hannah nickte.

»Wir haben Ihren Sohn hinten im Wagen. Er wurde mit ein paar anderen Jungen dabei erwischt, wie er unten an der Eisenbahnbrücke mit Sprayfarben herumgesprüht hat. Ich bringe die Jungen gerade nach Hause, damit sie nicht noch mehr Unheil anrichten.«

»Du meine Güte.« Hannah schob sich das Haar aus den Augen. Vor Schreck war ihr ganz flau.

»Also, raus mit dir.«

Scheppernd öffnete sich die rückwärtige Tür des Kastenwagens, und einen Moment später stahl sich ein verlegener Ben heraus. Hannah war erleichtert, dass er ziemlich verschreckt aussah.

Die Beamtin trat mit verschränkten Armen zurück und beobachtete, wie Ben den kurzen Weg durch den Vorgarten nahm und neben einem etwas zerfledderten Rosenbusch stehen blieb. Ben pflückte ein Blatt ab und spielte damit herum, ohne Hannah in die Augen zu sehen. Offenbar waren seine teuren Sportschuhe das Faszinierendste, was ihm je begegnet war.

Die Polizistin blickte von ihm zu Hannah. »Wenn ich deine Mutter so sehe, bin ich sicher, dass sie noch mehr zu sagen hat. Also, ich an deiner Stelle würde jetzt reingehen und gründlich darüber nachdenken, wie ich mir den Rest meines Lebens vorstelle, denn wenn du nicht aufpasst, landest du demnächst wieder in meinem Wagen, und dann liefere ich dich nicht zu Hause bei deiner Mutter ab.«

»Es tut mir leid«, nuschelte Ben.

»Das will ich auch hoffen«, sagte die Polizistin. »Also, ab ins Haus mit dir, und ich will dich nie wieder sehen.«

»Es tut mir sehr leid«, begann Hannah.

»Braucht es nicht.« Nachdenklich legte die Polizistin den Kopf schräg. »Als ich in seinem Alter war, hatte ich jede Menge ähnliche Probleme, weil ich die Schule geschwänzt habe. Hätte mir nicht jemand einen ordentlichen Schrecken eingejagt, wer weiß, wo ich dann gelandet wäre.«

»War Ben mit anderen zusammen?«

»Mit ein paar älteren Jungs. Einige wurden nur verwarnt, ein paar andere sitzen noch hinten im Wagen, die werden zu Hause abgeliefert, mit einer Ohrfeige – symbolisch gesprochen natürlich – und einer Verwarnung.«

»Ich hatte ihn nur gehen lassen, weil er sich benommen hat, als wäre er –«

»Jetzt machen Sie sich bitte keine Vorwürfe. Halten Sie ihn einfach an der kurzen Leine.«

Um halb zehn kam Phil endlich nach Hause. Ben lag inzwischen oben in der Badewanne, wo er vermutlich am wenigsten anstellen konnte, und Hannah hatte eine halbe Flasche Rotwein aus dem Tante-Emma-Laden intus, so sauer, dass ihr davon ein wenig übel war. Als Phil die Küche betrat, wo sie gerade Wäsche sortierte, leerte sie ihr Glas mit einem Schluck.

»Alles in Ordnung?«

»Abgesehen davon, dass unser Sohn heute von der Polizei nach Hause gebracht wurde und du den ganzen Nachmittag und Abend nicht zu erreichen warst, ja.« So wütend, wie sie konnte, faltete sie ein Geschirrtuch und packte es auf den Stapel. Dann sah sie ihren Ehemann mit verschränkten Armen an.

»O Mann, jetzt mach mir bitte keine Szene. Ich hatte den ganzen Tag eine ätzende Besprechung und im Anschluss daran noch ein endloses Verkaufsgespräch.«

»Und ich habe Ben auseinandergesetzt, warum wir in die Cotswolds ziehen, und mich überhaupt um den Torfkopp da oben gekümmert, der dauernd irgendwas anstellt.« Wenn Hannah sauer war, wurde ihr Akzent stärker, und man hörte deutlich, dass sie aus dem Norden stammte. Sie regte sich nicht oft auf, doch nach diesem Tag trieb Phils nüchterne Haltung sie zur Weißglut.

»Hatte er nicht Hausarrest?«

»Doch.« Sie verdrehte die Augen. »Ja, ich weiß. Aber dann hat er die ganze Geschichte mit dem Umzug so vernünftig aufgenommen, dass ich eine Ausnahme gemacht habe.«

»Klingt ja, als wäre wenigstens das gut gelaufen.« Phil griff über den Küchentisch und schenkte ihr Wein nach, dann holte er ein Glas für sich selbst aus dem Schrank.

»Das war wohl keine so gute Idee von mir«, räumte Hannah ein und setzte sich an den Tisch. Phil ließ sich am anderen Ende nieder, und sie musterten sich über eine Landschaft aus zusammengefalteten Kleidungsstücken und Bettwäsche hinweg.

»Also, ich habe den ganzen Tag über diesen Umzug nachgedacht.«

»Und du hältst mich nicht für verrückt?«

Mit einem Lächeln schüttelte Phil den Kopf. »Wir müssen

Ben hier rausholen. Irgendwo am Arsch der Welt, wo absolut nichts los ist, kann er auch keinen Ärger machen.«

»O doch«, sagte Hannah verzagt. »Wenn jemand das fertigbringt, dann Ben.«

»Da hast du auch wieder recht.« Phil suchte sich Bens Fußballstrümpfe aus dem Wäscheberg und begann, sie zusammenzulegen. »Aber da unten ist er bestimmt besser aufgehoben als hier in den Vororten von Manchester, oder?«

»Sollte man jedenfalls meinen.«

»Gut.« Hannah war überrascht, dass Phil sich anscheinend schon ganz auf ihr Vorhaben eingestellt hatte, obwohl sie heute Morgen zum ersten Mal davon gesprochen hatte. »Also, ich denke, wir sollten dich und Ben so schnell wie möglich aufs Land bringen, jedenfalls, noch bevor im September die Schule wieder anfängt. Ich bleibe vorerst hier und bereite das Haus vor, damit wir es vermieten können. Für sechs Monate? Oder ein ganzes Jahr? Was meinst du?«

»Beth hat gesagt, für den Anfang wäre ein Jahr gut. Ich glaube, das ist eine gute Zeit, um auszuprobieren, ob es uns in Little Maudley gefällt.«

»Okay. Ein Jahr also. Und wenn das gut klappt, können wir das Haus verkaufen und uns vielleicht da unten etwas Neues zulegen.«

Hannah wollte ihrem Mann jetzt nicht auf die Nase binden, dass der Unterschied zwischen den Preisen für ein Haus in ihrer engen Vorstadtstraße und in den grünen Cotswolds astronomisch war. Sie nickte nur und beschloss, einfach die Tatsache zu feiern, dass sie so mühelos mit ihren Wünschen durchgekommen war – obwohl sie auf ihren Vorschlag hin eigentlich einen Riesenaufstand erwartet hatte. Als sie vom Tisch aufstand, überkam sie die Erschöpfung.

»Ich glaube, ich gehe ins Bett.«

»Hmm?« Phil war schon wieder abgelenkt. Er sah auf sein Smartphone, dann legte er es mit dem Display nach unten neben einen Wäschestapel.

»Schlafen.«

»Okay, mein Schatz. Ich hab noch ein bisschen zu tun – also dann bis später.« Als Hannah an seinem Stuhl vorbeiging, machte er eine Handbewegung ungefähr in ihre Richtung und traf mit etwas wie einem Tätscheln ihr Bein.

Während Hannah die Treppe hinaufstieg, überlegte sie, wie es sein könnte, wenn ihre Beziehung so wäre wie die zwischen ihren Freunden Rowan und Jack. Die beiden waren zehn Jahre älter, also Mitte vierzig, und seit zwanzig Jahren zusammen, aber sie waren nach wie vor bis über beide Ohren verliebt und konnten nicht anders, als das auch zu zeigen. Hannah vermutete, dass sie sich nicht mit einem schnöden Beintätscheln begnügten, wenn sie sich gute Nacht sagten.

Sechstes Kapitel

Kaum war Jake von der A41 auf die tadellos asphaltierte Auffahrt der Ridgeway Grammar School abgebogen – gegründet 1896, zu den Ehemaligen zählten Minister und andere sogenannte Gesellschaftsgrößen –, da wurde ihm klar, dass er einen Riesenfehler machte.

Vor dem Schulgebäude überlegte er einen winzigen Moment lang, ob er in der großzügigen Wendeschleife einfach mit quietschenden Reifen umkehren und nach Hause zurückfahren sollte. Dieser Augenblick der Schwäche war jedoch sein Verderben ...

»Aaah, Jake«, gurrte Melissa Harrington, die ebenso elegante wie charmante Schulleiterin. Irgendwie hatte sie den Kopf im Fenster seines Range Rovers, noch bevor er richtig angehalten hatte, und strahlte ihn aus nächster Nähe an. Sein Wagen füllte sich mit dem Duft ihres schweren, berauschenden Parfüms. An ihrer grauen Seidenbluse war ein Knopf zu viel offen, daher musste er, als sie sich ins Beifahrerfenster hineinbeugte, den Blick abwenden, um nicht direkt auf die Wölbungen ihres Busens zu schauen, die aus einem Spitzen-BH von der Farbe roten Weins hervorquollen. Jake schluckte. Das würde kein einfacher Tag werden.

»Lassen Sie mich eben aussteigen«, sagte er, stellte den Motor aus und sprang aus dem Wagen. Sie stand schon auf der Fahrerseite, und als sie seine ausgestreckte Hand nahm, beugte sie sich vor und hielt ihm die Wange zum Kuss hin. »Wir wollen doch nicht so förmlich sein«, wisperte sie ihm ins Ohr.

Innen war die Ridgeway Grammar School keineswegs so edel, wie Jake erwartet hatte. Die Bodendielen waren abgetreten und knarrten, die Wände hatten Kratzer und Kerben, und die Türen zu den Klassenräumen wiesen unten Schrammen auf. Es sah genauso aus wie damals in Jakes alter Schule, dabei hatte er ein luxuriöses Ambiente erwartet, ähnlich wie in einem Fünf-Sterne-Hotel. Und eigentlich wäre das nicht übertrieben gewesen, dachte Jake, als er Melissa folgte. Immerhin betrugen die Schulgebühren dreißigtausend Pfund im Jahr, und er wusste, dass befreundete Fußballerfamilien, deren Kindern es an nichts fehlte, ihren gesamten Nachwuchs hier hinschickten. Irgendwie hatte er sich breitschlagen lassen, bei einem Wettbewerb feudaler Schulen um das beste Fußballangebot das Zugpferd zu spielen.

»Fühlen Sie sich ganz wie zu Hause«, sagte Melissa. »Louis zeigt Ihnen alles.« Sie trat zurück, und ein großer, schlaksiger Junge mit wirrem dunklem Lockenkopf öffnete die Tür zu einer Art exquisit eingerichtetem Wohnzimmer. »Ich muss ein paar Telefonate führen, dann bin ich wieder da.« Melissa verschwand.

»Kann ich Ihnen irgendetwas bringen? Tee? Kaffee?« Louis fuhr sich mit der Hand durchs Haar und hob das Kinn, um Jake ins Gesicht zu sehen – er besaß das Selbstvertrauen und die Sicherheit seiner Herkunft aus einer gutbetuchten Familie. Jake stellte sich vor, wie er selbst sich mit sechzehn gefühlt hatte, wenn er einem Erwachsenen gegenüberstand – von einem Ex-Spieler der englischen Nationalmannschaft ganz zu schweigen. Er war den Erwachsenen möglichst aus dem Weg gegangen. Es hatte ihm völlig gereicht, wenn die

Polizei ihn aufgriff, weil er grundlos irgendwo zu lange herumgelungert hatte, oder wenn er Nachsitzen aufgebrummt bekam, weil er seinen Englischkurs geschwänzt hatte, um hinten auf der Wiese zu kicken.

»Kaffee wäre schön, danke.«

»Milch?«

»Und bitte auch etwas Zucker.« Vornehme Leute tranken ihren Kaffee natürlich stark und schwarz. Wenn er ganz ehrlich war, musste er sogar gestehen, dass löslicher Kaffee ihm besser schmeckte, aber in den Kreisen, in denen er sich jetzt bewegte, war Instantkaffee absolut tabu. Louis servierte ihm den Kaffee zusammen mit einem Schälchen voll brauner Zuckerwürfel, einem geblümten Sahnekännchen und einem Teller mit winzigen Chocolate Chip Cookies.

»Bitte sehr. Miss Harrington ist bestimmt gleich wieder da. Kann ich sonst noch etwas für Sie tun?«, fragte der Junge mit einem flüchtigen Blick zur Tür.

»Nein, ich bin versorgt, Louis, Danke schön.«

Jake nahm den Kaffeebecher und trat damit ans Fenster. Da draußen erstreckten sich weite, tadellos gepflegte und von niedrigen Feldsteinmauern umgebene Rasenflächen, auf denen vereinzelt alte Eichen wuchsen. In der Ferne bildete ein trockener Graben eine Begrenzung, und dahinter lagen die Fußball- und Rugbyplätze. Sie hatten Profistandard, und gerade machte eine ganz in Weiß gekleidete Jungenmannschaft mit bunten Kunststoffkegeln Aufwärmübungen. Mit seinen eigenen Fußballerfahrungen als Jugendlicher war das hier nicht zu vergleichen.

Auf dem Tisch lagen zu einem Fächer angeordnete Prospekte. Die Vorderseite gab zu verstehen, dass Ridgeway eine aufgeschlossene Schule war, die die unterschiedlichsten Schüler willkommen hieß. Jake hockte sich auf eine Armlehne und blätterte einen Prospekt durch. Alles roch nach Geld – das dicke Papier, das edle Layout und die brillanten Fotos von noch brillanteren Kindern. Seit einiger Zeit wurden in die Eingangsklassen auch Mädchen aufgenommen, daher zeigte die Rückseite des Prospekts elegante, gelassene junge Damen mit perfekt regulierten Zähnen und taillenlangem, offenem Haar. Jakes alter Sportlehrer hätte einen Anfall gekriegt – er hatte immer darauf gepocht, dass die Haare hinten zusammengebunden wurden.

Melissa kehrte zurück und schob ihn auf den Flur hinaus.

»Morgen, Miss Harrington.« Ein baumlanger, rothaariger Junge im weißen Trikot überholte sie eilig. Er hatte ein paar Wasserflaschen in den Händen und wirkte nervös und verlegen.

»Du bist spät dran, Ollie.«

»Hatte meine Schienbeinschützer vergessen.« Als er Jake neben der Schulleiterin bemerkte, staunte er mit offenem Mund. »Morgen, äh, Sir.«

»Du kannst ruhig Jake zu mir sagen.«

Ollies Augen wurden noch größer. Er nickte kurz und rannte dann weiter.

»Ollie ist unser Spitzentorwart.«

»Er hat die richtige Größe und die richtige Statur, oder? Körperbau wie ein Bul..., wie ein Kleiderschrank.« Jake korrigierte sich noch rechtzeitig. In manchen Situationen war es nicht förderlich, wenn er Erinnerungen an sein altes Ich und seine Herkunft nachhing.

Er stand neben dem Fußballfeld und sah zu, wie die beiden Mannschaften sich aufwärmten. Dabei machte er sich auf dem Handy Notizen über die Spieler, wie sie angriffen und wer gut mit seinen Teamkollegen kommunizierte. Die Jungen waren tüchtig, aber keineswegs brillant. Die andere Mannschaft unterschied sich kaum von ihnen – alle Spieler wirkten ein wenig, als wären sie eher auf dem Rugbyfeld zu Hause. Keiner von ihnen war klein, drahtig und schnell, und entsprechend verlief das Spiel. Es schleppte sich neunzig Minuten lang dahin. »Zwölf muss nach vorn und bessere Manndeckung machen – acht kommuniziert gut, verliert aber in entscheidenden Momenten den Ball ...«, notierte Jake sich.

Anschließend gingen sie zur Umkleide zurück.

»Hört mal alle her, wir haben heute zur Nachbesprechung einen besonderen Gast hier. Ich hoffe, dass er im kommenden Schuljahr etwas Zeit für uns hat und sich eure Spiele ansieht und sie mit uns bespricht, schließlich wollen wir uns ja von Giddingham den Norris Hawes Cup zurückholen.«

Mark Lewis, der Sportlehrer und Fußballtrainer, passte nicht ganz in diese Umgebung. Er zappelte beim Sprechen herum und kaute an den Fingernägeln, wenn er sich konzentrierte. Die Jungen nahmen ihn nicht ganz ernst, fiel Jake auf. Das war schade, denn er war ein netter Kerl, ganz ohne Allüren.

»Hi«, sagte Jake und nickte ihnen zur Begrüßung zu.

»Zieht euch um, wir treffen uns dann zur Nachbesprechung in der Sporthalle.«

Lachend und scherzend standen die Jungen auf und verschwanden.

»Es sind nette Jungs«, sagte Mark, als ihm auffiel, dass Jake sie beobachtete.

»Sorglos und unbekümmert.« Als Jake das sagte, fiel ihm auf, dass in seiner Stimme etwas mitschwang – war es Neid? Dabei hatte er keine Ahnung, was im Leben dieser Jugendlichen vor sich ging. Vielleicht war der Fußball auch für sie eine Flucht – aber irgendwie bezweifelte er das. Sie hatten nicht den Hunger in den Augen, den er bei den Jungs, mit denen er aufgewachsen war, beobachtet hatte. Die meisten von ihnen hatten versucht, vor irgendetwas zu fliehen. Die Schüler hier bekamen alles auf dem Silbertablett serviert.

Dieses vage Unbehagen nagte an Jake, während er in der Sporthalle auf die Mannschaft wartete. Als sie dann erschienen, von Kopf bis Fuß in Designerklamotten und mit Sportschuhen, die zweihundert Pfund pro Paar kosteten, musste er seine aufsteigende Bitterkeit herunterschlucken. Er setzte sich an den Rand und wartete, bis alle da waren. Wieder warf er einen Blick zurück auf sich selbst in ihrem Alter.

Damals, mit sechzehn, war er in Secondhand-Sportzeug und den billigsten Turnschuhen, die seine Tante Jane in der Stadt hatte auftreiben können, zum Fußballtraining gegangen. Als der Scout ihn entdeckte – rein zufällig, während eines Ligapokal-Wettbewerbs, in dem seine Mannschaft es ins Finale geschafft hatte –, trug er das Zeug, das der Teammanager ihm zur Verfügung gestellt hatte. Erst Jahre später fand er heraus, dass der Manager das Geld für seine Ausrüstung persönlich zugeschossen hatte, weil er gewusst hatte, dass Jakes Familie sich diese Sachen nicht leisten konnte. Das Fußballtrikot war ein großartiger Gleichmacher, denn darin sah ein Spieler aus wie der andere, und niemand konnte aufgrund seiner Kleidung oder seiner Herkunft beurteilt werden. Erst nach dem Spiel, wenn alle sich umgezogen hatten und entweder von ihren Eltern abgeholt wurden oder auf teuren Fahrrädern nach Hause radelten, wurde Jakes Armut offensichtlich.

Vielleicht war das der Grund, weshalb diese Jungen, die in ihren edlen Outfits eingebildet und selbstzufrieden vor ihm saßen und denen es an nichts fehlte, ihn so wütend machten. Er schüttelte den Kopf. Er musste sich zusammenreißen.

Jake schaltete in den Profimodus und plauderte mit den Jungen über ihr Spiel, beleuchtete positive und negative Aspekte, fand für jeden ein lobendes Wort und behielt dabei sein Motto im Sinn, allen mit Humor und Respekt zu begegnen. Das hatte während seiner ganzen Laufbahn immer gut geklappt. Und wenn er dieses Motto auch jetzt beherzigte, lernten diese Jungen hoffentlich, selbst entsprechend zu handeln, wenn sie in Zukunft führende Industrielle oder Minister waren – denn nicht einer von ihnen, da war Jake sich sicher, träumte insgeheim vom Trikot der englischen Nationalmannschaft.

Auf dem Nachhauseweg hielt er in Little Maudley am Dorfladen, um eine Zeitung zu kaufen. Vor dem Laden stand ein nervöses Mädchen – nein, eigentlich kein Mädchen, sondern eine Frau, denn sie scheuchte gerade einen hochgewachsenen Jungen, der etwa sechzehn sein musste, ins Auto, und er nannte sie Mum. Sie trug einen Pferdeschwanz, und ein paar Haarsträhnen lockten sich um ihr Gesicht. Sie konnte nicht älter sein als Mitte dreißig – recht jung, um Mutter eines Teenagers zu sein.

»Wir müssen los«, sagte sie. »Beth, ich melde mich später.«

Dann schlug sie die Wagentür zu und wollte rückwärts ausparken, aber Jake klopfte auf ihr Autodach.

Lachend schüttelte er den Kopf und reichte ihr den Karton mit sechs Eiern, den sie auf dem Dach vergessen hatte, durchs Wagenfenster. »Auf dem Dach werden die nicht weit kommen.«

Sie nahm die Eier mit einer Hand entgegen und hielt mit der anderen das Lenkrad. »Ich wollte gern zurück nach Manchester, bevor die Autobahn total verstopft ist.«

»Also, wenn Sie nicht Rührei zum Abendbrot essen wollen, dann sollten Sie die Eier sicher verstauen.«

Der Teenager, der neben ihr saß, nahm ihr den Eierkarton aus der Hand und warf Jake einen Blick zu, bevor er angestrengt aus dem Beifahrerfenster starrte.

»Danke. Tut mir leid. Ich meine, ich wollte nicht so ruppig sein.« Ihr Akzent erinnerte Jake an zu Hause – kein starker Akzent, aber eindeutig aus dem Norden. Und sie hatte sehr schöne Augen. Er schüttelte den Kopf, denn ihm wurde bewusst, dass sie ihn für einen schrägen Vogel halten musste, wenn er sie weiter so anglotzte.

»Sie waren nicht ruppig.«

»Na, gut zu wissen.« Ihre Augen funkelten, als sie ihm ein schiefes Lächeln zuwarf. »Und jetzt haben Sie unser Abendessen ja gerettet, da fahre ich mal lieber los.«

»Jederzeit.« Er tätschelte das Autodach und trat zurück, sah zu, wie sie aus der kleinen Parkbucht vor dem Postamt zurücksetzte und wie sie zum Abschied Beth, der Inhaberin, winkte, die heftig zurückwinkte. Jake wartete ab, weil er nicht an Beth vorbeigehen konnte, bevor sie zu Ende gewinkt hatte und das Auto in der Senke unten an der Straße verschwunden war. Dann drehte er sich zur Ladentür um.

»Das ist meine Kusine«, sagte Beth unaufgefordert, als er ihr in den Laden folgte. »Von Fußball versteht sie nichts, deswegen hat sie vermutlich keine Ahnung, mit wem sie da gerade gesprochen hat. Und natürlich bin ich keine, die so was ausplaudert ...«

Jake hielt den Mund fest geschlossen, denn alle, mit denen er im Dorf gesprochen hatte, behaupteten das Gegenteil. Man hatte ihn gewarnt, dass Beth die Angewohnheit hatte, sich alles zu merken, was sie erfuhr, und es bei jeder passenden und unpassenden Gelegenheit wieder von sich zu geben, normalerweise mit Ausschmückungen.

»... was mich angeht, brauchen Sie sich also keine Gedanken zu machen. Ich hab gehört, dass Sie heute Morgen unten im Internat waren und die Jungs da trainiert haben? Wie läuft das denn so? Arbeiten Sie an der Schule oder machen Sie das bloß ehrenamtlich?«

»Da war die Buschtrommel aber schnell«, sagte Jake trocken. Weiter äußerte er sich nicht zu dem Thema, obwohl er sehen konnte, dass Beth vor Neugier fast platzte. Er nahm sich Eier, die gleiche Sorte, die er soeben für Beths Kusine vom Autodach gerettet hatte, und dachte daran, wie hübsch sie ausgesehen hatte, als sie errötet war und sich für ihre vermeintliche Ruppigkeit entschuldigt hatte. Dann packte er noch ein Brot, ein paar dicke Tomaten und eine Handvoll

Kauknochen für die Hunde in seinen Korb und legte alles auf die Theke. Beth war gerade dabei, Flyer auszulegen, und reichte ihm einen. Jake las laut vor: »FC Little Maudley, U-16-Team, Testspiele beginnen bald.«

»Fall Sie eine Beschäftigung suchen, sollten Sie bei unserer Dorfmannschaft hier mitmachen. Die sind gerade auf der Suche nach einem Trainer.«

Irgendwo aus den Tiefen des Dorfladens war ein verächtliches Prusten zu hören.

Hinter einem Regal kam der Kopf eines Mädchens mit langem Pferdeschwanz zum Vorschein. »Ich glaube kaum, dass er nach einer Beschäftigung sucht, Mutter«, sagte sie scharf. Sie sah Jake von der Seite an. Das Mädchen war eine jüngere, deutlich elegantere Ausgabe von Beth und sah aus wie eine perfekte Kandidatin für Melissa Harringtons Schulprospekt.

Beth tippte Jakes Einkäufe ein und schob ihm das Gerät zum kontaktlosen Bezahlen hin. »Wer nicht wagt, der nicht ...«, sagte sie zu ihrer Tochter und sah Jake mit hochgezogenen Augenbrauen an. »Wenn man auf dem Dorf lebt, geht es doch vor allem darum, sich am Dorfleben zu beteiligen, finden Sie nicht?«

Jake zückte seine Brieftasche und hielt seine Karte kurz an die Seite des Geräts. Mit leicht herausforderndem Blick reichte Beth ihm den Bon. Abgesehen davon, dass er so viele ortsansässige Handwerker wie möglich mit den Arbeiten an seinem Haus beauftragt hatte, hatte er sich dem Dorfleben eher entzogen. Er war bloß ab und zu schnell mal in den Laden gegangen und hatte Höflichkeiten ausgetauscht. In seinem Fall hatte er es richtig gefunden, sich zurückzuhalten.

Er faltete den Flyer zusammen und steckte ihn in die Gesäßtasche seiner Jeans.

»Heißt das, dass Sie darüber nachdenken wollen?«

Jake legte den Kopf schräg. »Sagen wir mal, ich werde es in Erwägung ziehen.«

Als er die Tür hinter sich schloss, hörte er ein triumphierendes »JA« von Beth und gleich darauf ein weiteres verächtliches Teenagerprusten: »Die Mannschaft hier in Little Maudley wird wohl kaum Jake Lovatt als Trainer engagieren können, oder?«

Das waren die entscheidenden Momente, wie ihm später klar wurde, diese Worte und seine vorangegangenen Erlebnisse in der Ridgeway Grammar School. Als er nach Hause zurückkam und sich das Leben anschaute, das er sich hatte aufbauen können, und dabei an den Jungen dachte, der er gewesen war, und an die Chancen, die er bekommen hatte, fasste er seinen Entschluss.

Sarah hantierte in der Küche, als er das Haus betrat. Sie hatte geduscht, und ein violettes Haarband hielt das Haar aus dem blassen, wachsamen Gesicht zurück.

»Alles klar?«

Es war immer noch merkwürdig, sie im Haus zu haben. Seine Halbschwester stand für ein Leben, das er nicht gekannt hatte.

»Ja.« Sarah nickte und nahm sich einen Apfel.

»Ich mache gleich was zu essen. Möchtest du auch was?«

Sarah schüttelte den Kopf. »Hab keinen großen Hunger.«

»Wann trefft ihr euch morgen?«

»Halb zehn.« Sie kaute an ihrem Daumennagel. »Ist es immer noch in Ordnung, wenn du mich hinbringst?«

»Ja, natürlich.«

Als sie letzten Monat plötzlich vor seiner Tür gestanden hatte, hatte er eine Entscheidung treffen müssen. Ohne Mutter aufzuwachsen war schwer gewesen. Während alle anderen in der Schule wenigstens in einer Art Kernfamilie lebten, hatte Jake immer das Gefühl gehabt, dass er auffiel, weil er bei Onkel und Tante aufwuchs. Er hatte von dem Tag geträumt, an dem seine Mutter wiederkommen, an seinem Leben teilhaben und ihn für all die verpassten Jahre entschädigen würde. Aber das war nie geschehen, und allmählich hatte er sich mit seiner Situation abgefunden. Doch jetzt war Sarah aufgetaucht. Völlig durchnässt hatte sie an einem späten Juninachmittag, als der Himmel blauviolett war und der Regen an die Fenster trommelte, als wäre es schon November, an seine Tür geklopft.

»Hallo«, hatte sie zitternd gesagt, als er öffnete.

Jake hatte die Situation mit einem Blick erfasst. Was auch immer für Probleme diese junge Frau hatte, sie stellte keine Bedrohung dar – bloß etwa fünfzig Kilogramm Nässe, und auch das Haar hing ihr in tropfnassen Strähnen ums Gesicht. Sie hatte ein Dokument aus ihrem Rucksack gezogen, zerfleddert und mit vom Alter verblasster Schrift, das ihre Identität bestätigte.

»Komm rein und werd erst mal trocken«, hatte Jake gesagt und sie auf einen Sessel neben dem Aga gesetzt. Er hatte ein paar Kleidungsstücke von seiner Ex-Freundin geholt, die noch ordentlich gefaltet in der Kommode lagen, und Sarah einen Bademantel und ein Handtuch angeboten.

»Geh unter die Dusche, bevor du total auskühlst.« Er zeigte

ihr die Dusche im Erdgeschoss und ging eine Viertelstunde im Flur auf und ab, während das Wasser rauschte.

»Okay.« Er reichte ihr eine Tasse Tee. Zucker wollte sie nicht. »Also – was ist los?«

Sarah schloss die Hände um den Becher und sah ihn mit wachsamen Augen an. Auch Dianas Yogahose und ihr Sweatshirt waren ihr noch zu weit.

»Also«, sagte sie nach langem Schweigen. »Vermutlich wusstest du gar nicht, dass du eine Schwester hast.«

Und das war der Anfang gewesen.

Siebtes Kapitel

Am ersten Tag hatte er Sarah mehr oder weniger in Ruhe gelassen – weniger, weil er das für richtig gehalten hatte, sondern eher, weil er keine Ahnung gehabt hatte, was er sonst hätte tun sollen. Eine Frau schwebte durch sein Haus – eine Frau, mit der er verwandt war, das war eindeutig erkennbar, nicht nur an den gleichen hohen Wangenknochen und blaugrünen Augen, sondern auch an ihrer Größe und ihrer ganzen Statur. Sie war genetisch mit ihm verbunden, aber er spürte überhaupt nichts, abgesehen von einem elementaren menschlichen Instinkt, für ihr Wohlbefinden zu sorgen.

Während sie schlief, fuhr er rasch nach Bletchingham und ging in den einzigen Laden, der Damenbekleidung verkaufte. Er schätzte ihre Größe und suchte Jeans aus, einen Hoodie, ein paar T-Shirts und Schlafanzüge. Ein bisschen gehemmt war er, als er in der Wäscheabteilung stand – das war komisch. Aber außer ihrer zerfledderten Geburtsurkunde hatte Sarah kaum etwas in ihrem lädierten schwarzen Rucksack gehabt, was blieb ihm also anderes übrig? Verlegen nahm Jake ein paar Packungen mit Schlüpfern und legte sie in seinen Korb. Er spürte, wie er dabei flammend rot wurde. Das hier war etwas ganz anderes als die Einkaufstrips in Geschäfte wie das Agent Provocateur in London, die er normalerweise bewaffnet mit einer SMS voller Anweisungen betreten hatte. Dort hatte er dann Dessous-Sets erworben, die nur aus winzigen Stoffstücken bestanden. Die Sachen hier waren dagegen praktisch und vernünftig, und es war die einzige Unterwäsche, die er in absehbarer Zeit für seine Halbschwester kaufen würde. Jake verzog das Gesicht, als die Frau an der Kasse seine Einkäufe vor dem Einpacken einen nach dem anderen in die Hand nahm und zur Kontrolle laut die Größen sagte. In der Hoffnung, dass sie ihn nicht erkennen würde, hielt er den Kopf tief gesenkt, aber sie schien keinen blassen Schimmer zu haben. Das war immerhin eine Erleichterung.

Jake verließ den Laden und sprang wieder in den Range Rover. Das Knöllchen bemerkte er erst, als er den Schlüssel ins Zündschloss steckte. So ein Mist – er griff durchs Wagenfenster, zog das Stück Papier unter dem Scheibenwischer hervor und warf es auf den Beifahrersitz. In Bletchingham zu parken war ein Albtraum. Er legte den Rückwärtsgang ein und fuhr dann wieder los, vorbei an dem hübschen Schlösschen, das früher einmal das Gefängnis gewesen war, und zurück nach Little Maudley.

Im Hof erwarteten ihn Mabel und Meg. Pippa, seine persönliche Assistentin, musste die beiden rausgelassen haben. Die Hunde sausten auf ihn zu, als er das Tor öffnete, und beschnupperten ihn gründlich. Sie waren ganz aufgedreht, offenbar freuten sie sich über die Aussicht auf eine neue Mitbewohnerin. Jake nahm die Einkaufstüten an sich und betrat das Haus durch den Kücheneingang.

Pippa saß im Büro, und die Tür stand offen. Als sie ihn zurückkommen hörte, blickte sie auf.

»Oh, hallo«, sagte sie. »Du hast oben jemanden…«, sie hob eine Augenbraue, »vergessen?«

»Lange Geschichte.«

»Und ich hatte schon gedacht, nach der Trennung von

Wie-hieß-sie-noch hättest du ein Keuschheitsgelübde abgelegt.« Pippa grinste.

»Ach was, niemals –« Entsetzt schüttelte Jake den Kopf. »Nein, aber damit hat es nichts zu tun. Sie ist eine Verwandte von mir.«

»Tatsächlich?«

»Ja. Eine lange verschollene Verwandte, müsste man wohl sagen, aber sie gehört zur Familie.«

Ein Geräusch oben ließ die Hunde erschrocken anschlagen. Offenbar war Sarah aufgewacht. Er musste unbedingt mit ihr reden, und das würde verdammt viel einfacher werden, wenn Pippa nicht dabei war.

»Hör mal«, er verzog den Mund, »wäre es möglich, dass du ...«

»Dass ich mich für eine Weile verdünnisiere?« Wie alle guten persönlichen Assistentinnen konnte sie hellsehen.

»Genau.«

»Na klar. Ich mache gerade Verwaltungskram für die Immobilien – da nehme ich einfach den Laptop mit nach Hause und gucke dabei *Escape to the Chateau*. Genau so stelle ich mir den idealen Arbeitstag vor.«

»Super.« Jake verließ das Büro. »Dann mache ich mal ein bisschen Brunch.«

»Klingt gut.«

Zehn Minuten später war Pippa verschwunden, und er briet Frühstücksspeck. Die Hunde lagen hechelnd auf der Matte vor dem Aga, direkt vor seinen Füßen, begeistert wollten sie ihm unbedingt beim Verzehr des Specks helfen.

»Und unter *helfen*«, brummte Jake und ließ für jeden eine

Scheibe fallen, »versteht ihr, dass ihr die ganze Pfanne verputzen wollt.«

»Redest du oft mit deinen Hunden?«

Jake sah hoch. Sarah hatte geduscht und trug einen der flauschigen weißen Bademäntel, die innen an den Türen der Gästezimmer hingen.

»Ziemlich oft.« Jake lächelte. »Sie geben keine Widerworte und halten mich für das Beste, was ihnen jemals passieren konnte.«

»Klingt nach der perfekten Beziehung.«

»Ja, genau.« Er ließ den Speck in eine flache Auflaufform gleiten und stellte sie zum Warmhalten unten in den Backofen. »Möchtest du Eier? Rührei oder Spiegelei?«

Sarahs Magen knurrte hörbar, und beide mussten lachen. »Rührei, bitte.«

»Und Kaffee? In der Kanne ist noch welcher, wenn du möchtest, aber ich kann dir auch gern Tee kochen.«

»Tee wäre toll. Aber nur, wenn es dir nichts ausmacht. Du tust so viel für mich. Ich hab ein bisschen das Gefühl, dass ich mich aufdränge.«

»Überhaupt nicht. Setz dich schon mal, ich mache Wasser heiß.«

Doch Sarah setzte sich nicht hin. Sie schäkerte mit den Hunden, lief in der Küche hin und her, sah aus dem Fenster auf das lange Rasenstück, das sich zum Wald hin absenkte. Meg und Mabel spürten ihre Unruhe und klebten ihr mit sanft wedelnden Schwänzen an den Fersen. Erst als Jake kochendes Wasser auf einen Teebeutel geschüttet hatte, kuschelte

Sarah sich in einen der Küchensessel. Meg legte ihr den Kopf aufs Knie.

»Bitte schön. Frühstück ist auch gleich fertig.« Jake reichte ihr den Becher.

»Ich bin erstaunt, dass du selbst Frühstück machst.« Sie sah ihn über den Teebecher hinweg an.

»Was dachtest du, wer das sonst tun sollte?«

»Keine Ahnung.« Sarah zuckte die Schultern. »Ich hatte angenommen, Leute wie du hätten einen Koch oder eine Haushälterin oder so.«

»Leute wie ich?« Jake legte Toast auf den Rand ihres Tellers und packte einen Berg knusprigen Speck und Rührei dazu. »Salz und Pfeffer?«

»Ja, bitte.«

Er stellte die beiden Teller so auf den langen Holztisch, dass sie einander gegenübersaßen. Sarah hatte offenbar einen Bärenhunger. Sie verschlang ihren Speck in kürzester Zeit und kam dabei gar nicht zum Sprechen.

»Du musst immer noch fix und fertig sein von gestern.«

»Stimmt.« Sie kaute auf der Unterlippe. »Das war – also, ich hatte das eigentlich nicht geplant.«

»Was nicht geplant? Herzukommen?« Jake bestrich eine Scheibe Toast mit Butter.

Sarah nickte. Mit der Gabel in der Hand guckte sie einen Moment lang schweigend aus dem Fenster.

»Ich kann kaum glauben, dass dieser Palast hier dir gehört.«

»Ich auch nicht«, sagte Jake schlicht. »Ich glaube auch nicht, dass man sich jemals an solchen Luxus gewöhnt.«

»Nee.« Sarah schüttelte den Kopf. »Das kann ich mir auch nicht vorstellen.«

»Also – ähm ... Jake wusste nicht recht, wie er das Thema ansprechen sollte. »Ich war vorhin in der Stadt, und ich hatte gesehen, dass du nicht viel – also, du hattest ja keine Tasche oder so was dabei. Jedenfalls, ich hab dir ein paar Sachen besorgt, bloß für alle Fälle.«

Sarah senkte kurz den Kopf. Als sie wieder aufblickte, glänzten in ihren Augen Tränen.

»Das hättest du aber nicht tun müssen.«

»Na ja«, sagte Jake mit rauer Stimme, »das war doch eine Kleinigkeit. War kein Problem, ehrlich.«

Sarah schluckte. »Für mich ist das keine Kleinigkeit. Es ist wirklich sehr nett von dir. Du weißt doch gar nicht, wer ich bin.«

»Und auch nicht, wo du herkommst.« Jake lächelte ihr kurz zu. »Ich weiß nur, dass du zur Familie gehörst, und das heißt, dass du hier willkommen bist und – also, was wäre ich denn für ein Mensch, wenn ich dich im strömenden Regen vor der Tür hätte stehen lassen?«

»Ach, es gibt viele, die das getan hätten.«

»Ich nicht.«

»Nein.« Sarah legte die Fingerspitzen zusammen und senkte den Blick. »Ich weiß. Irgendwie hatte ich so ein Gefühl, dass du mich nicht im Regen stehen lassen würdest. Deswegen habe ich nach dir gesucht.«

Jake stützte das Kinn in die Hände und sah sie eindringlich an. »Und wolltest du einfach mal gucken, was dein Bruder so macht?«

»Nein, nein.« Jetzt legte Sarah die Handflächen zusammen, sodass es aussah, als bete sie. »Ich hatte keine andere Wahl. Ich meine, ich musste da weg.«

»Wo weg?«

»Von wem weg.« Sarah blickte wieder auf den Tisch und schwieg eine Weile. »Ich hatte eine Beziehung. Nach Mums Tod bin ich irgendwie vom Regen in der Traufe gelandet. Ich war zu alt für eine Pflegefamilie und zu jung, um einschätzen zu können, was ich da eigentlich machte. Der Typ, mit dem sie zusammen war, als sie gestorben ist – das war ein ganz gerissener Hund, er hatte mit Drogen und allem Möglichen zu tun. Na ja, so waren sie alle.«

»Du meinst, unsere Mutter war mit mehreren von der Sorte zusammen?« Jetzt blickte Jake auf den Fußboden. Er war verlegen und schämte sich irgendwie für die Mutter, die er nicht gekannt hatte. Nach ihrem Tod hatte er nicht getrauert und deswegen immer ein etwas schlechtes Gewissen gehabt.

Sarah nickte. Ihr dunkles Haar trocknete allmählich in der Wärme der Küche. Es ringelte sich in Locken um ihr herzförmiges Gesicht, sodass sie sehr jung wirkte. Doch sie hatte violette Schatten unter den Augen und ließ den Blick ständig unruhig durch den Raum wandern, was ihr aber offenbar nicht bewusst war. Wovor hatte sie Angst?

Jake schloss die Augen. In seiner Kindheit und Jugend bei Tante Jane war das Thema Mutter tabu gewesen, und irgendwann hatte er gelernt, nicht mehr nach ihr zu fragen. Sie wurde in der Familie einfach totgeschwiegen. Von seiner zehn Jahre jüngeren Halbschwester hatte er keine Ahnung gehabt und natürlich erst recht nicht gewusst, dass ihre Mutter sie von einem unmöglichen Partner zum nächsten mitgeschleppt hatte.

»Jedenfalls«, begann Sarah nun und atmete langsam aus. »Du weißt doch, dass Frösche sich angeblich kochen lassen?«

»Du meinst, dass sie nicht merken, wenn das Wasser immer heißer wird?«

Sarah nickte. »Das war im Grunde genommen das Prinzip. Als ich Joe kennengelernt habe, wirkte er richtig nett auf mich – als würde er sich wirklich um mich kümmern. Er sagte, ich brauchte mir keine Gedanken wegen Arbeit zu machen, er würde für mich sorgen.«

»Und dann?« Jake konnte schon erraten, wie es weitergegangen war. Er beobachtete, wie Sarah mit dem Zeigefinger Kreise auf den Tisch zeichnete.

»Erst war das ganz subtil. Er sagte, er wollte sicher sein, dass mir nichts passiert. Deswegen sollte ich mich nicht mehr mit meinen Freundinnen treffen. Er mochte es nicht, wenn ich wegging.« Sarah schwieg einen Moment. »Dann hat er mich zum ersten Mal –«

Jake sagte nichts, er wartete einfach ab. Die Küchenuhr an der Wand tickte, und als Meg sich bewegte, wirkte das Scharren ihrer Pfoten auf den Bodenfliesen unnatürlich laut, weil es im Raum so still war. Sarah holte tief Luft.

»Er hat mich geschlagen, weil er betrunken war.«

Jake presste die Lippen zusammen, um bloß nichts zu sagen. Wenn er Sarah jetzt unterbrach, würde sie glauben, dass auch er einfach ein Mann war, der immer die Klappe aufreißen musste.

»Jedenfalls hat er behauptet, es wäre passiert, weil er was getrunken hatte. Er hat sich entschuldigt und war ein paar Wochen lang lieb wie ein Engel. Aber dann ist es wieder passiert. Die Sache ist, er hat mich geschlagen, und danach war er dann total lieb zu mir, und schließlich hatte ich das Gefühl, es wäre irgendwie meine Schuld. Die Zeiten, in denen er nett zu mir war, wurden immer kürzer, dann ist er wieder ausgerastet, und allmählich habe ich dann begriffen, dass ich abhauen musste.«

»Ein Glück.«

»Ich habe über unsere Familie recherchiert und rausgekriegt, dass Mums Schwester, also unsere Tante, ins Ausland gezogen ist. Aber die beiden hatten keinen Kontakt mehr, oder?«

Jake schüttelte den Kopf. »Nicht, dass ich wüsste. Ich bin ja bei Tante Jane aufgewachsen. Sie lebt jetzt in Spanien.«

»Jedenfalls, ich habe mir einen Fluchtplan zurechtgelegt. Zu meinen Freundinnen konnte ich nicht gehen, da hätte er mich sofort aufgestöbert. Ich dachte, wenn ich dich finden würde, könnte ich vielleicht ...« Sarah verstummte. »Mum hat immer wieder von dir gesprochen, weißt du. Sie hat immer gewusst, wann deine Spiele im Fernsehen übertragen wurden.«

Jakes Herz zog sich zusammen. Er hatte es als Kind und Jugendlicher nicht leicht gehabt. Aber er hatte viel Zuneigung und Liebe erfahren, und nie hatte ihm jemand das Gefühl gegeben, er sei nur ein armer Verwandter, nur ein Neffe und Vetter, kein Sohn und Bruder.

Er griff über den Tisch und legte die Hand auf Sarahs

Hände. »Also jetzt bist du ja hier. Und ich will tun, was ich kann, um dir zu helfen.«

»Ich kann noch gar nicht glauben, dass ich dich tatsächlich gefunden habe.« Sarah lächelte flüchtig.

»Eigentlich kann das nicht so schwer gewesen sein.«

»War es auch nicht. Ich musste nur meinen ganzen Mut zusammennehmen, um wirklich zu gehen. Es kommt mir vor, als hätte ich tausend Mal meine Tasche gepackt.«

Jake runzelte die Stirn, weil er an den lädierten schwarzen Rucksack dachte. War das alles gewesen, was sie hatte mitnehmen wollen?

Sarah lachte. »Du fragst dich, warum ich nur den Rucksack bei mir hatte, obwohl meine Tasche schon gepackt war?«

»Ja, genau.«

»Ich hab meine Tasche nicht mitgenommen. Hab alles dagelassen – nicht, dass ich viel gehabt hätte, aber ... ich bin dann doch ganz spontan abgehauen. Er war zu einer Sauftour losgezogen und total schlecht gelaunt, weil auf der Arbeit irgendwas schiefgelaufen war, und ich wusste einfach, was passieren würde, wenn er nach Hause kam. Also hab ich alles Geld zusammengekratzt, was ich im Haus finden konnte – es hat gerade für eine Fahrkarte nach Bletchingham gereicht, und den restlichen Weg bin ich dann zu Fuß gegangen.

»Von Bletchingham aus?« Verdammt, kein Wunder, dass sie klatschnass gewesen war und bis in die Puppen geschlafen hatte.

»Es war gar nicht so schlimm, bis dann das Gewitter kam.« Sie verzog das Gesicht.

»Mein Gott, Sarah.« Jake war flau geworden. »Dass du das alles überstanden hast, kaum zu glauben.«

»Es war alles besser, als dort zu bleiben.«

Später kam sie in den Sachen, die er für sie gekauft hatte, die Treppe herunter. Im Ausschnitt ihres T-Shirts, um ihr Schlüsselbein herum, fielen Jake blaue Flecken auf, und als Sarah seinen Blick sah, zog sie abwehrend das Shirt darüber.

»Hat er das gemacht?«

Sie nickte.

»Du könntest ihn anzeigen.«

»Dann stünde seine Aussage gegen meine. Ich wette, er würde allen einreden, dass da gar nichts gewesen ist.«

»Obwohl du diese Blutergüsse hast?«

Sarah zuckte die Achseln. »Ich bin einfach froh, dass ich von ihm weg bin.«

»Du bist hier willkommen, du kannst so lange bleiben, wie du möchtest. Ist ja nicht so, als wäre das Haus nicht groß genug.«

»Meinst du wirklich?«

Jake nickte. »Es ist schön, Gesellschaft zu haben. Und wir beide haben uns viel zu erzählen – unser ganzes Leben.« Er hoffte nur, dass sein Tonfall nicht seine Besorgnis verriet. Eine Frau in sein Leben einzuladen, die er eben erst kennengelernt hatte, war ein schwerwiegender Schritt. Jake spürte, wie in seiner Wange ein Muskel zu zucken begann, und rieb sich das Gesicht. Er musste einfach einen Weg finden, damit umzugehen.

Achtes Kapitel

Hannah fand es verrückt, dass sich alles so reibungslos gefügt hatte. Als sie mit Ben neben sich über die Autobahn fuhr, konnte sie gar nicht richtig glauben, dass tatsächlich etwas nach ihrem Willen lief. Sie rechnete dauernd damit, dass sie eine Autopanne hatten oder dass ihnen ein LKW hinten hineinkrachte. Dass ihre Wünsche so einfach erfüllt wurden, konnte nicht wahr sein. Selbst Ben schien aus seiner gewohnten Einsilbigkeit aufgerüttelt worden zu sein, er war während des ersten Teils der Fahrt recht gesprächig gewesen. Jetzt jedoch hatte er den Kopf ans Fenster gelehnt und döste mit den Kopfhörern in den Ohren. Er wachte nicht einmal auf, als sie die kurvenreichen Straßen nach Little Maudley hinunterfuhren.

Phil schien die ganze Sache bemerkenswert entspannt zu sehen. Gestern Abend hatte ein weiteres Gespräch mit ihm Hannahs Eindruck noch vertieft.

»Aus deiner Idee mit der Buchhandlung könntest du wirklich was machen«, hatte er gesagt, als sie nach einer Mahlzeit vom Takeaway die Spülmaschine einräumten. »Ich kenne niemanden, der sich so für Bücher begeistert wie du.«

»Es gibt Millionen von Menschen, die genau solche Leseratten sind wie ich.« Hannah hatte gelacht.

»Ja, aber du hast doch auch in der Schulbibliothek mitgearbeitet, in Bens Grundschule, ehrenamtlich. Das macht wirklich nicht jede.«

»Ich hab das geliebt.« Lächelnd hatte Hannah sich an

die vielen Stunden erinnert, in denen sie die Bibliothek der Grundschule geordnet oder dabei geholfen hatte, Bücher auszusuchen, die den Kindern gefallen könnten. Dafür hatte sie bereitwillig ihre Freizeit geopfert.

»Genau.« Phil hatte ihr das Haar zerzaust. »Ganz schön verrückt.«

Sie fuhren ins Dorf hinein. An einem regnerischen Tag wie heute nahm der honiggoldene Stein der Cotswolds, aus dem die Cottages erbaut waren, zwar die Farbe eines Golden Retriever an, der mal kurz ins Wasser gesprungen ist, aber trotzdem war Little Maudley wunderschön. Hannah wich einer verdächtig tief aussehenden Pfütze am Fuß des Hügels aus und erwiderte das freundliche Winken eines Mannes in einem Landrover, der sie vorbeigelassen hatte.

Als sie vor dem alten Postamt hielten, erwachte Ben mit einem Ruck. Er beugte sich ein wenig vor und fuhr sich durch die wilden dunklen Locken, die ihm in die Stirn fielen. Hannah fand, dass er genauso aussah wie sein Vater in dem Alter.

Ben sah sie an. »Was ist denn?«

»Ich denke gerade, dass du Dad so ähnlich siehst.«

»Ach du Schreck.« Er verdrehte die Augen und schüttelte den Kopf. »Da kann ich mich ja gleich umbringen.«

Viel Glück.

Wenn man vom Teufel spricht: Es war eine SMS von Phil, der mitten in einem Meeting kurz geschrieben hatte. Hannah lächelte und tippte rasch eine Antwort.

Schade, dass du nicht hier bist. Ich glaube, du verpasst etwas.

Seine Antwort kam sofort.

Du kannst es mir später erzählen.

Hannah antwortete, aber ihre SMS kam nicht an. Wahrscheinlich hatte er sein Handy wieder ausgeschaltet. Sie hoffte bloß, dass auch Phil etwas abschalten konnte, wenn sie hierherzogen, und nicht mehr so unglaublich viele Überstunden machen musste. Im letzten Jahr, vielleicht noch früher, hatte sich das eingeschlichen – alles wegen eines großen Projektes, an dem sein Team arbeitete. Aber jetzt war es Zeit, dass die ganze Familie sich auf das Miteinander konzentrierte und die Arbeit zurücktrat. Dafür war das Leben doch viel zu kurz. Hannahs Blick wanderte wieder zu ihrem Sohn.

»Was guckst du denn so?« Als Ben merkte, dass sie ihn beobachtete, sah er von seinem Handy auf.

»Ich staune darüber, dass du schon fast sechzehn bist.«

Ben verdrehte wieder die Augen. »Das ist Physik für Anfänger. Zeit und Raum und so.« Sie stiegen aus, und Hannah beobachtete ihn gespannt. Ben blickte nach rechts und links die ruhige Dorfstraße entlang. Ein altmodisches Flugzeug flog über ihnen durch die blassgrauen Wolken und durchbrach mit seinem leisen Brummen die Stille.

»Hier ist echt tote Hose, oder?« Ben stieß sich von der Mauer ab, an die er sich gelehnt hatte, und schob sein Handy in die Gesäßtasche seiner Jeans.

»Nächsten Dienstag ist ein Treffen vom WI.« Hannah deutete auf ein Poster, das in einem Glaskasten an einem Telegrafenmast hing.

»Und was ist das?«

»Nichts für dich.« Hannah lächelte.

»Wieso nicht?«

Sie schüttelte den Kopf. »Das kannst du mir ruhig glauben.

Es sei denn, du interessierst dich für sehr viel ältere Frauen – aber in deinem Alter fände ich das etwas bedenklich.«

»Au weia.« Ben verzog das Gesicht. »Das ist eklig, Mum.«

»War doch nur ein Scherz.«

»Bitte nicht. Wenn wir schon hier draußen in der Pampa leben müssen, sollen die Leute nicht denken, wir wären Psychos. In so einem Nest kennt doch bestimmt jeder jeden.«

Als hätten seine Worte einen der Dorfältesten herbeigerufen, tauchte hinter einer Ligusterhecke ein alter Mann in einer Gärtnerschürze auf.

»Aha – ihr seid also die Leute, die das Postamt übernehmen wollen?«

»Das bin ich, ja. Oder besser wir – mein Mann und ich. Aber er arbeitet, und ich bin hergekommen, weil ich mit Beth ein paar praktische Dinge besprechen möchte.«

»Und mich hat sie mitgenommen«, murrte Ben.

»Dann hoffe ich, dass Sie hier in Little Maudley sehr glücklich werden.« Er legte seine Rosenschere fort und wischte sich die Hände an der Schürze ab. Die Haarsträhnen, welche die kahle Stelle auf seinem Kopf nur notdürftig verdeckten, wurden von einem sanften Wind angehoben, und er drückte sie behutsam wieder an ihren Platz.

»Ich glaube, wer hier lebt, kann gar nicht anders als glücklich sein.« Hannah strahlte. Ben steckte sich hinter dem Rücken des Mannes andeutungsweise die Finger in den Hals, als müsse er kotzen.

»Da stimme ich Ihnen absolut zu.« Der Alte streckte eine knorrige, mit Altersflecken übersäte Hand aus. »Ich bin Charles Brewster. Meine Freunde nennen mich Charlie. Ich lebe seit achtzig Jahren hier, es gibt also nicht viel, was ich nicht gesehen habe.«

»Dann sind Sie ein Quell des Wissens?«

»So würde ich das nicht ausdrücken. Aber wenn man in einem Dorf wie diesem wohnt, bekommt man die Grundstrukturen des Lebens zu sehen. Menschen kommen und gehen, Beziehungen gedeihen und scheitern, Kinder wachsen auf und ziehen fort ...«

»Genau das ist es, worauf ich mich freue. Ich möchte zu einer Gemeinschaft gehören. Da, wo wir in Manchester wohnen, gibt es so etwas nicht. Ich kenne nicht einmal meine Nachbarn, obwohl wir seit fünf Jahren Tür an Tür wohnen.«

Charles lachte in sich hinein. »So etwas ist hier kaum möglich. Fünf Minuten nach eurem Einzug wird Helen Bromsgrove vor der Tür stehen. Sie ist eine echte Betriebsnudel, aber sie hat das Herz auf dem rechten Fleck.«

»Das merke ich mir.« Hannah war bewusst, dass es nicht mehr lange dauern würde, bis Ben sich langweilte und kribbelig wurde, daher verabschiedete sie sich und ließ Charles – »für euch bin ich Charlie« – am Gartentor stehen. Er schaute ihnen nach, als sie zum Postamt hinübergingen.

»Hallo, mein Süßer! Du bist groß geworden!«

Ben duldete gnädig, dass Beth ihm in den Haaren wuschelte.

»Ben hat gesagt, er freut sich schon darauf, im Laden auszuhelfen«, sagte Hannah mit einem Lächeln.

»Das vergeht wieder, du wirst schon sehen«, erwiderte Beth finster. »Lauren macht hier keinen Finger krumm, wenn nicht Bestechung und Korruption im Spiel sind.«

»Ach, ohne Bestechung läuft bei uns auch nichts.« Hannah sah Ben an. »In der Beziehung ist er der Sohn seines Vaters. Umsonst macht er keinen Finger krumm.«

»Was redet ihr da über mich?« Lauren kam aus der Tür, durch die man direkt ins Wohnhaus gelangte.

»Ben, du hast Lauren ja ewig nicht gesehen.«

»Alles klar?« Lauren, schick und unbekümmert, lehnte sich gegen die Ladentheke und streckte die endlos langen Beine in den schwarzen Sportleggings von sich. Ben war noch stiller als sonst – es hatte ihm die Sprache verschlagen, vermutete Hannah. Lauren war selbstbewusst, hübsch und ein wenig einschüchternd. Seine übliche Großspurigkeit war verschwunden, und er wirkte angespannt.

»Nicht zu fassen, dass du freiwillig hier wohnen willst«, sagte Lauren in gespieltem Entsetzen.

»*Lauren*«, sagten Hannah und Beth wie aus einem Mund und sahen sie scharf an. Dann lachten beide los.

»Über die Gene staunt man doch immer wieder. Mit genau dem Blick hat Mum mich immer angeguckt, wenn ich Ärger hatte.« Beth kicherte.

»Und meine Mum mich auch.«

»Weißt du was? Wir machen einen Spaziergang durchs Dorf, damit du siehst, worauf du dich einlässt.« Lauren wandte sich zur Ladentür.

Ben nickte kurz. »Also gut.«

»Sie braucht mehr, als das Dorf ihr bieten kann«, sagte Beth, während sie ihrer Tochter liebevoll durchs Fenster nachsah.

»Und Ben braucht weniger, als Manchester ihm bietet. Vor

ein paar Tagen haben sie ihn im Polizeiwagen nach Hause gebracht.«

»Ach, verdammt, Hannah.«

»Genau. Er ist kein schlechter Junge, aber er lässt sich leicht verführen.« Das hatte Hannah sich während des ganzen letzten Jahres, als die Scherereien mit ihm exponentiell zunahmen, immer wieder gesagt. »Und es gibt keine richtige Beschäftigung für ihn.«

»Ich dachte, er wäre ein großer Fußballfan?«

»Ja, Fußball ist das Einzige, was ihn wirklich interessiert. Aber Schule ist überhaupt nicht sein Ding.«

»Die Mannschaft hier im Dorf ist ziemlich gut. Letztes Jahr waren sie in ihrer Liga Zweite, aber sie haben keinen Trainer mehr. Gary hat was am Herzen, deswegen kann er nicht mehr den ganzen Winter über am Fußballplatz stehen und sich den Arsch abfrieren. Du brauchst Ben bloß dazu zu kriegen, dass er mit denen trainiert.«

»Das habe ich auch vor. Er hat es sich in den Kopf gesetzt, dass David Beckham ihn entdeckt, weil der ja in Chipping Norton lebt.«

Beth wollte sich ausschütten vor Lachen, während sie in dem kleinen Nebenraum hinter der Theke den Wasserkessel anstellte. »Kaffee?«

»Tee wäre toll, wenn du welchen dahast.«

»Dass man hier zufällig die Beckhams trifft, ist eher unwahrscheinlich. In unserer Gegend sehen wir sie eigentlich nie.«

»Du meinst, in Little Maudley treten sich die Promis nicht gerade auf die Füße?« Hannah trank ein Schlückchen von ihrem Tee und zuckte leicht zusammen. Er war so stark, dass der Löffel darin stehen konnte. Sie stellte den Becher auf dem Tresen ab.

»Immerhin haben wir hier diese tolle Autorin, von der ich dir schon erzählt habe, Anna Broadway. Sie schreibt Bücher für Teenager. Sie wohnt in dem Cottage am Waldrand, hinter den Kleingärten – bevor wir wegziehen, zeige ich dir das noch. Anna leitet einen kleinen Schreibkurs, hier im Café. Und hier leben ein paar Fernsehschauspieler – keine berühmten, aber vielleicht kennst du die Frau aus dieser Serie, die in Cornwall spielt, über die Fischerfamilie? Außerdem noch ein Ex-Fußballer und ein Musiker, der in den Neunzigern in einer Indie-Band gespielt hat. Und das war's dann auch schon.«

»Jedenfalls mehr als bei uns in Salford«, sagte Hannah.

»Ja, das ist wohl wahr. Aber dafür habt ihr die BBC direkt vor der Tür und diese ganzen eleganten Fernsehfuzzis.«

»Morgens sehe ich manchmal welche. Wenn sie an der MediaCity ganz verpennt aus dem Zug steigen, sind sie gar nicht besonders smart.«

»Wie auch immer ...« Beth nickte einer Kundin zu, die gerade hereinkam. »Hallo, Vera, wie geht's Ihrem Bein?«

Die ältere Frau bedankte sich mit einem kurzen Lächeln und nahm sich eine Lokalzeitung. Sie reichte Beth das abgezählte Geld und verschwand wieder, ohne sich auf ein Gespräch einzulassen.

»Sie gehört zu den Stillen im Lande«, sagte Beth, als die Frau den Laden verlassen hatte. Hannah, die sich bei diesem kurzen Besuch nichts weiter gedacht hatte, warf ihrer Kusine einen Seitenblick zu. Beth zuckte die Achseln.

»Komm, wir hauen fünf Minuten hier ab, und ich zeige

dir mein Häuschen mal richtig.« Sie kam hinter dem Tresen hervor. »Wir flitzen nur kurz ins Haus rüber, Zoe«, rief sie einer jungen Frau zu, die im Café, das durch einen Torbogen mit dem Laden verbunden war, die Tische abwischte.

»Ich passe auf.« Zoe lächelte.

Das Häuschen war winzig, aber noch hübscher, als Hannah es in Erinnerung hatte. Das Küchenfenster ging auf die Straße und die Dorfwiese hinaus. Am anderen Ende der Wiese konnte Hannah die leuchtend rote Telefonzelle mit der kleinen Bücherei sehen. Gerade näherte sich eine Frau mit einem kleinen Mädchen auf einem Laufrad. Sie öffnete die Tür und nahm sich einige Bücher heraus. Auch das kleine Mädchen klemmte sich ein Buch unter den Arm, und dann zogen die beiden weiter die Hauptstraße entlang.

»Die Bücherei ist der Hit, oder?«

»Auf jeden Fall.« Beth nickte. »Und erst recht, seit sie WHSmith in der Stadt geschlossen haben. Jetzt kann man hier in der Gegend nur noch im Supermarkt Bücher kaufen.

»Wirklich?«

»Ja. Früher gab es noch einen kleinen Buchladen in Bletchingham, der war richtig süß, aber die Inhaber sind weggezogen. Die Räume hat dann Costa Coffee nebenan mit übernommen, die haben sich vergrößert. Als der WHSmith dann auch noch zugemacht hat, war Schluss mit Büchern.«

Die Kinder waren von ihrem Rundgang durchs Dorf zurückgekehrt, und Hannah freute sich darüber, dass Ben wieder ganz der Alte war, ein lebhafter Teenager, der fröhlich mit Lauren quatschte.

»Ach, warte doch noch eben«, sagte Beth, »ich möchte dir ein paar Sachen mitgeben, dann brauchst du dir keine Gedanken ums Essen zu machen, wenn ihr nach Hause kommt.

»Du brauchst mir nichts –«, setzte Hannah an, aber es war zu spät. Beth drängte ihr eine Packung mit köstlich duftenden kleinen Strauchtomaten auf und außerdem ein knuspriges Sauerteigbrot. »Heute Morgen gebacken – Finn ist toll, der wird dir gefallen. Ich muss dir mal die Geschichte von ihm und seiner Frau erzählen, das wirst du nicht glauben ...« Dazu kam noch ein großes Stück Käse, das der Indie-Star aus den Neunzigern hergestellt hatte, der wirklich ein Original war ... das jedenfalls behauptete Beth, wobei sie die Augen zum Himmel hob.

»Du bist ein Engel«, sagte Hannah und packte alles auf den Rücksitz. »Und ich muss jetzt los.«

»Die ganze Story erzähle ich dir beim nächsten Mal.« Beth legte den Zeigefinger an die Nase. »Oh, warte mal, Eier brauchst du auch noch. Dann kannst du Rührei auf Toast mit gegrillten Cherrytomaten machen – das wird superlecker!«

Hannah musste zugeben, dass die Lebensmittel wunderbar aussahen, aber im Stillen plante sie auf dem Rückweg einen Nothalt bei McDonald's. Sie sagte nichts, sondern lächelte nur dankbar.

»Hier, bitte schön.«

»Ich laufe noch eben zum Klo, bin gleich wieder da.«

Hannah stellte die Eier auf dem Autodach ab und verschwand im Haus. Ben lehnte sich gegen das Mäuerchen und scrollte auf seinem Handy herum.

Als sie endlich beide im Auto saßen und Hannah gerade aus der kleinen Parkbucht zurücksetzen wollte, wummerte etwas aufs Dach. Hannah trat erschrocken auf die Bremse und sah aus dem Fahrerfenster. Da stand ein Mann, groß und gutaussehend, und sah sie belustigt an.

»Auf dem Dach werden die nicht weit kommen.« Er reichte ihr den Eierkarton durchs Fenster. Beth stand kichernd in der Ladentür, auch sie hatte den vergessenen Karton entdeckt.

Der gutaussehende Fremde lächelte Hannah zu, in seinen Augenwinkeln bildeten sich Fältchen, und sie fühlte sich wie – nun ja, wie sie sich lange nicht mehr gefühlt hatte. Er kam ihr irgendwie bekannt vor, als hätte sie ihn schon mal irgendwo gesehen. Doch wer immer es war, er spielte in einer ganz anderen Liga, und sie musste sich zusammennehmen und sich daran erinnern, dass sie fünfunddreißig, verheiratet und Mutter war und in einem klapprigen Ford Focus saß.

»Ich wollte gern zurück nach Manchester, bevor die Autobahn total verstopft ist.« Nur gut, dass sie den Mann nicht anbaggern wollte, denn richtig sexy hatte dieser Satz nicht geklungen.

»Also, wenn Sie nicht Rührei zum Abendbrot essen wollen, dann sollten Sie die Eier sicher verstauen.«

Hannah nahm andeutungsweise einen Akzent aus dem Norden wahr – vielleicht hatte er sich im Laufe der Jahre hier im Süden abgeschliffen.

Und dann wurde ihr bewusst, dass Ben, während er so tat, als wäre er ganz und gar auf sein Smartphone konzentriert, den Fremden sehr genau betrachtete. Er nahm ihr die Eier ab, stellte sie vor seine Füße und sah dann angestrengt aus dem

Fenster, als gäbe es plötzlich nichts Faszinierenderes als den Briefkasten.

»Danke. Tut mir leid. Ich meine, ich wollte nicht so ruppig sein.« Hannah hob in einer entschuldigenden Geste die Hand und schüttelte den Kopf.

»Sie waren nicht ruppig.« Einen Moment lang sahen sie sich in die Augen. Seine waren ungewöhnlich blaugrün und von dichten, sehr dunklen Wimpern umrahmt.

»Na, gut zu wissen. Und jetzt haben Sie unser Abendessen ja gerettet, da fahre ich mal lieber los.« Wer um Himmels willen war diese Frau, die mit ihrer Stimme, mit ihrem Mund sprach – *flirtete* sie tatsächlich?

»Jederzeit.« Er tätschelte das Autodach und trat zurück, dabei sah er sie immer noch leicht amüsiert an.

Erst als sie ganz unten im Dorf angelangt waren und an dem Schild vorbeifuhren, das Autofahrern für ihre Vorsicht dankte, explodierte Ben.

»Mum, ich fass es einfach nicht!«

»Was denn, Ben?«

»Er hat dir die Eier gegeben!«

»Na und?« Hannah wandte sich ihrem Sohn zu.

»Weißt du wirklich nicht, wer das war?«

»Er kam mir irgendwie bekannt vor. Vielleicht ein Nachrichtensprecher oder so?«

Ben ließ den Kopf in die Hände sinken und stöhnte ungläubig.

»Das war Jake Lovatt. Der Spieler aus der Nationalmannschaft, der sich bei der Championship das Bein gebrochen hat, weißt du das denn nicht mehr?«

Hannah erinnerte sich vage, an Nachrichten, schreckliche Videoclips auf Facebook und Fotos auf Titelseiten. Sie war wirklich kein Fußballfan, aber ihr Zusammenleben mit Ben bedeutete, dass Fußball allgegenwärtig war, im Fernsehen, im Radio und in den Gesprächen mit seinen Freunden. Phil hatte sich nie dafür interessiert, er sagte einfach, Fußball sei nicht seins – daher war immer sie es gewesen, die samstagvormittags im strömenden Regen gestanden und Ben beim Spielen zugesehen hatte, die ihn angefeuert und sich bemüht hatte, die Abseitsregel zu kapieren. Sie fand, das war das Mindeste, was sie tun konnte, um das Desinteresse seines Vaters wettzumachen. Und jetzt war einer der berühmtesten Spieler im ganzen Land vor ihr aufgetaucht und sie hatte nichts anderes zu tun gehabt, als – ach du Schreck, sie hatte wirklich mit ihm geflirtet. Wahrscheinlich erlebte er das ständig. Sie wand sich innerlich.

»Doch, jetzt erinnere ich mich.« Beim Gedanken daran wurde Hannah tatsächlich rot.

»Und du hast dich benommen wie –«

»Wie denn?«

»Du hast dich wie eine *Mutti* benommen.«

Hannah verdrehte die Augen.

Auf der Heimfahrt regte sie sich nicht einmal über den grässlichen Verkehr auf der Autobahn auf, sondern freute sich, dass sie nach Little Maudley zogen, und spann ihre Träume von einer eigenen winzigen Buchhandlung weiter. Jedenfalls dachte sie überhaupt nicht mehr an den grünäugigen Ex-Fußballer, der ihr Abendbrot gerettet hatte. Sie lächelte im Stillen, als sie in die Beulah Avenue einbog und Phils Wagen vor dem Haus parken sah. Ein winzig kleiner Flirt ab und zu war bestimmt gut für die Seele. Und es war ja sonnenklar, dass das nirgendwo hinführen würde.

Neuntes Kapitel

Es war ein grauer und etwas feuchter Samstagmorgen. Der August hatte anscheinend vergessen, dass Sommer war, und nach einem Wetterwechsel war der Himmel jetzt bleiern und die Luft schon herbstlich. Jake war mit den Hunden zum Park unterwegs. Meg und Mabel, die beiden hellen Labrador Retriever, waren hocherfreut über diesen besonders langen Spaziergang und liefen hechelnd neben ihm her.

Obwohl es erst halb neun war, war im Park zwischen Little Maudley und Much Maudley, dem noch nobleren Nachbardorf, bereits Betrieb. Die neuen Tennisplätze waren besetzt, wie immer in den Monaten nach Wimbledon, denn dann hielten sich alle gern für die neue Serena Williams oder den neuen Andy Murray.

Drüben auf der anderen Seite des Parks, im Schatten von Kastanienbäumen, sah Jake eine Gruppe Jugendlicher herumbolzen, und ein Mann im Trainingsanzug stellte Plastikkegel auf. Als er den Ball aufhob und den Hunden zuwarf, zögerte Jake einen Moment, dann näherte er sich den Jungen.

Etwas verlegen blieb er an der Seitenlinie stehen. Halb wartete er darauf, dass jemand ihn erkannte, halb fragte er sich, was er eigentlich hier sollte. Trotz allem erschien es ihm wie ein Egotrip, einfach aufzukreuzen und zu sagen – ja, was?

Aber da wurde das Problem schon gelöst.

»Guck doch mal.« Einer der Jungen stupste einen anderen an, dann warfen beide ihm verstohlene Blicke zu.

Daran war Jake gewöhnt. Zum ersten Mal hatte er diese

Aufmerksamkeit erfahren, als er sich mit siebzehn Jahren bei Southampton verpflichtet hatte und mit Tante Jane einkaufen gegangen war. Wie überrascht war er damals gewesen, als der Mann hinter dem Tresen ein Blatt von seinem Quittungsblock abriss und ihn um ein Autogramm bat. Bis dahin hatte er noch keinen Gedanken daran verschwendet, wie seine Unterschrift aussehen sollte, daher hatte er einfach eine Schlangenlinie auf das Papier gekritzelt, schüchtern gelächelt und den Laden mit hochrotem Kopf wieder verlassen. Im Laufe der Jahre hatte er sich dann daran gewöhnt, und außerdem hatte er gelernt, sich unsichtbar zu machen. Egal, was die Zeitungen einem weismachen wollten, es war gar nicht so schwer. Eine Baseballkappe, frühmorgens oder spätabends unterwegs sein – das Geheimnis war, einfach nicht aufzufallen.

»Alles klar?« Der Mann im Jogginganzug kam zu ihm herüber. »Ich hab gehört, Sie trainieren ein bisschen mit den Jungs drüben an der Ridgeway Grammar School. Wie läuft das so?«

»Gut, danke.« Jake hob den Ball auf, der vor seinen Füßen gelandet war, und warf ihn so weit, wie er konnte. Beide beobachteten, wie die Hunde zu einer wilden Verfolgungsjagd losrasten. Mehr als die Nachbesprechung in der Umkleide hatte Jake bei seinem Besuch an der Schule eigentlich nicht gemacht, denn er hatte schnell entschieden, dass er dort nicht gebraucht wurde. Doch da er im Moment keine Lust auf ein Verhör hatte, ließ er das Thema fallen.

»Wollten sie bei uns mal Mäuschen spielen? Wir sind gerade alle etwas kaputt – der Sommer geht zu Ende, alle schwitzen, und die Hälfte der Jungs hat in den Ferien überhaupt keinen Sport gemacht.«

»Ich weiß nicht, ihr habt doch ein paar ganz gute Spieler. Der Junge da hinten kommuniziert schön. Das ist immer ein guter Anfang.«

Der Mann strahlte. »Ich bin übrigens Gary.«

»Hab ich vermutet.« Jake schüttelte ihm die Hand. »Beth aus dem Dorfladen hat gesagt, ihr würdet euch etwas Unterstützung beim Training wünschen?«

Gary trat einen Schritt zurück und fing an zu lachen, doch sein Lachen verwandelte sich in einen Hustenanfall. »Und da willst du deine Dienste anbieten?« Jetzt schmunzelte er.

Jake nickte. »Falls ihr noch auf der Suche seid.«

»Du bietest an, dass du diese Bande hier trainierst?« Die Jungen hatten sich um die Männer versammelt und lauschten schweigend. »So still habe ich sie seit – nein, so hab ich sie überhaupt noch nie gesehen«, sagte Gary.

»Von mir aus brauchen sie nicht still zu sein.« Jake sah einen nach dem anderen an. »Wenn ich wirklich bei euch einsteige, brauche ich so viel Kommunikation wie möglich, und ich möchte, dass ihr immer genau im Blick habt, was die übrige Mannschaft gerade macht.«

Keiner der Jungen sagte ein Wort. Sie sahen richtig erschüttert aus, fast wie Kaninchen im Scheinwerferlicht.

»Na, das ist ja ganz was Neues«, sagte Gary. »Hat denn keiner von euch was zu sagen?«

Immer noch sprachlos schüttelten sie die Köpfe.

Jake sah den Trainer an. »Ich hab gehört, du hast gesundheitliche Probleme?«

»Ja, das Herz. Ich kann einfach nicht mehr so lange auf den Beinen sein wie früher. Und vom Rand aus und noch dazu im Sitzen kann man eine Mannschaft nicht trainieren.«

»Das stimmt.« Jake kickte den Ball, der ihm vor die Füße gerollt war, zu einem der größeren Jungen. »Also los, lasst mal sehen, was ihr so könnt. Wollen wir mit ein bisschen Zweikampftraining anfangen?«

Die Jungen spielten erstaunlich gut. Gary war ein guter Trainer – er ermutigte die Zurückhaltenderen, erstickte gelegentliches Halbstarkengehabe im Keim und brachte die Draufgänger in die richtige Spur. Jake war überrascht, wie sehr er es genoss, wieder an der Basis angekommen zu sein, wo nichts anderes zählte als die Liebe zum Spiel.

»Bist du sicher, dass du deine Samstagvormittage für das hier opfern willst?« Gary hatte sich auf einen Klappstuhl gesetzt, und die Anstrengung war ihm anzusehen. Die Jungen bauten gerade das Netz ab, sammelten die Plastikkegel ein und spielten mit dem Ball herum. In der Ferne standen schon mehrere Autos am Straßenrand. Die Eltern warteten auf das Ende des Trainings.

»Ja.« Jake nickte. »Ich habe ja sonst nichts zu tun, ehrlich gesagt.«

»Ich hätte gedacht, du wärst vollauf damit beschäftigt ...« Gary verstummte. »Keine Ahnung. Was machen Fußballspieler im Ruhestand denn sonst so am Wochenende?«

»Nicht viel.« Mit einem Lächeln zuckte Jake die Schultern. »Ich bin Single, hab keine Kinder, nichts in der Art.«

»Hört sich verdammt friedlich an.« Gary lachte.

Sie schüttelten sich die Hände, tauschten ihre Handynummern aus und verabredeten, sich später in der Woche noch einmal zu treffen, um die praktischen Dinge zu besprechen. Es war das Normalste, was Jake seit langer Zeit gemacht hatte, und es gefiel ihm gut. Wenn er es hinkriegte, dass die Zeitungen nichts witterten und keine Journalisten anreisten, um hier herumzuschnüffeln, dann konnte er tatsächlich ein bisschen normales Leben ausprobieren. Alles hing jedoch davon ab, dass niemand es der Presse steckte.

Er konnte es gerade überhaupt nicht gebrauchen, dass jemand Wind von den Vorgängen bei ihm zu Hause bekam. Für die Medien wäre es ein gefundenes Fressen – er konnte sich die Schlagzeilen schon vorstellen. Doch trotz allem verspürte er eine starke Loyalität zu der Mutter, die er nie gekannt hatte – und zu Sarah, die nach allem, was sie durchgemacht hatte, so zerbrechlich und verstört wirkte. Als sie vor seiner Tür aufgetaucht war, war sie ganz unten gewesen, und irgendwie hatte Jake das Gefühl, dass er ihr zumindest helfen konnte, aus ihrer schwierigen Situation herauszufinden. Wenn sie ein bisschen Selbstvertrauen entwickeln konnte, würde sie höchstwahrscheinlich nie wieder in einer Beziehung landen, in der sie so behandelt wurde, wie Joe sie behandelt hatte.

In den vergangenen zwölf Monaten hatte Jake mitbekommen, dass Beth aus dem Dorfladen ein absolutes Klatschmaul war. Alles, was sie erfuhr, erzählte sie brühwarm ihrer nächsten Kundin – er musste also sein Bestes tun, um ihr aus dem Weg zu gehen. Eins hatte er in seiner Zeit in der ersten Liga gelernt: Er konnte diskret sein, wenn es nötig war.

Mit solchen Gedanken im Sinn ging er mit den Hunden

nach Hause und fuhr dann rasch nach Bletchingham, statt seine Einkäufe im Dorf zu erledigen. Das passte zwar nicht zu dem oft wiederholten Aufruf, »Lauf nicht fort, kauf im Ort«, aber er beschloss, dass er ausnahmsweise einmal nachsichtig mit sich sein wollte, und besorgte ein paar leckere Kleinigkeiten zum Abendessen.

Wieder zu Hause ließ er die Hunde aus dem Auto und pfiff sie zu sich, um sie mit ins Haus zu nehmen. Die Wolken hatten sich verzogen, und es sah nach einem schönen Nachmittag aus. Sarah war nirgends zu sehen. Die einzigen Anzeichen dafür, dass sie aufgestanden war, waren die ausgeräumte Spülmaschine und die Tatsache, dass die Gummistiefel, die er ihr gekauft hatte, aus der Veranda verschwunden waren. Vielleicht hatte sie sich tatsächlich getraut, einen Spaziergang zu machen? Jake packte seine Einkäufe aus und machte sich Kaffee. Wenn sie nicht da war, konnte er sich ja vor den Fernseher setzen und sich ansehen, wie die heutigen Spiele der ersten Liga so liefen.

Wenige Momente später, so schien es ihm, schreckte er hoch, weil die Haustür zuschlug. Sein Kaffee stand unberührt neben ihm auf dem Tisch, und das Spiel war fast vorbei. Dieses ganze Nichtstun machte ihn anscheinend zu einer Schlafmütze, die am Samstagnachmittag auf dem Sofa einpennte. Zum Glück würde er bald mit den Dorfjungen arbeiten.

»Hallo.« Sarah kam ins Wohnzimmer und hockte sich auf die Sofalehne. Ihre dunklen Augen waren wachsam wie immer. Sie schob sich eine Haarsträhne aus dem Gesicht.

»Hi. Bin gerade beim Fernsehen eingeschlafen.« Jake schüttelte den Kopf. »Wo warst du? Bist du spazieren gegangen?«

»Ich bin im Laden gewesen«, sagte sie.

»Hier im Dorf?«

»Ja. Ich dachte, ich sollte mich mal ein bisschen raustrauen.«

»Das ist gut.« Jake hoffte bloß, dass Beth nicht seine ganze Vergangenheit aus Sarah herausgekitzelt hatte, ohne dass sie auch nur gemerkt hatte, wie ihr geschah.

»Ich – ich möchte mich einfach noch mal bedanken«, sagte Sarah zögernd. »Du hättest mich nicht aufnehmen müssen.«

»Doch, natürlich musste ich das«, sagte er schroff. »Du gehörst zur Familie. Das war das Mindeste, was ich tun konnte.«

»Ich weiß, aber – ich meine, ich hätte doch irgendwer sein können.«

»Aber du bist nicht irgendwer. Hast du jemandem – ich meine, weiß jemand –?«

»Dass ich hier bin?« Sarah schüttelte den Kopf. »Ich wüsste nicht, wem ich das erzählen sollte. So ist das, wenn man so aufwächst wie ich. Mit der Zeit verliert man alle Kontakte. Und als Mum dann gestorben ist, hab ich auch den Kontakt zu mir selbst verloren.«

»Woher wusstest du eigentlich, wo ich bin?« Das beschäftigte Jake schon eine Weile. Er hatte versucht, unter dem Radar zu bleiben, und geglaubt, das wäre ihm auch recht gut gelungen.

Sarah sah ihn einen Moment lang an und lachte dann. »So richtig schwer ist das nicht – du bist berühmt.«

»Wohl kaum.« Er fand es immer noch schwierig, dass die Leute wussten, wer er war – oder dass sie jedenfalls glaubten, das zu wissen. In seiner Vorstellung war er noch der Junge von damals, und deswegen war ihm die ganze Geschichte mit dem Ruhm so unangenehm. Viele seiner Freunde hatten den Fußballerlebensstil begierig übernommen, aber für ihn stand diese Lebensweise für alles, was er hasste. Er liebte das Spiel, liebte die Kameradschaft, die mit der Zugehörigkeit zu einer Mannschaft entstand – aber er hasste diesen ganzen topmodischen, imagebewussten Schwachsinn.

»Na, wie auch immer. Ich brauchte bloß ein bisschen zu googeln, ein bisschen aktiv zu werden ... es war wirklich nicht so schwierig. Der Grund, warum ich dich gesucht habe, war zwar schlimm«, Sarah senkte den Blick und streifte mit dem Zeh am Rand des Teppichs entlang, »aber ich bin froh, dass ich es gemacht habe.«

»Ich auch.«

Zehntes Kapitel

»Ich kann noch gar nicht glauben, dass du deine Zelte hier abbrichst und in diesem Provinznest aufschlägst.«

Für Hannah war allein schon die Vorstellung von einer Überraschungs-Abschiedsparty die Hölle, und das war wohl der Grund, warum Katie eine Woche vor diesem Ereignis ihren Kalender offen auf der Anrichte in ihrer Küche hatte liegen lassen. HANNAHS ÜBERRASCHUNGSPARTY stand da in Großbuchstaben und gelb gemarkert, sodass es kaum zu übersehen war. Es hatte dazu geführt, dass Hannah, die dabei war, zu packen und das Haus auf den Kopf zu stellen, wobei sie eine Uniform aus schmutzigen Leggings und T-Shirt trug, an diesem Abend geduscht und etwas Anständiges angezogen hatte. Sie hatte es sogar geschafft, noch einen Frisörtermin zu ergattern, daher fiel ihr Haar, sonst ein strubbliges Kuddelmuddel, heute in geschmeidigen Wellen.

Katie hatte alle Freundinnen zusammengetrommelt. Für so etwas besaß sie ein Händchen, und Hannah konnte das nur bewundern. Jetzt standen sie um Katies Kücheninsel herum und futterten die köstlichen teuren Kanapees von Marks & Spencer, die Uber Eats geliefert hatte.

»Da am Ende der Welt gibt es wohl kaum einen Lieferservice«, unkte Georgie und steckte ein Stück Sushi in ihren scharlachrot bemalten Mund. Georgie arbeitete für eine Investmentbank und gehörte – wie Katie – zu den Freundinnen, die allen anderen das Gefühl gaben, schmuddelige Versagerinnen zu sein. Sie hatte keine Kinder, war aber in eine komplizierte Beziehung mit Naheem verstrickt, der unglücklich verheiratet war, aber offenbar keine Anstalten machte, seine Frau zu verlassen. Während Hannah sie beobachtete, zog Georgie ihr Handy heraus und tippte wild darauf herum.

»Um es mit den unsterblichen Worten von Nora Ephron zu sagen«, begann Katie mit einem Blick zu Hannah hinüber und lachte, als alle im Chor einstimmten: »Er wird sie niemals verlassen.«

»Ich weiß.« Georgie legte ihr Handy mit dem Display nach unten auf die Arbeitsplatte und verschlang zwei weitere Stücke Sushi. »Aber genug von mir. Was bedeutet es, dass Phil hierbleibt, während du entfleuchst, um dich den Freuden des Landlebens hinzugeben?«

Hannah trank einen großen Schluck Wein und schaute zu zwei Freundinnen hinüber, die über etwas auf einem Handydisplay lachten. »Das ist in Ordnung«, beeilte sie sich zu sagen. »Ich ziehe bloß so schnell wie möglich mit Ben um, weil ich ihn von dieser zwielichtigen Gang weglotsen will, mit der er immer unterwegs ist. Und Beth möchte natürlich auch weg, sobald sie entbehrlich ist.«

Sie sah, wie Georgie und Katie sich einen flüchtigen Blick zuwarfen, und wusste, was die beiden dachten – das hatten sie ihr oft und deutlich genug gesagt. Beide Freundinnen fanden, dass Phil nicht seinen Teil zum Familienleben beitrug. Wahrscheinlich hatten sie ja recht, aber – wenn man in Frieden leben wollte, war es manchmal einfacher, an solchen Dingen nicht zu rütteln.

»Bevor Phil irgendwann nachkommt, verliebst du dich vielleicht bis über beide Ohren in einen hübschen Farmer.«

»Unwahrscheinlich.« Hannah lachte ein bisschen zu fröhlich. In den vergangenen Wochen hatte sie sich recht häufig bei Gedanken an den hinreißenden Fußballspieler ertappt. Sie war mehrmals zwischen Manchester und Little Maudley hin- und hergefahren, um sich in die Grundlagen ihrer neuen Tätigkeit in Laden und Postamt einzuarbeiten, doch ihn hatte sie kein einziges Mal zu Gesicht bekommen. Natürlich hatte sie auch nicht groß nach ihm Ausschau gehalten. Aber auf den langen Fahrten ein bisschen von ihm zu träumen erschien ihr völlig legitim. Phil und sie hatten ja nicht gerade ein erfülltes Sexleben ... Wenn sie ehrlich war, war es schon eine ganze Weile her, dass sie im Bett etwas anderes gemacht hatten, als friedlich zu schlafen. Dass Bens Zimmer gleich nebenan lag, war natürlich nicht so prickelnd, doch das war nicht der einzige Grund. Sie waren einfach schon so lange zusammen, dass ihre Beziehung in vieler Hinsicht eher einer Freundschaft glich. Und – bei diesem Gedanken schnitt Hannah ihrem Wein eine Grimasse – schließlich konnte man sich seinen Partner nicht einfach nach Belieben schnappen und mit ihm rumknutschen.

»Worüber denkst du denn so intensiv nach?« Katie stupste sie an.

Hannah schmunzelte. »Über nichts.« Sie würde wohl kaum gestehen, dass sie gerade überlegte, was überraschender wäre – wenn sie mit ihrer besten Freundin kuscheln oder wenn sie über den nichtsahnenden Phil herfallen würde, sobald er heute Abend nach Hause kam.

Später, als sie nach mehreren Gläsern Wein und zur Feier des Tages auch etwas Sekt leicht angeschickert zu Hause abgeliefert worden war, beschloss Hannah, dass heute vielleicht der richtige Abend war, um die Dürreperiode zu beenden. Es war ... wie lange war es her? Sie konnte sich gar nicht mehr erinnern.

Phil lag auf dem Sofa und guckte eine Comedyshow, als sie ins Wohnzimmer torkelte. Sie hatte eigentlich einen lasziven, katzenhaften Gang angestrebt, aber irgendjemand hatte den Wäschestapel, der sonst immer hinter der Tür lag, zur Seite geschoben. Anstatt die Tür also gegen diesen Widerstand langsam aufzuschieben, war Hannah ungebremst ins Zimmer getaumelt, während die Tür gegen die Wand knallte.

Kein Problem, dachte sie. Sie richtete sich auf und betrachtete sich kurz in dem großen Spiegel über dem Kamin. Ihr Haar sah ausnahmsweise richtig gut aus, die Augen wirkten immer noch geheimnisvoll verführerisch, und den dunkelroten Lippenstift hatte sie auf der Heimfahrt im Uber nachgezogen. Sie fuhr sich durchs Haar und schüttelte es auf. Alles in allem sah sie als Mutter eines Teenagers gar nicht so schlecht aus, befand sie und schob, bevor sie sich Phil zuwandte, rasch noch den Busen im BH zurecht.

»Alles klar?« Leicht verwirrt blickte Phil aus seiner liegenden Position auf.

»Ja.« Hannah ließ sich auf dem Couchtisch nieder, sodass sie auf ihn hinuntersah. Die perfekte Position, um sich – na ja, sie konnte sich jetzt zwar auf ihn stürzen, aber damit würde sie ihn möglicherweise verschrecken. Es war wirklich irre lange her. Eigentlich war sie wieder zur Jungfrau geworden. Vielleicht hatte sie überhaupt vergessen, wie es ging.

»Fehlt dir was?«, fragte Phil. »Wie viel hast du getrunken?« Er setzte sich auf, was ihren Plan, sich über ihn zu beugen und ihn zärtlich auf den Mund zu küssen, zunichtemachte.

»Bloß etwas Wein. Und 'n Schlückchen Sekt.« Hannah warf einen Blick auf die Brandyflasche oben im Bücherregal. »Wie wär's mit 'nem Absacker?« Sie musste aufstoßen.

»Ich glaube, du hast für heute genug.« Phil stand vom Sofa auf. Na, das lief ja super. Hannah stemmte sich vom Tisch hoch, sodass sie ihm gegenüberstand. Er wirkte etwas erschrocken und hielt die Arme steif an den Seiten. Doch Hannah nahm seine Hand, die er zu Faust geballt hatte. Er musterte sie eindringlich. »Geht's dir nicht gut, Hannah?«

Und da beschloss sie, es einfach zu wagen. Sie stürzte sich auf ihn und drückte ihre geöffneten Lippen auf seinen geschlossenen, etwas stoppligen und jedenfalls widerstrebenden Mund. Einen Moment lang dachte Hannah, er würde die Lippen vielleicht doch öffnen, daher verharrte sie abwartend, aber dann wich sie zurück.

Phil lachte. »Was sollte das denn sein?«

Mit einem sanften Plumps ließ Hannah sich aufs Sofa fallen. »Das nennt man Zärtlichkeit, Phil.« Ihre Stimme klang scharf.

»Ja, natürlich, aber wie kam es zu diesem leidenschaftlichen Ausbruch?«

Als hätte jemand einen Stöpsel gezogen, strömten nun die Gefühle aus ihr heraus. »Wir haben uns seit Ewigkeiten nicht mehr geliebt. Wir küssen uns nie. Wir sind nie zärtlich zueinander. Du –«

»Ich bin total mit Arbeit eingedeckt, und du bist damit beschäftigt, den Laden auf Vordermann zu bringen und Pläne für eine Dorfbuchhandlung zu machen. Was erwartest du denn?«

»Es ist schon viel länger so.« Hannah atmete aus und sank in die Kissen zurück. Er sah sie an, als wäre sie ein bisschen beschränkt, und sprach mit ihr wie mit einem kleinen Kind.

»Nein, das stimmt nicht. Hör mal, du bist betrunken, ich bin müde, und ich muss noch etwas für die Arbeit checken, bevor ich komme. Geh du doch schon mal nach oben und wärme das Bett an, und bevor du dich's versiehst, bin ich auch da. Ich knuddle dich in den Schlaf, und morgen können wir dann weiter darüber sprechen.«

Hannah biss sich auf die Lippe. An der Wand standen Kartons mit Büchern, die sie schon eingepackt hatte. Sie wollte erst mal nur wenige mitnehmen, aber ohne ihre vertrauten Freunde loszuziehen wäre ihr dann doch zu schwer gefallen. Im Moment hätte sie gern einen Band Gedichte von John Donne gehabt, um sich zu trösten, aber das Buch war irgendwo in den Tiefen eines Kartons versteckt.

Phil stand noch da und beobachtete sie, als wäre sie an Demenz erkrankt. Er streckte ihr die Hand hin, um ihr aufzuhelfen. »Na komm, Herzblatt, ab ins Bett mit dir.«

Hannah ließ es zu, dass er sie hochzog. Auf dem Weg zur Tür fühlte sie sich noch beschwipster als vorher. Vielleicht waren Rotwein, Weißwein *und* Sekt doch etwas zu viel gewesen. »Ich bin gleich bei dir«, versprach Phil und tätschelte ihr den Po, als sie das Zimmer verließ.

Wenige Sekunden nachdem sie sich das Gesicht gewaschen und die Zähne geputzt hatte, war Hannah eingeschlafen.

Als sie am nächsten Morgen mit trockenem Mund und

leicht benebelt aufwachte, war das Bett neben ihr leer. Sie schlich sich nach unten, denn es war noch früh und sie liebte es, wenn alles friedlich war und sie das Haus für sich hatte. Phil lag schnarchend auf dem Sofa, und sein Laptop stand aufgeklappt im Standby-Modus neben ihm auf dem Couchtisch. Er hatte es gestern Abend nicht mehr ins Bett geschafft. Ein ganz leises Unbehagen beschlich Hannah, doch sie verdrängte es. Sobald sie in Little Maudley waren, würde alles gut werden.

Elftes Kapitel

Das Erstaunliche war, dass sich alles so schnell gefügt hatte, dachte Hannah wieder einmal. Etwas Derartiges hatte sie noch nie erlebt. Normalerweise gab es in ihrem Leben so viele Hindernisse, Stolpersteine und unliebsame Wendungen, dass alles doppelt so lange dauerte, wie sie geplant hatte. In diesem Fall jedoch schien ihr Vorhaben irgendwie gesegnet zu sein. Beth und Lauren hatten es so eilig, endlich in die Stadt zu kommen, dass der große Umzug schon in einer Woche stattfinden würde.

Hannah musste noch einmal nach Little Maudley fahren, um Dokumente zu unterzeichnen und um die Farmersfrau kennenzulernen, die den Laden mit Fleisch aus der Region belieferte. »Die wird dir gefallen, sie ist zum Schießen!«, hatte Beth gesagt, woraufhin Hannah nichts Gutes schwante. Wenn sie dann das nächste Mal nach Little Maudley kam, würde sie den Laden übernehmen. Sie durfte nicht zu lange darüber nachdenken, sonst kriegte sie Nervenflattern, weil alles so schnell ging. Doch trotz ihrer Nervosität spürte sie immer wieder eine ganz eigenartige Gewissheit, dass sie das Richtige tat.

Am nächsten Morgen war sie wieder auf der M6 unterwegs. Sie hatte die Strecke in letzter Zeit so oft zurückgelegt, dass ihr war, als hätte sie in die Straßen zwischen Salford und Little Maudley Spurrillen hineingefahren. Als sie von der Autobahn in die inzwischen vertraute Landschaft abbog, merkte

Hannah, wie sie die Schultern sinken ließ, und je schmaler die Straßen wurden, desto mehr Anspannung fiel von ihr ab. Die Sonne stand hoch am blassblauen Himmel. Als Hannah vor einer Baustellenampel hielt, fiel ihr auf, dass ein paar Kühe sich im Schatten einer Eiche versammelt hatten, um Schutz vor der ungewöhnlichen Hitze des Altweibersommers zu suchen. Die Temperaturanzeige auf ihrem Armaturenbrett gab vierundzwanzig Grad an, und es war erst halb zwölf. Hier im Süden war es eindeutig wärmer. Vielleicht würden sie im nächsten Sommer hinter dem Haus im Garten liegen und alle schön braun werden – vielleicht würden sie sogar den aufblasbaren Pool in Gebrauch nehmen, den sie vor drei Jahren gekauft hatten, während einer Hitzewelle in Nordengland. Allerdings – hinter ihr drückte jemand auf die Hupe, weil die Ampel grün geworden war – war Ben damals erst zwölf gewesen und sie noch der Mittelpunkt seiner Welt. Ach, sie hoffte bloß, dass das Dorfleben ihn nicht zu sehr anödete. Gleichzeitig aber hoffte sie sehr, dass er genügend Langeweile haben würde, um sich auf die Schule und das Fußballspielen zu konzentrieren – oder auch auf irgendetwas anderes, Hauptsache, es bewahrte ihn davor, in einem Polizeiauto nach Hause zu kommen.

Als Hannah das Dorfzentrum erreichte und vor dem Postamt parkte, wimmelte es auf der Wiese schon von Menschen, die bunte Fähnchengirlanden aufhängten und Tische für das Dorffest aufstellten.

»Ach, hallo, da sind Sie ja wieder!«, sagte Helen Bromsgrove, de facto die Königin des Dorfes, als Hannah ausstieg. »Beth hat mir alles über Ihre Pläne erzählt. Ich bin Helen –

aber das wissen Sie ja schon von neulich.« Diese Frau war so was von selbstsicher. Hannah hätte niemals erwartet, dass jemand sich auch nur bis zum nächsten Tag an sie erinnern würde. »Wenn Sie sich ein bisschen eingelebt haben, müssen Sie auf ein paar Drinks zu uns kommen. Wann rechnen Sie denn mit Ihrem Mann?«

Beth erschien und drohte mit dem Zeigefinger. »Also, Helen, jetzt versuchen Sie bloß nicht, alle Neuigkeiten aus meiner Kusine herauszuquetschen, noch bevor sie hier richtig angekommen ist.«

Eine mollige Frau mit dunklem Haar und in teures Blümchenmuster gekleidet, was hier in den Cotswolds eine Art Uniform zu sein schien, trat zu ihnen. Hannah registrierte, dass sie Helen rasch einen Seitenblick zuwarf und leicht errötete. Dann wandte sie sich ab, um Papierservietten zu falten und sie neben hübsche, geblümte Tassen mit Untertassen zu legen.

»Komm mit ins Haus.« Beth warf einen ärgerlichen Blick auf den Rücken der Dunkelhaarigen. »Ich hab was gefunden, das wird dir gefallen.«

»Was ist denn mit der Frau mit den dunklen Haaren?«

Sie gingen in die Küche des Wohnhauses, und Beth schenkte zwei Gläser Eiswasser ein, reichte Hannah eins und trank dann einen Schluck von ihrem. Über das Glas hinweg sah sie ihre Kusine an und verzog nachdenklich den Mund.

»Sie ist eine von denen, die gern im Mittelpunkt stehen. Und hier im Dorf ist Helen natürlich die Chefin – sie ist Vorsitzende der Elternvertreter in der Schule, sie ist im Ausschuss des *Women's Institute*, sie ist im Gemeinderat und so weiter. Mina hängt sich an sie, und sie ist ein bisschen zickig.«

Hannah rührte mit dem Finger das Eis in ihrem Glas um. »Hier im Dorf sieht man so was vermutlich wie unter einem Vergrößerungsglas ...«

»Das kommt vor, ja. Little Maudley präsentiert sich gern als eingeschworene Gemeinschaft, aber es ist wie in allen solchen Gruppen – da passiert immer eine Menge hinter den Kulissen. Und ich erfahre das alles, weil ich den ganzen Tag im Laden bin.«

Als sie ausgetrunken hatten, machte Hannah einen Spaziergang durchs Dorf, um sich die Vorbereitungen auf das Fest anzusehen. An der Seitenmauer des Dorfgemeinschaftshauses verkündete ein riesiges, handgemaltes Plakat, dass am morgigen Tag das alljährliche Dorffest stattfinden sollte. Als sie erneut der Dunkelhaarigen begegnete, lächelte Hannah ihr zu, aber die Frau verzog nur kurz die schmalen Lippen, daher entfernte Hannah sich rasch. Auf einer Bank saß eine ältere Dame mit strahlend blauen Augen und beobachtete das Treiben. Sie hatte ein kluges, nachdenkliches Gesicht, und bevor sie sprach, hob sie den Kopf und musterte Hannah einen Moment lang.

»Hallo«, sagte sie dann.

»Hallo.« Hannah lächelte.

»Ich vermute, dass Sie nach Little Maudley ziehen wollen?«

»Das stimmt, ja.«

»Dann sind Sie also diejenige, die den Dorfladen übernehmen wird?«

Hannah staunte. Die Frau sah zwar wie ein liebes altes Mütterchen aus, war aber eindeutig hellwach.

»Ich – ja?«

»Es ist wirklich eine sonderbare Angewohnheit, eine Frage mit einer weiteren Frage zu beantworten. Ich gebe den australischen Soap Operas die Schuld daran.«

Hannah, die Ben oft aufgezogen hatte, weil er am Satzende die Stimme hob, lachte. »Entschuldigen Sie bitte, ich fürchte, das habe ich von meinem Sohn übernommen.«

»Und was führt Sie ausgerechnet in dieses Dorf?«

»Ich hatte gar nicht damit gerechnet. Es kam alles ganz plötzlich.«

»Die besten Dinge im Leben kommen oft ganz plötzlich«, sagte die alte Dame und schaute versonnen in die Ferne. Dann schüttelte sie sich und streckte Hannah eine knotige, mit Altersflecken gesprenkelte Hand hin. »Ich bin übrigens Bunty. Wie geht's Ihnen hier?«

Hannah lächelte. »Gut, vielen Dank.« Und in diesem Moment wurde ihr bewusst, dass das tatsächlich stimmte. Es war ein seltsames Gefühl.

Zwölftes Kapitel

Tausendmal hatte Hannah sich im Kopf den ersten Morgen zurechtgelegt. Am Abend vorher wollte sie zeitig ins Bett gehen, den Wecker auf halb sechs stellen und in aller Frühe für die Anlieferung der Zeitungen bereit sein. Beth hatte ihr zwar mehrmals erklärt, das sei nicht nötig, weil die Zeitungen in die Veranda geschoben wurden, wo sie vor Regen – der sich die ganze Woche lang zurückgehalten hatte – geschützt waren, aber Hannah wollte das Gefühl haben, dass sie alles richtig machte.

Doch natürlich lief es nicht so recht nach Plan. Ben war nachts auf, weil er sich den Magen verdorben hatte. Die Straßenlaterne draußen warf einen orangen Schein durch die Vorhänge, was Hannah halb wach hielt, und um drei wurde sie dann ganz wach, und wieder um vier und um halb fünf, weil sie auf keinen Fall den Wecker verschlafen wollte. Dann fingen die Vögel an, in der Clematis vor ihrem Schlafzimmerfenster herumzukrakeelen, und als das Gedudel des Weckers schließlich in ihr Hirn drang, befand Hannah sich gerade in lähmendem Tiefschlaf. Jetzt aufzuwachen war, als müsse sie sich durch ein Meer aus dickem, schwerem Schlamm quälen.

Auf dem Weg nach unten machte sie das Licht in Bens Zimmer aus, denn er hatte die schlechte Angewohnheit, bei Licht einzuschlafen, dann wankte sie weiter, setzte Wasser auf und fuhr sich kurz mit der Bürste durchs Haar. Doch nachdem sie sich mit einem Riesenbecher Kaffee aufgeputscht hatte, fühlte sie sich halbwegs wieder wie ein Mensch. Die Dorfstraße war verlassen, nur ein einsamer Jogger winkte ihr fröhlich zu, als sie aus der Tür trat. Sie erkannte David, den Ehemann von Helen, der Stütze des Dorfes.

»Morgen«, sagte er und blieb kurz stehen, um Atem zu holen. »Wie geht's? Beth ist vermutlich weg, und Sie sind jetzt ganz allein?«

»Der erste Tag ist aufregend.« Hannah verzog das Gesicht. »Ich hoffe bloß, dass alles gut läuft.«

»Bestimmt. Sie haben ja Flo im Café, falls Sie mal nicht weiter wissen, und Helen kommt später sicherlich auch vorbei, um nach Ihnen zu sehen.«

Helen war ein Wirbelwind, aber Hannah mochte sie gern. Und heute würde sie sich, offen gesagt, über jedes freundliche Gesicht freuen. Auf einmal verließ sie der Mut: Beth war nicht mehr da, um sie zu unterstützen, und plötzlich war ihr nicht mehr flau, sondern richtiggehend schlecht, denn dass sie jetzt ganz allein für alles zuständig war, erschreckte sie. Und wenn sie den Laden in den Sand setzte, konnte sie niemandem außer sich selbst Vorwürfe machen. Hannah schluckte schwer und versuchte, tief zu atmen.

»Morgen, meine Liebe.« Ein weißer Kastenwagen war vorgefahren, und ein Mann sprang heraus. »Beth hat mich nie persönlich empfangen«, sagte er und hievte ein Bündel Zeitungen aus dem Wagen. »Das ist schön.« Er zwinkerte Hannah zu.

»Ich weiß nicht, ob das jeden Tag was wird.« Hannah unterdrückte mit der Hand vor dem Mund ihr Gähnen. Als er wieder losfuhr, schleppte sie die Zeitungen in den Laden, packte sie aus und platzierte sie sorgsam auf dem Ständer.

Dann rückte sie die bereits perfekt ausgerichteten Stapel aus Broschüren und Flyern auf dem Tresen zurecht und schaute sich um. Freya, eine der Schülerinnen aus dem Abschlussjahrgang, die nach der Schule hier arbeitete, hatte alles ordentlich ausgelegt. Sie hatte hervorragende Arbeit geleistet, und es sah einfach tadellos aus. Hannah sah auf die Uhr – erst sechs. Der Laden öffnete offiziell erst um acht. Vielleicht konnte sie sich noch eine halbe Stunde hinlegen und dösen, und dann würde sie für den Tag gerüstet sein.

»Mum?« In der Ferne hörte Hannah eine Stimme. Sie zog sich das Kissen über den Kopf und versuchte, wieder in den Schlaf zu finden.

»Mum!« Die Stimme klang jetzt drängender.

»Ich schlafe. Im Küchenschrank ist jede Menge Müsli.«

»Ist es nicht, weil wir gerade erst umgezogen sind und du noch nicht eingekauft hast. Aber im *Regal im Laden* steht jede Menge Müsli«, sagte Ben.

»Oh, Shit.« Hannah schreckte hoch.

»Hier wird nicht geflucht«, sagte Ben hämisch von der Schlafzimmertür aus.

»Sorry. *Mist.* Wie spät ist es denn?« Sie griff nach ihrem Handy. Ihr war schlecht, weil sie gerade aus dem Tiefschlaf erwacht war und weil sie es geschafft hatte, alles zu vermasseln, bevor sie überhaupt angefangen hatte.

»Viertel vor acht. Hast du nicht gesagt, der Laden macht um acht auf?«

»Stimmt.«

»Und wolltest du nicht in aller Herrgottsfrühe aufstehen?«

»Hab ich gemacht.« Sie zog ein Paar Caprileggings und eine Tunika an, brachte schnell ihre Haare in Form und lief ins Bad, um sich die Zähne zu putzen und das Gesicht zu waschen. Für eine Dusche, das hübsche Sommerkleid und das dezente Make-up, das sie geplant hatte, war keine Zeit. Die Dorfbewohner mussten so mit ihr vorliebnehmen, wie sie war. In diesem Fall bedeutete das: mehr oder weniger ungepflegt und verschlafen.

»Morgen.« Eine ältere Frau band gerade einen Terrier an dem Pflock vor dem Laden fest, als Hannah die Tür aufschloss. Obwohl es noch nicht acht war, warteten bereits zwei Kunden. Die Frau und ein Jugendlicher, der sein Fahrrad achtlos an die Wand geschmissen hatte, standen im Laden, bevor Hannah auch nur darauf hinweisen konnte, dass offiziell noch gar nicht geöffnet war.

»Kann ich nur eben das hier haben, bitte?« Der Junge stellte eine Dose mit einem Energydrink auf die Ladentheke.

»Leider nicht, nein.«

»Wie meinen Sie das?«

»Du bist noch nicht sechzehn, deswegen darf ich dir keine Energydrinks verkaufen. Das sind die Vorschriften.« Beth hatte ihr das eingetrichtert und ihr einen Spickzettel mit den Namen der Teenager aus dem Dorf gegeben, die womöglich kommen würden, um mit gefälschten Ausweisen Alkohol zu kaufen – man konnte es ja mal versuchen.

»Na gut«, sagte der Junge, verdrehte die Augen und grinste frech. Offenbar hatte er bei der Neuen hinter dem Tresen bloß sein Glück versuchen wollen. »Dann nehme ich stattdessen eine Cola light.«

»Nur das hier«, redete die Frau dazwischen und packte einen *Daily Telegraph* und eine Flasche Milch auf den Tresen. Hannah tippte beides ein und gab ihr das Wechselgeld zurück. Und das war's – sie war mittendrin.

Als das Brot geliefert worden war, tauchte ein ganzer Schwarm von Kundinnen auf. Sie kamen herein, stürzten sich wie die Heuschrecken auf die Körbe und leerten sie so schnell, dass Hannah mit dem Auffüllen kaum nachkam. Als der Spuk vorbei war und sie gerade unter dem Tresen hockte und nach einer Ersatzrolle für die Kasse suchte, hörte sie ein Räuspern.

»Vermutlich bin ich für das berühmte Sauerteigbrot zu spät«, sagte eine Stimme, die ihr irgendwie bekannt vorkam, mit leicht nordenglischem Akzent. Hannah richtete sich auf. Vor ihr stand, die Sonnenbrille in die strubbeligen dunklen Haare geschoben, Jake, der gutaussehende Fußballer. Hannah spürte, wie ihre Knie ganz ungehörig weich wurden.

»Nächstes Mal hebe ich Ihnen eins auf, wenn Sie nett darum bitten.« Er war so unerreichbar für sie – und ganz bestimmt verheiratet –, dass sie ein vorsichtiges Flirten als ungefährlich ansah.

Er lächelte schief. »Vorzugsbehandlung?« Dann nahm er einen von den bunten Flyern in die Hand, die verkündeten, dass der FC Little Maudley einen neuen Trainer suchte.

»Ach, einfach ein Dankeschön dafür, dass Sie mich neulich davor bewahrt haben, den Eierkarton zu verlieren.« Hannah blickte auf den Flyer hinunter. »Denken Sie an einen neuen Beruf?«

»Witzig, dass Sie das fragen. Ich wollte nämlich gerade

sagen, dass die Flyer hier jetzt überholt sind, die können Sie also ins Altpapier tun.«

»Wirklich?« Zerstreut nahm Hannah ihm die Flyer ab und legte sie wieder auf den Tresen.

»Ja. Der neue Trainer steht vor Ihnen.«

Hannah wich etwas zurück und stieß ein kurzes Lachen aus. Seit sie diesen Mann zufällig kennengelernt hatten, hatte Ben nur noch davon gesprochen, wie genial es war, dass dieser Jake Lovatt echt im gleichen Dorf wohnte. »Ist das nicht ein bisschen ... unter Ihrer Würde?«

Er sah sie mit seinen merkwürdig grünblauen Augen an. »Wie meinen Sie das?«

Hannah wurde rot. »Sorry, ich – ich meinte einfach –«

Jake lachte. »Ja, ich weiß schon. Aber ich habe nichts weiter zu tun – und ich selbst habe auch ganz unten angefangen, daher halte ich es für eine gute Sache, etwas zurückzugeben.«

»Mein Sohn Ben ist geradezu besessen vom Fußball. Er hofft, dass er in die Mannschaft aufgenommen wird.«

»Wir haben morgen ein Probetraining. Er ist sehr willkommen.«

»Um wie viel Uhr?«

»Halb zwölf auf dem Platz. Wir werden anderthalb Stunden dort sein. Und sagen Sie gern Hallo, falls Sie vorbeikommen.«

»Dann könnte Ben vor Schreck tot umfallen. Ich hab mich nämlich von seiner lieben Mum, die ihn bei jedem Spiel anfeuern musste, in die peinlichste Mutter der Welt verwandelt.«

»Aber wenn er ein Tor geschossen hat, kann er es bestimmt gar nicht erwarten, Ihnen davon zu erzählen, oder?«

Hannah nickte mit einem Lächeln. Nach Spielen, die sie nicht gesehen hatte, kam er immer hereingestürzt und schilderte ihr in allen Einzelheiten, wie sie abgelaufen waren.

»Hab ich mir gedacht. Gut, sagen Sie ihm, er soll zehn Minuten eher da sein, damit ich den Papierkram erledigen kann. Und er soll an seine Schienbeinschützer denken, sonst darf er nicht mitspielen.«

»Mache ich.«

»Oh, hallo!«

Beide schraken zusammen, als Helen Bromsgrove plötzlich hereingestürzt kam. Sie sah Jake und griff sich automatisch an ihr gepflegtes blondes Haar. Im Vergleich zu ihr kam Hannah sich ohne Make-up und mit ihrem verstrubbelten Lockenkopf noch schlampiger vor.

»Wie schön, dass ich Sie zufällig treffe, Jake – ich wollte Sie schon länger fragen, ob Sie Lust haben, mal abends zu uns zum Essen zu kommen.« Hannah beobachtete, wie Jakes Blick rasch hin und her wanderte, als wäre er ein in die Enge getriebenes Tier, das einen Fluchtweg suchte. »David und ich möchten Sie so furchtbar gern einigen Leuten aus dem Dorf vorstellen, und außerdem gibt es natürlich ganz viel, wo Sie sich einbringen könnten, hier in Little Maudley, meine ich. Es wäre keine große Sache, bloß ein paar ausgesuchte Gäste. Soll ich Ihnen mein Kärtchen geben? Oder vielleicht könnten Sie Ihre Nummer in mein Handy eintippen?« Helen fing an, in ihrer Handtasche zu kramen, und Jake nahm die Gelegenheit wahr, um sich zu verabschieden.

»Ich habe schon einige Verpflichtungen hier im Dorf übernommen – und jetzt muss ich weiter. Hab heute Vormittag noch einen Termin.« Er blickte auf die Uhr über Hannahs Kopf. »Geht die richtig?«

Hannah war befriedigt und Helen mehr als ein bisschen verstimmt, als er sich beim Hinausgehen noch einmal umdrehte und sagte: »Vergessen Sie das mit morgen nicht.«

»Schön«, sagte Helen mit einer gewissen Schärfe, während sie ihr Handy wieder in die Handtasche schob, »ich wollte Sie eigentlich fragen, wie Sie sich hier einleben, aber anscheinend überraschen Sie uns alle.«

Sie bedachte Hannah mit einem Blick, der nicht zu deuten war, griff sich einen Flechtkorb und verschwand hinten im Laden. Minuten später kehrte sie mit dem gut gefüllten Korb zurück – erfreulicherweise, wie Hannah fand. Sie hatte sich gefragt, wie profitabel ein Dorfladen sein konnte, der alles verkaufte, was man auch im Supermarkt bekam, nur zu einem deutlich höheren Preis.

»Ist doch wichtig, dass wir unsere Geschäfte vor Ort unterstützen«, sagte Helen jovial und half Hannah, die Einkäufe auf den Tresen zu legen. »Und es ist auch wichtig, dass wir unsere Ladeninhaberin hier im Dorf unterstützen«, fügte sie hinzu. »Kommen Sie doch heute Abend auf einen Drink vorbei, dann können wir uns ein bisschen über Ihre Pläne unterhalten.«

»Das klingt schön«, sagte Hannah mechanisch und wünschte sich gleichzeitig, sie könnte bei solchen Einladungen einfach fertige Ausreden aus dem Ärmel schütteln. Man brauchte keine Hellseherin zu sein, um sich auszumalen, dass sie am Ende eines Tages wie heute fix und fertig sein würde.

Die übrige Zeit verging wie im Flug. Wie Beth es ihr vorhergesagt hatte, war morgens viel los, dann wurde es recht ruhig, und um die Mittagszeit herum war der Laden wieder gut besucht. Am frühen Nachmittag kamen Wanderer vorbei, und natürlich gingen im Café ständig Gäste ein und aus. Aber während die Ehrenamtliche aus dem Dorf die Kasse bediente, gelang es Hannah, sich für ein halbes Stündchen in die Nische zu verziehen, in der sie sich die Buchhandlung vorstellte, und eine Skizze von ihrer Wunscheinrichtung zu zeichnen. Auf beiden Seiten war Raum für Regale, und sogar unter dem Fenster war ein wenig Platz, wo sie Kinderbücher unterbringen konnte. Vielleicht ließ Ben sich dazu überreden, die weißen Wände zu bemalen oder ein Schild anzufertigen. Neben Sport war Kunst das einzige Fach, in dem er in der Schule immer geglänzt hatte. Eine Arbeit wie diese würde sein Selbstvertrauen stärken und ihm hoffentlich auch das Gefühl geben, dass er dazugehörte.

Und so saß sie am Abend dann bei Helen am Küchentisch und beobachtete, wie die Gastgeberin mit dem iPad und einem Glas Wein vor sich Hof hielt. Sie stellte die anderen beiden Frauen vor.

»Das ist Mina. Sie ist meine rechte Hand.«

Mina, die dunkelhaarige Frau, die Hannah bereits am Tag vor dem Dorffest aufgefallen war, war fast genauso gekleidet wie Helen. Sie schenkte Hannah ein dünnes Lächeln.

»Und das ist Jenny. Sie ist ebenfalls neu im Dorf, so wie Sie, Hannah. Jenny, Hannah ist eine Kusine von Beth, die bis Anfang der Woche unseren Laden hier geführt hat.«

Jenny war sehr schlank, hatte auffallend schwere Lider und eine leichte Höckernase. Sie trug ein geblümtes Kleid und silberne Sandalen. Als sie Hannah ansah, kniff sie kurz die Augen zusammen. »Die Frau, die Sie –«

Helen riss die Augen auf und schüttelte kaum merklich den Kopf. Es war nicht das erste Mal, dass Hannah so etwas wahrnahm, wenn die Sprache auf Beth kam. Sie wusste, dass ihre Kusine eine Klatschtante sein konnte, aber im Grunde hatte sie das Herz auf dem rechten Fleck. Doch Hannah hatte das Gefühl, dass die Dorfbewohner davon nicht überzeugt waren.

»Hannah hat bestimmt ihre eigenen Vorstellungen davon, wie sie den Laden führen will. Neue Besen kehren gut, heißt es doch.«

Jenny warf Helen einen Blick zu. Hannah fühlte sich wie ein Schulmädchen, auf dem alle grundlos herumhacken, und rutschte unbehaglich auf ihrem Stuhl hin und her. Als David erschien und eine neue Flasche Sauvignon Blanc schwenkte, legte sie die Hand auf ihr Weinglas. »Nein, vielen Dank. Ich muss morgen früh raus.«

»Dann sind Sie sicher froh, dass Sie sonntags frei haben, oder?« David lächelte. Er schien viel umgänglicher zu sein als seine kratzbürstige Frau.

»Allerdings.« Zerstreut drehte Hannah an ihrem Ehering. Sie war erschöpft, denn allmählich machte sich bemerkbar, was sie in den vergangenen Wochen geleistet hatte. Sie wollte nur noch nach Hause, eine Pizza in den Ofen schieben und sich aufs Sofa kuscheln, um irgendeine geistlose Fernsehsendung zu gucken.

»Dann erzählen Sie mal«, wandte Helen sich an sie. »Was genau stellen Sie sich für den Laden vor?«

Hannah begann vorsichtig, weil sie niemandem auf die Füße treten wollte. Doch als sie ihre Idee mit der Buchhandlung erläuterte, konnte sie ihre Begeisterung nicht mehr verbergen. Zu ihrer Erleichterung schienen alle Frauen sehr angetan zu sein.

»Das ist einfach eine geniale Idee.« Helen strahlte. »Wir stellen nämlich fest, dass unsere Bücherei im Telefonhäuschen ein Opfer ihres eigenen Erfolges geworden ist. Die arme Lucy, die sich um das Sortieren und Aufstellen der Bücher kümmern wollte, wird von den vielen Spenden einfach überrollt.«

»Ich habe sie neulich kennengelernt«, sagte Hannah und nahm sich eine Olive. »Sie scheint sehr nett zu sein.«

»O ja, sie ist ein Schatz.« Helen nickte. »Und so eine gute Lehrerin. Ein Gewinn für das Dorf. Und es sieht ganz so aus, als könnten Sie das auch sein«, sie drückte Hannah den Arm. »Kaum angekommen, und schon hatten Sie eine Idee, wie wir Geld für unser Dorfgemeinschaftshaus sammeln können. Du meine Güte. Wir müssen Sie für den Ausschuss des *Women's Institute* gewinnen. Und Sie müssen auch mit in die Gemeinderatsversammlung kommen. Ach ja, und wenn ich es recht überlege, müssen Sie auch –«

»Ich –«, begann Hannah erschrocken.

»Immer langsam mit den jungen Pferden«, sagte Mina lachend und schüttelte den Kopf. »Machen Sie sich nichts draus, Hannah, unsere Helen kann nicht anders.«

»Ich bin anwesend«, sagte Helen indigniert.

»Wenn Sie in dem Tempo loslegen, scheuchen Sie Hannah nach Manchester zurück«, sagte Jenny und lachte mit.

»Tut mir wirklich leid.« Helen bot Hannah noch einmal Wein an. »Vor lauter Begeisterung kann ich manchmal ein bisschen übers Ziel hinausschießen.«

Ohne Scherz, das kann sie wirklich, simste Hannah Katie später am Abend, als sie es nach Hause und ins Bett geschafft hatte und ihr die Augen schon fast zufielen.

Du hast gesagt, du willst diese ganzen Dorfgeschichten, antwortete Katie mit einem lachenden Emoji.

Stimmt!, tippte Hannah, *bloß nicht alles an einem Abend.*

Dreizehntes Kapitel

Am Morgen des Probetrainings erwachte Jake früh und ging joggen. Als er zurückkam, war Sarah auf und briet Speck.

»Was hast du heute vor?« Sie deutete auf die Bratpfanne. »Möchtest du ein Sandwich?«

»Das Probetraining«, sagte Jake und nickte, auch wenn dieses Frühstück seinen Lauf von eben null und nichtig machen würde, aber das war ihm egal. Einem Speckbrötchen gleich am frühen Morgen konnte er nie widerstehen.

»Ich dachte, ich könnte ja mal in die Stadt fahren und mich ein bisschen umschauen.«

»Nach Bletchingham?«

Sarah nickte. Es war schön, dass sie ein bisschen mehr aus sich herausging. Lange Zeit war sie anscheinend damit zufrieden gewesen, einfach zu Hause zu sitzen.

Im Park stellte Jake Kunststoffkegel für ein paar Trainingsübungen auf und versuchte dabei, sich einzureden, dass er keineswegs auf die hübsche Frau aus dem Dorfladen wartete. Alle paar Minuten jedoch ertappte er sich dabei, wie er über den Platz sah und nach Frauen Ausschau hielt, die ihr ähnlich sahen. Er blickte auf die Uhr – Viertel nach elf. Einige Jungen liefen schon herum, machten sich warm oder kickten sich einen Ball zu und quatschten miteinander.

»Hallo«, sagte eine bekannte Stimme.

Sie stand hinter ihm. Er fuhr herum. Das Seil für die Seitenlinie hielt er noch aufgerollt in der Hand.

»Könnt ihr das bitte auslegen?«

Zwei der Jungen nickten und nahmen ihm das Seil ab.

»Ich riskiere gerade Kopf und Kragen, weil ich hier bin.« Schmunzelnd sah Hannah zu ihrem Sohn hinüber, der sich zu den anderen gesellt hatte.

»Heute sind auch viele andere Eltern da.« Jake zeigte auf eine Gruppe von Erwachsenen. »Ich finde, bei einem Probetraining ist das etwas anderes.«

»Na, ich werde mich jedenfalls bemühen, nicht aufzufallen und nichts Peinliches zu tun.«

Jake sah ihr nach, als sie zu den anderen Eltern hinüberging. Dann begann das Training, und seine Aufmerksamkeit wurde ganz und gar von den Jungen und ihren Leistungen in Anspruch genommen. Er fand es erleichternd, dass ihr Sohn Ben nicht bloß guter Durchschnitt, sondern wirklich vielversprechend war. Wann immer er konnte, lief er zwischen den gegnerischen Spieler und das Tor, beschleunigte und zeigte unglaublich geschickte Fußarbeit. Und das Beste war – jedenfalls in Jakes Augen –, dass er ein großzügiger Spieler war, dem es nicht darum ging, den Ball um jeden Preis für sich zu behalten, sondern der ihn auch gern abgab. Das war nicht antrainiert, nein, Ben machte es instinktiv richtig, wie Jake Hannah erklärte, als das Training zu Ende war.

»Er ist gut.« Jake wollte nicht zu überschwänglich sein. »Wirklich gut.«

»Das glaube ich auch«, sagte Hannah stolz. »Aber man kann nie wissen, oder? Ich meine, ich verstehe nichts von Fußball. Ich weiß nur, dass Ben gute Leistungen bringt und dass er Fußball liebt. Auf dem Platz lebt er richtig auf.«

»Kommt mir bekannt vor.« Jake nickte. »Ich war genauso.

Hab die Schule gehasst und war am glücklichsten, wenn ich draußen sein konnte. Nicht alle sind für ein Studium geschaffen.«

»Das stimmt.« Hannah warf Ben den Hoodie zu, den sie über dem Arm gehabt hatte, und er wagte sich zu ihnen herüber und kam bis auf ein paar Meter heran. Offenbar wollte er unbedingt wissen, wie er gespielt hatte.

»Das hast du gut gemacht«, sagte Jake. »Sehen wir uns nächste Woche beim Training?«

Bens Gesicht leuchtete auf, er strahlte vor Glück. »Echt jetzt?«

»Echt.«

»Cool.«

»Ich glaube, er meint: ›Danke, Jake, das ist wirklich eine Ehre, und ich verspreche, mein Bestes zu tun‹«, neckte Hannah ihren Sohn.

»Ja«, Ben zog verlegen den Kopf ein. »Das auch.«

»Ab mit dir«, sagte Jake lachend. »Ihr Jungs könnt ja noch ein bisschen kicken, während ich mit den Eltern spreche.«

Hannah war etwas schüchtern, weil die anderen sich alle zu kennen schienen, daher blieb sie am Rand der Gruppe stehen, während Jake über die Trainingszeiten und seine Pläne für die Mannschaft sprach. Die meisten Eltern betrachteten ihn anfangs mit ehrfürchtiger Scheu, aber als er zu reden begann, war das Eis bald gebrochen, und alle entspannten sich. Auch Jake schien sich zu entspannen, jedenfalls sah er deutlich weniger gestresst aus als vorhin während ihres Gesprächs.

Hannah war ganz gerührt, weil er zu ihr kam, als die anderen Eltern zu ihren Autos gingen oder mit ihren Hunden über den Platz davonschlenderten.

»Ist ein komisches Gefühl, hier neu zu sein.« Jake strich sich das Haar aus den Augen.

»Das geht mir genauso.«

»Sie haben also den Dorfladen von Ihrer Kusine übernommen?«

Hannah nickte. »Ja, ganz kurzfristig.« Sie sah zu Ben hinüber, der gerade einem anderen Jungen den Ball zukickte. »Aber alles scheint gut zu klappen. Ich wollte Ben aus der Stadt wegholen ... er war da nicht gerade in guter Gesellschaft.«

»Ich war in dem Alter auch so. Fußball ist eine gute Möglichkeit, um auf andere Gedanken zu kommen. Wenn man die Sache ernst nimmt, hat man für Dummheiten keine Zeit mehr.«

»Das hoffe ich sehr.«

»Also, Ben hat Potenzial, das ist ein guter Anfang. Und Sie sagen, im Laden klappt es recht gut nach der Übernahme? Beth war ...« Jake brach ab, offenbar bemühte er sich, seine Worte sorgfältig zu wählen. »Ihre Kusine schien hier im Dorf eine wichtige Person zu sein.«

»So kann man es auch ausdrücken.« Hannah sah ihm in die Augen, und beide lachten. »Ich mag Beth wirklich sehr, aber sie war schon immer eine Klatschtante.«

»Na ja, das wollte ich nicht sagen, aber ...«

»Ach, ich weiß genau, wie Beth ist. Und hier im Dorf wissen es anscheinend auch alle.« Nachdenklich biss Hannah sich auf die Lippe. »Das Problem ist, manchmal hab ich das Gefühl, dass alle denken, ich würde in ihre Fußstapfen treten.

Bevor ich herkam, hatte ich mir das Leben hier wie in *The Archers* vorgestellt – kennen Sie diese Seifenoper im Radio? Sie spielt auf dem Land und alle sind immer superfreundlich. Aber hier in Little Maudley sind sie bisher irgendwie ...«

»Distanziert?«, schlug Jake vor.

»Nicht ganz.«

»Spüren Sie die Kluft zwischen dem Norden und dem Süden?« Jake grinste.

»Keine Ahnung.« Hannah hob ein wenig die Schultern. »Vielleicht muss ich mich einfach an das Dorfleben gewöhnen. Es ist so ganz anders als zu Hause.«

Jake hängte sich die Tasche mit seinen Fußballsachen über die Schulter, machte aber keine Anstalten zu gehen. Wenn er sprach, war Hannah aufgefallen, konzentrierte er sich ganz und gar auf sein Gegenüber, sodass man das Gefühl hatte, der einzige Mensch auf der Welt zu sein. Es ließ ihre Knie ein wenig weich werden.

»Ja, das ist eine ganz schöne Veränderung, oder? Kennen Sie die Facebook-Gruppe von Little Maudley schon?«

»Ja.« Hannah schmunzelte. »Sind Sie auch dabei?«

»Unter falschem Namen, lächerlich. Aber ja, ich kann nicht anders, das ist einfach urkomisch.«

»Haben Sie den Post über die ausgerissenen Ziegen gesehen?«

Jake lachte. »Und die Beschwerde, weil jemand in einem Müllcontainer herumgewühlt hat?«

»Irgendwie bin ich richtig süchtig danach.«

»Ich auch.«

»Gehen wir jetzt oder was?« Ben kam angerannt. Er war

kaum außer Atem, obwohl er seit gut zwei Stunden Fußball spielte.

»Ja, komm.« Hannah verdrehte die Augen. »Ich bringe ihn mal lieber nach Hause, bevor er verhungert. Außerdem hab ich den Laden einer Ehrenamtlichen anvertraut, obwohl ich erst so kurz dabei bin. Ich will mir keinen Ruf als Drückebergerin einhandeln.«

»Und ich hab auch zu tun. Gutes Spiel heute, Ben. Dann also bis nächste Woche?«

Jake sah sie an, während er das sagte. Als sie später Käsetoasts machte, ließ Hannah die Szene im Kopf noch einmal ablaufen. Offensichtlich hatte Jake ihren Sohn gemeint, nicht sie. Aber sie konnte nicht anders, sie träumte davon, wie es wäre, einen gutaussehenden, charmanten, freundlichen Mann zu haben, der ihr gegenüber so aufmerksam war wie Jake. Sie musste sich zusammennehmen. Und Phil anrufen, ihren wirklich sympathischen, wenn auch nicht sehr extrovertierten Ehemann. Wahrscheinlich verging er da oben in Manchester vor Kummer, weil er sie und Ben so sehr vermisste.

Vierzehntes Kapitel

An dem Tag, als Beth Hannah mit dem Schlüssel auch die volle Verantwortung für den Laden übergeben hatte, hatte sie mit einem Anflug von schlechtem Gewissen erwähnt, dass die Dorfversammlung kurz bevorstand.

»Das ist keine große Sache – bloß eine Gelegenheit für die Dorfbewohner, zusammenzukommen und etwaige Probleme zu beheben, zu schauen, ob alle am gleichen Strang ziehen, und solche Dinge ...«

»Ich weiß nicht mal, an welchem Strang wir ziehen!«

»Ach, das merkst du schnell. Ist ganz einfach. Helen ist die Chefin – das wird dich nicht überraschen – und du brauchst nur am übernächsten Donnerstag abends um sieben Uhr im Gemeinschaftshaus zu erscheinen und ein paar Sätze zu sagen, das ist alles.« Immerhin hatte Beth bei den letzten Worten kurz ein wenig verlegen ausgesehen.

Der Tag der Versammlung war da. Hannah hatte Ben in dem kleinen Wohnzimmer auf Beths etwas durchgesessenem Sofa gelassen. Kater Pinky hatte sich neben ihm auf einer gestreiften Häkeldecke zusammengerollt.

»Ich weiß nicht, wie lange ich weg bin, aber ich kann mir nicht vorstellen, dass es viel später als neun wird. Du kannst mich anrufen, wenn irgendwas ist, aber das wird wohl kaum nötig sein.«

Ben sah von seinem Xbox-Spiel hoch. Er hatte die Kopfhörer schräg aufgesetzt und jetzt schob er einen vom Ohr und runzelte die Stirn.

»Was?«

»Ich habe gesagt –«, setzte Hannah an, dann schüttelte sie seufzend den Kopf. »Ach, egal.« Sie schob ihm den Kopfhörer wieder aufs Ohr und zeigte auf die Tür. »Ich gehe weg. Bin in zwei Stunden zurück.« Sie hob zwei Finger und wackelte damit. Ben ließ mit einem Grunzlaut erkennen, dass er verstanden hatte.

Das Dorfgemeinschaftshaus befand sich gegenüber einer Reihe von roten Backsteinhäusern, die Hannah ein wenig an die Reihenhäuser zu Hause in Salford erinnerten. Während alles andere in Little Maudley fast zu perfekt und durchorganisiert wirkte, fehlte hier der letzte Schliff – die Gärten sahen nicht picobello aus, die Autos waren schon ein wenig älter und nicht tadellos in Schuss. Hannah schaute sich gerade um, als eine zierliche Frau mit hellbraunem Lockenschopf und einer großen Brille auf der Nasenspitze aus einer knallgelben Haustür trat.

»Hallo«, sagte die Frau, und ihr Lächeln war so herzlich, dass Hannah einen Moment fürchtete, sie könnte vor Dankbarkeit in Tränen ausbrechen. »Gehen Sie zur Dorfversammlung?«

»Ja.«

»Ich auch. Dann lassen Sie uns doch zusammen hingehen – es ist nicht so unheimlich, wenn man zu zweit kommt.«

Sie lächelte wieder, und gemeinsam überquerten sie die Straße.

»Ich bin Nicola.«

»Hannah.«

»Ach, natürlich! Du bist die, die den Laden von Beth übernommen hat. Ich darf doch du sagen?«

Hannah nickte. »Gerne!«

Die Tür öffnete sich in dem Moment, als Nicola sie aufstoßen wollte.

»Das ist ja eine nette Überraschung – ihr zwei seid schön früh.« Kirsten, die ehrenamtlich im Laden half, nickte anerkennend. Sie hatte ein Klemmbrett in der Hand und setzte ein Häkchen hinter Nicolas Namen. »Du bist hier noch nicht drauf, Hannah, deswegen schreibe ich dich untendrunter und setze dann mein Häkchen dazu. Ich liebe schöne Listen. Sie sorgen für Ordnung.«

Hannah sah kurz zu Nicola hinüber, die Kulleraugen machte, sodass Hannah ein Kichern nicht mehr unterdrücken konnte.

»Gut, jetzt seid ihr beide offiziell anwesend. Geht doch rein und besorgt euch eine schöne Tasse Tee und setzt euch. Wir fangen um Punkt sieben an.«

»Das ist eine sehr ernste Sache.« Nicolas graue Augen funkelten vor Belustigung. Sie stellten sich in der Teeschlange hinter einen älteren Mann, der gerade versuchte, mit seinem Tee, einem Teller mit einem Milchbrötchen mit Zuckerglasur und seinem Stock zu jonglieren. »Darf ich Ihnen helfen?«

»Vielen Dank, meine Liebe.« Er übergab Nicola den Teller und seine Teetasse, und sie begleitete ihn zu seinem Platz.

»Schön, Sie hier zu sehen«, sagte Helen. Sie stand in der Küche hinter der Theke, trug eine geblümte Cath-Kidston-Schürze über ihrer blütenweißen Bluse und schwenkte eine riesige Teekanne aus Edelstahl. »Tee?«

»Ja, bitte. Und für Nicola bestimmt auch.«

Hannah war überrascht, wie viele Leute zur Versammlung

erschienen waren. In etwa zehn Reihen standen die Stühle dicht nebeneinander, und fast alle waren besetzt. Überall wurde aufgeregt geschnattert, so wie vor dem Beginn von Schulaufführungen, wenn alle sich etwas zu erzählen hatten und den neuesten Schulhofklatsch hören wollten. Sie setzte sich neben Nicola, die gerade ihr Handy checkte, und lauschte verstohlen.

»Wir können doch nicht erwarten, dass die Nachbarschaftswache ganz von selbst läuft ...«

»Keine Ahnung, was er sich dabei gedacht hat, als er sie für dieses Weibsstück verlassen hat. Und dann noch mitten in der Ernte! Sie musste Erntehelfer bezahlen, die sind gekommen und haben die Arbeit gemacht.«

Und dann wisperte jemand hinter ihr leise, aber nicht so leise, dass sie es nicht gehört hätte: »Denk dran, sie ist Beths Kusine, also ist sie wahrscheinlich ...« Der Rest war nicht mehr zu verstehen. Nicola hatte den Anfang offenbar auch gehört. Sie sah von ihrem Handy auf und warf Hannah einen beruhigenden Blick zu.

»Mach dir keine Gedanken deswegen. Die Leute hier können ein bisschen – na ja, es ist eben ein kleines Dorf. Sie haben nicht viel anderes zu tun, als irgendwas so lange zu bequatschen, bis sie eine ganze Mythologie dazu erfunden haben.«

Hannah fühlte sich unwohl. Es war nicht das erste Mal, dass sie hörte, wie über Beth getuschelt wurde, aber als sie versucht hatte, die Frauen, die mit ihr im Laden arbeiteten, danach zu fragen, war sie auf eisiges Schweigen gestoßen. Es war peinlich, und sie fühlte sich wie früher in der Grundschule, als eins der beliebten Mädchen sie zur Persona non grata erklärt hatte, weil sie nicht die angesagten Schuhe trug.

»Ehrlich, mach dir keine Sorgen. Sie finden ganz bald etwas anderes, worüber sie sich die Mäuler zerreißen können.«

Helen Bromsgrove hatte ihre Schürze abgelegt und zweifellos ordentlich aufgehängt und schritt jetzt durch den Saal nach vorn. Dort hatte man Tische aufgestellt, und Hannah beobachtete, wie die Ausschussmitglieder ihre Plätze einnahmen, Wasser tranken und ihre Papiere sortierten.

»Es ist wunderbar, diese rege Beteiligung an der Ausschusssitzung zu sehen. Ich bin sicher, dass nicht nur Margarets Kuchen der Grund dafür ist ...« Helen blickte die Reihe der Ausschussmitglieder entlang zu einer Frau Ende sechzig und lächelte. Daraufhin schmunzelte die Frau und schüttelte den Kopf, sodass ihr aschblondes Haar mit den Strähnchen sich leicht bewegte, bevor es wieder in einen perfekten Bob zurückfiel. »Aber es muss ein fetter Köder gewesen sein. Vergessen Sie nicht, man kann bei Margaret Kuchen und Torten zu allen Gelegenheiten bestellen. Ihre neu gegründete Firma wird auf der Rückseite unserer Dorfnachrichten erwähnt. Wir verteilen sie heute Abend nach unserer Versammlung.«

Hannah unterdrückte ein Gähnen. Sie hatte den Verdacht, dass es ein sehr langer Abend werden würde, und sie war total kaputt. Nach zwei Wochen hatte sie mit Erleichterung festgestellt, dass sie morgens nicht immer ganz so früh da sein musste, trotzdem erwies es sich als anstrengend, den ganzen Tag auf den Beinen zu sein.

»Zuerst gehen wir die Programmpunkte durch. Wir beginnen mit Dorfangelegenheiten und wenden uns dann dem Dorfladen und unseren neuesten Plänen zu.« Einige Zuhörer blickten zu Hannah hinüber, und sie fummelte an dem silbernen Armband, das sie immer trug, und drehte es um ihr Handgelenk. Sie hätte Beth umbringen können, das hier war einfach eine Zumutung. Seit ihrer Schulzeit hasste sie solche Veranstaltungen, und von ihrer Arbeit her hatte sie gar keine Erfahrung damit. Ihr war, als würde der gesamte Saal sie anstarren. Ihre Hände waren kalt und feucht, und sie spürte, wie sie rot wurde.

Zum Glück wurden in diesem Moment alle abgelenkt, weil eine Nachzüglerin hereinkam. Sie hatte das dunkle Haar zu einem strubbligen Knoten aufgesteckt, trug ein fleckiges Iron-Maiden-T-Shirt und abgeschnittene Jeans und stolperte über die Stufe an der Tür, sodass sie beinahe der Länge nach hingefallen wäre. Sie konnte sich gerade noch am Türgriff festhalten, und die Tür schlug gegen die Wand. Der Lärm hallte durch den ganzen Saal.

»Mel!«, zischte jemand hinter Hannah und lachte.

»'tschuldigung.« Die Frau blickte auf und fing wie ein Teenager an zu kichern. »Tut mir wirklich leid.«

»So was muss immer Ihnen passieren, oder?«, rief Helen gespielt tadelnd durch den Saal, und Hannah war erleichtert, dass die Dorfchefin Sinn für Humor hatte. Nach Mel war eine dunkelhaarige Frau hereingekommen, in der Hannah Lucy wiedererkannte, die sie im Sommer schon im Laden kennengelernt hatte. Sie hielt Händchen mit einem Mann mit wildem schwarzem Haarschopf. Beide mussten sich offensichtlich das Lachen verkneifen, während sie in der Stuhlreihe hinter Hannah Platz nahmen. Nicola drehte sich um und begrüßte sie lautlos.

»Da wir jetzt alle versammelt sind«, sagte Helen verschmitzt, »wollen wir weitermachen.«

Eine halbe Stunde lang wurde über Farbmarkierungen vor dem Dorfgemeinschaftshaus geschwafelt, über Ideen für *Britain in Bloom* im kommenden Jahr und über eine Gedenkfeier. Hannah wurde immer unruhiger. Nicola warf ihr einen Seitenblick zu.

»Alles klar?«

»Ich bin einfach nicht gut in so was.«

»Das wird schon.«

»Und jetzt machen wir ein Päuschen. Vergessen Sie nicht, für den Verein zur Dorfverschönerung zu spenden. Gleich geht es dann weiter mit dem nächsten Teil unserer Versammlung.«

Helen klatschte kurz in die Hände. Stuhlbeine scharrten laut über den Holzboden, als das Publikum, das unnatürlich lange zum Schweigen verdonnert gewesen war, wieder zum Leben erwachte.

»Hi.« Lucy tippte Hannah auf die Schulter. »Hannah, richtig? Schön, dich wiederzusehen. Wir waren in Urlaub, sind gerade erst wiedergekommen. Das ist Sam.«

Sam beugte sich vor, um Hannah die Hand zu schütteln, was sie nach hinten nicht ganz einfach fand. »Hi.«

»Und ich bin Mel.« Die Frau mit dem strubbligen Knoten winkte. »Aber wir kennen uns schon.«

Hannah versuchte, sich den Anschein zu geben, als erinnere sie sich. Die letzten vierzehn Tage waren ein einziger

Wirbel aus neuen Gesichtern, Menschen und Dingen gewesen. »Du bist die Hundetrainerin, oder?« Oje, hoffentlich hatte sie richtig geraten.

»Gleich beim ersten Versuch.« Mel strahlte. »Bist du bereit für deinen großen Auftritt?« Sie deutete nach vorn, wo Helen gerade mit jemandem sprach. Die Chefin hatte die Hände in die Hüften gestemmt und wirkte ärgerlich.

»Eher nicht, wenn ich Helen da vorne so sehe.«

»Hunde, die bellen, beißen nicht. Ich bin jedenfalls schon ganz gespannt auf deine Idee mit der Buchhandlung.«

Hannah schluckte. Als sie in Helens Küche bei einem Glas Wein darüber gesprochen hatten, hatte sie sich relativ sicher und entspannt gefühlt. Doch die Vorstellung, ihre Pläne vor einem Saal voller Menschen zu erläutern, die alle einen Anteil am Laden hatten, erschreckte sie nicht wenig.

Sie hatte noch genügend Zeit, um schnell zum Klo zu gehen. Während sie sich die Hände trocknete, checkte sie ihr Handy. Als sie in den Saal zurückkehrte, bat Helen sie gleich nach vorn. Hannahs Kehle war wie zugeschnürt, während sie durch den Saal ging, und ihre Zunge fühlte sich an wie Schmirgelpapier und als wäre sie doppelt so groß wie sonst.

»Ich rutsche einfach ein Stück«, sagte ein Mann mit freundlichem Gesicht und tiefroter Nase, der neben Helen saß. Er schob seinen Stuhl etwas zur Seite und machte so Platz für Hannah. Sie hatte das Gefühl, dass das ganze Dorf sie erwartungsvoll ansah.

»So, der zweite Teil unseres Abends gehört unserem gemeinschaftlichen Dorfladen. Ich eröffne hiermit die Mitgliederversammlung. Wie Sie ja wissen, hat Beth uns verlassen, und wir sind in der recht ungewöhnlichen –« Helen hielt inne, und der Mann mit der roten Nase sah Hannah an und drückte ihr zu ihrer Überraschung den Arm – »Situation, dass sie die Entscheidung über ihre Nachfolge getroffen hat, ohne Rücksprache mit uns zu nehmen.«

Der Knoten in Hannahs Magen zog sich noch fester zusammen, und ihr wurde immer unbehaglicher zumute. Wie bitte? Ohne Rücksprache?

»Wie dem auch sei«, Helen warf Hannah einen Blick zu, der wohl beruhigend sein sollte, »die gute Nachricht ist, dass alle Anwesenden mit Hannah Reynolds als Nachfolgerin einverstanden zu sein scheinen, auch wenn Beths Vorgehen einigermaßen unkonventionell war. Als Erstes wollen wir jetzt abstimmen, ob Sie wirklich mit an Bord sind. Alle, die für diese Nachfolgeregelung sind, heben bitte die Hand.«

Einen grässlichen Moment lang überlegte Hannah, was geschehen würde, wenn es zu einem Massenwiderspruch käme und das ganze Dorf sie als Geschäftsführerin des Dorfladens ablehnen würde.

»Sonst will das doch niemand machen, oder?«, fragte ein Witzbold irgendwo in der dritten Reihe, und alle mussten lachen. Ein Wald von Armen reckte sich in die Höhe.

»Schön. Hoffentlich fühlen Sie sich nach diesem Ergebnis jetzt etwas wohler«, sagte Helen und tippte auf ihrem iPad herum. »Die Buchführung und solche Dinge verschieben wir auf unsere nächste Versammlung«, fuhr sie fort.

»Wenn sie das jetzt auch noch klären wollte, würden nämlich alle einschlafen«, wisperte der nette Mann und lachte still in sich hinein. Helen warf ihm einen scharfen Blick zu, und er hörte abrupt auf zu lachen und machte ein ernstes Gesicht.

»So, ich denke, jetzt bitten wir Hannah, sich kurz vorzustellen«, schloss Helen.

Hannah fragte sich flüchtig, was wohl passieren würde, wenn sie jetzt von ihrem Stuhl aufsprang, durch den Saal stürzte und nach draußen rannte. Doch dann dachte sie an Ben, der zu Hause an seiner Xbox saß, weil sie ihn aus seinem Leben in Manchester hierher verpflanzt hatte. Wenn ihr Sohn tapfer sein konnte, konnte sie das auch. Sie räusperte sich und faltete die Hände, um selbstbewusster auszusehen, als sie sich fühlte.

»Ähem, hallo.«

Schweigen. Ein Meer von erwartungsvollen Gesichtern schaute sie an.

»Also, ja – ich – ähm, ich bin Beths Kusine. Und ich muss zugeben, mir war nicht klar, dass sie mich eingestellt hat, ohne sich mit dem Ausschuss abzusprechen –«

»Ein Glück, sonst wäre sie immer noch da«, sagte der Witzbold, und alle mussten wieder lachen.

Hannah spürte, wie sie rot wurde. Ehrlich, ihr Leben wäre so viel leichter, wenn sie nicht bei jeder Gelegenheit wie ein Schulmädchen erröten würde.

»Also, es war immer mein Traum, in einem Dorf wie Little Maudley zu leben, und alle hier haben mich so herzlich empfangen.«

Das stimmte nicht ganz. Einige der hochnäsigeren Dorfbewohnerinnen waren recht reserviert gewesen und keineswegs so warm und herzlich, wie es auf dem Dorf angeblich die Regel war. Manche Frauen im Publikum sahen jetzt auch etwas betreten aus, senkten den Blick und scharrten mit den Füßen. Die anderen murmelten zustimmend. Hannah seufzte erleichtert auf. Helen ließ fast unmerklich die Schultern sinken.

»Und Sie hatten einen genialen Geistesblitz, stimmt's?« O ja, Helen mochte etwas dominant sein, aber in diesem Augenblick hätte Hannah sie küssen können. Sie warf ihr ein dankbares Lächeln zu und holte tief Luft.

»Na ja, das war einfach ein Gedanke.« Hannahs Stimme zitterte etwas, aber jetzt fing sie Nicolas Blick auf. Nicola lächelte ermutigend und hob die Daumen ein wenig, und das war der Ansporn, den Hannah brauchte. Sie räusperte sich noch einmal und sprach dann weiter, jetzt mit fester Stimme.

»Ich habe gehört, dass das Dorf Geld für eine neue Küche hier im Haus sammelt und dass der Buchladen im nächsten Ort zugemacht hat – und ein weiterer Traum von mir ist es, eine Buchhandlung zu eröffnen. Als ich gesehen habe, dass es für die Bücherei im Telefonhäuschen einen großen Überschuss an Buchspenden gibt, dachte ich, es wäre doch eine perfekte Lösung, wenn man im Dorfladen ein Plätzchen für antiquarische Bücher schaffen könnte.«

»Ausgezeichnete Idee, nicht wahr?« Helen wandte sich an ein anderes Ausschussmitglied, das bestätigend nickte.

»Haben Sie vor, auch neue Bücher anzubieten?«, fragte jemand.

»Das weiß ich noch nicht. Es steckt alles noch in den Kinderschuhen. Und natürlich« – allmählich bekam sie wieder Boden unter den Füßen – »soll es eine Dorfbuchhandlung werden, deswegen finde ich, dass wir alle mit dem Konzept einverstanden sein sollten, oder?«

»Klingt, als hätten Sie eine Menge gute Ideen«, sagte der Mann mit der roten Nase. »Schön, dass hier im Dorf mal wieder frischer Wind weht und etwas Neues entsteht.«

»Hat noch jemand Fragen?« Helens Stimme übertönte das Summen der Gespräche.

»Können wir dann auch einen Buchklub gründen?«, rief Nicola. Sie wandte sich Lucy zu, und Sam, Lucys Partner, flüsterte etwas, sodass sie lachen musste.

»Ich finde, das ist eine ausgezeichnete Idee«, sagte Helen.

Dann kamen noch Fragen zu anderen Themen, die das Dorf betrafen, und mit Vorschlägen, Plänen und Ideen verging die restliche Zeit wie im Flug. Bevor Hannah sich's versah, stand sie am Ausgang. Helen klopfte ihr auf die Schulter.

»Das war gar nicht so schlimm, wie Sie befürchtet hatten, oder?«

Hannah schüttelte den Kopf. Sam, Lucy und Mel verabschiedeten sich mit einem Winken. Nicola half noch, die Teetassen einzusammeln. Ein kleines, aber tüchtiges Grüppchen von Frauen begann, die Stühle zu stapeln, und eine von ihnen fegte mit einem superbreiten Besen den Saal aus.

»Ich muss zugeben, ich hatte ganz schön Herzklopfen, als Sie über die Idee mit der Buchhandlung gesprochen haben. Man weiß ja nie, wie so was aufgenommen wird. Aber ich habe den Eindruck, dass Ihr Vorschlag auf fruchtbaren Boden gefallen ist, was meinen Sie?« Helen drückte ihr den Arm.

»Das Gefühl habe ich auch.« Plötzlich hätte Hannah vor Erschöpfung umfallen können.

»Dann können wir uns nächste Woche zusammensetzen und Pläne schmieden. Ich denke, ich werde eine kleine Arbeitsgruppe zusammentrommeln, und dann leiten wir alles in die Wege.«

Es war eine Erleichterung, dass jemand wie Helen solche Dinge in die Hand nahm, überlegte Hannah auf dem Heimweg. Frauen wie sie waren ein Gewinn für das Dorfleben. Und mit Helens Unterstützung schien ihr jetzt alles möglich zu sein, ganz gleich, was Beth angestellt hatte. Hannah zog ihr Handy heraus, um ihrer Kusine eine Nachricht zu schicken, beschloss dann aber, noch zu warten und Beth morgen anzurufen.

Fünfzehntes Kapitel

Die folgenden Wochen vergingen rasend schnell. Als Phil anrief und erklärte, er müsse nach Schottland, weil er überraschend zu einer Tagung eingeladen worden sei, stellte Hannah fest, dass sie gar keine Zeit hatte, ihren Mann zu vermissen. Ben gewöhnte sich auf seiner Schule ein und nutzte die immer noch hellen Abende meistens, um mit seinen neuen Freunden Fußball zu spielen. Danach kam er erschöpft, verdreckt und mit vor Anstrengung rotem Kopf nach Hause, ließ sich mit Riesenschüsseln voll Müsli aufs Sofa fallen und verschlang dann beim Abendessen erneut ungeheure Portionen. In den letzten drei Wochen hatten sie einen Rhythmus gefunden, nur sie beide. Doch es war gar nicht so viel anders als zu Hause, überlegte Hannah. Phil war in letzter Zeit beruflich so viel unterwegs gewesen, dass sie sich daran gewöhnt hatten, ihren Alltag ohne ihn zu gestalten. Am schönsten aber war, dachte sie, während sie an diesem Abend die Kasse machte, dass Katie einen Besuch in Little Maudley plante.

Am nächsten Vormittag erschien sie. Sie hatte sich für einen Besuch auf dem Land angezogen, Jeans, bunte Turnschuhe, gestreiftes T-Shirt, und ihr Haar hatte sie mit einer dunkelblauen Schleife zum Pferdeschwanz gebunden. Und weil sie eben Katie war, fing sie sofort an, Hannah wegen Phils Abwesenheit ins Kreuzverhör zu nehmen.

»Und geht es dir gut damit?«
»Womit?«

»Na ja.« Katie machte eine lässige Handbewegung. »Du genießt hier die Freuden des Landlebens, und er ist immer noch da oben im Norden und bereitet *angeblich* das Haus vor.« Die Betonung war nicht stark, aber deutlich.

»Ist doch okay.« Aber was bedeutete okay eigentlich? Hannah wandte sich ab und konzentrierte sich ganz darauf, ihre Schuhe anzuziehen, denn sie wollten einen Rundgang durchs Dorf machen.

»Ich persönlich finde das ja etwas merkwürdig. Aber sag mal, was macht deine Idee mit der Buchhandlung? Wird dein Wohnzimmer jetzt eine Art Lagerraum für Bücher?« Katie öffnete einen Karton und nahm ein Buch heraus. »Ausgerechnet *Bleak House*«, sagte sie. »Das ist so düster. Dickens ist überhaupt nicht mein Fall. Wir mussten das Buch in der Schule lesen.«

»Offensichtlich ging es jemandem genauso wie dir – wir haben Dickens' vollständige gesammelte Werke bekommen, brandneu. Was meinst du, lassen die sich verkaufen?«, fragte Hannah.

»Du bist die Bücherfrau. Was hältst du denn von Dickens?«

Hannah nahm *Eine Weihnachtsgeschichte* aus dem Karton. »Also, dieses Buch hier mag ich gern.« Sie drehte es um und sah sich die Illustration auf dem Cover an. »Ich meine, es ist sehr ... Aber gut, ein richtiger Dickensfan bin ich auch nicht.«

»Du musst dir überlegen, was du in deinem kleinen Buchladen verkaufen willst. Es geht ja nicht, dass die langweiligen alten Klassiker den Platz in den Regalen wegnehmen. Du brauchst Bücher, die die Leute kaufen wollen.«

»Ach, fang du nicht auch noch an. Letzte Woche habe ich mit Helen und Nicola und ein paar anderen beim Kaffeetrinken darüber gesprochen. Jede hat eine andere Meinung dazu, was wir verkaufen sollten und wie.«

»Nicola? Sie hilft dir im Laden, oder?«

»Ja, sie ist sehr nett.«

Nach der Dorfversammlung war Nicola im Laden erschienen, um bei den Vorbereitungen für die Buchhandlung zu helfen. Sie war verheiratet und arbeitete halbtags in einem Kindergarten in Bletchingham, trotzdem schien sie Zeit übrig zu haben.

»Wird sie deine neue allerbeste Busenfreundin? Habe ich etwa eine Konkurrentin?«

»Hör auf, du!« Hannah lachte.

»War nur ein Scherz. Aber erzähl mal, kommt sie von hier?«

»Nein, sie und ihr Mann sind noch nicht lange im Dorf.«

»Aha«, Katie nickte. »Das ist ja schön. Dann bist du nicht die einzige Neue.«

Sie ließen den Laden in den fähigen Händen einer Ehrenamtlichen und machten sich auf den Weg. Hannah fand es herrlich, dass sie sich einfach frei nehmen konnte, um Zeit mit Katie zu verbringen – und noch schöner war, dass das Dorf an einem Tag wie diesem so traumhaft aussah. Eine Weile gingen sie schweigend nebeneinander her und betrachteten die Umgebung. Durch die stille Dorfstraße ertönte Hufgeklapper, und gleich darauf trabten zwei Reiter auf blanken braunen Pferden vorbei und nickten den beiden Frauen grüßend zu. George schnitt draußen vor seinem Cottage Rosen und winkte. Sie gingen weiter, und Hannah zeigte Katie Helens prächtige Villa, die man von der Straße aus über eine gepflegte Kiesauffahrt erreichte.

»Wunderschön.«

»Ich weiß. Jetzt verstehst du, warum ich hierherziehen wollte, oder?«

»Allerdings, das ist ganz was anderes als die Vorstädte von Manchester.«

Katie deutete mit dem Kopf auf ein schweres Holztor, das offen stand und den Blick auf zwei hochpreisige Autos freigab. »Hier ist wirklich eine Menge Geld, was? Da muss es doch Leute geben, die eine nagelneue Küche für euer Dorfhaus aus der Portokasse bezahlen können.«

»Wahrscheinlich, ja.« Hannah hatte das auch schon häufiger gedacht. Sie staunte nach wie vor darüber, wie viel Geld ihre Kundschaft im Dorfladen ausgab. Manche Leute kamen kurz rein und kauften sechs Flaschen Wein, ohne auch nur auf den Preis zu gucken. Phil und sie besorgten sich nach wie vor stinknormalen Wein aus dem Supermarkt, und dass es Leute gab, die an einem normalen Wochentag einfach so fünfzehn Pfund für eine Flasche hinblätterten, war ihr völlig neu. Nein, nein, sie beklagte sich nicht – der Dorfladen lief hervorragend, und bereits jetzt stiegen die Gewinne von Woche zu Woche, was eine schöne Überraschung war.

»Wie weit möchtest du gehen?« Katie war superfit und joggte regelmäßig meilenweit. Hannah überlegte rasch. Wenn sie jetzt nicht schnell eine Route parat hatte, stand ihr ein halber Marathon über Landsträßchen und Feldwege bevor.

»Lass uns mal hier hochgehen. Dann kannst du dir von der Hügelkuppe aus das Haus von Jake Lovatt ansehen.«

»Ooh! Glaubst du, wir treffen ihn vielleicht? Ganz zufällig?«

»Keine Ahnung.« Hannah bemühte sich, möglichst uninteressiert zu wirken. Dabei hatte sie sich gestern im Laden noch mit ihm unterhalten, und kaum war er hereingekommen – in einem dicken dunkelblauen Pullover über einem karierten Hemd, das dunkle Haar vom Wind zerzaust –, da hatten ihre Nerven schon verrückt gespielt. Er hatte zehn Minuten bei ihr am Tresen gestanden und geplaudert, hatte sie über ihre Pläne für die Buchhandlung ausgefragt und sie mit seinem Interesse überrascht, bis ein paar Schülerinnen hereingekommen waren und Hannah die Mädchen bedienen musste.

Sie verließen das Dorf und wanderten den Hügel hinauf, Katie mit mühelosen großen Schritten, während Hannah versuchte, sich während ihres Gesprächs nicht anmerken zu lassen, dass sie aus der Puste kam.

»Also, was ist jetzt mit Phil?«

»Er hat gesagt, er kommt nächstes Wochenende. Ehrlich, ich bin fix und fertig – ich hatte ja keine Ahnung, dass ich so müde sein würde. Ich hab noch gar keine Zeit gehabt, ihn zu vermissen.«

Katie warf ihr einen Seitenblick zu.

»Was denn?«

»Nichts.«

Schweigend gingen sie ein Stückchen weiter, bis die Straße eine Biegung machte und wieder abwärts führte. Hannah fasste ihre Freundin am Arm. »Da, guck mal. Das ist sein Anwesen.«

Zwischen Wiesen und Feldern in eine Bodensenke geschmiegt wirkte Greenhowes wie aus einem Historienfilm. Über einem der Schornsteine kräuselte sich eine Rauchfahne, und um das Gebäude herum standen mächtige alte Bäume.

»Mein Gott, falls ich noch mal lebe, werde ich Fußballer und spiele in der Premier League.«

»Ich nicht«, Hannah prustete vor Lachen. »Das wäre mir viel zu anstrengend.«

»Dann kannst du meine Frau sein.« Katie hakte sich bei ihr ein, als sie den Weg bergab antraten. »Wollen wir noch näher ran? Ich möchte sehen, wie es da drinnen aussieht.«

»Ja, super Idee. Wir könnten doch einfach ganz locker seine Auffahrt entlangspazieren und sagen, wir hätten uns verlaufen.«

»Du könntest ihn bitten, dir eine Tasse Zucker zu leihen. Ihr seid ja schließlich Nachbarn.«

»Wir sind zwar Nachbarn, aber ich führe einen Lebensmittelladen. Ich hab so viel Zucker, dass ich das ganze Dorf damit versorgen könnte.«

Katie hob eine Augenbraue. »Vielleicht möchte er etwas von deiner Süße?«

»Du spinnst.« Immer noch lachend schüttelte Hannah den Kopf. »Mit dir kann man sich nur blamieren.«

»Ich sag's doch nur.«

»Bitte nicht. Ich bin glücklich verheiratet.«

»Aha?«

Wenige Momente später, als sie sich der Einfahrt zu Greenhowes näherten, schnurrte ein glänzender schwarzer Range Rover auf sie zu und blieb am Tor stehen.

»Hallo.« Katie blickte durch das geöffnete Fahrerfenster. Hannah sah Jake am Steuer sitzen. Und dann wurde ihr ganz anders, denn neben ihm saß eine blasse, sehr schlanke, dunkelhaarige Frau mit hohen Wangenknochen. Es war doch klar, dass er eine Freundin hatte – er sah gut aus, war charmant, hatte Geld wie Heu –, und sie selbst war verheiratet, deshalb spielte das alles überhaupt keine Rolle.

»Hi.« Jake sah Hannah kurz in die Augen. »Suchst du mich?«

»Wir gehen spazieren«, sagte Hannah schlicht. Warum bloß war ihr so flau? Und warum kam sie sich so dämlich vor?

»Ach, schade«, sagte er. »Aber vielleicht sehen wir uns morgen beim Training?« Er winkte kurz, ließ das Fenster hoch und fuhr los.

»Okay«, sagte Katie gedehnt, stemmte die Hände in die Hüften und sah Hannah an. »Du musst mir genau erklären, was da zwischen euch läuft. Entweder jetzt sofort oder bei einer Flasche Wein.«

»Da läuft gar nichts.« Hannah zerbrach sich den Kopf. Wer war bloß diese Frau im Auto? Wieso hatte sie noch nichts von Jakes Freundin erfahren? Ach, sie wurde schon genauso wie Beth – sie erwartete, dass sie alles über sämtliche Bewohner von Little Maudley wusste. Wurde man so, wenn man in einem Dorfladen arbeitete?

»Na schön.« Katie ließ sich nicht ablenken. »Dann gehen wir jetzt nach Hause. Es ist sowieso schon sechs oder so. Wir machen eine Flasche Wein auf, quatschen und gucken Schwachsinn im Fernsehen. Genauso wie früher.«

Zurück im Laden schnappte Katie sich eine Flasche Rotwein aus dem Regal. Es war keiner von den preiswerten, fiel Hannah auf.

»Ach komm, es muss doch auch Vorteile haben, dass du direkt neben dem Laden wohnst«, sagte sie und schwenkte fröhlich die Flasche, als sie zur Tür ging.

»Ich muss den Wein bezahlen«, protestierte Hannah.

»Das übernehme ich.« Katie schob Hannah in den kleinen Verbindungsflur zum Wohnhaus und wedelte mit ihrer Bankkarte in Richtung der jungen Frau, die hinter dem Tresen arbeitete. »Ich überlege gerade, kann ich zwei Flaschen haben?«

Hannah ließ sich aufs Sofa fallen, räumte die Überreste von Bens Gaming-Nachmittag weg und legte sie auf den Couchtisch. Als Katie hereinkam, griff sie gleich nach der Pringlesdose und schüttelte sie hoffnungsvoll.

»Keine Chance, dass er irgendwas Essbares übriglässt, oder?«

»Nee.« Hannah zog die Schuhe aus und schleuderte sie quer durchs Zimmer.

»Du genießt dieses Studentenleben ohne Phil richtig, scheint mir.«

Hannah konnte sich nicht recht vorstellen, wie es wäre, Phil die ganze Zeit im Haus zu haben. Bisher hatte er es nur für eine Nacht und für einen Kurzbesuch auf dem Weg zu einem Kunden in Oxford geschafft. Er war hereingeschneit, hatte sie zum Lunch im Dorfpub ausgeführt und sich dafür entschuldigt, dass er so viel zu tun hatte. Er war ganz reizend gewesen, dabei aber seltsam distanziert. Viele Meilen von jemandem entfernt zu leben, der so viel arbeitete wie er, war nicht einfach.

»Alles klar?« Katie berührte sie am Arm und riss sie aus ihren Gedanken.

»Entschuldige, ja. Ich hab bloß gerade gedacht, dass es komisch sein wird, wenn er dann wirklich hier wohnt.«

»Ben scheint ohne ihn ganz zufrieden zu sein.« Katie hatte zwei Gläser gefunden und öffnete die erste Flasche.

»Ben ist fünfzehn. Die Hälfte der Zeit lebt er in FIFA-Land und die andere Hälfte auf einem realen Fußballplatz. Wenn ich ihm nicht Essen machen und saubere Wäsche rauslegen würde, würde er gar nicht merken, dass es mich überhaupt gibt, darauf kannst du Gift nehmen.«

»Jetzt machst du dich aber selbst klein.«

Wie gerufen tauchte Ben aus seinem Zimmer auf. Katie klatschte ihn liebevoll ab.

»Na, wie ist das Dorfleben so?«

»Nicht schlecht.«

»Vermisst du deine Kumpel nicht zu sehr?«

»Ich spiele ja auf Xbox Live mit ihnen, also nein.« Ben hockte sich auf die Sessellehne. Für Katie hatte er immer alle Zeit der Welt, sie war wie eine Tante für ihn. Es half, dass sie selbst auch leidenschaftlich gern zockte – »für eine Frau«, neckte er sie oft – und dass sie mit ihm sprach wie mit einem Erwachsenen.

»Das ist ja schon mal gut. Und wie ich höre, eroberst du die Welt des Fußballs gerade im Sturm?«

Jetzt wurde Ben lebhaft. »Ja, hast du das schon gehört? Ist doch irre, dass wir Jake Lovatt als Trainer haben. Wahnsinn, oder?«

»Totaler Wahnsinn.« Katie trank einen Schluck Wein. »Mmm, gut. Ich bin froh, dass ich mich entschlossen habe, hier zu übernachten. Wie ist dieser Jake Lovatt denn so? Natürlich ein toller Mann, aber ich meine …«

»Katie!«

»Ach komm, jetzt sag bloß nicht, das wäre dir noch nicht aufgefallen.«

»Er ist neulich in den Laden gekommen und hat ewig mit Mum gequatscht.« Ben griff über den Tisch und hob kurz seine Pringlesdose an. »Dachte mir schon, dass ich die aufgegessen habe. Darf ich welche aus dem Laden holen?«

»Nein.« Hannah sah ihn streng an. »Im Kühlschrank sind noch Nudeln von gestern.«

»Nimm die hier«, sagte Katie und reicht Ben ihre Bankkarte, »und hol gleich ein paar Dosen mehr. Und auch von diesen leckeren Cashewnüssen in der schicken Tüte.«

»Du kannst echt nicht nein sagen«, tadelte Hannah sie, als Ben Richtung Laden verschwunden war.

»Er ist ein lieber Kerl. Und ich hab Lust auf Chips. Du etwa nicht?«

»Du hast recht.« Hannah lachte. Sie zog die Füße unter sich und wandte sich wieder Katie zu, die gerade ihr Handy checkte.

»Sorry, Arbeit.«

»Du bist genauso schlimm wie Phil.«

»Niemand ist so schlimm wie Phil.«

»Das ist nicht fair.«

»Also komm, wenn er so hart arbeitet, warum seid ihr beide dann nicht Millionäre?«

Hannah dachte nach. Diese Frage hatte sie sich auch schon gestellt. Seit sie den Laden übernommen hatte, schuftete sie wie verrückt. Sie hatte bereits das ganze Regalsystem verändert und damit für Verwirrung und einen kleinen Skandal in der Facebook-Gruppe des Dorfes gesorgt. Sie schmiedete mit Helen zusammen Pläne für die kleine Buchhandlung. Doch Phils und ihre finanziellen Verhältnisse blieben bescheiden bis bestenfalls mittelmäßig. Jedenfalls würden sie in absehbarer Zeit bestimmt nicht zum Hochzeitstag auf die Malediven fliegen.

»Eigentlich verreisen wir nie zu unserem Hochzeitstag«, sinnierte sie laut.

»Wie kommst du denn jetzt darauf?«

»Hab nur überlegt. Wenn man so lange zusammen ist wie Phil und ich, kann man nicht nur Herzchen und Blümchen erwarten.«

»Aber ab und zu ein Herzchen oder eine Blume wäre doch ganz schön, oder?« Katie nahm Ben, der gerade zurückkam, eine Dose Chips ab, und er gab ihr die Karte zurück und verschwand wieder in seinem Zimmer. Kurz darauf plärrte seine Musik los. Statt etwas zu rufen, griff Hannah zum Handy und schrieb ihm, er solle die Musik leiser drehen.

»So ist die Chance, dass er reagiert, größer«, erklärte sie.

»Sag mal, wann hat Phil dir eigentlich das letzte Mal Blumen mitgebracht?«

»Ach, hör auf, Katie. Können wir nicht stattdessen über deine Onlinedating-Abenteuer sprechen? Die sind viel spannender.«

»Da gibt's auch keine Herzchen und Blümchen.« Katie

grinste. »Aber andererseits, welche Frau braucht Herzchen und Blümchen, wenn sie einen knackigen Fünfundzwanzigjährigen im Bett hat?«

»Fünfundzwanzig?« Hannah kam sich plötzlich uralt vor.

»Nur elf Jahre jünger als wir.«

Hannah lachte und stand kopfschüttelnd auf, um aufs Klo zu gehen. Während sie sich die Hände wusch, betrachtete sie sich im Spiegel. Fünfunddreißig war eigentlich kein Alter – Nicola war genauso alt und versuchte gerade, zum ersten Mal schwanger zu werden. Aber sie selbst fühlte sich unattraktiv und verbraucht. Vielleicht kam es daher, dass sie Mutter eines Teenagers war? Und mitten auf der Stirn hatte sie eine Falte, die anscheinend jeden Tag tiefer wurde. Hannah zog die Augenbrauen hoch und versuchte sich vorzustellen, wie sie nach ein bisschen Botox aussehen würde. Dann fiel ihr das »Liebe dich selbst«-Mantra ein. Sie entspannte ihr Gesicht wieder.

Ihre Augen waren immer noch schön, und auch ihr Haar war zweifellos ein Pluspunkt. Aber. Neulich hatte sie im Laden gestanden, staubbedeckt, weil sie die Nische für die Buchhandlung ausgeräumt hatte, und ausgerechnet da war Jake hereinspaziert. Ben, der ihr geholfen hatte, hatte seine übliche Coolness vergessen und war total aufgeregt gewesen. Er hatte sich sehr gefreut, Jake zu sehen, und mit ihm über die Pläne der Mannschaft für die nächste Saison geplaudert. Hannah hatte versucht, sich Spinnweben von der Nase zu wischen, und sich dabei einen Schmutzstreifen quer übers Gesicht geschmiert, was sie allerdings erst später vor dem Spiegel bemerkt hatte.

Nein, sie war nicht auf der Suche, natürlich nicht, denn sie führte eine glückliche Ehe mit Phil. Oder jedenfalls eine Ehe. Waren sie wirklich glücklich? Hannah zog ihr Handy heraus und schickte ihm eine WhatsApp.

Er war online.

Hi Schatz, tippte sie, *ich kann es nicht erwarten, dass du kommst und ich dir zeigen kann, was hier im Laden alles passiert ist.*

Sie wartete einen Moment. Er war noch online, hatte ihre Nachricht aber noch nicht angesehen. Hannah wartete weiter und wischte dabei zerstreut mit einem Lappen durch das Waschbecken. Immer noch online, immer noch hatte er ihre WhatsApp nicht gelesen.

Komisch, dachte Hannah, während sie ihr Handy wieder einsteckte. Phil hatte sich dagegen gesträubt, WhatsApp zu installieren. Das sei nur ein weiterer Zeitfresser, hatte er gesagt und betont, dass er sich nur Hannah zuliebe darauf einlassen würde, weil ihr so viel an einer Familien-Chatgroup lag. Hannah schüttelte sich. Was für dumme Gedanken. Wahrscheinlich war es irgendein technisches Problem.

Hast du was von Dad gehört?, schrieb sie an Ben, als sie wieder im Wohnzimmer saß.

Nö.

Okay, danke.

»Alles in Ordnung?« Katie sah sie forschend an. Sie hatte ihnen Wein nachgeschenkt und reichte Hannah ihr Glas.

»Ja, natürlich. Ich hatte bloß versucht, Phil zu erreichen, weil ich ihn etwas fragen wollte. Ich hab gesehen, dass er online ist, aber er hat meine Nachricht nicht geöffnet. Wahrscheinlich irgendein Fehler bei WhatsApp.«

Katie sah Hannah nachdenklich an. »Soll ich auf dem Rückweg mal nach ihm sehen? Kann ich doch machen. Und falls nötig, kann ich auch ein paar Kniescheiben zertrümmern.« Sie sah aus, als meinte sie das nur halb im Spaß.

»Ist schon gut.« Hannah trank einen großen Schluck Wein. Es war doch gut, oder etwa nicht?

Später am Abend, als Katie in ihrem schmalen Bett in dem winzigen Gästezimmer schon schlief wie ein Murmeltier und Ben bei einem nächtlichen Online-Spiel viel zu spät noch wach war, ertappte Hannah sich dabei, dass sie noch mal auf ihr Handy guckte. Neben der WhatsApp, die sie abgeschickt hatte, waren jetzt zwei blaue Häkchen, Phil hatte sie also gelesen. Und trotzdem nicht geantwortet. Am merkwürdigsten aber war, dass Phil Reynolds den Thread noch um halb elf angesehen hatte. Irgendetwas jedoch hielt Hannah davon ab, ihn einfach anzurufen. Vielleicht würde sie Katie doch bitten, auf der Rückfahrt in Salford Halt zu machen und nachzusehen, was da los war. Trotz ihrer Besorgnis schlief sie irgendwann ein.

Am nächsten Morgen hatte Hannah keine Zeit, weiter darüber nachzudenken. Sie war für die Vormittagsschicht zuständig und bevor der unvermeidliche Kater nach dem Rotwein zuschlagen konnte, war sie schon dabei, Zeitungen und angelieferte Ware zu sortieren. Katie hatte geduscht und war abfahrbereit und aß im Stehen bei ihr im Laden eine Scheibe Toast. Ben schlief noch tief und fest und würde noch stundenlang weiterpennen.

»Katie?« Hannah schob ihre Frage auf, bis die Freundin schon fast zur Tür hinaus war.

»Hannah?« Katie nahm einen roten Lippenstift aus der Handtasche, klappte einen Spiegel auf und schminkte sich gekonnt die Lippen.

»Könntest du vielleicht doch kurz zu Hause vorbeifahren? Ich weiß, das ist verrückt, aber ich habe das Gefühl, dass da was nicht stimmt.«

»Klar.« Sie warf Hannah eine Kusshand zu, ohne ihren Lippenstift zu verschmieren. »Ich starte eine Erkundungsaktion. Ist ja nur ein kleiner Umweg. Willst du Fotos?« Sie lächelte halb scherzhaft.

»Ich will einfach nur wissen, was da los ist.«

»Wahrscheinlich gar nichts.« Katie drückte Hannah den Arm. »Du kennst Phil doch, wahrscheinlich ist er mit dem Handy in der Hand eingeschlafen. Oder er hat sich gerade was angeguckt ...« Sie riss vielsagend die Augen auf und prustete los.

»Vielleicht.« Hannah zwang sich mitzulachen. Aber sie fühlte sich den ganzen Vormittag über komisch.

Als der morgendliche Ansturm vorbei war, kurz bevor Ben zum Training aufbrach, machte sie einen Gang die Straße entlang, um den Kopf freizubekommen. Sollte sie Phil anrufen? Sie zögerte nur kurz.

Vielleicht war es gut, den Stier bei den Hörnern zu packen.

»Hallo?«

»Oh, du lebst ja noch.« Hannah hörte die Schärfe in ihrer Stimme.«

»Wie bitte?«

»Ich hatte dir gestern Abend eine WhatsApp geschickt. Du hast sie gesehen, aber nicht geantwortet.«

»Ach, mein Handy hat verrückt gespielt.«

»So was hatte ich mir schon gedacht.«

»Es wird dich freuen zu hören, dass ich Kartons gepackt habe.«

»Wunder gibt es immer wieder.«

»Ja, ich dachte, ich packe mal lieber ein paar von deinen acht Milliarden Büchern ein, damit die Regale leer werden. Das dauert ja ewig.«

Nach einem kurzen Abschied legte Hannah auf. Sie kehrte um und betrachtete das frei geräumte Fenster, hinter dem sich bald die Buchhandlung befinden würde. Sie hatte es in wenigen Wochen geschafft, den Laden, der ihr anfangs noch als Beths Terrain erschienen war, in ihr eigenes Reich zu verwandeln. Sobald Phil auch hier wohnte, würde sie nicht mehr das Gefühl haben, in der Luft zu hängen.

»Morgen«, sagte George, der seinen kleinen Border Terrier ausführte.

»Herrlicher Tag.« Hannah strahlte ihn an, steckte ihr Handy wieder ein und kehrte in den Laden zurück. Wenn Phil nächste Woche kam, musste hier alles super aussehen. Sie beschloss, dass sie Jake auf keinen Fall wieder über den Weg laufen wollte, nachdem sie ihn gestern mit seiner Freundin gesehen hatte. Stattdessen würde sie lieber mehr Zeit darauf verwenden, die Nische einzurichten. Lucys Partner Sam, der Baumhausarchitekt, hatte versprochen, Regale zu bauen. Er war gestern schon im Laden gewesen und hatte alles ausgemessen. Bald würde es hier im alten Postamt eine kleine Dorfbuchhandlung geben, und alle Bücher, die jetzt in Kartons warteten, könnten in ihr neues Zuhause einziehen –

und die Einnahmen für die Küche im Dorfgemeinschaftshaus würden alle Erwartungen übertreffen.

Das jedenfalls war der Plan. Hannah flatterten ein wenig die Nerven, wenn sie darüber nachdachte – was war, wenn niemand Bücher kaufen wollte?

Sechzehntes Kapitel

Die Arbeit der Ehrenamtlichen zu organisieren trieb Hannah allmählich in den Wahnsinn. Beth hatte diese ärgerliche Tüftelei wirklich heruntergespielt, als sie beiläufig gesagt hatte, Hannah brauche »nur« eine Excel-Tabelle gegen die nächste auszutauschen. Jetzt saß Hannah vor einer neuen Tabelle und ging erst einmal die E-Mails mit den Sonderwünschen durch. *Ich kann in diesem Monat nicht, weil…*, las sie, und *Ich wäre sehr froh, wenn ich nächsten Monat eine Doppelschicht übernehmen könnte, dafür aber…*

Heftiger, als sie beabsichtigt hatte, schloss sie den Laptop, sodass Lily, eine ältere Frau, die gerade Staub wischte, überrascht zusammenzuckte. Hannah stand auf und streckte sich, wobei es in ihrem Rücken erschreckend knackte.

»Okay, ich brauche ein bisschen frische Luft. Ich glaube, wenn ich noch länger auf den Bildschirm starre, werde ich verrückt.«

»Eine sehr gute Idee, meine Liebe.« Mit erhobenem Staubwedel sah Lily sie an. »Sie bekommen Kopfschmerzen, wenn Sie so lange in den Computer gucken.«

»In etwa einer Viertelstunde kommt eine von den Nachmittagsfrauen.« Hannah gähnte herzhaft. »Schaffen Sie es bis dahin allein hier?«

»Ich denke schon«, sagte Lily. »Ich habe damals das Kaufhaus in Bletchingham geleitet.«

»Tatsächlich?«

»O ja. Vor vielen Jahren, bevor alle nach Oxford oder Milton Keynes zum Einkaufen gefahren sind. Ich war die Managerin. Anfang der Neunziger haben wir dann geschlossen, da konnten wir mit den großen Einkaufszentren nicht mehr mithalten. Das ist wirklich schade – Bletchingham könnte wieder ein Kaufhaus gebrauchen, wo man alles Nötige kriegt. Außerdem vermisse ich den Woolworth. Aber ...« Lily schüttelte den Kopf. »Es hat keinen Sinn, der Vergangenheit nachzutrauern. Also, machen Sie sich meinetwegen keine Sorgen, ich komme zurecht.«

»Danke, Lily.« Hannah schnappte sich ihre Handtasche, steckte das Handy ein und verließ den Dorfladen.

Der Himmel war undefinierbar grau. Es war gerade noch warm genug, um nur in T-Shirt und Strickjacke spazieren zu gehen. Hannah hängte sich ihre Tasche um, damit sie ihr nicht von der Schulter rutschte. Vielleicht würde sie mal zum Gemeinschaftsgarten wandern und sich ein Weilchen in den Garten der Sinne setzen.

Jetzt, in den ersten Herbsttagen, war Little Maudley genauso schön wie im Hochsommer. Der goldgelbe Kalkstein der Cotswolds leuchtete vor dem grauen Himmel, und in den gepflegten Gärten blühten die letzten Sommerblumen. Vor der weißen Mauer von Buntys strohgedecktem Cottage stand eine Reihe Sonnenblumen, deren Blätter anfingen, sich einzurollen und braun zu werden. Gegenüber leuchtete rot die Telefonzelle mit ihrer kleinen Bücherei. Hannah ging weiter die Church Lane hinauf und blieb stehen, um das bunte Dahlienbeet vor einem der kleinen Häuser neben der alten Schule zu bewundern.

»Morgen.« Jim, der Hausbesitzer, kam gerade mit einer

Gartenschere aus der Haustür. »Freuen Sie sich über meine Dahlien?«

»Sie sind eine Pracht.«

»Dieses Jahr haben sie sich gut entwickelt. Und wie geht's so im Laden? Haben Sie sich schon eingewöhnt?«

»Doch, ja, danke.«

»Und Ihr Sohn?«

Hannah dachte daran, wie Ben heute Morgen zum Schulbus aufgebrochen war und sich auf dem Weg nach draußen gleichzeitig mit seinem Rucksack noch schnell eine Scheibe Toast gegriffen hatte.

»Sehr gut.«

»Das freut mich zu hören.«

»Ich muss weiter.« Hannah hoffte, dass es nicht unhöflich war, dieses Gespräch einfach abzubrechen. Oder war es bloß eine unverbindliche Plauderei gewesen? Sie hatte die geheimnisvollen Umgangsregeln hier im Dorf noch nicht richtig durchschaut, aber immerhin hatte sie begriffen, dass man hier ganz anders kommunizierte als unter den Nachbarn in Salford, wo man sich nur grüßend zunickte.

Der Gemeinschaftsgarten war anlässlich der Hundertjahrfeier zum Ende des Ersten Weltkriegs angelegt worden. In der Mitte der kreisförmigen Anlage stand die riesige Eisenskulptur eines Soldaten mit einem Hund zu Füßen, und dazu hatte ein Schriftsteller aus der Gegend ein Gedicht verfasst, das an die Dorfbewohner erinnerte, die im Kampf ums Leben gekommen waren. Um die Skulptur herum zogen sich in immer größeren Ringen Beete, in denen das ganze Jahr über Stauden und Sträucher blühten. Hier standen auch Holzbänke, auf denen die Dorfbewohner sich niederließen und die friedliche Atmosphäre genossen. Der Garten der Sinne nahm ein Viertel des Kreises ein. Er war mit duftenden Kräutern und Blumen bepflanzt, aber auch mit Gewächsen wie Wollziest, dessen Blätter sich so weich anfühlten wie Hasenohren. Auf einer der Bänke saß Bunty, die alte Dame, die das weiße Cottage mit dem Strohdach bewohnte. Sie hatte die Augen geschlossen und sah sehr friedlich aus. Neben ihr stand ein Thermosbecher. Hannah wollte sie nicht stören, daher ging sie so leise an ihr vorbei, wie sie konnte. Doch als ihre Tasche gegen den Samenstand irgendeiner exotischen Pflanze stieß, war das Geraschel so laut, dass Bunty ihre wachen blassblauen Augen aufschlug.

»Oh, hallo.« Ihre Stimme klang so munter wie immer. Hannah fürchtete sich ein ganz klein wenig vor Bunty. Sobald die alte Dame den Laden betrat, rechnete sie fast damit, einen Rüffel zu bekommen, weil sie irgendetwas falsch gemacht hatte. Aber das geschah natürlich nie. Bunty war auf ihre altmodische Art immer ganz reizend.

»Guten Tag. Es ist so schön draußen, nicht?«

»Ja, geht so.« Bunty schaute zum Himmel hinauf. »In meinem Alter muss man das Wetter nutzen, wenn es einigermaßen passabel ist. Man weiß ja nie, wann man hopsgeht.«

»Ich –« Hannah schloss den Mund wieder. Sie wusste nicht recht, was sie darauf antworten sollte.

Bunty lachte herzlich und machte ihr auf der Bank Platz, indem sie den Thermosbecher zur Seite stellte. »Aber so bald gehe ich noch nicht.« Ihre Augen funkelten vor Vergnügen über ihren kleinen Scherz. »Wie bekommt Ihnen das Dorfleben?«

»Gut.« Hannah setzte sich neben Bunty. Das Holz der Bank war im Laufe der Jahre ein wenig verwittert. Sie strich mit der Hand darüber, spürte der Maserung nach und überlegte kurz, wer die Bank wohl gezimmert hatte und wo er oder sie jetzt sein mochte.

»Ich erinnere mich noch, wie ich im Krieg von London hier ins Dorf gezogen bin. Das war eine große Veränderung. Alle wollten alles über einen wissen, und man fühlte sich, als hätte man keine Geheimnisse mehr.«

»Genau.« Hannah nickte. »Die Kundinnen im Laden fragen mir Löcher in den Bauch – wieso ich nach Little Maudley gekommen bin und wo mein Mann ist und was mein Sohn so macht.«

»Und wie geht es Ihnen damit?« Bunty sah sie verschmitzt an, und Hannah merkte, wie sie mitteilsamer wurde.

»Ich finde es seltsam. Ich glaube, alle denken, es wäre einfach, in ein Dorf zu ziehen, dabei arbeiten viele von den Leuten hier in London oder sonst wo. Aber weil ich im Dorfladen arbeite, ist es, als würde ich irgendwie zum Inventar gehören – ich meine, alle grüßen mich und reden ein bisschen, aber es ist nicht ...« Hannah verstummte. »Tut mir leid, das klingt so jammerig.«

»Nein, gar nicht«, erwiderte Bunty. »Ich weiß noch, als ich herzog, fand ich es ganz eigenartig, dass es nachts so still war. Ich konnte nicht einschlafen, weil ich kein einziges Geräusch hörte – besonders natürlich während der Verdunkelung, aber auch danach. Ich lag oft wach und hörte die Eulen rufen und den Wind in den Bäumen rascheln und überlegte, wie seltsam es war, dass kein Auto vorbeifuhr und keine Fabriksirene heulte.«

»Es ist wirklich still hier. Ich staune darüber, wie schnell Ben sich daran gewöhnt hat. Ich dachte, es würde ihm schwerfallen, aber anscheinend hat er sich schon richtig gut eingelebt.«

»Er hat Freunde in der Schule, nicht wahr? Und durch den Fußball war er von Anfang an gut integriert. Wenn die Kinder noch klein sind, ist es einfacher, weil man zu Mutter-Kind-Gruppen und so gehen kann. Wenn sie dann erst Teenager sind, kann man sich manchmal recht einsam fühlen.«

Hannah seufzte. »Manchmal schon. Ich hab überlegt, was ich tun könnte – ich dachte mir, ich gründe vielleicht einen Buchklub oder einen Lesekreis, damit ich außerhalb der Arbeit Leute kennenlerne.«

»Das klingt nach einer sehr schönen Idee.«

»Würden Sie kommen?« Hannah sah Bunty an, die sich leise lachend zurücklehnte.

»Nein, nein.« Sie schüttelte den Kopf. »Aus solchen organisierten Vergnügungen hab ich mir nie was gemacht. Und ich habe eine Schwiegertochter, die nichts anderes im Kopf hat, als mich aus dem Haus zu locken, und die ganz fürchterliche Vorschläge macht. Sie glaubt, das würde mir helfen.« Bunty verzog das Gesicht wie ein Kind, sodass Hannah schmunzeln musste.

»Dann halte ich Ihnen also keinen Platz frei.«

»Nein, bitte nicht.« Bunty stemmte sich von der Bank hoch. »Aber ich freue mich darauf, von Ihnen zu erfahren, wie es läuft. Vielleicht können Sie mal auf ein Tässchen Tee vorbeischauen, nachmittags, wenn der Laden in guten Händen ist? Soweit ich weiß, arbeitet meine junge Freundin Freya auch dort?«

»Ja.« Freya war Sams Tochter und gehörte zu den Teenagern, die für einige Stunden in der Woche bezahlt wurden. Das war eine der Maßnahmen, mit denen das Dorf etwas für die jüngeren Einwohner tat. Freya war ein nettes, lustiges Mädchen. Hannah arbeitete sehr gern mit ihr zusammen, und sie war unbedingt eine Kandidatin für den Buchklub, denn sie war eine richtige Leseratte.

»Ich glaube, da haben Sie etwas vor, das Ihnen Freude bereiten wird«, sagte Bunty, als Hannah nun auch aufstand und ihr den Arm bot. »So, wollen wir jetzt zusammen ins Dorf zurückgehen?«

»Sehr gern«, sagte Hannah.

Siebzehntes Kapitel

An dem Tag, als Hannah Phil erwartete, stand sie noch früher auf als sonst.

»Mum«, stöhnte Ben, als sie bei ihm die Vorhänge aufriss. »Was machst du denn da? Es ist erst halb sieben.«

»Ich will, dass hier alles schön ist, wenn Dad kommt.« Sie schaute sich im Zimmer ihres Sohnes um, das aussah, als hätte eine Bombe eingeschlagen. Der Inhalt seines Schulrucksacks war über den Fußboden verstreut, sein schmutziges Fußballzeug, ein verdreckter Fußball und ein Stapel Trainingskegel, den er neulich aus dem Park mitgenommen hatte, bildeten einen wüsten Haufen. Der Schreibtisch lag voller Arbeitsblätter und Hefte, immerhin – Ben schien hier tatsächlich mehr für die Schule zu tun als in Salford. Lucy, die in Bletchingham Geschichte unterrichtete, hatte neulich sogar erwähnt, dass er sich gut einlebe.

»Sieht doch schön aus hier.«

»Es sieht aus, als hätten wir den ganzen Monat wie Studenten gelebt. Also, du machst das Bad sauber, und ich kümmere mich um Wohnzimmer und Küche.«

»Keine Ahnung, warum du solchen Stress machst.«

Hannah machte gar keinen Stress, fand sie. Aber sie räumte das kleine Wohnzimmer auf, wischte Staub, polierte und ordnete sogar die kleine Sammlung von Schnickschnack, die Beth dagelassen hatte. Wenn Phil erst richtig eingezogen war, würde ihr das Häuschen vielleicht nicht mehr wie eine vorübergehende Bleibe erscheinen, sondern wie ein Zuhause. Und er würde natürlich weitere Sachen mitbringen, die Hannah zusammengepackt, vorläufig allerdings noch in Salford gelassen hatte, weil sie warten konnten. Aber – Hannah stürzte sich auf die Küche, wischte alles blitzblank und packte einen Stapel Wäsche in einen Korb – es waren die kleinen Dinge, die einem das Gefühl von zu Hause gaben.

Wie seltsam es doch war, in ein Dorf zu ziehen. In einer Stadt konnte man anonym bleiben, und eigentlich erwartete man auch gar nichts anderes. Aber hier in Little Maudley wurde so viel von dem tollen Gemeinschaftsgeist des Dorfes geredet, dass Hannah in dieser Hinsicht fast etwas enttäuscht war. Sie griff nach ihrem Handy und las Beths vergnügte letzte Nachricht.

Hoffe, ihr lebt euch gut ein – Lauren geht's super, und sie hat sich einen Ausbildungsplatz in einem der besten Salons in Oxford besorgt. Ich stecke bis zum Hals in Farbproben, weil ich ja Mums Haus renoviere. Wie geht's im verschlafenen Little Maudley?

Super, hatte Hannah geantwortet. *Wir leben uns gut ein, die Dorfleute sind ganz süß.*

In Wahrheit war sie jetzt schon fast einen Monat hier, und abgesehen von ihrer Arbeit im Laden und der großen Dorfversammlung neulich hatte sie wenig gemacht. Immerhin waren sie heute Abend bei Helen eingeladen, und darauf freute Hannah sich, denn anschließend würde sie mit Phil darüber ablästern können. Aus Dinnerpartys hatten sie sich beide nie viel gemacht. Hannah hatte ihm von der Einladung geschrieben, allerdings, dachte sie gerade – sie checkte ihr Handy –, hatte er ihre Nachricht noch nicht gelesen. Wie konnte er nur so unkommunikativ sein, wenn es doch sein Job war, immer am Ball zu bleiben und ständig Kontakt zu seinen Geschäftspartnern zu halten?

Ein echter Lichtblick war Nicola. Sie hatte angeboten, bei der Einrichtung der kleinen Buchhandlung zu helfen, und am späteren Vormittag erschien sie mit einem Eimer weißer Farbe und zwei Pinseln. Hannah schaffte es, abwechselnd im Laden zu bedienen oder zu streichen, und als sie eine Pause machten, zog Nicola einige Zeichnungen aus ihrer Tasche.

»Ich habe über deine Ideen nachgedacht, und ich ...« Nicola zögerte. »Ich hab ein paar Skizzen gemacht, damit wir eine Idee bekommen, wie wir die Nische einrichten können. Was hältst du davon?«

Hannah beugte sich über die Skizzen. Sie waren toll. Nicola war offensichtlich richtig begabt.

»Weißt du was? Die könnten wir verkaufen.«

»Findest du?«, fragte Nicola verlegen. »Das sind doch bloß Bleistiftzeichnungen.«

»Ja, und sie sind wirklich schön. Das sieht ganz super aus – haargenau so, wie ich es mir vorgestellt habe.« Ihre eigenen Skizzen verschwieg Hannah lieber, denn im Vergleich zu Nicolas Kunstwerken sahen sie aus wie Kinderzeichnungen.

»Ich hab gedacht, dass Ben vielleicht die Wände bemalen könnte. Hast du nicht gesagt, er wäre so ein guter Grafiker?«

»Graffiti, nicht Grafik«, sagte Hannah so trocken, dass Nicola kicherte. »Nein, eigentlich beides. Ich hab das auch schon überlegt. Es würde ihm großen Spaß machen. Und würde ihm vielleicht das Gefühl geben, dass das alles hier auch seins ist.«

»Das hab ich auch gedacht. Und sieh mal, hier unter dem Fenster könnten wir ein kleines Regal mit Bilderbüchern aufstellen, dann können die kleinen Kinder gleich dran, wenn sie reinkommen.« In Nicolas Stimme lag etwas Wehmütiges. »Ich würde gern eine Märchenstunde oder so etwas anbieten, meinst du, das wäre möglich?«

»Das ist eine wunderbare Idee, Nicola. Ich habe gehört, dass das Gemeinschaftszentrum in Bletchingham schließen musste und dass die Kleinen, die da zur Kindergruppe kamen, jetzt keinen Raum mehr haben, wo sie sich treffen können.«

Nicolas Gesicht hellte sich auf. Sie löste ihren Pferdeschwanz und schüttelte ihre Locken, dann band sie die Haare wieder zusammen.

»Und es stört dich nicht, wenn ich hier bin?«

»Überhaupt nicht. Im Gegenteil, ich finde es schön, Gesellschaft zu haben. Und es soll doch eine Buchhandlung für alle werden.«

»Ich hänge gerade ein bisschen in der Luft, weißt du. Ich arbeite nicht mehr Vollzeit, weil wir uns vorgestellt hatten, dass ich schwanger werde und das Haus auf das Baby vorbereite und dass wir Weihnachten dann ganz gemütlich zu dritt feiern.« Nicola biss sich auf die Lippe, senkte den Kopf und drehte an ihrem Ehering, der lose auf ihrem Finger steckte. »Aber in ein paar Tagen ist schon Oktober, und ...«

»Das tut mir leid.« Hannah legte ihr die Hand auf den Arm. Nicola war genauso alt wie sie selbst – fünfunddreißig. Aber während sie Ben hatte, der im Wohnzimmer auf dem Sofa lag und sich ihren Ermahnungen, doch nach draußen zu gehen und die Herbstsonne zu genießen, standhaft widersetzte, war Nicola in einer ganz anderen Situation und hoffte verzweifelt darauf, Mutter zu werden.

»Das kann man zwar überhaupt nicht vergleichen, aber ich erinnere mich noch gut, wie ich ...«

Nicola blickte auf. »Ja, und weiter?«

Hannah schüttelte den Kopf. »Nein, das passt nicht hierher, tut mir leid.« Sie schluckte.

»Bitte.« Nicola sah sie an. »Über diese Sache wird nie gesprochen. Das ist ein so verdammt heikles Thema. Meine Verwandten machen bloß immer wieder spitze Bemerkungen und finden das witzig. Chris reagiert inzwischen ganz komisch, und ich komme mir allmählich vor, als wäre ich sexbesessen. Ringsherum werden meine Freundinnen schwanger – es ist einfach schrecklich, und ich habe ein schlechtes Gewissen, weil ich so neidisch bin.« Sie lachte gequält. »Ich weiß gar nicht, warum ich dir das alles erzähle.«

»Ich bin mit achtzehn schwanger geworden«, begann Hannah. »Und ich wusste ehrlich nicht, was ich machen sollte. Alle nahmen an, ich würde – du weißt schon.« Sie verzog das Gesicht. »Aber das stimmte für mich irgendwie nicht. Also kam Ben auf die Welt. Und alle meine Pläne lösten sich in Luft auf.«

»Aber du bereust es nicht?«

Hannah schüttelte heftig den Kopf. »Keine Sekunde lang. Allerdings habe ich – also, in den letzten sechzehn Jahren hat mein Leben sich nur um Phils Karriere und um Ben gedreht. Für mich selbst war da nicht viel Platz. Aber eigentlich wollte ich erzählen, dass ich damals versucht habe, ein zweites Kind zu bekommen. Und das hat einfach nicht geklappt. Es ist nicht das Gleiche wie bei dir, ich weiß.«

»Ach, das tut mir leid«, sagte Nicola sanft.

»Ist schon gut.« Komisch, wie diese drei kleinen Wörtchen die beiden Jahre zusammenfassen konnten, in denen sie sich so darauf konzentriert hatte, ein Brüderchen oder Schwesterchen für Ben zu bekommen, diese Enttäuschung jeden Monat und ihr Bemühen, die Hoffnung nicht zu verlieren. Doch schließlich hatte sie sich der Realität stellen müssen. Die Ärztin hatte von »idiopathischer sekundärer Sterilität« gesprochen, weil sie keine Ursache hatte finden können. Aber egal, wie man es nannte, Hannahs Hoffnungen hatten sich zerschlagen und sie hatte akzeptiert, dass Ben Einzelkind bleiben würde. »Seltsam war«, sagte sie nach einer langen Pause, »dass Phil sich deswegen gar nicht groß Gedanken gemacht hat.«

»Mmmm.« Nicola seufzte. »Manchmal habe ich das Gefühl, Chris wäre es am liebsten, wenn ich die Sache einfach vergessen würde. Aber ich weiß nicht, vielleicht bin ich da unfair.«

»Hallo zusammen!« Geräuschvoll betrat Helen den Laden. »Du meine Güte, das ist Ihnen ja prima gelungen. Sieht tipptopp aus, so frisch gestrichen.«

Nicola und Hannah warfen sich kurz einen Blick zu und drehten sich dann mit ausdruckslosen Mienen um.

»Ja, wir finden es auch sehr schön. Ich freue mich schon darauf, meinem Mann unser Werk zu zeigen.«

»Das wird eine echte Überraschung für ihn – die fertigen Bücherregale hat er ja auch noch nicht gesehen. Als er das letzte Mal hier war, wurden sie gerade gebaut, oder?«

Hannah nickte.

»Wie schön, dass Sie ein bisschen Unterstützung bekommen werden, Hannah. Und wir freuen uns schon darauf, Sie und Ihren Mann heute Abend bei uns zu begrüßen.«

Der Tag verging wie im Flug. Am Nachmittag kam Nicola wieder und stellte einige teure Hardcover in das Regal für die gebrauchten Bücher. Eine Frau in einem Midikleid mit Pünktchen hatte vor dem Laden gehalten und war, ohne den Motor auszumachen, mit einer Plastikkiste voller Bücher in den Laden gestürzt.

»Hab gar keine Zeit, muss noch vor Mittag zur Scheidungsanwältin. Aber die Bücher hier kosten ein Vermögen, und ich spende sie jetzt einfach. Wenn er mit seiner Sekretärin schlafen will, verschenke ich eben seine Sachen. Die können doch ein bisschen Geld fürs Dorf bringen, meinen Sie nicht?« Und mit ironischem Lachen ließ sie die Kiste auf den Boden plumpsen und stöckelte wieder nach draußen.

»Wer war denn das?«

»Alicia Rowlands. Sie wohnt in diesem großen Kasten etwas außerhalb des Dorfes. Vier Kinder, riesiger Garten, Geld bis zum Abwinken und – also, ich hatte schon immer gedacht, das ist alles zu schön, um wahr zu sein. Der Mann ist ein Charmeur. Er war im Elternrat der Schule und im Gemeinderat und so weiter.«

Hannah atmete erleichtert auf. »Das Problem habe ich zum Glück nicht. Ich fand mich schon ziemlich gut, wenn ich es geschafft habe, Phil zu einem Elternabend mitzuschleifen.«

Und dann, eine halbe Stunde später, erschien Phil. Nicola wollte gerade gehen, als er hereinkam. Sie lächelte ihm grüßend zu, aber er reagierte nicht.

»Du musst die Leute hier grüßen, das gehört zum Dorfleben dazu«, sagte Hannah, als Nicola verschwunden war, und hätte sich dann am liebsten auf die Zunge gebissen. Warum musste sie ihn als Erstes kritisieren? Sie schüttelte den Kopf und wischte sich die Hände ab. »Hallo, mein Schatz.«

»Hi.« Klang das merkwürdig? Vielleicht war er einfach müde?

Hannah legte ihm einen Arm um den Hals und wollte ihn zu einem Begrüßungskuss an sich ziehen, aber er beugte sich ihr nicht entgegen, und als sie sich auf die Zehenspitzen stellte, um ihn zu küssen, blieb sein Gesicht starr. Nur in seiner Wange zuckte es.

»Alles in Ordnung?«

»Ja.« Phil machte einen Schritt rückwärts und stieß gegen einen Ständer mit Müslischachteln, der gefährlich ins Schaukeln geriet, dann aber doch stehen blieb. »Wo ist Ben?«

Das munterte Hannah ein bisschen auf. Sie selbst mochte vielleicht um ihre Stellung im Dorf kämpfen, aber Ben war von seinen Fußballfreunden abgeholt worden. Er gehörte jetzt wirklich dazu. Nach dem Training war er noch mal losgezogen, mit dem Ball unter dem Arm, einer großen Flasche O-Saft im Rucksack und einem angebissenen Apfel in der Hand. »Ich gehe in den Park. Bis später!«

»Er ist mit den Jungs aus seiner neuen Mannschaft unten im Park. Wir können ja gleich mal hinspazieren.« Hannah sah auf die Uhr. »Ich erwarte Fiona jeden Augenblick, sie übernimmt die letzten Stunden, und ich kann sie gut allein lassen.«

Phil schüttelte den Kopf. »Ist schon gut. Lass uns doch

ins Haus rübergehen und einen Kaffee trinken. Wir müssen ohnehin reden.«

»Ja?«

Sie folgte Phil durch den Verbindungsflur. »Was ist mit den Kartons? Willst du sie gleich reinholen?«

»Die können warten.« Phil ließ sich aufs Sofa fallen. Er senkte den Kopf und fuhr sich mit der Hand durchs Haar. Hannah fiel auf, dass die etwas ausgedünnte Stelle auf seinem Hinterkopf allmählich richtig kahl wurde. Ach ja, sie wurden alt. Phil wurde tatsächlich demnächst schon vierzig.

»Dann mache ich jetzt Kaffee.«

Als Hannah ihm seinen Kaffee brachte, richtete Phil sich auf und stellte den Becher auf dem Couchtisch ab. Dann legte er die Hände auf die Knie. Einen Moment lang sah er ihr in die Augen. Hannah legte beide Hände um ihren Kaffeebecher, plötzlich spürte sie die Kühle des späten Septembertages.

»Wir müssen reden, Hannah«, setzte Phil an.

Noch während er sprach, war ihr, als hätte sie plötzlich ein bleischweres Gewicht im Magen.

»Reden worüber?«

»Du hast sicherlich schon geahnt, dass irgendwas ... Du bist jetzt einen Monat hier, und ich habe – also, die Sache ist ...«

Ihr Herz pochte so heftig, dass sie auf ihr gestreiftes T-Shirt und die Schürze mit dem Ladenlogo hinuntersah, weil sie fast damit rechnete, es unter dem Stoff klopfen zu sehen. »Die Sache ist?«

»Du kommst hier prima zurecht, oder? Ich meine, mit dem Laden und Ben und allem.«

Hannah hielt sich immer noch an ihrem Kaffeebecher fest, mit starren Armen und durchgedrücktem Rücken. Sie hob leicht das Kinn, als wappne sie sich gegen einen Angriff.

»Ich komme zurecht, weil ich immer mit allem zurechtkomme. Aber ich lebe hier im Wartezustand. Ich warte darauf, dass du kommst.«

»Genau darum geht es«, sagte Phil. Er senkte den Blick und sah eine Weile auf den Teppich hinunter. »Ich möchte nicht umziehen.«

»Wie bitte?«

»Ich lebe gern in Salford. Ich bin gern in der Stadt. Ich finde es schön, abends zum Essen oder ins Theater oder ins Kino gehen zu können. Ich will nicht mitten in der Pampa leben.«

»Little Maudley ist nicht mitten in der Pampa. Oxford ist gar nicht so weit, und in Bletchingham gibt es einen Supermarkt und andere Geschäfte, und wir haben im Dorf einen schönen Pub. Als wir neulich da gegessen haben, hat es dir gut geschmeckt. Du hast gesagt, es war nett.«

»Es war ja auch nett.« Phil blickte zu ihr hoch. »Aber ich möchte hier nicht leben.«

»Das kannst du nicht machen.« Hannahs Stimme war plötzlich eine Oktave höher. »Du wolltest an diesem Wochenende einziehen. Ben rechnet mit dir. Heute Abend sind wir zum Dinner eingeladen. Du hast gesagt, du willst hierherziehen – da kannst du es dir nicht einfach anders überlegen und mir den Boden unter den Füßen wegreißen.«

»Hannah.« Wieder fuhr Phil sich durchs Haar. »Ich komme nicht.«

»Das geht nicht.«

»Doch.«

»Und was machst du dann? Willst du das Haus nicht mehr vermieten? Willst du jetzt darin wohnen bleiben?«

»Nein, ich werde es wie geplant vermieten, und ich suche mir eine Wohnung.«

»Eine Wohnung?«

Hannah kam sich vor wie ein Papagei. Sie plapperte alles nach, was er sagte, und ihre Stimme wurde immer höher. Wenn sie nicht aufpasste, war es gleich so weit, dass nur noch Hunde sie hören konnten. Bei der Vorstellung lachte sie plötzlich schrill auf.

»Fehlt dir was, Hannah?«

»Mir? Nein, nein. Du bist bloß gerade angekommen und teilst mir fröhlich mit, dass du nicht einziehst, sondern auszieht. Und ich wohne hier in einem Haus umgeben von –«, sie nahm eine von Beths hässlichen Porzellanfiguren in die Hand, »– von diesem Zeug. Und Ben hat schon genug Veränderungen zu bewältigen. Was ist denn los, Phil?«

»Es tut mir leid.«

»Ist das alles? Mehr hast du nicht zu sagen?«

Da summte sein Handy. Er zog es aus der Tasche, sah ganz kurz aufs Display, steckte es wieder ein und schaute Hannah an. In diesem Moment, erzählte sie Katie später, war es ihr wie Schuppen von den Augen gefallen.

»Wenn *ich* dir eine Nachricht schicke, checkst du dein Handy nicht sofort.«

»Doch.«

»Nein.« Das bleierne Gewicht in Hannahs Magen wurde noch schwerer, sodass sie das Gefühl hatte, sich nicht mehr rühren zu können, selbst wenn es um ihr Leben gegangen wäre.

»Hör zu, Hannah.« Phil sprach etwas lauter, im gleichen Tonfall, in dem er versuchte, am Telefon Verkäufe abzuschließen. »Ich will nicht drum herumreden. Ich glaube, es ist das Beste so.«

»Nein!« Unter großer Anstrengung erhob Hannah sich und knallte mit zitternden Händen ihren Becher auf den Tisch. Der Kaffee schwappte über und bildete einen kleinen See, der zu einem Flüsschen wurde, das rasch auf die Tischkante zuströmte. »Warte mal eben.«

»Du brauchst jetzt keinen Lappen zu holen.« Frustriert schlug Phil mit der flachen Hand auf die Sofalehne.

»Doch. Es ist ja nicht mein Haus.«

»Das Haus gehört Beth, und sie hat gesagt, ihr könnt hier wohnen, solange ihr wollt.«

»Sie hat gesagt, *wir* könnten hier wohnen.« Hannah holte den Spüllappen aus der Küche und wischte die Pfütze auf.

»Setz dich hin.«

Phil sah sie an und einen Moment lang fühlte sie sich an den Teenager erinnert, der er gewesen war, als sie sich kennengelernt hatten.

»Ich will nicht.«

»Ich weiß. Aber wir müssen dieses Gespräch führen.«

»Ach ja?«

»Ja. Ich will dich nicht belügen.«

Ihr kam die Galle hoch, und sie legte sich die Hand vor den Mund. »Ich glaube, ich muss kotzen.«

»Das glaubst du immer.« Wieder sah er sie an. »Also gut.

Die Sache ist, dass ich jemanden kennengelernt habe. Und ich überlege schon länger, wie ich es dir sagen kann, daher habe ich Gespräche bisher vermieden. Jetzt ist es, als würde ich mir ein Pflaster abreißen.«

Hannah explodierte. »Das kann man doch gar nicht vergleichen!«

»Pscht, für deine Klatschmäuler im Dorf wäre das ein gefundenes Fressen.«

»Nein«, sagte Hannah abwehrend. »Wie sich herausgestellt hat, war meine Kusine Beth hier die einzige Klatschtante. Und das ist mit ein Grund, warum es mir so schwerfällt, mich hier einzuleben. Alle denken nämlich, ich wäre genauso wie sie, und sobald sie mich sehen, machen sie den Mund fest zu.«

»Ist das wahr?«

Hannah nickte. »Aber darüber will ich jetzt nicht mit dir reden, Phil. Du hast gerade gesagt, dass du eine Affäre hast. Das hier ist kein freundschaftliches Plauderstündchen. Weißt du was –«, wieder hob sie die Stimme und vergaß dabei völlig, dass im Laden vielleicht Kundschaft war, »du kannst gehen, und zwar jetzt sofort.«

»Wir müssen die praktischen Dinge besprechen.«

»Geh. Verschwinde!«

Phil zögerte einen Moment, als sei er nicht ganz sicher, ob sie es ernst meinte. Dann summte das Handy wieder in seiner Tasche, und der Blick, den Hannah ihm daraufhin zuwarf, machte unmissverständlich klar, dass mit ihr nicht zu spaßen war.

»Ich rufe dich an«, sagte er leise. Er verließ das kleine Wohnzimmer, und Hannah blieb wie gelähmt sitzen.

Typisch Phil war, dass er trotzdem noch die Kartons aus dem Kofferraum auslud und sie ordentlich im Durchgang zwischen Laden und Wohnhaus stapelte. Als Hannah sich schließlich das Gesicht gewaschen und tief durchgeatmet hatte, beschloss sie, sich den praktischen Dingen zuzuwenden, denn darin war sie am besten. Sie ging in den Laden und stellte fest, dass er aufgeräumt und abgeschlossen war und dass die Ehrenamtliche die Kasse gemacht hatte. Nichts deutete darauf hin, dass ihre langjährige Ehe soeben mit einem Paukenschlag geendet hatte.

Achtzehntes Kapitel

»Ach, Hannah, wie schön, Sie zu sehen. Wo ist denn Ihr Göttergatte? Kommt er nach?«

Helen öffnete die Tür zu ihrer großen Villa mit einem ebenso großen Willkommenslächeln. Das Innere des Hauses war genauso schön, wie Hannah es in Erinnerung hatte. Auf der Kommode in der Eingangsdiele quoll ein prachtvoller Blumenstrauß aus einer Glasvase. Die Treppe mit dem Geländer aus schimmerndem dunklem Holz, welches das makellose Weiß der Wände noch unterstrich, führte in einem Bogen nach oben. Beleuchtet wurde sie von einem Oberlicht, durch das sanft der gelbe Abendsonnenschein in die Diele strömte.

»Nein, er kommt nicht, er schafft es nicht.«

Helen warf ihr einen ganz kurzen Blick zu, den Hannah aber ignorierte. »Ich freue mich, dass Sie trotzdem gekommen sind, denn es hat sich herausgestellt, dass uns eine Person fehlte, und jetzt haben wir eine gerade Zahl. Ich brauche bloß die Gedecke ein bisschen zu verschieben.« Helen sah sie mit einem verschmitzten Lächeln an. »Ich könnte Ihnen sogar einen recht netten Tischnachbarn besorgen. Sie sehen aus, als würde Ihnen eine kleine Aufmunterung guttun.«

Mehr brauchte es nicht. Hannahs Kinn begann zu beben, und sie hob die Hand vor das Gesicht, um ihre Unterlippe zu verbergen, die ebenfalls zitterte.

»Tut mir leid«, wisperte sie. »Entschuldigen Sie bitte.«

»Da gibt's nichts zu entschuldigen, meine Liebe.« Helen

legte ihr den Arm um die Schultern. »Kommen Sie, kommen Sie mit.«

Hannah folgte ihr gehorsam die Treppe hinauf und in ein wunderschönes, in Blau und Weiß gehaltenes Schlafzimmer. Helen legte ihr die Hände auf die Schultern und drückte sie sanft, aber bestimmt auf das Fußende eines großen Doppelbetts hinunter, bis sie auf dem blau-weiß karierten Überwurf saß.

»So, Kindchen, Sie brauchen nichts zu sagen. Ich hole Ihnen eben ein Taschentuch.«

Lautlos rollten Hannah die Tränen über die Wangen. Sie versuchte, sie fortzuwischen, ohne ihr Make-up zu verschmieren, das sie aufgelegt hatte, um ihr grauenhaftes Aussehen zu kaschieren. »Tut mir wirklich leid«, wiederholte sie.

»Ich glaube, nicht Sie müssen sich hier entschuldigen, kann das sein?«

Hannah nickte.

»Ich hatte – ich hatte einfach nicht damit gerechnet – ich meine, keine Ehe ist perfekt, oder?«

Helens Gesichtszüge wurden sanft, als sie Hannah nun mit einem ordentlich gefalteten Taschentuch die Tränen abtupfte. »Nein, da haben Sie absolut recht. Was hat er Ihnen angetan?«

Hannah machte einen zittrigen Atemzug, und dann purzelte alles aus ihr heraus.

»Ich hab das Gefühl, dass es meine Schuld ist.«

»Wie kommen Sie denn darauf, meine Liebe?«

»Weil... ich habe Phil zu diesem Umzug gedrängt und nicht einmal daran gedacht, was er vielleicht gut finden würde.«

Hannah nahm Helen ein frisches Taschentuch ab und putzte sich geräuschvoll die Nase. »Ich meine, ich hab immer das gemacht, was er wollte, und jetzt mache ich mal was für mich, und schon geht alles schief.«

Helen setzte sich neben Hannah aufs Bett und legte ihr wieder den Arm um die Schultern. »Es ist nichts Schlechtes, wenn man etwas für sich selbst tun möchte, Hannah. Ich wette, Sie haben während Ihrer ganzen Ehe immer nur für andere das Richtige getan.«

Hannah blickte zu Helen hoch, die ihr leicht die Schultern drückte. »Das habe ich jedenfalls versucht.«

»Genau. Sie sind eine tolle Frau, und jeder kann sehen, mit welcher Leidenschaft Sie dafür sorgen, dass der Laden floriert. Und Sie müssen Ihren Mann vermisst haben, als er nicht hier sein konnte. Das tut mir leid.«

Hannah stieß ein Lachen aus, das halb ein Schluchzen war. »Das ist es ja gerade.« Sie drehte eine Ecke des Taschentuchs zusammen und senkte den Blick. »Ich hab ihn gar nicht vermisst. Ist das nicht schlimm?«

»Überhaupt nicht. Und ich muss gestehen, Sie haben auf mich auch nicht wie eine Frau gewirkt, die vor Sehnsucht vergeht.«

Hannah sah wieder auf und verzog das Gesicht. »Ich liebe Phil«, sagte sie, und während sie es aussprach, wurde ihr klar, dass aus der romantischen Liebe im Laufe der Zeit eine Art schwesterliche Liebe geworden war. Sie wand sich innerlich, als sie an ihren misslungenen Verführungsversuch dachte. »Ich meine, er ist ja Bens Vater, und wir sind seid unserer Teenagerzeit zusammen, und ...« Hannah verstummte.

»Das heißt aber nicht, dass Sie für den Rest Ihres Lebens mit ihm verheiratet bleiben müssen, oder?«

Hannah kaute auf der Unterlippe. »Vermutlich nicht.«

Helen schob ihr mütterlich eine Haarsträhne hinters Ohr. »Ganz bestimmt nicht. Und Sie haben Ihr ganzes Leben vor sich – Sie sind erst fünfunddreißig? Sechsunddreißig?«

»Fünfunddreißig.«

»Also noch ein Baby!« Helen lachte. »Die meisten Frauen sind in dem Alter noch gar nicht verheiratet. Das heißt jetzt nicht, dass ich Ihnen eine Dating App oder so etwas empfehlen will. Ich möchte bloß – also, ich möchte nicht, dass Sie glauben, Ihr Leben wäre vorbei, wenn doch alles noch vor Ihnen liegt.«

Hannah beugte sich vor und warf einen Blick in den Spiegel. »Mein Gott, ich sehe ja schrecklich aus.«

»Mit ein bisschen Make-up kriegen Sie das schnell wieder hin, und dann sehen Sie so hübsch aus wie immer.«

»Aber meine Ehe kriege ich nicht wieder hin, oder? Das ist nicht so einfach.«

»Ich fürchte nicht.« Helen legte ihr den Arm um die Taille. »Aber hier sind Sie unter Freunden, und wir werden auf Sie achtgeben.«

»Wirklich?« Hannah hob die immer noch feuchten Augen und sah ihre Gastgeberin an.

Helen nickte. Sie schien sich nicht einmal darüber zu ärgern, dass der Ärmel ihrer frischen weißen Bluse etwas von Hannahs Wimperntusche abbekommen hatte. »Ja, das verspreche ich Ihnen.«

»Ich hab mich bisher ein bisschen ausgeschlossen gefühlt –

also, so als würden alle im Dorf mich nach Beths Verhalten beurteilen. Und sie ist zwar meine Kusine, aber ich habe schon mitbekommen, dass ihr Benehmen nicht immer vorbildlich war.«

»O ja, Beth konnte ein Biest sein. Sie liebt Klatsch und Gerede, und sie konnte nie widerstehen, wenn sie die Möglichkeit hatte, mehr davon in die Welt zu setzen. Hat immer die Superschlaue gespielt, wenn Sie mich fragen, und Lauren war genauso. Wenn Sie mal wieder mit Mel und Sam sprechen – auf der Dorfversammlung hab ich gesehen, dass Sie sich gut verstehen –, werden Sie hören, dass Lauren den Töchtern der beiden in der Schule das Leben zur Hölle gemacht hat.«

»Ich dachte, Sam wäre mit Lucy zusammen?«

»Ja, die beiden haben letztes Jahr geheiratet. Aber er und Mel sind schon seit ihrer Schulzeit befreundet, und ihre Töchter sind quasi zusammen aufgewachsen. Jetzt sind sie bald mit der Schule fertig – Freya kennen Sie ja –, und in Kürze werden sie uns zum Studieren verlassen. Schon seltsam, wie die Zeit vergeht.«

Hannah dachte an Ben und dass sie es ihm sagen musste. Sie schluckte wieder. Er hatte nie ein besonders enges Verhältnis zu seinem Vater gehabt, vor allem, weil Phil so selten zu Hause gewesen war, aber zu hören, dass er von nun an ein Trennungskind war, würde ihm deswegen noch lange nicht gefallen. Eine zerbrochene Familie – die Worte erschreckten Hannah, sie klangen so dramatisch und altmodisch. Doch was sollten solche Gedanken? Heutzutage gab es so viele alleinerziehende Mütter oder Väter, die irgendwie klarkamen.

Sie musste sich zusammenreißen. Schließlich lebte sie nicht mehr im Mittelalter.

»Sie sind eine tolle Mutter«, sagte Helen, als hätte sie ihre Gedanken gelesen. »Und bevor wir wieder nach unten gehen, bringen Sie Ihr Make-up in Ordnung, und ich hole Ihnen einen kräftigen Gin Tonic. Wo ist Ihr Sohn heute Abend?«

»Er übernachtet bei einem seiner neuen Freunde, sie machen eine Gaming Party.«

»Wunderbar. Ich werde jetzt ein bisschen telefonieren und für morgen Vormittag den Dienst im Laden organisieren, und Sie können nach Herzenslust dem Gin zusprechen.«

»Ich kann doch nicht –«, begann Hannah.

»Keine Widerrede«, sagte Helen bestimmt. »Also, nebenan im Bad finden Sie alles nur erdenkliche Make-up und eine schöne Reinigungsmilch und Wattebällchen und was Sie sonst noch brauchen. Ich schlage vor, dass Sie jetzt ganz fix da reingehen und sich zurechtmachen, und ich mixe Ihnen einen ordentlichen Drink.«

Was Helen über die Make-up-Utensilien gesagt hatte, war kein Witz gewesen. Das wunderte Hannah, denn ihre Gastgeberin gönnte ihrem etwas länglichen, aber schönen Gesicht mit dem kräftigen Kinn nie mehr Make-up als einen Hauch getönte Feuchtigkeitscreme und etwas blassrosa Lippenstift. Hannah wischte sich die tränenverschmierte Pampe vom Gesicht und betrachtete sich im Spiegel. Vom Weinen hatte sie rote Augen bekommen, mit dunklen Ringen darunter. Sie leerte in großen Zügen ein Glas Wasser. Dann ließ sie es so lange laufen, bis es eiskalt war, und klatschte sich reichlich Wasser ins Gesicht. Die Kälte ließ sie nach Luft schnappen und brachte wieder Farbe in ihre Wangen.

»Schon besser«, sagte Helen anerkennend, als sie mit einem Glas Gin Tonic zurückkehrte, in dem es vielversprechend klimperte. »Ich bestehe darauf, dass Sie das jetzt austrinken, und dann gehen wir nach unten und sagen kein Wörtchen von vagabundierenden Ehemännern oder solchen Dingen.«

Hannah nickte gehorsam. Der Gin half – auch wenn er für ihre verwundete Psyche nicht mehr als ein Trostpflaster war.

In dem großzügigen, schön möblierten Wohnzimmer entdeckte Hannah zu ihrer Überraschung nicht nur Helens Ehemann David, sondern auch noch andere Gäste, deren Gesichter sie aus dem Laden kannte, und – ihr wurde etwas flau – Jake. Als er sie sah, stand er auf und kam ihr entgegen, um sie zu begrüßen.

»Schön, dich zu sehen«, sagte er und fügte leise hinzu: »Ich bin richtig erleichtert. Wir Nordlichter müssen zusammenhalten.« Er trug eine dunkelblaue Chinohose und ein hellblaues Hemd und grinste ihr verschwörerisch zu. »Wir sind ganz schön weit weg von Manchester, stimmt's?«

Hannah nickte. »Aber du hast dich inzwischen bestimmt daran gewöhnt.« Sie sah sich um. Der Raum war zwar teuer, dabei aber geschmackvoll neutral eingerichtet. Auf cremeweißen Sofas lagen enteneiblaue Kissen. Jake deutete mit dem Kopf auf ein Sofa.

»Wollen wir uns nicht setzen?«

»Okay.« Hannah brachte ein Lächeln zustande. »Dann bist du also auch kein großer Fan von solchen Abendessen?«

Jake schüttelte den Kopf und wartete, bis sie sich auf einer Seite des Sofas niedergelassen hatte, dann setzte er sich ebenfalls und schlug ein langes Bein über das andere. »Nee, so was ist mir ziemlich fremd. Die Fußballer gehen eher in Nachtklubs und schicke Restaurants – oder jedenfalls ist das zu meiner Zeit so gewesen. Dinnerpartys auf dem Land waren eigentlich nie mein Ding.«

»Ich hab zu Hause auch keine Einladungen zu Dinnerpartys bekommen.«

David erschien und reichte jedem ein Glas Sekt. »Auf Ex!«, sagte er vergnügt. »Es gibt jede Menge Nachschub.«

»Ich hab schon einen dreifachen Gin intus«, sagte Hannah zu Jake und nippte an ihrem Glas.

Er lächelte. »Wenn ich etwas über die Leute hier gelernt habe – allerdings nicht aus eigener Erfahrung, sondern aus Gesprächen mit Pippa, meiner Assistentin –, dann ist das, dass es im Dorf abends nicht viel zu tun gibt, also saufen alle wie die Löcher.«

»Und du bist vorbildlich abstinent?«

»Früher, als ich noch gespielt habe, war ich das.« Jake trank einen Schluck. »Jetzt nicht mehr so. Ich meine, ich will zwar nicht mit einem schlimmen Kater beim Training aufschlagen, aber ich brauche nicht mehr so diszipliniert zu sein wie damals.«

»Nach allem, was in den Zeitungen steht, lasst ihr Fußballer euch nach den Spielen schon in der Umkleide mit Champagner aus Magnumflaschen volllaufen. Das erhofft Ben sich jedenfalls.«

Jake sah sie mit seinen blaugrünen Augen an. Hannah schluckte, plötzlich machte sein Blick sie verlegen.

»Ich weiß, ich hab das schon mal gesagt, aber Ben hat gute Aussichten, später mal dabei zu sein.«

»Wirklich?«

»Ja. Er ist gut.«

»Das glaube ich auch«, sagte Hannah. »Aber ich kann es nicht richtig einschätzen. Er – er wirkt einfach, als wüsste er, was er tut. Klingt komisch, oder?«

Jake schüttelte den Kopf, und jetzt standen alle auf und folgten David ins Esszimmer, oder besser gesagt, ins Speisezimmer. Gedankenlos setzte Hannah sich neben Jake, errötete jedoch gleich darauf, denn Helen hatte vermutlich Ewigkeiten damit verbracht, die Tischordnung festzulegen. Helen fing ihren Blick auf und zwinkerte ihr fast unmerklich zu.

»Ich wollte gerade vorschlagen, dass Sie beide sich nebeneinandersetzen. Bestimmt haben Sie viel Gesprächsstoff, denn Ihr Sohn ist ja in der Fußballmannschaft.«

Erleichtert lächelte Hannah ihr zu. Jetzt mit einem der anderen Anwesenden Konversation machen zu müssen, hätte sie nicht ertragen. Sie schienen zwar alle recht nett zu sein, aber Hannah war müde und fühlte sich wie ausgehöhlt. Jake kannte sie wenigstens so gut, dass sie zwischen den einzelnen Gängen einfach mit ihm plaudern konnte, und außerdem half es, dass er nicht gerade abstoßend aussah.

Während Helen die Vorspeise auftrug, schaute Hannah ihn verstohlen an. Er war sonnengebräunt, vermutlich noch von einer Reise in irgendein exotisches Land, und erst jetzt fiel ihr auf, dass er keine teure Uhr trug, wie sie es bei einem Fußballer eigentlich erwartet hätte. Ein Fünftagebart überzog seine Wangen und hob sein markantes Kinn hervor, während ihm das ungebärdige Haar in die Stirn fiel. Hannah dachte an

Phils beginnende Glatze und fragte sich, ob das gemein war, trank dann aber schnell einen Schluck und entschied, wenn es einen Zeitpunkt gab, an dem sie gemein sein durfte, war es der Tag, an dem er angekündigt hatte, dass er sie verlassen würde, wegen – ja, wer war die Andere?

»Alles in Ordnung?« Jake wandte sich ihr zu. Er war fürsorglich, rückte ihr Wasserglas zurecht und schenkte erst ihr und dann sich selbst ein. Ringsherum wurden lebhafte Tischgespräche geführt.

»Ich finde diese Idee mit der Buchhandlung sehr spannend«, sagte einer der Männer, der in letzter Zeit eindeutig nicht im Laden gewesen war.

»Mittlerweile ist es mehr als nur eine Idee«, sagte seine Frau und blickte zu Hannah hinüber. »Jason ist selten im Dorf, stimmt's, Schatz?«

»Ja. Unter der Woche bin ich meistens in der Stadt.«

»Da haben wir heute aber Glück, dass Sie uns mit Ihrer Anwesenheit beehren«, scherzte Helen. »Haut rein, in der Küche ist noch reichlich, falls jemand einen Nachschlag möchte. Ich mache immer viel zu viel Graved Lachs.«

Die Vorspeise war köstlich. Helen servierte den Lachs mit einer frischen, zitronigen Soße und fedrigen Dillstängeln. Hannah aß ihre Portion ganz auf, und dabei wurde ihr klar, dass sie den ganzen Tag noch nichts zu sich genommen hatte.

»Noch ein Stückchen, Hannah?« Helen kümmerte sich ganz besonders um sie. Sie legte Hannah kurz die Hand auf die Schulter, als sie hinter ihrem Stuhl vorbeiging.

»Ich lasse mir noch Platz.« Mit einem dankbaren Lächeln drehte sie sich zu Helen um.

Einer von Helens Hunden schob sich zwischen Jake und sie, und wenn niemand hinsah, ließ Jake ihm Stückchen von seinem Lachs ins Maul fallen.

»Psst, verrate mich nicht«, flüsterte er dem Hund zu. »Aber einem hungernden Labrador kann ich einfach nicht widerstehen.«

»Habt ihr Hunde gehabt, als du Kind warst?«

Jake schüttelte den Kopf. »Für einen Hund war bei uns im Haus gar kein Platz. Und ihr?«

»Auch nicht.«

»Und ich kann mir auch kaum vorstellen, dass es bei euch früher so ausgesehen hat wie hier heute Abend.« Er lachte in sich hinein. »Oder habe ich da etwa ein Vorurteil gegen Leute aus dem Norden?«

Schmunzelnd schüttelte Hannah den Kopf. »Nein, ich bin in einem Reihenhaus aufgewachsen, mit einem winzigen Hinterhof. Kein ummauerter Garten, keine Orangerie, und unser Wohnzimmer war ungefähr halb so groß wie Helens Schlafzimmer.«

»Hast du das ausgekundschaftet?« Jake wirkte fasziniert.

»Nein, ich war nur schnell oben« – Hannah machte eine kleine Pause, denn gerade wurde eine Weinflasche herumgereicht –, »als ich hier ankam, weil ich mein Make-up in Ordnung bringen wollte.« Das war nicht einmal gelogen.

Während der Abend voranschritt und der Wein in Strömen floss, betastete Hannah vorsichtig die Wunde, die Phil ihr zugefügt hatte. Überrascht stellte sie fest, dass – nein, es war kein rasender Schmerz, sondern eher ein dumpfer Druck. Vielleicht tat es nicht ganz so weh, weil sie schon einen Monat getrennt gelebt hatten. Und neben Jake zu sitzen machte es ohnehin leichter.

Sie entschuldigte sich und ging zur Gästetoilette im Flur. Das Licht schmeichelte ihr unglaublich. Vor dem Spiegel wischte sie sich einen Fleck Wimperntusche vom Unterlid, zog ihre Lippen nach und betrachtete sich mit neuen Augen. So also sah eine alleinerziehende Mutter aus? Hannah zog die Nase kraus und blickte ihr Spiegelbild fragend an. Sie fuhr sich mit der Hand durchs Haar, schüttelte es auf und wanderte dann zurück ins Esszimmer.

Als sie zurückkam, nahmen gerade alle ihre Getränke und begaben sich wieder ins Wohnzimmer.

»Ich wollte dir gerade deinen Wein mitbringen«, sagte Jake und stand auf. Als er ihr das Glas reichte, strichen seine Finger kurz über ihre Hand. Die Härchen auf ihrem Arm richteten sich auf.

»Wollen wir?« Er deutete mit dem Kopf auf die Tür zum Wohnzimmer.

»Na los, ihr beiden«, tadelte Helen sie. »Nebenan ist es viel gemütlicher.«

Um Jakes Mundwinkel zuckte ein Lächeln. »Wir kommen«, sagte er und warf Hannah einen Blick zu.

Im Wohnzimmer war nur noch ein Sofa frei. Es war eher klein und stand gegenüber dem Fenster, das auf den Garten seitlich am Haus hinausging. Hannah zögerte einen Moment.

»Keine Sorge.« Jake lachte. »Ich beiße nicht.«

Sie setzte sich, presste die Knie zusammen und machte sich möglichst klein.

»Ach, hallo«, sagte eine Stimme hinter ihnen, und Hannah wandte sich um. Ein Mann, der am Ende des Tisches Hof gehalten hatte, steuerte auf sie zu. Hannah lächelte höflich, aber er hatte offenbar nicht das geringste Interesse an ihr. Die nächste halbe Stunde verging damit, dass er seine Meinungen zum Fußball und zum Zustand der Premier League darlegte. Er machte sich auf der Sofalehne breit, und Hannah blieb nichts anderes übrig, als sich mit ihrem nahezu leeren Weinglas zu beschäftigen.

Dann zog er endlich wieder ab.

»Passiert so was oft?« In gespieltem Entsetzen riss sie die Augen auf, als Jake nickte und leise lachte.

»Dauernd. Als ob ich Einfluss darauf hätte, welche Spiele im Fernsehen übertragen werden oder wer wen unter Vertrag nimmt.«

»Hast du nie Lust gehabt, was im Fernsehen zu machen?«

»Überhaupt nicht. Dass ich gespielt habe, heißt noch lange nicht, dass ich als Experte auftreten will.«

»Du könntest jeden Samstag zu sehen sein, zusammen mit Gary Lineker und den ganzen Sportskanonen.«

Jake schüttelte den Kopf. »Niemals.«

»Und was machst du sonst noch so, außer dem Fußballtraining?« Helen erschien mit einer Flasche und schenkte ihnen nach. Sie warf Hannah einen wissenden Blick zu und verschwand wieder.

»Im Moment nicht viel. Ich hab – also, ich habe gerade etwas, das mich ziemlich in Anspruch nimmt. Familiengeschichten.« Er rieb sich das Kinn und runzelte die Stirn. »Aber ich überlege schon, was ich danach machen will.«

»Es muss schwer sein, den Beruf aufzugeben und nicht zu wissen, wie es weitergeht.«

Jake schüttelte den Kopf. »Eigentlich nicht. Schwer ist es, zwei Jobs zu haben, so wie meine Tante, als sie mich großgezogen hat.«

»Okay, das stimmt«, Hannah senkte verlegen den Kopf.

»Ach«, sagte er besorgt, »so hab ich das nicht gemeint – es klang verdammt selbstgerecht. Aber ... über Fußball und Fußballer wird so viel Mist verbreitet, und manchmal denke ich, wir werden alle behandelt, als wären wir was ganz Besonderes, dabei ist es doch in Wahrheit einfach ein Spiel, und wir haben großes Glück, weil wir das als Job machen dürfen. Verstehst du, was ich meine?«

»Ja.« Er war wirklich ganz anders, als Hannah erwartet hatte. Je länger sie mit ihm sprach, desto klarer wurde ihr, dass sie ihn und seine geradlinige Lebenseinstellung wirklich mochte. Und er hatte einen unglaublich guten Einfluss auf Ben, umso mehr, als Ben jetzt wirklich versuchen wollte, das Fußballspielen zum Beruf zu machen.

»Aber erzähl mal von dir. Von Manchester hier ins Dorf zu ziehen muss ein ganz schöner Schock gewesen sein.«

Du hast keine Ahnung, dachte Hannah, sagte aber: »Ja, ein bisschen schon.«

»Aber Ben scheint sich recht gut einzuleben, oder sehe ich das falsch?«

»Er ist wahnsinnig gern hier.« Hannah war erleichtert, dass sie zu einem ungefährlicheren Thema wechseln konnte. Sie lehnte sich in die weichen Sofakissen zurück und streckte die Beine aus. Im Gespräch über ihr Dasein als Mutter fühlte sie sich sicherer.

»Du musst noch ganz schön jung gewesen sein, als du Ben bekommen hast, oder? Du bist ja viel jünger als die meisten anderen Eltern von den Jungs in der Mannschaft.« Jake betrachtete sie nachdenklich. Er hatte sein Weinglas aufs Knie gestellt, und Hannah bemühte sich, nicht auf seine langen Beine zu starren.

»Ich war neunzehn.« Dieses Thema hasste sie, denn sie befürchtete immer, dass im Laufe des Gesprächs eine Extraportion Kritik auf sie zukommen würde.

»Wow. Und du hast das alles allein gewuppt?«

»Ähm«, Hannah spürte, wie etwas in ihrem Bauch außer Rand und Band geriet. »Nein, ich bin – ich war, ich meine, ich – also ...«

»Du bist geschieden?« Jake beendete den Satz für sie, hob sein Glas und drehte es am Stiel. Dabei sah er sie eindringlich an.

»So ungefähr. Wir haben uns vor kurzem getrennt.«

»Anscheinend steckt Ben das ganz gut weg. Er wirkt sehr vernünftig auf mich.«

»Oje.« Hannah schüttelte lachend den Kopf. »Als wir noch in Manchester waren, war er ziemlich durch den Wind. Er hatte Ärger mit der Polizei, er wurde vom Unterricht suspendiert, die ganze Palette.«

»Merkwürdig, wie ein Umzug manchmal alles verändern kann, findest du nicht?«

»Doch, wirklich merkwürdig.« Hannah blickte aus dem Fenster. In der Dunkelheit konnte sie die Lichter des Nachbardorfes erkennen, das oberhalb von Little Maudley auf einem Hügel lag. Diese Gegend hier bildete so einen Kontrast zu Manchester mit seinem Lärm und seiner Hektik. »Als er klein war, sind wir ziemlich oft umgezogen, aber er hat sich nirgends so gut eingewöhnt wie jetzt hier.«

»Seltsam, wie das Leben so spielt. Als Jugendlicher hätte ich nicht gedacht, dass ich mal in so einem schicken Dörfchen wie Little Maudley leben würde. Hättest du dir das vorstellen können?«

»Niemals. Ich finde die Leute hier … immer noch ein bisschen …« Hannah suchte nach dem richtigen Wort.

»Arrogant?« Jake blickte fragend zu Helen und den anderen hinüber, die sich um einen Couchtisch versammelt hatten, etwas auf einem iPad ansahen und glucksend lachten.

»Keine Ahnung.« Hannah zog nachdenklich die Nase kraus. »Eigentlich sind sie alle sehr nett, oder?«

»Ja, ja, klar. Aber – man kann sich nicht vorstellen, dass sie zu Hause im Norden leben würden, oder?«

Hannah gefiel es, dass Jake Manchester als ihrer beider *Zuhause* bezeichnete.

Später, nachdem Helen Kaffee angeboten hatte, der aber meistens zugunsten von einem letzten Glas Wein abgelehnt worden war, versammelten die Gäste sich in der weitläufigen Eingangsdiele, um sich zu verabschieden.

»Hatten Sie einen schönen Abend?«, fragte Helen leise, während Hannah ihren Mantel anzog.

»Sehr schön, vielen Dank.«

»Wunderbar.« Helen drückte ihr den Arm. »Das höre ich gern.« Sie nickte zu Jake hinüber. Er stand auf der anderen Seite der Diele und tippte etwas in sein Handy. »Was Ablenkung angeht, gibt es wohl kaum einen Besseren, das müssen Sie zugeben.«

»Helen!« Hannah kicherte. Sie hatte wirklich mehr als genug getrunken. Morgen früh würde sie das bereuen.

»Ich sag's ja nur«, Helen grinste über das ganze Gesicht. »Ich meine, es ist schwer, total verzweifelt zu sein, wenn ein so gutaussehender junger Mann einem seine ungeteilte Aufmerksamkeit schenkt.«

»Ja …« Hannah spürte, wie sie rot wurde.

»Oje«, Helen senkte die Stimme zu einem Flüstern. »Das war doch so, ich hab's genau gesehen. Ich glaube, Sie haben einen Verehrer.«

Hannah schüttelte den Kopf. »Ich glaube, Sie sollten vielleicht mal Ihre Augen untersuchen lassen.«

»Sie werden schon sehen.« Helen tippte sich an die Nase. »Ich habe ein gutes Auge für solche Dinge.«

»Ich bringe Sie gern nach Hause.« David hatte sich den ganzen Abend an Softdrinks gehalten und zog jetzt den Schlüssel zu seinem Land Rover aus der Tasche.

»Nein, alles gut, ich gehe zu Fuß. Es ist ja nicht weit, und die frische Luft wird mir guttun.«

»Ist aber etwas kühl da draußen.«

»Ach, David, du bist ein Schatz.« Helen schob die Hand durch den Arm ihres Mannes und sah ihn zärtlich an. »Ehrlich, Hannah, es macht überhaupt keine Mühe. Es sei denn, Jake möchte sie vielleicht nach Hause bringen? Nein, verflixt, er hat ja auch getrunken«, fügte Helen spitzbübisch hinzu.

»Brauchen Sie vielleicht einen Lift nach Hause?«, wandte David sich jetzt an Jake.

Der schüttelte den Kopf. »Keine Sorge, ich werde abgeholt.«

»Er hat vermutlich einen Chauffeur«, sagte Helen leise zu Hannah.

»Das kann ich mir nicht vorstellen.« Hannah schüttelte den Kopf. Jake schien ihr der Letzte zu sein, der mit seinem Reichtum prahlen würde.

Sie gab Helen ein Abschiedsküsschen und winkte den anderen Gästen zu. Obwohl sie den ganzen Abend lang neben Jake gesessen und sich mit ihm unterhalten hatte, war sie seltsam schüchtern, als sie sich jetzt verabschieden wollte.

»Ich muss los«, sagte sie verlegen. »Ich grüße Ben von dir.«

Wieso war ihr das jetzt rausgerutscht? Sie hatte wirklich ein Talent dafür, sich zu blamieren. Sie presste die Lippen zusammen, damit ihr nicht noch mehr dämliche Bemerkungen entschlüpfen konnten.

»Pass auf dich auf.« Jake blickte hoch. »Und bis bald?« Er steckte sein Handy wieder ein.

»Mach ich.« Hannah nickte. »Und ja. Sag Bescheid, falls du Hilfe bei der Fahrerei brauchst, wenn ihr nächste Woche das Auswärtsspiel habt.«

»Ja, super. Das würde sehr helfen.«

Hannah trat in Helens Garten hinaus. Der Himmel war samtschwarz und mit Sternen übersät, und ihr Herz war nach dem Abend in Jakes Gesellschaft etwas leichter.

Da hörte sie einen Wagen die Auffahrt heraufbrummen. Einen Moment lang blendeten die Scheinwerfer, doch dann erkannte sie, dass es das schicke schwarze Auto war, das Jake neulich gefahren hatte – und am Steuer saß die dunkelhaarige Frau, die seine Beifahrerin gewesen war.

Hannah stieß einen tiefen Seufzer aus. Natürlich holte wer immer sie war ihn ab – es war lächerlich, dass sie gar nicht mehr an die Frau gedacht hatte. Anstandshalber warf Hannah ihr ein kurzes Lächeln zu, und dann trottete sie zu ihrem Häuschen zurück.

Neunzehntes Kapitel

Hannah erwachte mit einem gewaltigen Brummschädel, was wohl an der Kombination aus Rotwein, Weißwein, Gin und Sekt liegen musste, verbunden mit dem Gefühl, dass etwas Schreckliches passiert war. Aber sie konnte sich nicht richtig erinnern, was es gewesen war …

Sie richtete sich behutsam auf, atmete ganz langsam und vorsichtig aus und griff nach ihrem Handy. Er hatte eine Nachricht geschickt.

Will nur hören, wie es dir geht. Können wir nachher sprechen?

Sie drückte spontan auf Anrufen, legte aber sofort wieder auf. Er konnte warten. Erst einmal musste sie ihre Gedanken ordnen.

Noch während sie das Smartphone in der Hand hielt, kam die nächste Nachricht.

Bin eingeladen, den Tag über hier zu bleiben und heute Abend noch mit zu essen – hab ich angenommen.

Alles klar, antwortete sie Ben. Das gab ihr einen Aufschub.

Als sie die Küche aufgeräumt und ihre üblichen Pflichten erfüllt hatte, ließ sie sich aufs Sofa fallen und rief Katie an. Kater Pinky sprang ihr auf die Beine, drehte sich ein paar Mal im Kreis und rollte sich dann schnurrend zusammen. Hannah streichelte ihn zerstreut. Er war das Schönste an ihrem Umzug in das kleine Häuschen. Sie hatte sich immer eine Katze gewünscht, aber Phil war dagegen gewesen. Tausche Mann gegen Kater, dachte Hannah.

»Hallo, meine Süße. Was gibt's?«

»Phil kommt nicht.«

»Ich dachte, er wollte gestern schon kommen?«

Es lärmte und klapperte in der Leitung, und Hannah hörte, wie Katie Kaffee bestellte. Das gab ihr einen Stich, und sie sehnte sich zu ihren alten Freundinnen in Manchester zurück, wo sie im Café bei Kaffee und Kuchen die Welt gerettet hatten. Katie hatte in solchen Fällen in ihrem Kalender einen Termin geblockt und vorgegeben, eine wichtige Besprechung zu haben.

»Nein, ›er kommt nicht‹ soll heißen: Er kommt nicht nach Little Maudley. Gar nicht. Soll heißen: Mit uns ist es aus. Aus und vorbei.«

»Moment – wie bitte? Verdammt noch mal. Wie geht es dir? Soll ich kommen?«

Hannah rieb sich nachdenklich die Nase. »Ich fände es natürlich toll, wenn du kommen würdest – das versteht sich von selbst. Aber ich glaube, mir geht's …«

»Ganz okay?«

»Ja.« Hannah schloss die Augen und prüfte ihre Gefühle. »Es sei denn, ich verdränge irgendwas.«

»Hat es vielleicht damit zu tun, dass dieser Mistkerl zu nichts zu gebrauchen war und du im Grunde schon seit Jahren ganz auf dich gestellt bist?«

Hannah schwieg und wartete ab. Sie war sich ziemlich sicher, dass Katie noch mehr zu sagen hatte. Zerstreut zupfte sie ein paar Flusen vom Kissen, knüllte sie zu einem Ball zusammen und warf ihn auf den Teppich.

»Ach Gott«, sagte Katie schließlich. Hannah sah ihr Gesicht genau vor sich. »Das war wirklich nicht angebracht. Ich bin eine blöde Ziege, und das hilft dir gar nicht, oder? Kann ich irgendwas tun?«

Typisch Katie – sie wollte sofort einen Schlachtplan entwerfen.

»Nein. Deine Bemerkung war absolut angebracht. Das ist ja das Sonderbare. Ich bin heute Morgen aufgewacht und fühlte mich ganz merkwürdig. Zum Teil lag das sicher an meinem schlimmen Kater, aber davon erzähle ich dir später. Vor allem aber wurde mir bewusst, dass ich eigentlich gar nichts empfinde.«

»Wahrscheinlich ist das der Schock.«

»Das bezweifle ich. Ich habe Phil viele Jahre lang immer entschuldigt und versucht, das Richtige zu tun und weiter mit ihm zusammenzubleiben, und jetzt ist mir zumute, als hätte ich einen Urlaubsschein bekommen.«

»Also, das ist – erstaunlich. Radikal. Gut. Etwas komisch?«

»Wahrscheinlich alles zusammen.«

»Was hast du heute vor?«

»Ich will mal hören, ob Nicola Lust hat, sich mit mir den Gemeinschaftsbuchladen in Moreton-in-Marsh anzusehen. Ich denke, dass wir uns da vielleicht ein paar Tipps holen können.«

»Na gut.«

»Was ist denn?«

»Ähm«, Katie schwieg wieder. »Nichts.«

»Hör mal«, sagte Hannah, die ihre Gedanken erriet. »Ich erwarte natürlich nicht, dass ich ganz ohne Blessuren so davonkomme, aber unbewusst habe ich anscheinend damit gerechnet, dass es irgendwann passieren würde.«

»Ja. Aber ich hatte gehofft, dass du *ihn* verlassen würdest«, gestand Katie düster.

»So was ist doch kein Wettbewerb.«

»Nein, ich weiß.«

»Ach, Katie. Wenn dir das hilft, reiche ich die Scheidung ein, bevor er das tut. Geht's dir damit besser?«

»Viel besser.«

»Gut, ich ziehe mich jetzt mal lieber an. Ich gehe davon aus, dass Nicola nichts vorhat. Sie hat selbst gerade eine schwierige Zeit. Vielleicht kommen wir auf andere Gedanken, wenn wir heute einen Ausflug machen.«

»Okay. Halte mich auf dem Laufenden.«

»Mache ich. Hab dich lieb – wir sprechen später weiter.«

Hannah wollte auflegen, hörte dann aber, dass ihre Freundin noch sprach.

»Was hast du gesagt?«

»Ich hab gesagt: Pass auf dich auf. Ich weiß, du glaubst, dass du dich von dieser Geschichte nicht unterkriegen lässt, aber es kann trotzdem sein, dass du dich demnächst irgendwann ziemlich beschissen fühlst. Dann bin ich da, wollte ich nur sagen.«

Mit einem Lächeln legte Hannah auf.

Sie zog sich an, überquerte die Dorfwiese und ging die Dorfstraße hinauf. Das Wetter schlug jetzt tatsächlich um. Die Bäume prangten in orangen und roten Farbtönen, und die Gärten waren alle ordentlich für den Winter aufgeräumt. In den Töpfen vor den Haustüren ersetzte jetzt grünes Blattwerk die bunten Blumen. Es war, als wäre jemand mit einem Zauberstab durch die Straßen spaziert und hätte das sommerliche Little Maudley in ein herbstliches Dorf verwandelt. Hannah bog links ab und ging das schmale, von rotbraunen Buchenhecken gesäumte Sträßchen entlang, das zu Nicolas Haus führte. Noch bevor sie die Hand heben konnte, um zu klingeln, sprang Nicolas schwarzer Cockerpoo von seinem Ausguck auf der Wohnzimmerfensterbank herunter und erschien wild kläffend hinter der Glasscheibe neben der Haustür.

»Sofort!«, rief eine Stimme. »Belle, könntest du bitte mal kurz still sein.«

»Ich hab gedacht, du hast heute vielleicht noch nichts vor«, sagte Hannah, als Nicola erschien. Sie hatte das Haar hinten zusammengebunden und trug eine rote Schürze mit weißen Punkten.

»Na ja, ich hatte mir vorgenommen, zum achtzehnten Mal in dieser Woche die Küche zu putzen.« Während sie sprach, band Nicola ihre Schürze ab. »Aber wenn du was Besseres im Angebot hast, bin ich sofort dabei.«

»Hast du Lust, heute mit mir nach Moreton-in-Marsh zu fahren?«

»Ja! Unbedingt!«

»Super.«

In Nicolas kleinem Auto sausten sie die Landstraßen entlang und hörten dabei Radio One.

»Kommt mir vor, als würden wir die Schule schwänzen.« Hannah lachte.

»Was müsstest du denn jetzt gerade tun?«

»Nicht viel.« Hannah dachte an die Kartons, die Phil mitgebracht hatte und die noch ausgepackt werden mussten.

Sie enthielten ihre gesamten Bücher – oder jedenfalls ihre Lieblingsbücher. Ihr war ein bisschen flau, denn ihr wurde bewusst, dass alles, was Phil und ihr gehörte, irgendwann aufgeteilt werden musste. Solche Überlegungen machten das Ganze sehr real. Doch Hannah beschloss, heute nicht mehr daran zu denken. Das konnte doch nicht so schwierig sein, oder?

Moreton-in-Marsh war ein zauberhaftes kleines Städtchen. Es wimmelte nur so von Geschäften aller Art, in denen man sich stundenlang aufhalten konnte. Hannah und Nicola bummelten durch die Straßen, betrachteten teure Küchenutensilien und wunderschöne handbemalte Stoffe und beobachteten, wie ein Bus eine ganze Ladung Touristen mit Kameras um den Hals ausspuckte.

»Komm, wir gehen was essen, bevor die sich auf die Lokale stürzen, wollen wir?«

Sie blieben vor einem urigen kleinen Restaurant mit karierten Tischdecken und hübschen, ganz verschiedenen Tischen und Stühlen stehen. Nicola deutete auf die Speisekarte.

»Das sieht doch toll aus.«

»Na, dann los. Wir können uns die Buchhandlung auch ansehen, wenn wir uns den Bauch mit Kuchen vollgeschlagen haben.«

»Genau.«

Sie setzten sich an einen Tisch. Eine Gruppe von fünfzehn Touristen war ihnen gefolgt und versuchte nun lärmend, Tische und Stühle so umzustellen, dass alle zusammensitzen konnten.

»Möchten Sie die Karte haben?« Die Kellnerin sah ziemlich genervt aus. Sie brachte den beiden Frauen eine Karte und meinte, sie würde gleich wiederkommen und die Bestellung aufnehmen.

»Und warum wolltest du hierherkommen und dir diesen gemeinschaftlich geführten Buchladen ansehen?« Nicola fuhr mit dem Finger die Speisekarte hinunter. »Oh, Käsetoast mit Salat.«

»Ich nehme Panini mit Brie und roten Zwiebeln.« Hannah brauchte jetzt unbedingt etwas zu trinken. »Und ein paar Liter Flüssigkeit.« Nicola checkte gerade ihr Handy und scrollte durch ihre E-Mails.

»Oje«, Nicola hob den Kopf und nickte verständnisvoll. »Bist du nach gestern Abend noch etwas angeschlagen?«

»Ja, ein bisschen.« Hannah schüttelte sich leicht. »Ich hab von allem, was es gab, mindestens ein Glas getrunken.«

»Und was sagt dein Mann zu Helen und den anderen Gästen?«

»Hm.« Hannah blickte auf das karierte Tischtuch hinunter. »Er ist nicht mitgekommen.«

»Ach, schade.« Nicolas liebes, offenes Gesicht war ein Bild der Besorgnis. »Fehlt ihm etwas? Ihm ist doch nichts passiert?«

»Nein, Phil geht's gut«, begann Hannah. Die Kellnerin kam mit Notizblock und Stift zurück und nahm ihre Bestellungen auf. »Doch, ihm geht's gut. Aber wir haben uns ... also, wir haben uns gestern sozusagen getrennt. Oder nicht sozusagen. Wir haben uns getrennt.«

»Ach du je.« Nicola legte ihre Hand auf Hannahs Hand. »Und wie geht's dir?

»Geht so.«

Nicola drückte ihre Hand fester, und Hannah sah, dass die Augen ihrer neuen Freundin in Tränen schwammen.

»Nicola, ist alles in Ordnung?«

»Doch, doch.« Nicola schüttelte den Kopf, tupfte sich die Augen mit einer Papierserviette ab und lachte über sich selbst. »Ich bin einfach – keine Ahnung, bestimmt sind das diese vielen pflanzlichen Heilmittel, die mir helfen sollen, schwanger zu werden. Seit ich die nehme, habe ich das Gefühl, dass ich ständig unter PMS leide. Wenn ich im Fernsehen diese Filmchen über Straßenhunde oder über Löwen sehe, denen man mit nur fünf Pfund im Monat helfen kann, kann ich gar nicht mehr aufhören zu weinen.«

Hannah kicherte. »Entschuldige bitte, das ist nicht zum Lachen.«

»Ich weiß, aber es ist bescheuert. Genug von mir. Wie fühlst du dich? Möchtest du darüber reden, oder ist es dir lieber, wenn wir das Thema wechseln?« Nicola rückte ein bisschen, um einem tätowierten Jungen mit einem Geschirrtuch über der Schulter, der nach Schüler oder Student aussah, Platz zu machen, damit er Besteck und Getränke abstellen konnte.

»Das Essen kommt auch gleich«, sagte der Jugendliche, als er sich abwandte, um die Bestellungen vom Nebentisch aufzunehmen. Es war trotz der Jahreszeit überraschend voll, aber seit Hannah im Laden arbeitete, wusste sie, dass der Touristenstrom in den Cotswolds das ganze Jahr über nicht abriss.

»Diese Ohrdinger sind so komisch«, sagte Nicola leise.

»Kannst du dir vorstellen, was passiert, wenn er sie rausnimmt?«

»Sind mir gar nicht aufgefallen.« Hannah trank ein Schlückchen von dem köstlich kühlen Cider aus der Region.

»Er hat diese großen Ringe in den Ohrläppchen, die sie ganz stark dehnen. Ich stelle mir immer vor, dass man sie nachts rausnimmt und dann ganz schlabbrige Ohrläppchen mit riesigen Löchern drin hat.« Es schauderte sie.

Hannah schüttelte den Kopf. »Ich hab es mir zur Regel gemacht, mich über solche Sachen nicht aufzuregen, denn sobald ich das tue, probiert Ben es mit hoher Wahrscheinlichkeit aus. Oder er lässt sich eine Spinne ins Gesicht tätowieren oder so was.«

»Ben?« Nicola schüttelte den Kopf. »Das würde er nicht machen.«

»Man kann nie wissen.« Hannah kreuzte gedankenlos die Finger. »Aber ich hoffe nicht. Mit dem Fußball ist es ihm jetzt richtig ernst, und das Gute daran ist, dass auch die Gehirnzellen, die er früher zum Blödsinnmachen benutzt hat, jetzt ganz vom Fußball beansprucht werden. Er hat nicht mal mehr Ärger in der Schule.« Nach einer Pause sprach Hannah weiter. »Jedenfalls – ich glaube, mir geht's gut. Ich weiß, das klingt vielleicht seltsam, aber als ich heute Morgen aufgewacht bin, wurde mir klar, dass das schon eine ganze Weile in der Luft lag. Kennst du die Situation, wenn man weiß, dass eigentlich etwas gesagt werden muss, aber niemand macht den Mund auf?«

Nicola nickte. »Ja, ich weiß genau, was du meinst.«

»Also, ich glaube, bei uns war das schon lange so. Ich meine, wenn ich heute Abend eine Flasche Rotwein getrunken und *Wie ein einziger Tag* geguckt habe, sehe ich das vielleicht anders und heule mir die Augen aus, weil ich bis in alle Ewigkeit allein bleiben werde, ist ja klar.«

»Okay.« Nicola lachte wieder. »Also, dann lass uns über was anderes reden. Über praktische Dinge. Du brauchst was, um dich abzulenken, und ich auch. Ich schwöre, wenn ich auch nur noch einen Tag darüber nachgrüble, wo ich gerade in meinem Zyklus bin, drehe ich durch.«

»Schön. Dann lass uns über die Buchhandlung nachdenken. Ich hab hier ein Heft ...« Hannah griff in ihre Tasche und holte das Heft und einen Stift heraus. »Lass uns Pläne schmieden.«

»Und nach dem Essen sehen wir uns die Konkurrenz an.«

»Genau.«

Schließlich saßen sie anderthalb Stunden in dem Café und unterhielten sich. Inzwischen war der Touristenschwarm längst verschwunden, und alle Tische standen wieder in ihrer ursprünglichen Ordnung. Nachdem die beiden Frauen sich zum Nachtisch noch köstlichen Kuchen und Cappuccino gegönnt hatten, waren sie pappsatt. Sie legten Trinkgeld auf den Tisch und gingen dann die Hauptstraße hinunter zur Buchhandlung.

Draußen vor dem Haus blieben sie stehen, um das Schaufenster zu bewundern. Diese Buchhandlung wurde ebenfalls gemeinschaftlich geführt und legte den Schwerpunkt auf gebrauchte Bücher.

»Aber guck mal, sie haben auch tolle Schreibwaren und Papierkram und so.«

»Ja, wir könnten auch Schreibwaren verkaufen.«

»Wenn wir das tun, gehe ich bankrott, weil ich alles selbst kaufe.« Hannah lachte. »Schreibwaren sind mein einziges Laster. Ach so, und Wein. Und Schokolade.«

»Und Chips?«

»Mmm.« Hannah schob die Ladentür auf. »Chips auch. Direkt neben dem Laden zu wohnen ist Fluch und Segen zugleich.«

Innen war die Buchhandlung so eingerichtet, dass jeder Zentimeter Platz sinnvoll genutzt wurde. An der Wand hinter dem Tresen hing ein Hinweis auf das monatliche Treffen des Buchklubs und auf die Vorlesestunden für Kinder jeden Dienstag.

»So etwas würde ich auch gern machen«, seufzte Nicola. »Das habe ich ja schon gesagt.«

»Da spricht nichts dagegen. Und Flo fände es bestimmt schön, wenn du die Veranstaltung im Café anbieten würdest. An drei Tagen in der Woche öffnet sie erst um elf, du könntest also vorher die Kinderstunde machen und anschließend noch aufräumen. Und neulich habe ich mit Bunty über einen Buchklub oder einen Lesekreis im Dorf gesprochen. Ich glaube, so etwas würde richtig gut ankommen.«

»Das glaube ich auch.«

Hannah strich mit der Hand über die Buchrücken im Klassikerregal. Hier war man offenbar der Ansicht, dass die Bewohner von Moreton-in-Marsh die Wälzer von Dickens und Wilkie Collins gern lesen würden. Hannah bezweifelte jedoch nach wie vor, dass das auch für die Leute in Little Maudley galt. Allerdings war diese Buchhandlung natürlich auch deutlich größer, während die Buchhandlung im Alten Postamt, wie Hannah sie inzwischen bei sich nannte, eher klein, aber fein war und der Platz in den Regalen dort entsprechend knapp und kostbar.

»Als wir noch in Suffolk gewohnt haben, bin ich da in einem Buchklub gewesen. Na ja, ich sage Buchklub, aber es war eher ein Weinklub«, gestand Nicola.

»Ja, als wir in Schottland gelebt haben, war ich in einem Lesekreis. Das war so ähnlich. Irgendwann hatte dann niemand mehr das Buch gelesen, und wir haben uns einfach so getroffen und gequatscht. Aber ich fände es wirklich schön, in einer Gruppe intensiv über Bücher zu sprechen.«

»Ich auch.«

Hannah blickte hoch und betrachtete noch einmal den in Schönschrift verfassten Hinweis, der über das monatliche Treffen des Buchklubs informierte.

»Teile deine Liebe zu Büchern mit Gleichgesinnten«, las sie vor.

»Haben Sie Interesse daran, zu uns zu stoßen?« Hinter einem Regal tauchte ein Mann auf. Er war der Inbegriff eines Buchhändlers: weißes Haar, ein altes Tweedjackett mit Lederflicken auf den Ellbogen und ein Wollpullover über einem braun und weiß karierten Hemd.

»Wir treffen uns einmal im Monat. Es macht sehr viel Freude.«

»Wir kommen aus Little Maudley«, sagte Nicola selbstsicher. »Wir suchen einfach Ideen für unsere eigene Buchhandlung. Sie existiert noch nicht lange.«

»Ein Buchklub oder ein Literaturkreis ist die ideale Lösung«, sagte der Mann ernst. »Alle Teilnehmer nehmen sich vor, ein Buch zu lesen, sodass wir ein Ziel haben. Dann setzen wir uns zusammen und sprechen darüber, was uns gefallen hat und was nicht, und wir diskutieren über den literarischen Gehalt. Das ist intellektuell sehr stimulierend.«

Nicola warf Hannah verstohlen einen Blick zu. Der Mann war charmant und ziemlich anstrengend, aber irgendwie goldig.

»Das klingt sehr – anspruchsvoll.«

»Ist es auch. Eine rigorose Methode.«

Kurz darauf hatten die beiden Frauen den Laden wieder verlassen und sahen sich lachend an.

»Eine rigorose Methode.« Hannah hob eine Augenbraue.

»Intellektuell sehr stimulierend.«

»Ich weiß nicht, ob ich so was suche«, gestand Hannah. »Ich denke einfach, es könnte schön sein, über Bücher zu reden, und zwar nicht bloß mit meinem Teenager zu Hause – denn im Moment arbeite ich entweder im Laden, oder ich versuche, ihm mehr als einzelne Silben zu entlocken.«

Auf dem Rückweg blieben sie an einem altmodischen Wagen stehen, der Kaffee, Kuchen und Eis verkaufte.

»Wollen wir?« Hannah betrachtete den Regenbogen der angebotenen Geschmacksrichtungen.

»Ja. Unbedingt.«

Sie bestellten und spazierten dann mit ihren Eiswaffeln zum Parkplatz zurück.

»Ich hab mal ein tolles Buch gelesen. Es heißt *Deine Juliet* und spielt auf Guernsey, nach dem Krieg oder so, und es handelt von den ›Freunden von Dichtung und Kartoffelschalenauflauf‹. Kennst du das zufällig?« Nicola verfolgte mit der Zunge ein Rinnsal aus schmelzendem Erdbeereis, das an der Waffel hinunter zu entkommen suchte. »Lecker, oder? Auch wenn nicht mehr das richtige Wetter zum Eisessen ist.«

Hannah schüttelte den Kopf. »Ich habe es selbst nicht gelesen, aber meine Freundin Katie war ganz begeistert davon. Und es ist auch verfilmt worden, oder?«

»Ja. Ich hab den Film nicht gesehen, aber er soll nicht so gut sein wie das Buch. Das ist ja meistens so bei Verfilmungen. Jedenfalls sind diese ›Freunde von Dichtung und Kartoffelschalenauflauf‹ eine Art literarische Gesellschaft, aber sie lesen nicht alle das Gleiche; sie kommen einfach einmal im Monat zusammen und sprechen darüber, welche Bücher sie gelesen haben und warum sie ihnen gefallen haben. Oder so ähnlich. Ist schon ewig her, dass ich es gelesen habe.«

»Das hört sich gut an«, überlegte Hannah. Wenn sie diese Idee übernahmen, würde der Druck nicht so groß sein, weil nicht alle das gleiche Buch lesen müssten. In der Vergangenheit war das immer ein Problem gewesen, wenn sie zu solchen Abenden gegangen war. »Vielleicht sollten wir das so ähnlich machen.«

Nicola stimmte ihr zu. Sich in einer Gruppe von Büchernarren auszutauschen war für Hannah der Himmel auf Erden. Jedenfalls fand sie es deutlich angenehmer, sich mit dieser Vorstellung zu befassen, als den Gedanken weiter zu verfolgen, der sie im Hinterkopf quälte, nämlich dass sie Ben von der Trennung berichten musste. Sie vermutete zwar, dass er nicht allzu überrascht sein würde, aber – na gut, sobald sie nach Hause kam, würde sie das in Angriff nehmen müssen.

Zwanzigstes Kapitel

In den vergangenen Wochen hatte Jake sich immer wieder darüber gefreut, dass Sarah nach und nach festen Boden unter den Füßen bekam. Sie hatte sein Angebot, einen Ausflug nach Oxford zu unternehmen, angenommen und einen ganzen Tag damit verbracht, durch Geschäfte zu bummeln, Kaffee zu trinken und – nachdem sie damit anfänglich sehr zurückhaltend gewesen war – Geld auszugeben, das er ihr geschenkt hatte. Bei ihrer Ankunft hatte Sarah gar nichts besessen, und er hatte ein Bankkonto auf ihren Namen eröffnet, eine große Geldsumme darauf überwiesen und ihr gesagt, das sei das Mindeste, was er tun könne. Sie hatte die schlechtsitzenden Sachen, die Jake in Bletchingham für sie besorgt hatte, durch Kleidungstücke ihrer Wahl ersetzt. Auch diese waren schlicht und einfach und sollten ihr offenbar helfen, nicht aufzufallen, sondern sich anzupassen. Aber allmählich blühte sie auf, und das machte Jake Freude.

Er hatte Sarah vorgeschlagen, ihn zum Fußballtraining zu begleiten und ihm zu helfen, doch selbst das war ihr anscheinend zu exponiert. Aber sie war zufrieden, wenn sie mit den Hunden über die Wiesen und durch den Wald streifen, sich ausruhen und Netflix gucken oder üppige Drei-Gänge-Menüs für sie beide kochen konnte. Jake tätschelte sich den Bauch – seit Sarah bei ihm wohnte, hatte er eindeutig zugelegt. Aber vielleicht war das gar nicht so schlecht. Auch Sarah war etwas rundlicher geworden und wirkte nicht mehr so gehetzt und hohlwangig.

Er sah auf die Uhr. Er hatte mitten in der Woche ein Sondertraining für die Jungs angesetzt, weil am Wochenende ein wichtiges Spiel gegen die Mannschaft der Ridgeway Grammar School stattfinden sollte. Wenn er sich nicht beeilte, würden sie alle vor ihm in Bletchingham sein.

»Bis nachher, okay?«, rief er Sarah zu, die in der Küche Gemüsesuppe kochte.

»Ja, bis dann«, antwortete sie und trällerte dann weiter den Song im Radio mit.

Jake warf seine Wasserflasche auf den Beifahrersitz und stieg in den Wagen. Seit es neulich die ganze Woche geregnet hatte, konnten sie nicht mehr auf dem Rasenplatz trainieren, sondern benutzten den Allwetterplatz an der Schule in Bletchingham. Daher drehte er eine Runde durchs Dorf und sammelte die Jungen ein, die keine andere Möglichkeit hatten, in die Stadt zu kommen.

Sein erster Halt war das alte Postamt. Seit dem Dinner bei Helen hatte er Hannah nicht mehr gesehen, aber er hatte sich immer wieder gefragt, wie es ihr wohl ging. An dem Abend hatte sie eindeutig etwas auf dem Herzen gehabt.

Er parkte vor dem Laden und beschloss, hineinzugehen, obwohl er genau wusste, dass Ben sofort nach draußen kommen würde, wenn er im Auto auf ihn wartete. Aber Jake sagte sich, er müsse ohnehin für die Halbzeitpause etwas zu trinken kaufen, und er hoffte sehr, Hannah anzutreffen.

Er hatte Glück – sie stand gleich an der Tür, die Hände in die Hüften gestemmt, mit gerötetem Gesicht und einem breiten Lächeln. Sie sah frisch und sehr hübsch aus.

»Ach, hallo, perfektes Timing. Du kannst gleich unser fertiges Werk bewundern.«

Sie deutete auf die Nische für die kleine Buchhandlung. Auf die Wand über dem Durchgangsbogen waren die Worte »Buchhandlung im Alten Postamt« gesprayt worden und ringsherum Stapel von stilisierten Büchern, ein leuchtend rotes Abbild des Telefonhäuschens mit seiner Bücherei sowie das Datum und ein Graffitikürzel.

»Hat Ben gemacht. Gefällt es dir?«

»Total cool.«

Ben stand schweigend neben den Bücherregalen und sah sehr zufrieden mit sich aus.

»Fertig?«, fragte Jake ihn.

»Ja.«

»Dann geh schon mal und warte im Auto.« Er warf ihm den Autoschlüssel zu. »Bin sofort da, muss nur noch was zu trinken für euch besorgen.«

Ehrfürchtig betrachtete Ben den Schlüssel für den Range Rover.

»Der ist aber nur zum Aufschließen gedacht, nicht dazu, dass du über die Landstraßen heizt.«

Hannah lachte schallend. »Das würde er sich nicht trauen. Er hat diese Woche Ärger in der Schule, daher hat er schon eine Verwarnung weg, stimmt's, mein Engel?«

»Das war nicht meine Schuld.« Ben verließ den Laden.

»Was ist denn los?«, fragte Jake, als er die Getränke ausgesucht hatte und sie auf den Ladentisch stellte.

»Ach«, Hannah schüttelte den Kopf. »Keine Ahnung. Ich hab wirklich gedacht, wenn wir hier runterziehen, wäre Schluss mit dem ganzen Blödsinn, aber er hat mit ein paar anderen Jungen aus seiner Klasse die zweite Hälfte vom

Nachmittagsunterricht geschwänzt. Ich weiß nicht, ob ich darauf jetzt richtig reagieren kann, bei allem anderen, was gerade so läuft.«

Jake legte den Kopf schräg. »Bei allem anderen?«

»Ach, einfach –« Mit der Hand schon an der Kasse machte Hannah eine kleine Pause. »Du weißt schon. Was das Leben so bringt. Hier Ordnung schaffen. Manchmal ist es anstrengend, alles allein zu machen.«

»Ich kann mir vorstellen, dass das schwer ist.« Hannah tat ihm von Herzen leid. Wie gerne hätte er sie zu sich zum Essen eingeladen, um einmal ganz allein mit ihr zu sprechen – und zu sehen, wie sie sich einfach entspannte und den ganzen Stress von sich abfallen ließ.

»Jedenfalls«, ihr Gesicht hellte sich wieder auf, »wir haben die Buchhandlung fertig, und Bens Schwänzen war bestimmt bloß ein Ausrutscher.«

»Hoffentlich.« Jake packte seine Einkäufe in eine Tragetasche. »Soll ich mal mit ihm sprechen?«

»Würdest du das machen?«

»Klar.«

»Auf dich hört er nämlich. Das Problem ist, ich tue, was ich kann, aber ich bin quasi alleinerziehend, weil sein Vater nie da ist, und wenn ich was sage ... Also, ich hab das Gefühl, das geht bei Ben zum einen Ohr rein und zum anderen wieder raus.«

»Ja, ich verstehe.« Ben war kein schlechter Junge, aber jemand musste ihm mal einen Tritt in den Arsch geben, damit er den Blödsinn bleiben ließ.

»Da wäre ich dir wirklich dankbar.« Hannah blickte ihn mit ihren haselnussbraunen Augen an.

Am liebsten hätte Jake über den Ladentisch gegriffen, ihr Gesicht in die Hände genommen, die Falten auf ihrer Stirn geglättet und ihr gesagt, dass alles gut werden würde. Doch er schüttelte nur leicht den Kopf und trat zurück.

»Überlass es mir. Ich werde ihm einfach erklären, dass er keinen Scheiß bauen darf, wenn er im Fußball etwas werden will.«

»Danke, Jake.«

»Kein Problem.« Er nahm die Tragetasche an sich, doch als er sich zum Gehen wandte, fiel ihm das Plakat neben der Tür auf. »Was ist das?«

»Ach so.« Hannah wirkte verlegen. »Das ist meine geniale Idee. Oder vielleicht auch mein genialer Reinfall, das wird sich zeigen. Ich befürchte, dass kein Mensch kommt.«

»Ein Lesekreis? Natürlich kommen da Leute.« Nach kurzem Schweigen fragte Jake: »Darf ich auch teilnehmen?« Er wartete auf Hannahs erstaunte Reaktion.

»An einer Buchgruppe?«

»Ich kann lesen, ob du's glaubst oder nicht.«

Hannah errötete leicht. »Das hab ich nicht bezweifelt.«

»Aber du hast nicht damit gerechnet, dass ich gerne lese, stimmt's?«

»Hmm«, neckte sie ihn, »also, das ist nicht gerade – ich glaube, es gibt nicht viele Fußballer, die in ihrer Freizeit in der Jury für den Booker Prize sitzen.«

»Vielleicht bin ich der erste?«

»Könnte sein.«

»Das ist also ein Ja? Darf ich kommen oder senke ich dann das Niveau?«

Hannah lachte. »Quatsch. Du bist selbstverständlich auch eingeladen. Dann sind wir wenigstens schon zu zweit.«

»Das könnte ganz schön sein«, sagte er. Wieder sah Hannah ihm in die Augen, und ein kurzes, gespanntes Schweigen entstand. Jake spürte, wie heftig sein Herz klopfte. »Also«, sagte er dann, »jetzt hole ich mal die Jungs zum Training ab.«

»Viel Spaß«, sagte Hannah.

Er zog die Ladentür hinter sich zu und schloss einen Moment die Augen, bevor er zum Wagen ging. Er mochte Hannah, das war einfach nicht zu leugnen. Er mochte sie sehr.

Einundzwanzigstes Kapitel

Flo hatte die Stühle im Café nicht hochgestellt, und Hannah hatte ihr versichert, dass anschließend alle gemeinsam aufräumen würden, sodass sie am nächsten Morgen nichts zu tun brauche. Hannah hatte sich entschlossen, sozusagen als Einstand ein paar Flaschen Wein auszugeben, weil sie hoffte, dass er die Zungen lösen würde.

»Aber das ist dann doch kein richtiger Buchklub, oder?«

Ben stibitzte eine Handvoll von den Chips, die Hannah gerade in eine Schüssel geschüttet hatte. Sie gab ihm scherzhaft einen Klaps auf die Hand und warf ihm eine ungeöffnete Chipstüte zu. »Dieses Mal noch nicht, nein. Wir wollen über die Gründung eines Buchklubs sprechen.«

»Erwachsene sind komisch.« Ben öffnete geräuschvoll die Tüte. »Ah, da kommt Jake.«

Jake öffnete die Glastür zum Café und blieb einen Moment stehen. Hannah fand es immer noch witzig, dass sie Ben nur dann einmal schüchtern erlebte, wenn Jake in der Nähe war, dabei war Jake der lockerste, entspannteste Mensch, den man sich vorstellen konnte.

»Hey!« Er klatschte Ben ab.

»Alles klar?« Ben trat zurück und ließ ihn in das kleine Café hinein.

»Sieht urgemütlich aus.«

»Das ist für Mums Buchklub.«

Jake betrachtete die Weingläser. »Buchklub oder Weinklub?«, fragte er schmunzelnd.

»Bücher *und* Wein«, sagte Hannah, und fand ihn einmal mehr einfach umwerfend. Und er schien sich überhaupt nichts darauf einzubilden. Es musste schön sein, wenn man so groß und schlank war und sich so lässig gegen einen Cafétisch lehnen konnte, ohne sich der Wirkung, die man auf andere hatte, auch nur im Geringsten bewusst zu sein. Sie schüttelte sich innerlich. Verflixt noch mal. Das war ja, als wäre sie wieder fünfzehn und in den tollsten Jungen an der Schule verknallt – in den, der sie auch dann nicht bemerken würde, wenn sie bei einem dramatischen Unfall auf seinem Kopf landen würde.

»Welches Buch lest ihr denn?«

»Noch gar keins.« Hannah war etwas verlegen. Jake hatte zwar anfangs Interesse gezeigt, aber sie hatte nicht hinter ihm herlaufen und noch einmal nachfragen wollen, ob er tatsächlich mitmachen wollte, denn sie hatte angenommen, dass er viel zu sehr mit schicken Fußballerdingen beschäftigt war. Doch jetzt dachte sie, dass sie ihn vielleicht doch hätte informieren sollen und dass sie unhöflich gewesen war. Ach ja, erwachsen zu sein war manchmal kompliziert.

»Äh, gut. Okay. Ihr tut nicht mal so, als würdet ihr lesen, sondern wendet euch gleich dem Wein zu?« Jake nestelte an seinem Manschettenknopf herum und krempelte zerstreut den Ärmel auf. Den anderen ließ er unten, was Hannah sehr sympathisch fand.

»Wir sprechen über das Konzept dieses Lesekreises oder Buchklubs, wie er aussehen soll.«

»Ich lese gerade ein geniales Buch – ist eine Art Thriller, aber kommentiert auch die sozialen Verhältnisse. Es spielt in Manchester. Als ich bei meiner Tante aufgewachsen bin, habe ich mich in Bücher geflüchtet. Sie hatte immer ganz viele, denn sie hat in Wythenshawe einen Secondhand-Laden geleitet, dessen Erlös für soziale Zwecke gedacht war, und gespendete Bücher, die ihr gefielen, hat sie mit nach Hause gebracht.«

»Dass du so ein Bücherwurm bist, hätte ich nicht gedacht.«

»Das geht vielen so. Es gibt einfach dieses Vorurteil, dass wir Fußballspieler Kulturbanausen sind, stimmt doch, Ben, oder?«

»Was?« Ben hatte gerade auf sein Handy geguckt. Jetzt blickte er auf und brummte eine Antwort. Hannah hatte ihm inzwischen von der Trennung erzählt, und er hatte die Neuigkeit überraschend gut aufgenommen. Trotzdem rechnete sie immer noch mit einer nachträglichen Schockreaktion. Sie fürchtete sich davor, denn als alleinerziehende Mutter würde sie die Scherben aufsammeln müssen.

Jake musterte Hannah mit seinen blaugrünen Augen und zwinkerte ihr ganz leicht zu. »Ich hab keine Ahnung, wie die Leute darauf kommen. Kannst du dir das erklären?«

»Überhaupt nicht.«

»Und wann erwartest du die anderen?«

»So um acht.« Hannah sah auf die Uhr. »Vorausgesetzt, sie kommen alle.«

»Bestimmt.« Jake beugte sich vor und klaubte mit zwei Fingern ein langes Haar von ihrer Schulter.

Hannah nahm einen Hauch von seinem nach Wald und Zitrone duftenden Aftershave wahr, und sie atmete langsam aus. Sie wollte sich jetzt nicht wie ein total verknallter Teenie benehmen. Dabei war es schon so irre lange her, dass sie verknallt gewesen war – damals war sie wirklich noch ein Teenie gewesen. Und jetzt hatte sie sich zufällig den wohl unerreichbarsten Mann im ganzen Dorf, wenn nicht sogar im ganzen Land ausgesucht.

»Ich muss bloß noch zehn Stühle in einen Kreis stellen und die Tische wegschieben und –« Es wäre hilfreich, dachte Hannah, wenn sie es schaffen könnte, wenigstens ein kleines bisschen gelassen zu bleiben. Sie machte einen Schritt rückwärts, und dabei verhakte sich ihr Schuh im Saum ihres langen, fließenden Kleides, sodass sie stolperte und gegen einen Tisch stieß.

»Oh, Shit«, sagte Jake und fing in einer blitzschnellen Reaktion eine bereits geöffnete Flasche Rotwein auf, die sich im Zeitlupentempo erst auf dem Rand ihres Bodens drehte und dann abstürzte. Für die übrigen hatte er jedoch nicht mehr genügend freie Hände, sodass drei Flaschen mit dunklem, schwerem Rotwein auf dem Steinboden zu einer Sauerei aus grünen Glasscherben und Flüssigkeit zerschellten.

»Oh, Shit«, echote Hannah.

»Nicht fluchen, Mutter«, mahnte Ben sanft und musste dann lachen.

»Hol eine Packung Küchenrollen aus dem Laden«, wies Jake ihn an, »wir kümmern uns darum.«

»Das war's dann mit der halben Stunde, in der ich mir die Haare bürsten und mich schminken wollte und so«, stöhnte Hannah. Sie ging in die Hocke, um zusammen mit Jake, der schon auf dem Boden kauerte, die größeren Scherben aufzusammeln. Er sah sie an.

»Alles gut. Wir kriegen das ganz schnell wieder hin. Du gehst jetzt und machst dich fertig, und ich bringe das hier in Ordnung.«

»Das kann ich nicht von dir verlangen«, sagte Hannah. Sie hockte immer noch ziemlich unvorteilhaft auf dem Boden, mit Glasstücken in den Händen.

»Du verlangst ja nichts.« Jake nahm ihr die Scherben ab. »Ich biete es dir an.«

»Ehrlich?«

»Ja.«

Er legte die Überreste der Weinflaschen auf einen Cafétisch, stand vom Boden auf und streckte Hannah die Hand hin, um ihr hochzuhelfen. »Und vielleicht solltest du auch was anderes anziehen. Dein Kleid ist unten am Saum mit Wein getränkt.«

Hannah klopfte das Herz bis zum Hals – sie sagte sich, das sei der Stress –, als sie sich Gesicht und Hände wusch, schnell etwas Make-up auflegte und sich hastig mit der Bürste durchs Haar fuhr. Sie hatte nicht Sauberes zum Anziehen griffbereit, außer einer Jeans und einem gestreiften T-Shirt. Dazu schlang sie sich eine Kette, die Ben ihr vor Jahren geschenkt hatte, um den Hals, und dann flitzte sie wieder ins Café.

Dort war von der Verwüstung, die sie angerichtet hatte, nichts mehr zu sehen. Der Fußboden schimmerte feucht, aber er war sauber, die Tische standen jetzt alle auf einer Seite, und die Stühle bildeten in regelmäßigen Abständen einen Kreis. Hannah zählte sie. Es waren elf. Sie sah Jake an.

»Du hast also auch einen Stuhl für dich hingestellt?«

Jake nickte. »Wir haben es geschafft, eine Katastrophe zu

verhindern, und nichts macht mir so viel Lust auf Gespräche über Bücher – oder etwas in der Art –, als wenn ich Retter spielen durfte.«

Ben erschien gerade mit sechs neuen Weinflaschen. Er sah Jake an, als hätte er in einer Fremdsprache gesprochen.

»Du hast vermutlich keine Lust mitzumachen?«, fragte Hannah schmunzelnd ihren Sohn.

»Nee, lieber nicht. Wenn ihr nichts dagegen habt, geh ich jetzt in mein Zimmer und spiele FIFA.« Einen Moment später knallte die Verbindungstür zum Wohnhaus zu.

Jake griff nach der bereits geöffneten Flasche. »Sieht doch ganz so aus, als wären wir nur zu zweit«, sagte er und schenkte für Hannah und für sich Rotwein ein. »Ich finde, wir haben uns schon ein Gläschen verdient, weil wir alles so schön aufgeräumt haben.«

Hannah schluckte. Der Abend wurde immer sonderbarer. »Du hast viel mehr gearbeitet als ich. Ich hab eigentlich gar nichts getan, oder?«

»Du hast die ganze Sache in die Wege geleitet. Und du machst im Laden wirklich einen guten Job, soweit ich das sehen kann.«

»Danke.« Hannah trank einen Schluck Wein. Einen flüchtigen Moment lang erlaubte sie sich die Vorstellung, wie es wäre, wenn das hier tatsächlich ihr Alltag sein könnte. Doch da kündigte ein Klopfen an der Tür die ersten Mitglieder des Lesekreises an.

»Oh!«, sagten Freya und ihre Stiefmutter Lucy wie aus einem Mund, als sie hereinkamen. Jake warf Hannah kurz einen Blick zu und zog eine Grimasse, die jedoch außer ihr niemand sehen konnte. Sie überlegte, dass es verflixt schwierig sein musste, wenn man stets und ständig auffiel, sobald man das Haus verließ. Vielleicht sehnte Jake sich insgeheim nach Normalität und nach einem Leben, wie es für andere Menschen selbstverständlich war. Doch dann rief sie sich zur Ordnung. Jetzt musste sie in die Rolle der Gastgeberin schlüpfen, statt Tagträumen nachzuhängen.

»Schön«, sagte sie und stellte ihr Glas ab. »Dann lasst uns loslegen.«

Zweiundzwanzigstes Kapitel

Bald waren alle versammelt, schlürften Wein und tauschten den neuesten Klatsch und Tratsch aus. Jake war erleichtert, denn die Eintretenden hatten bei seinem Anblick zwar anfangs überraschte Gesichter gemacht, dann aber offenbar entschieden, dass auch er einfach an einem regnerischen Oktoberabend aus dem Haus kommen und über die Organisation eines Buchklubs sprechen wollte.

»Haben Sie schon gehört, dass der Hundesitterin aus Much Maudley alle Hunde aus ihrem Lieferwagen abgehauen sind? Und dass sie dann in Georges Garten randaliert haben?«

»Ach du Schreck! Ausgerechnet bei …«

»Genau. Morgen steht bestimmt alles darüber in der Facebook-Gruppe.«

Jake musste schmunzeln. Die Facebook-Gruppe erheiterte ihn nach wie vor. Und seit Hannah hergezogen war, fand er das Leben in Little Maudley sowieso interessanter. Er hatte sich dabei ertappt, dass er jede Gelegenheit nutzte, um schnell mal in den Laden zu springen und die Tageszeitung, ein Sauerteigbrot oder ein halbes Dutzend Eier zu kaufen. Seine Assistentin Pippa hatte spitz bemerkt, wenn er weiterhin so viele Eier kaufe, müsse er bald anfangen, am Straßenrand Baisers zu verhökern. Er hatte recht unwirsch reagiert und sie für ein Wochenende mit ihrer Freundin fortgeschickt. Als Proviant hatte er ihr zwei Dutzend Eier und ein paar von den zahllosen Packungen teuren Frühstücksspeck mitgegeben, die er nach und nach gekauft hatte.

Merkwürdig war allerdings, dass Hannah sein Interesse nicht zu bemerken schien. Wenn sie bei schlechtem Wetter in Bletchingham trainierten, nahm er Ben häufig mit, und einmal hatte er die Gelegenheit genutzt und mit ihm darüber gesprochen, wie er zur Trennung seiner Eltern stand. »Ehrlich gesagt bin ich nicht besonders überrascht«, hatte Ben erklärt. »Dad war ja nie zu Hause, und ich hatte nicht das Gefühl, dass die beiden gern was zusammen machten.«

»Und was lesen Sie gerade?« Die achtzehnjährige Freya sah ihn unter ihrem ordentlich geschnittenen dunklen Pony an. Mit ihren großen, schwarz umrandeten Augen sah sie tatsächlich ein wenig wie ein Pony aus.

»Ich hab gerade einen Thriller zu Ende gelesen, der in Manchester spielt, in einem Stadtteil, den ich kenne, deswegen war es wie ein Besuch zu Hause. Der Autor hat früher in einer Buchhandlung gearbeitet. Und du?«

»Ich lese gerade ein Jugendbuch, es heißt *Ink* und ist von Alice Broadway. Richtig toll. Das sollten Sie auch lesen. Es handelt von einem jungen Mädchen, das …« Freya legte los. Während Jake zuhörte, konnte er nicht anders, als aus dem Augenwinkel Hannah zu beobachten, die leise und freundlich durch den Raum ging, alle im Blick hatte und dafür sorgte, dass sich niemand ausgeschlossen fühlte. Sie hatte die Angewohnheit, sich eine Haarsträhne hinters Ohr zu schieben und sie dann zerstreut um den Finger zu zwirbeln. Am liebsten hätte er dabei nach ihrer Hand gegriffen und ihr einen Kuss auf die Schläfe –«

»Wollen Sie es auch mal lesen?«

Jake schüttelte seine Fantasien ab. Hannah war die Mutter eines Jungen aus seiner Mannschaft und zeigte nicht das mindeste Interesse an ihm. Sie war witzig und klug und interessant, während er selbst – im Grunde nichts weiter war als ein Sportler, der mit sechzehn von der Schule abgegangen war. Und nicht nur das. Wer wollte mit dem ganzen Mist, der mit seinem früheren Beruf zusammenhing, zu tun haben? Aufdringliche Presse, Leute, die Fotos schossen, sobald er sich mit jemandem zeigte ... eine Frau an seiner Seite musste da eine Menge verkraften.

Schließlich setzten sie sich alle in den Stuhlkreis. Hannah war offensichtlich nervös, aber ihre Freundin Nicola lächelte ihr ermutigend zu, und sie hielt eine kleine Ansprache über die Buchklub-Idee.

»Wir haben lange darüber nachgedacht, ob es eine Gruppe werden soll, in der sich alle das gleiche Buch vornehmen und sich dann einmal im Monat treffen und über dieses eine Buch sprechen und Fragen dazu beantworten. Aber dann ist man so festgelegt.«

»Ganz genau!«, sagte eine Frau mit Notizbuch und Stift in der einen und einem bis zum Rand gefüllten Glas Weißwein in der anderen Hand.

»Deswegen haben wir gedacht – wie wäre es mit einem Lesekreis, der bei jedem Treffen unter einem bestimmten Thema steht?«

»Interessant«, sagte Veronika, eine Frau mit schwingendem, dunkelrotem Haar. »Das ist eine gute Idee.«

»Danke.« Hannah lächelte. »Wir dachten, wir könnten jeden Monat ein anderes Thema wählen – zum Beispiel Verlust, Glück, Freude und so weiter.«

»Ferien«, sagte Veronika schmunzelnd.

»Ja, das ist ein gutes Thema«, sagte Hannah, und Nicola notierte es gleich auf ihrem Block.

»Einsamkeit.«

»Tod«, sagte Freya.

»Na klar, Mrs Gothic.« Lucy stupste sie scherzhaft in die Rippen.

»Dann können wir nämlich ein Buch mitbringen, das wir uns selbst ausgesucht haben, oder auch eins, das wir früher schon mal gelesen haben, und darüber sprechen, wie es uns in Bezug auf das Thema damit ergangen ist. Ich hoffe, dass wir auf diese Weise Bücher kennenlernen, die wir sonst vielleicht gar nicht lesen würden.«

»Das gefällt mir sehr«, sagte Nicola träumerisch. »Es ist eine wunderbare Idee.«

»Es war deine Idee.« Hannah lachte.

»Schon klar, aber du weißt doch, was ich meine.«

»Also, ich dachte, wir könnten uns jetzt in zwei Gruppen mit je fünf Personen aufteilen –« Hannah sah, dass Jake ihr fast unmerklich zuzwinkerte, er wollte sie necken, »oder mit sechs Personen, und uns der Reihe nach vorstellen und sagen, warum wir hier sind.«

Ein verlegenes Gemurmel entstand: Anscheinend wollte niemand gern über sich sprechen. Als sie die Stühle auseinandergerückt hatten, beschloss Jake, den Stier bei den Hörnern zu packen und anzufangen.

»Okay, ich will es hinter mir haben. Ich bin Jake, ich wohne seit anderthalb Jahren hier im Dorf, und ich hatte gar nicht vor, heute Abend zu kommen, aber irgendwie ist es einfach passiert. Und als Kind und Jugendlicher habe ich so ziemlich alles gelesen, was ich in die Finger kriegte, daher freue ich mich jetzt, dass ich die Chance haben werde, neue Autoren kennenzulernen. Ach so, und ich lese so gern, weil es eine Möglichkeit ist, aus meinem eigenen Leben zu flüchten und in die Welten völlig anderer Menschen einzutauchen.«

Jake brach ab, und ein Schweigen entstand, das ewig zu dauern schien. Er schluckte schwer und wünschte, der Erdboden würde ihn verschlingen.

»Ich bin Lucy«, sagte Freyas Stiefmutter. »Ich bin Geschichtslehrerin, und ich muss für meine Arbeit viel lesen, aber ich komme gar nicht mehr dazu, zum Vergnügen zu lesen. Also hab ich mir gedacht, wenn ich hier mitmache, lese ich vielleicht doch wieder mal was anderes als wissenschaftliche Bücher und Zeitschriften für Geschichte. Ach so, und mir gefallen ganz viele Bücher, aber richtig gern lese ich schöne Liebeskomödien.«

»Ich bin Freya. Lucy ist mit meinem Vater verheiratet. Nächstes Jahr gehe ich an die Uni und studiere Englische Literatur, jedenfalls habe ich das vor, und im Moment gehe ich noch zur Schule. Ich lese wahnsinnig gern. Meistens Bücher für Jugendliche und junge Erwachsene, aber zwischendurch auch mal einen guten Krimi« – sie warf Jake einen warmen Blick zu –, »und ich möchte abends mal aus dem Haus kommen, denn YouTube zu gucken hat seine Grenzen, und im Pub hier im Dorf sind alle so verbissen.«

Jake prustete los.

Auch die anderen stellten sich vor, aber da hörte er schon nicht mehr zu, sondern beobachtete Hannah. Sie war aufgestanden, räumte Gläser fort und wischte verkleckerten Wein weg. Leise stand er ebenfalls auf und verließ die Gesprächsrunde.

»Alles gut?«

Mit einem blau-weiß gestreiften Geschirrtuch in der Hand drehte Hannah sich zu ihm um. »Ja.« Sie blickte zu den anderen hinüber, die sich angeregt unterhielten. »Ich finde, das ist richtig gut gelaufen, was meinst du?«

»Unbedingt. Du warst super.«

»Eigentlich war das nicht schwierig. Ich musste bloß die Leute zusammentrommeln und sie reden lassen.« Hannahs Akzent ließ Jake dahinschmelzen. Und jetzt hob sie wieder die Hand und schob sich die gelockte Strähne hinters Ohr. Wie gern hätte er sie am Handgelenk gefasst, ihre Hand gedreht und ihr einen Kuss in die offene Hand gegeben und sie dann auf den Mund geküsst und dann –

»Wollt ihr beide den Wein ganz für euch haben?« Freyas scharfe, hohe Stimme unterbrach seinen Gedankengang, und er wandte sich ab, rieb sich das Kinn und schüttelte den Kopf. Was war denn bloß los mit ihm?

»Hier, ich bringe euch welchen.« Jake griff nach einer Flasche Weißwein und einer Flasche Rotwein, um damit herumzugehen.

»Danke«, sagte Hannah unhörbar, als er sich nach ihr umdrehte. Sein Herz brannte. Herrgott, es hatte ihn wirklich schlimm erwischt.

Nachdem alle anderen gegangen waren, blieb er noch, unter dem Vorwand, dass er mit Hannah über Ben und Fußball sprechen wollte. In Wahrheit aber wollte er einfach nicht weg. Er wünschte sich, dass Hannah ihn noch auf einen Kaffee zu sich einladen würde, dass sie sich aufs Sofa setzen und stundenlang reden würden – ja, wenn er absolut ehrlich zu sich war, wollte er sogar noch viel mehr, als einfach mit ihr auf dem Sofa sitzen. Jake biss die Zähne zusammen, während er im Café aufräumte und Tische und Stühle wieder zurechtrückte. Hannah tippte im Halbdunkeln den Wein, den sie bezahlt hatte, in die Registrierkasse ein. Jake trat zu ihr hinter die Theke.

»Danke dir«, sagte er.

»Nein, danke *dir*.« Sie spielte ein wenig mit dem Seepferdchen-Anhänger im Ausschnitt ihres T-Shirts. Jake wandte den Blick ab, es sollte nicht so aussehen, als würde er ihre Brüste betrachten, was er – also, wenn er auch hier ganz ehrlich war – mit größtem Vergnügen tun würde.

»Es war ein spitzenmäßiger Abend.«

»Ja, war ganz schön gut«, sagte sie mit scherzhaft starkem Akzent.

»Und das Schöne ist, dass wir das nächsten Monat wiederholen werden.«

»Dann haben wir also ein Date.« Hannah sah unter ihren langen dunklen Wimpern zu ihm hoch, und in diesem Moment war Jake klar, dass er ganz und gar und absolut verloren war. Er hatte sich bis über beide Ohren in sie verliebt, und er hatte nicht die geringste Ahnung, wie er damit umgehen sollte.

Dreiundzwanzigstes Kapitel

Am Morgen nach dem Buchklubtreffen wachte Jake gut gelaunt auf. Das Zusammensein mit Hannah war so schön gewesen, und er war überrascht, wie viel Spaß es ihm gemacht hatte, mal rauszukommen und etwas zu unternehmen. Seit er nicht mehr Fußball spielte, war er einfach viel zu oft allein, das hatte der gestrige Abend ihm deutlich gezeigt. Vielleicht sollte er sich tatsächlich aufraffen und ein paar von den Freunden zurückrufen, die ihm in den letzten Monaten auf die Mailbox gesprochen hatten. Sie alle wollten Kontakt zu ihm halten, und er hatte sie einfach fallenlassen, weil er das Gefühl gehabt hatte, ihnen nichts bieten zu können.

Er verschlang ein paar Scheiben Toast mit Erdnussbutter, spülte sie mit schwarzem Kaffee hinunter und schnappte sich seinen Autoschlüssel. Heute Vormittag spielten die Jungs gegen die Ridgeway Grammar School, und er wünschte sich sehnlichst, dass sie die andere Mannschaft richtig fertigmachen würden, einfach um zu zeigen, was in ihnen steckte. Aber leider hatten sie am Mittwoch im Training ganz miserabel gespielt.

Es war, wie sich herausstellen sollte, so ein Tag, an dem alles schiefging. Als Jake auf dem Platz ankam, merkte er, dass er die Leibchen vergessen hatte, und das bedeutete, dass er einen der Väter bitten musste, schnell nach Greenhowes zu fahren und den Beutel von der Veranda zu holen, wo er ihn hatte liegenlassen. Dann sagte der Torwart ab, weil er sich den Fuß verstaucht hatte, und Jake musste den Ersatzmann –

einen schlechten Ersatz – ins Tor stellen. Und von Ben oder Hannah war nichts zu sehen.

Die Jungen begannen mit dem Aufwärmen, und er forderte sie, weil er hoffte, sie würden das Debakel vom letzten Training wieder wettmachen. Während sie seitwärts von einem Ende des Platzes zum anderen hüpften, schaute er auf die Uhr und sah sich um. Wo zum Teufel war Ben? Er war der Spielmacher der Mannschaft. Ohne ihn hatten sie nur eine kleine oder gar keine Chance, das Team der Grammar School zu schlagen, zumal auch noch ihr guter Torwart fehlte.

Fünf Minuten vor dem Anpfiff kam Ben über den Platz gerannt.

»Das wurde aber Zeit!«, rief Jake.

»Sorry.« Ben hob entschuldigend eine Hand, zog seinen Hoodie aus und warf ihn zusammen mit einer Wasserflasche an die Seitenlinie.

»Wo warst du denn?«

»Hab einfach nicht auf die Zeit geachtet«, sagte Ben mit einem halben Achselzucken. Das war ganz untypisch für den Jungen. Normalerweise war er pünktlich, half gern vor und nach dem Spiel und saugte so viel Fußballatmosphäre auf, wie er nur konnte. Heute aber wirkte er benebelt, so als wäre er gerade aus dem Bett gefallen.

Jake warf ihm einen wütenden Blick zu. Vor dem Spiel war keine Zeit mehr, aber anschließend würde er Ben für sein Zuspätkommen zusammenfalten.

»So, Jungs –«, begann er, wurde aber von einer Hand auf seiner Schulter unterbrochen.

»Was ist?«

»Hallo, Fremder.« Melissa Harrington stand neben ihm, in lässigem, teurem Countrylook und einer Tweedkappe, unter der sich ihre Locken hervorringelten. Sie sah aus, als wolle sie jetzt ein nettes Schwätzchen mit ihm halten. Jake biss die Zähne zusammen und bemühte sich, nicht so gereizt auszusehen, wie er sich fühlte.

»Hi.« Er schenkte ihr ein flüchtiges Lächeln und sagte dann: »Bitte entschuldigen Sie mich, ich muss noch ein paar Worte mit der Mannschaft reden.«

»Kein Problem«, sagte sie, begriff aber gar nichts, sondern blieb einfach neben ihm stehen. Jake wünschte sich Hannah herbei, mit ihrer Gelassenheit und ihrer Art, in jeder Situation das Gefühl zu vermitteln, dass alles in Ordnung war. Aber sie war nirgends zu sehen.

Er rief die Jungen zu einer Traube zusammen und gab ihnen noch ein paar letzte Anweisungen. »Ihr könnt das«, sagte er zum Schluss. »Es gibt absolut keinen Grund, warum wir dieses Spiel nicht haushoch gewinnen sollten.«

»Außer dass ihre Verteidiger wie Rugbyspieler aussehen«, sagte einer der Jungen niedergeschlagen.

»Das ist genau die Einstellung, die wir jetzt nicht gebrauchen können. Also, ab mit euch auf den Platz, und zeigt denen, was in euch steckt.

Zur Halbzeit lagen sie zwei Tore zurück. Während Jake versuchte, den Jungen Mut zu machen, was eine Sisyphusarbeit war, blickte er immer wieder über den Platz. Er hoffte, Hannah zu sehen, konnte sie aber nirgends entdecken. Die Jungen ließen begreiflicherweise die Köpfe hängen, und er würde sich etwas einfallen lassen müssen, um sie wieder aufzumuntern. Melissa war hocherfreut, dass sie *vorbeigeschaut* hatte, um mitzuerleben, wie ihre Jungs die gegnerische Mannschaft in Grund und Boden spielten. Der Mannschaft aus Little Maudley gelang zwar noch ein Tor, aber beim Schlusspfiff stand es drei zu eins für Ridgeway. Jake holte tief Luft, straffte die Schultern und ging hinüber zum Trainer der anderen Mannschaft, um ihm die Hand zu schütteln.

»Da haben Sie aber wirklich eine nette kleine Mannschaft«, sagte Melissa und lächelte ihn an, als wäre er einfach nur zu bedauern.

»Danke.« Er würde nicht näher darauf eingehen. Die Jungen von der Ridgeway Grammar machten Witze, schlugen sich gegenseitig auf den Rücken und feierten ihre vermeintlich eindeutige Überlegenheit. »Ihre Jungs haben prima gespielt«, rang Jake sich ab. »Bestimmt sind Sie zufrieden mit ihnen.«

»Hochzufrieden.« Melissa legte ihm eine Hand auf den Arm und senkte die Stimme. »Aber natürlich steht mein Angebot noch. Ihre Dorfmannschaft findet mit Sicherheit auch einen anderen Trainer.«

»Das ist nett«, sagte Jake in der Hoffnung, dass sein Gesicht ihn nicht Lügen strafte. »Aber nein, ich bin mehr als froh, dass ich die Dorfjungen trainieren kann. Wir haben ein paar vielversprechende Spieler dabei. Einige haben eine gute Chance, entdeckt zu werden.«

»Mmm.« Melissa nickte. »Wir haben gerade schon darüber gesprochen. Dieser hochgewachsene Junge mit dem dunklen Haar – Nummer zwölf. Er wäre ein Gewinn für unsere Mannschaft. Ich frage mich, ob seine Eltern vielleicht daran interessiert wären, sich mal mit uns über ein Stipendium zu unterhalten.«

»Das glaube ich nicht«, sagte Jake schärfer, als er beabsichtigt hatte.

»Nein? Die meisten Eltern wären hocherfreut über ein derartiges Angebot. Wir könnten ihn bis zur Universitätsreife führen – wie Sie wahrscheinlich wissen, haben wir eine ausgezeichnete Oberstufe.«

»Mhm«, sagte Jake höflich. Er hatte keine Ahnung, wie ihre Oberstufe aussah, und er hatte auch nicht die Absicht, das herauszufinden. Und die Vorstellung, dass Melissa in den Laden scharwenzelt kam und versuchte, sich bei Ben anzubiedern, machte ihn richtig wütend. Ein derartiges Verhalten war typisch für Menschen, die mit Privilegien aufgewachsen waren, und es ärgerte ihn. Ben konnte es weit bringen – und in diesem Moment wurde Jake bewusst, dass er selbst derjenige sein wollte, der den Jungen auf diesem Weg führte. Außerdem hatte es inzwischen angefangen zu regnen, und Jake sehnte sich nach einer heißen Dusche und wollte nach Hause.

Trotzdem hielt er vor dem Dorfladen, einfach für den Fall, dass Sarah noch etwas für das Essen brauchte, wie er sich sagte. Hannah hockte auf dem Boden und packte einen Karton mit Büchern aus.

»Hi«, sagte Jake.

»Oh!« Als Hannah sich umdrehte, schwankte sie, und ohne zu überlegen, streckte er ihr die Hand hin, um ihr hochzuhelfen. Einen Moment lang stand sie vor ihm und sah ihn an, während ihre Hand noch in seiner lag, und am liebsten hätte er sie in die Arme geschlossen. Allmählich wurde das lächerlich. Er benahm sich wie ein Idiot.

»Du bist anscheinend ein Maskottchen«, sagte er, nahm ein Exemplar von *Stolz und Vorurteil* aus dem Regal und las die Rückseite.

»Ja, das bin ich«, scherzte Hannah. »Ich hab gehört, dass es nicht so toll gelaufen ist?«

»Das ist noch untertrieben.«

»Schade – und es tut mir leid, dass Ben zu spät gekommen ist. Vermutlich war das auch nicht gerade hilfreich.«

Jake schüttelte den Kopf. »Schon gut. War ja nicht deine Schuld.«

»Ich hätte ihn aus dem Bett holen können, aber ich war hier so beschäftigt. Helen hat eine Menge Bücher angeschleppt – diese hier sind alle nagelneu, nicht zu fassen.«

»Die Buchhandlung wird im Nullkommanichts ein Vermögen einbringen.«

»Das ist der Plan. Wenn es so weitergeht, können sie vielleicht schon nächstes Jahr anfangen, die Küche im Dorfgemeinschaftshaus zu renovieren.«

Beide lachten.

»Meinst du, ich sollte das lesen?« Er fuchtelte mit dem Buch herum. »Ich muss etwas finden, worüber ich in der nächsten Buchgruppe sprechen kann.« Sie hatten sich für das nächste Treffen das Thema Schwestern vorgenommen.

»Also, ich bin befangen.« Hannah lehnte sich an ein Regal, griff unbewusst nach einer Haarsträhne und wickelte sie sich um den Finger. »Ich liebe Jane Austen. Sie ist wirklich witzig, aber das verraten sie in der Schule nicht, wenn sie einen überreden wollen, solche Wälzer zu lesen.«

»Ja, ich hab die Englischstunden damals meistens geschwänzt.«

»Da kenne ich noch so einen.« Hannah drehte sich zu Ben um, der gerade frisch geduscht und mit nassen Haaren in den Laden kam. Er nickte Jake zu.

»Alles klar?«

»Du warst wohl gestern Abend noch lange auf?« Jake sah ihn mit gespielter Missbilligung an.

Ben schüttelte den Kopf. »Mum«, sagte er. »Das stimmt doch gar nicht.«

»Ich sag's ja nur.« Hannah lachte. »Wenn du Profifußballer werden willst, musst du anfangen, das alles ernst zu nehmen.«

»Da hat sie recht.« Jake wollte die richtige Mischung finden – einerseits sollte Ben sich nichts einbilden, andererseits aber wissen, dass er wirklich Potenzial hatte und es weit bringen konnte. Der Junge war an einem Punkt, wo es losgehen konnte, und wenn er tatsächlich professionell spielen wollte, musste er jetzt lernen, Schwerpunkte zu setzen. Während Jakes aktiver Zeit war der Fußball mehr oder weniger sein Leben gewesen.

»Ich hab vorhin einen Anruf von Dad verpasst«, sagte Ben. »Er fragt, ob er nächste Woche kommen kann. Aber dann würde ich das Spiel versäumen.«

Hannah sah ihn an. »Und möchtest du das?«

Ben schüttelte den Kopf. »Eigentlich nicht. Ich hab bloß das Gefühl, dass ich da sein sollte, wenn er schon mal herkommt.«

»Nachdem wir heute so mies gespielt haben, brauchen wir

jeden auf dem Platz, Ben. Dein Vater muss sich nach deinem Spiel richten«, sagte Jake, ohne zu überlegen. »Es sind ja bloß zwei Stunden.«

Was machte er denn da? Das hätte er nicht sagen dürfen – dazu besaß er kein Recht. Schließlich war er nicht Bens Vater, und in solchen Dingen stand ihm keine Meinung zu.

Hannah wirkte zwar etwas überrascht, aber sie nickte. »Was Jake da sagt, ist richtig.«

Ben zuckte mit den Achseln. »Ja, ihr habt wohl recht. Ich sage ihm ab.«

»Du brauchst nicht abzusagen«, meinte Hannah. »Schreib ihm einfach, dass er nach dem Spiel kommen soll.«

»Okay.« Ben verschwand durch die Ladentür in den strömenden Regen.

»Du hast deine Jacke vergessen!«, rief Hannah ihm nach, aber er war schon weg.

»Sorry«, sagte Jake, »ich hätte mich da nicht einmischen dürfen.«

»Aber du hast ja recht. Phil kann nicht einfach aus Bens Leben verschwinden und dann bestimmen, was gemacht wird, bloß weil er am Wochenende nichts Besseres zu tun hat.«

Verlegen schnitt Jake eine Grimasse. »Ja – ich will einfach nicht, dass Ben seine Chance vertut.«

»Ich weiß.« Hannah lächelte ihn an. In diesem Moment kam eine Frau mit ihren beiden Kindern in den Laden und stellte Fragen zur Buchhandlung. Jake winkte Hannah kurz zu, als er ging.

Erst als er nach Hause kam, wurde ihm bewusst, dass er im Laden gewesen war, ohne etwas zu kaufen. Nass und ziemlich sauer stieg er aus und schlug die Wagentür kräftiger zu, als er beabsichtigt hatte. Daraufhin fingen in der Küche die Hunde an zu bellen, was sie sonst nie taten. Als er das Haus betrat, waren sie vollkommen überzeugt, dass er ein Einbrecher war, nicht ihr Herrchen. Bestimmt hatten sie sich vorhin schon aufgeregt, als ein Fremder vor dem Spiel die Leibchen von der Veranda geholt hatte – normalerweise nämlich leckten sie ihn eher tot, als dass sie ihn anbellten. Er stellte sich mitten in die Küche, lehnte sich an die Kücheninsel und ließ sich von ihnen umkreisen und beschnuppern, bis sie sich überzeugt hatten, dass er kein Eindringling war.

»Wenigstens weiß ich jetzt, dass ihr beide gute Wachhunde seid.« Jake tätschelte den beiden Hündinnen die Köpfe und schälte sich aus seiner durchnässten Jacke. Er hängte sie über den Aga, wo sie recht schnell trocknen würde, und machte sich auf den Weg zur Dusche.

Es war schon erstaunlich, wie verdammt kalt es im Spätherbst werden konnte, wenn man ein paar Stunden am Fußballplatz stand. Er wusch sich die Haare und beobachtete, wie das Seifenwasser an seinem Bein hinunterfloss; die Narben von den Operationen, bei denen der zerschmetterte Knochen zusammengeflickt worden war, würden immer deutlich sichtbar bleiben. Er nahm sich ein Handtuch, trocknete sich ab und ging ins Schlafzimmer, um ein T-Shirt und eine graue Jogginghose anzuziehen.

Dann zappte er sich durch die Fernsehkanäle, machte sich Kaffee, ging wieder ins Wohnzimmer, ließ sich aufs Sofa fallen und legte einen Fuß auf den Couchtisch. Sarah war nirgends zu sehen. Wahrscheinlich lag sie im Gästebad in der

Badewanne oder aber im Bett und guckte Netflix. Manchmal kam ihm das Haus lächerlich groß vor – ein Zeugnis der Angeberei, die auf den höheren Ebenen des Fußballs die Regel war. Was sollte er denn mit acht Schlafzimmern und einem Snookerraum? Jake stand auf und ging vor den Fenstern auf und ab, betrachtete den Bogen der Auffahrt und den perfekt gepflegten Rasen. Das war alles so absurd. Er sah auf sein Handy – vielleicht konnte er sie einfach kurz anrufen? Oder ihr rasch eine Nachricht schicken und sich entschuldigen, weil er ein bisschen neben der Spur gewesen war? Er tippte ihren Namen ein, und aus dem winzigen Bild auf dem Display schaute ihr Gesicht ihn an.

Hi

Meg kam hereingetappt und stieß so unglücklich gegen seine Hand, dass er aus Versehen auf Senden drückte. Shit. Damit war die Entscheidung gefallen. Jetzt musste er noch etwas schreiben, sonst würde sie ihn am Ende noch für einen nervigen Fiesling halten.

Hallo. Bist du wieder trocken? Du sahst vorhin ziemlich nass aus.

Hannahs Antwort war so schnell gekommen, dass es ihn umhaute.

Ja, und aufgetaut. Hab gebadet, als ich zurückkam.

Oh, du Glückspilz – ich würde jetzt auch gern in die Wanne springen.

Denke *nicht* an Hannah in der Badewanne, befahl er sich vergeblich. Er stellte sie sich in einem Schaumbad vor, mit hochgestecktem Haar, und die kleinen Löckchen, die sich immer aus ihrer Frisur lösten, ringelten sich um ihren Hals. Jake schlug sich mit der flachen Hand gegen die Stirn und stöhnte. O Mann, reiß dich zusammen.

Ich wollte nur checken, ob du ... Er hielt inne und überlegte, was er schreiben sollte. Dann löschte er alles und fing von vorn an.

Mit Ben alles in Ordnung? Hab ein schlechtes Gewissen, weil ich dazwischengefunkt habe.

Ach, sein Vater drückt sich sowieso wieder vor dem nächsten Wochenende – ich glaube, Ben hat das Gefühl, dass er bei ihm nur unter ferner liefen rangiert.

Das tut mir leid. Wie schade. Kommt er damit klar?

Gerne hätte Jake hinzugefügt: *Und wie ist es für dich?*, denn das war es eigentlich, was ihn quälte. Was auch immer dieser Ex Hannah angetan hatte, er wäre gern ins Auto gestiegen und zu ihm gefahren, um ihm in aller Deutlichkeit zu sagen, was er von ihm und der Art, wie er Hannah behandelte, hielt. Ja, und auch davon, wie er Ben behandelte. Ben war ein netter Junge, und er hatte wirklich etwas Besseres verdient als einen Versager, der sich kein einziges Spiel seines Sohns anschaute.

Bestimmt – wenn er einen Nachmittag lang mit seinen Freunden Xbox gespielt hat.

Jake lachte in sich hinein.

Das klingt gut.

Mehr fiel ihm nicht ein. Wie gern hätte er geschrieben: *Komm doch heute Nachmittag her, ich koche uns was und wir können vor dem Feuer sitzen und Rotwein trinken und reden.* Stattdessen starrte er noch einen Moment aufs Display und tippte dann kurz und knapp:

Freut mich, dass es ihm gutgeht.

Er legte sein Handy auf den Couchtisch, streckte die Beine aus und fuhr sich durch das noch feuchte Haar. Warum war das bloß so verdammt schwierig? Es war ihm immer leicht gefallen, sich zwanglos mit Frauen zu treffen, und seine Beziehungen waren – na ja, er hatte nie das Gefühl gehabt, dass er seine große Liebe gefunden hatte, aber es war ihm auch nie schwergefallen, Beziehungen einzugehen. Jetzt jedoch fühlte er sich schüchtern und befangen.

Vierundzwanzigstes Kapitel

Hannah war erleichtert, dass Ben sich, nachdem Jake ihm ins Gewissen geredet hatte, offenbar wieder zusammenriss und sich in der Schule relativ anständig benahm. Die Elternabende verliefen ohne Beschwerden, weil seine Lehrer wohl fanden, dass er insgesamt gut zurechtkam und hart für seine Prüfungen arbeitete. Hannah bezweifelte das, denn sie wusste gut, dass er mehr Zeit damit verbrachte, FIFA oder Fußball auf dem Platz zu spielen, als seinen Lernstoff durchzuarbeiten, aber sie begnügte sich mit der Hoffnung, dass er die Prüfungen für die Aufnahme in die Oberstufe schaffen würde. Sie hatten sich gemeinsam über die Oberstufe in Bletchingham informiert, wo ein Leistungskurs in Sport angeboten wurde, und das schien ihn einigermaßen zu motivieren. Wenn Hannah an den Wochenenden am Fußballplatz mit anderen Eltern sprach, hatte sie den Eindruck, dass sie alle im gleichen Boot saßen. Wie Jake ihr gegenüber einmal geäußert hatte: Nicht alle waren für ein Studium geschaffen.

Hannah selbst jedoch sehnte sich immer noch danach, und dass Oxford jetzt so nah war, erinnerte sie an das Leben, das sie hätte führen können, aus dem aber nichts geworden war. An einem Wochenende fuhr sie mit Ben zu Beth und Lauren, die jetzt glücklich in Tante Jess' altem Haus mitten in der City lebten. Ben und Lauren zogen zusammen los und gaben bei JD Sports ein kleines Vermögen aus, während Hannah und Beth erst bei Kaffee und Kuchen und dann bei Abendessen und Wein die Probleme der Welt lösten.

»Wenn du möchtest, dass ich mal komme und dich vertrete«, sagte Beth und schenkte ihnen Rotwein nach, »sag einfach Bescheid.«

»Vermisst du den Laden?«

»Komischerweise ja, ein bisschen.«

»Ich dachte, du hättest es so eilig gehabt, aus Little Maudley zu flüchten.«

»Das stimmt auch. Aber ich vermisse den Dorftratsch. Was läuft denn so? Irgendwelche interessanten Neuigkeiten?«

Hannah schüttelte den Kopf. »Ich höre gar nicht so viel.«

»Du stellst nicht die richtigen Fragen.« Beth lachte glucksend. »Ich war Expertin darin, den Leuten Infos aus der Nase zu ziehen. Das ist eine Begabung, verstehst du.«

Hannah schlürfte ihren Wein und gab keine Antwort. Sie konnte Beth wohl kaum erzählen, dass die Dorfbewohner offensichtlich dankbar waren, weil sie sich nicht mehr gegen diese Art des Ausgehorchtwerdens wehren mussten. Inzwischen vergaßen sie häufig, dass sie mit Beth verwandt war, und wenn mal jemand erwähnte, wie angenehm es mit Hannah am Ruder war, war sie ein wenig verlegen, weil ihre Kusine so viele Leute vor den Kopf gestoßen hatte.

»Wie läuft's denn mit deinem Onlinedating?« Hannah wechselte kurzerhand das Thema.

»Gute Frage.« Beth schüttelte belustigt den Kopf. »Du glaubst nicht, wie viele Volltrottel da draußen rumlaufen.«

»Dann ist deine große Liebe also bisher nicht dabei gewesen?«

»Eher die große Lust.« Beth bekam kurz einen verschleierten Blick. »Ich hatte einen One-Night-Stand mit einem jungen Mann, er war erst fünfundzwanzig. Sah aus wie Kit Harington in *Game of Thrones*. Komm, ich zeig dir mal ein Foto von ihm ...« Sie scrollte auf ihrem Handy.

»Oha.« Hannah musste zugeben, dass er zum Anbeißen war. »Und wie ist das ausgegangen?«

»Na ja.« Beth lachte anzüglich. »Das überlasse ich deiner Fantasie. Aber mir ist bewusst geworden, dass ich es mit einer Beziehung nicht eilig habe. Ich hab keinen Bock, Männerunterwäsche zu waschen, wenn ich in der Zeit rausgehen und Spaß haben könnte.«

»Bravo.« Hannah griff nach der Schale mit den Chips und bediente sich.

»Ich gehe mal davon aus, dass bei dir in der Hinsicht bisher nichts Aufregendes passiert ist?«

»Eher nicht.« Hannah verdrängte alle Gedanken an Jake und daran, wie sehr sie es genossen hatte, an dem Abend auf Helens Dinnerparty und dann im Buchklub mit ihm zu sprechen. Und wie sehr sie sich auf das kommende Wochenende freute, sie hatte ihm nämlich angeboten, zu einem Auswärtsspiel nach Milton Keynes mitzufahren. »Nein, ich bin mit meiner jetzigen Situation ganz zufrieden.«

»Fehlt Phil dir nicht?«

Sie schüttelte den Kopf. »Kein bisschen. Ist das nicht komisch?«

»Um ehrlich zu sein, Hannah, es wäre komisch, wenn du ihn vermissen würdest. Ich hab mich immer gewundert, dass ihr beide so lange zusammengeblieben seid.«

Hannah zuckte die Achseln. »Keine Ahnung. Ich glaube, als wir geheiratet haben, hab ich irgendwie gedacht, ganz oder gar nicht.«

»Und ganz hieß für dich, mit einem Typen zusammenzubleiben, der sich null bemüht und den du in den letzten Jahren nicht mal mehr gernhattest?«

»Ach, hör auf.« Hannah lachte peinlich berührt. »Ich wollte diese Ehe auch wegen Ben nicht in den Sand setzen.«

»Weil sein Vater ihm sooo viel gegeben hat, ja? Wie oft hat Phil euch besucht, seit ihr euch getrennt habt?«

»Hm – einmal.« Es war schon Ende Oktober, und seit ihrer Trennung hatte Phil es nur einmal fertiggebracht, nach Little Maudley zu kommen, und das mitten in der Woche. Hannah hatte sich auf die Zunge gebissen und nicht darauf hingewiesen, dass er seinen Besuch mit einem Verkaufskongress in Oxford verbunden hatte. Sie hatte sogar das Gästezimmerchen für ihn vorbereitet. Und dann hatte Ben, der eigentliche Grund für Phils Kommen, sich nach einer halben Stunde zu einem Freund verdünnisiert, weil sie angeblich an einem Geographieprojekt arbeiten mussten. Hannah hatte nur einmal tief geseufzt und Phil dann in ihrem Häuschen gelassen, während sie nach Bletchingham gefahren war und etwas zum Abendessen besorgt hatte.

»Und wie lief das?«

»Sonderbar. Peinlich. Wir haben vor dem Fernseher Fisch und Chips gegessen und dabei *Helicopter ER – Rettung aus der Luft* geguckt. Er hat mir erzählt, was auf seiner Arbeit so los ist, und dann habe ich mich in die Badewanne verzogen. Als ich aus dem Bad kam, hatte er sich schon schlafen gelegt.«

»Klingt ganz wie eine typische Nacht aus der Zeit, als ihr noch zusammengelebt habt.«

Beth nahm wirklich kein Blatt vor den Mund. Hannah warf

ihr einen Blick zu und lachte. »Genau das habe ich auch gedacht.«

Am nächsten Morgen war Phil schon unterwegs gewesen, bevor Ben auch nur aus dem Bett gekrabbelt war. Hannah hatte eine Lieferung vom Großhändler ausgepackt und den ganzen Vormittag lang nur gedacht, wie unglaublich dankbar sie war, dass sie nicht mehr mit Phil zusammen war.

»Du darfst dich davon nicht unterkriegen lassen, Hannah – Zeit für den nächsten Versuch.«

»Ich bin sechzehn Jahre lang ziemlich weit unten gewesen. Ich weiß gar nicht mehr, wie man so was macht.«

»Ist doch kein Hexenwerk.«

»Nein, nein. Aber dieses ganze Dating-Zeugs – ganz ehrlich, das ist nichts für mich.«

»Ich liebe es.« Beth griff zu ihrem Handy, das gerade eine Nachricht ankündigte. »Guck mal, ich hab wieder ein Match. Ob der hier wohl auch so tun wird, als wäre er nicht verheiratet?«

Fünfundzwanzigstes Kapitel

»Ich glaube, da möchte ich teilnehmen.«

Als Jake in die Schwimmhalle kam, blickte Sarah auf. Sie war Bahnen geschwommen, und das Haar klebte ihr in feuchten Strähnen am Kopf. Sie hatte rosige Wangen und sah gesund aus, ganz anders als die abgemagerte, verängstigte Gestalt, die vor einigen Wochen vor seiner Tür gestanden hatte.

»Wo teilnehmen?« Jake überlegte fieberhaft. Seine Halbschwester besaß die Angewohnheit, an ein Gespräch anzuknüpfen, das ewig her war, und er fand nicht immer gleich den Faden wieder. Außerdem war er so in seine Planungen für die *Bonfire Night* am 5. November eingetaucht, dass er Sarah nicht richtig zugehört hatte.

»An diesem Kurs, den ich dir gezeigt habe.«

»Ach so.« Jetzt erinnerte Jake sich. Er nickte. »Wo es um Achtsamkeit geht?«

»Genau.« Sarah stieg aus dem Wasser, wickelte sich in ein Handtuch und setzte sich auf einen der Stühle am Becken. »Ich habe eben beim Schwimmen darüber nachgedacht.«

»Das ist eine super Idee, finde ich.«

»Ich zeig dir die Unterlagen.« Sie hielt inne, biss sich auf die Lippe und sah ihn an. Plötzlich war sie verlegen. »Kann ich etwas von dem Geld auf meinem Konto dafür ausgeben?«

»Selbstverständlich, ich habe es dir geschenkt, du kannst damit machen, was du möchtest.«

»Du bist ein Engel.« Sarah strahlte über das ganze Gesicht. »Toll.«

Das war also geklärt. Sarah würde für eine Woche nach Cirencester fahren. Der Kurs fand in einem Landhaushotel statt, und dort würde sie sich, abgeschlossen von der Außenwelt, entspannen und hoffentlich auch an dem schönen Park erfreuen. Im Stillen war Jake erleichtert, denn das machte seine Planungen für die *Bonfire Night* mit den Jungs aus der Mannschaft viel unkomplizierter.

Bisher hatte er es geschafft, Sarahs Existenz unter dem Radar zu halten. Pippa war, soweit ihm bekannt war, die Einzige, die von ihr wusste – und das fand er genau richtig.

»Soll ich Feuerwerk und so was bestellen?«

Pippa saß an ihrem Schreibtisch im Büro, gegenüber von seinem Schreibtisch. Während seiner leer war bis auf einen Computer und eine kleine Sukkulente in einem roten Emailletopf, stand das Chaos auf Pippas Schreibtisch in keinem Verhältnis zu ihrer sonstigen Strukturiertheit. Vor lauter Papier war von der Schreibtischplatte nichts mehr zu sehen.

»Das wäre super. Und muss ich sonst noch irgendwas organisieren?«

»Nee.« Pippa deutete auf ihren Bildschirm. »Ich hab das mit den Steuersachen für den Immobilienbestand erledigt und den Sparvertrag für Sarah angelegt. Sie hat wirklich Glück, dass sie dich hat.«

»Und Glück hat sie auch bitter nötig«, Jake hatte das Gefühl, seine Halbschwester verteidigen zu müssen. »Sie ist vierundzwanzig Jahre lang herumgestoßen worden und zum Schluss dann aus einer Beziehung mit einem gewalttätigen Mann geflohen. Weiß Gott, was passiert wäre, wenn sie nicht hier aufgetaucht wäre.«

»So hab ich es doch nicht gemeint, Mann.« Pippa schüttelte den Kopf. »Ich wollte damit nicht sagen, dass sie dich ausnutzt, eher, dass sie auf die Füße gefallen ist. Auf positive Weise«, fügte Pippa hinzu, weil Jake schon im Begriff war, Sarah weiter zu verteidigen.

»Ich möchte einfach, dass sie glücklich ist und sich geborgen fühlt. Und ich will dafür sorgen, dass sie niemals zu diesem Scheißkerl zurückgeht.«

»Das ist ziemlich unwahrscheinlich, oder?«

»Das hoffe ich. Aber sie kann sich nicht ewig hier verstecken. Ich glaube, mit diesem Kurs fängt sie an, sich auf ein neues Leben vorzubereiten.«

»Du möchtest nicht, dass jemand von ihr erfährt, stimmt's?«

»Ich will nicht, dass die Presse hier auftaucht und eine Menge Schwachsinn zusammenfantasiert.« Jake schüttelte sich bei dieser Vorstellung. Er hatte die Presse immer instinktiv verabscheut, er hasste diese Art, in der Vergangenheit eines Menschen herumzuwühlen, bloß um eine Geschichte zu schreiben, die die Verkaufszahlen oder die Klicks erhöhen und daher Anzeigenkunden anlocken würde – ob nun auf Papier oder im Internet. Aus diesem Grund hatte er sich immer möglichst bedeckt gehalten, und trotzdem hatten sie nach seiner Verletzung eine Menge Unsinn über ihn verbreitet. Sie hatten behauptet, er habe den Mut verloren, und das sei der eigentliche Grund, warum er nicht mehr spielte. Es machte Jake wütend, dass niemand diesen Ganoven das Handwerk legte.

Ein paar Tage später ging Jake in der Küche auf und ab und wartete auf die Ankunft seiner Gäste. Pippa hatte das Feuerwerk organisiert, und er selbst hatte mit Hilfe von Dave, dem Gärtner, ganz hinten auf dem langen Rasenstück einen riesigen Holzstoß für das Feuer aufgeschichtet. Dabei hatten sie darauf geachtet, Lücken zu lassen, einfach für den Fall, dass Igel, die noch spät einen Unterschlupf für den Winterschlaf suchten, sich hier einquartieren würden. Vor Einbruch der Dunkelheit hatte Jake noch einmal nachgesehen und mit einem langen Ast in dem Haufen herumgestochert, um alles Getier, was hier vielleicht hineingekrochen war, wieder herauszuscheuchen. Zum Glück hatte sich kein schutzbedürftiges Wesen gezeigt.

»'n Abend«, sagte Jamie, der mit seinem Zwillingsbruder Tommy und ihrem gemeinsamen Freund Jude an der Tür erschien. Die Jungen hatten eine riesengroße, mit Stroh ausgestopfte Guy-Fawkes-Puppe mitgebracht, die eine Vendetta-Maske trug. »Wir dachten, den könnten wir heute Abend hier verbrennen.«

»Gute Idee. Wollt ihr ihn gleich nach hinten bringen und ihn schon mal auf den Holzstoß stellen oder lieber erst auf die anderen warten?«

Die Jungen sahen sich an und überlegten. »Wir lassen ihn hier, dann können wir ihn runterbringen, wenn die Jungs alle da sind.«

»Dann kommt mal rein«, forderte Jake sie auf. »Wo ist deine Mutter, Jude? Wollte sie nicht auch dabei sein?«

»Sie muss arbeiten.« Jude, der mit seinen fast eins neunzig alle anderen Jungen überragte, deutete auf die Auffahrt, wo seine Mutter gerade zur Begrüßung und zum Abschied winkte. »Sie bedankt sich für die Einladung, aber sie hat am Montag einen Abgabetermin.«

»Verstehe.« Jake winkte zurück. Judes Mutter war Schriftstellerin, und anscheinend hinkte sie immer irgendwie hinterher und murmelte dann etwas von Terminen und Redigieren. Als sie losfuhr, hörten sie Musik aus ihrem Auto dröhnen.

»Wow, was für ein cooles Haus.« Tommy drehte sich einmal um sich selbst und begutachtete die große Eingangshalle. »Aber wenn ich mal ein berühmter Spieler bin, will ich ein Smart Home, wo alles automatisch funktioniert. Dieses Haus hier ist ein bisschen –«

»Wie ein Spukhaus?«, beendete sein Zwillingsbruder den Satz. Jake musste lachen. Auf dem Platz waren die beiden genauso, sie schienen immer zu wissen, wo der andere sich gerade befand, auch ohne ihn zu sehen. Sie waren die Geheimwaffe ihrer Mannschaft – und dass sie sich glichen wie ein Ei dem anderen, verstärkte ihre Wirkung noch. Es haute die gegnerischen Mannschaften jedes Mal wieder um, denn sie konnten sich nicht richtig erklären, wie es möglich war, dass der Spieler, den sie gerade noch angegriffen hatten, jetzt plötzlich am Ball war und wieder auf sie zuhielt.

»Hier gibt es Getränke.« Jake führte sie in die Küche, wo die Hunde schon warteten und auf Streicheleinheiten hofften. »Und Snacks und so was auch.«

»Kein Bier?«, fragte Jude hoffnungsvoll.

»Für euch nicht«, antwortete Jake bestimmt. »Ihr seid noch nicht volljährig, und es fehlte mir gerade noch, dass ich Ärger kriege, weil ich Sechzehnjährigen Alkohol gegeben habe.«

»Du hast doch gesagt, dein Körper wäre ein Tempel«, neckte Tommy seinen Kumpel, der ständig im Fitnessstudio trainierte.

»Stimmt ja auch.«

»Dann willst du hiervon also nichts?« Jamie nahm eine Dose Pringles und fuchtelte seinem Freund damit vor der Nase herum.

»Nein.« Etwa zwei Sekunden lang blieb Jude konsequent. »Na gut«, stöhnte er dann. »Gib schon her.«

Lachend überließ Jake die Jungen sich selbst.

Kurz darauf war fast die ganze Mannschaft in der Küche versammelt, sie zogen sich gegenseitig auf und machten Quatsch mit den Hunden. Gary, der alte Trainer, war mit seiner Frau Anna gekommen, und auch die üblichen Eltern waren da, die gleichen, die jedes Wochenende die Zeit fanden, sich an den Seitenlinien wer weiß was abzufrieren. Sie hatten sich schön angezogen, so hatte Jake sie noch nie gesehen. Alle waren in warmen Mänteln und mit Mützen für das später geplante Feuerwerk erschienen, und er zeigte ihnen die Garderobe, bevor er wieder in die Küche lief, um Getränke zu holen.

Im großen Wohnzimmer hatte Jake Spiele vorbereitet. Manche Jungen wurden von Xbox und PlayStation angezogen, andere saßen mit ihren Getränken auf den Sofas und, hatten Spaß. Das war eine gute Idee gewesen, befand Jake. Die Mannschaft brauchte eine Auszeit vom Spielfeld. Hier konnten die Jungs einfach mal zusammen abhängen und sich besser kennenlernen. Außerdem war es schön, das Haus voll zu haben. Greenhowes war schließlich nicht nur für ihn und seine Hunde erbaut worden. Jake blickte aus dem Fenster. Nur einer fehlte noch. Oder genauer gesagt zwei.

»Hat jemand was von Ben gehört?« Jake bemühte sich,

ganz beiläufig zu fragen, als er den Kopf durch die Wohnzimmertür streckte. Tommy sah auf.

»Ja, er wollte kommen.«

»Schön.« Jake nickte kurz und ging wieder in die Küche.

»Ein wunderschönes Haus«, sagte Garys Frau Anna und fuhr mit der Hand über die Messingstange des Aga. »So einen habe ich mir immer gewünscht.«

»Weißt du«, begann Jake, obwohl Scheinwerfer in der Auffahrt ihn ablenkten, »das sagen alle, aber ein Aga ist der größte und teuerste Heizkörper der Welt.«

»Du würdest ihn also nicht empfehlen?«

»Er ist schon toll, versteh mich nicht falsch – und die Hunde lieben ihn. Aber zum Kochen taugt er nicht. Man muss bloß mal versuchen, einen Sonntagsbraten darauf zu machen. Wenn man die Yorkshire Puddings vorbereitet hat, ist er schon halb abgekühlt, und die Kartoffeln brauchen ungefähr zwei Stunden.«

»Hast du das gehört, Gary?« Anna tätschelte ihrem Mann den Arm. »Jake hat nämlich nicht nur ein hübsches Gesicht, sondern er macht auch seine Yorkshire Puddings selbst.«

Gary lachte in sich hinein. »Jetzt verrate mal nicht alle deine Geheimnisse, Jake.« Er legte den Arm um seine Frau. »Ich will nicht, dass sie nach all diesen Jahren von mir verlangt, dass ich das Sonntagsessen koche.«

»Pscht, du.« Anna lachte.

»Hi«, sagte Hannah, als Jake die Tür öffnete. »Tut mir leid, die Alarmanlage im Laden hat uns aufgehalten. Sie hat einfach nicht aufgehört zu piepen, und ich dachte schon, wir müssten die Sicherheitsfirma rufen.«

»Habt ihr es hingekriegt? Brauchst du Hilfe?«

»Nein, alles gut.« Hannah sah Ben an und lachte. »Jemand hatte den Code falsch eingetippt.«

»*Jemand* hat mir den falschen Code gesagt.« Ben stupste seine Mutter an.

»Jemand muss mir jetzt was zu trinken besorgen.« Hannah stieß Ben sanft in den Rücken und schob ihn durch die Tür.

»Mach ich«, sagte Jake. »Darf ich dir den Mantel abnehmen?«

»Aber gern.« Sie reichte ihm den Mantel, nahm ihre rote Wollmütze ab und wickelte sich den Schal vom Hals. Dann griff sie sich ins Haar. »Ach du Schreck, jetzt sehe ich bestimmt ganz verstrubbelt aus.«

»Du siehst schön aus«, sagte Jake, ohne zu überlegen. Hannah senkte kurz den Blick.

»Jedenfalls«, sie sah wieder auf, und ihre Augen funkelten, »hast du nicht was von einem Drink gesagt?«

»Sofort.« Er brachte ihre Sachen in die Garderobe. Sie rochen nach ihrem Parfüm. »So, jetzt kriegst du deinen Drink. Nach dem Stress mit der Alarmanlage kannst du den bestimmt gebrauchen.«

In der Küche war es nach den ersten Drinks lauter geworden. Alle unterhielten sich angeregt. Jake schenkte ein Glas Weißwein ein und reichte es Hannah.

»Eigentlich müsste es Glühwein sein.«

»Oder heißer, gewürzter Cider.«

»Irgendwas Heißes mit Gewürzen. Aber unten im Sommerhaus habe ich heißen Kakao und so was für die Jungen vorbereitet – und für uns.«

Hannah trank einen Schluck und sah sich um.

»Tolles Haus.«

»Danke.«

»Und welche Geschichte steckt dahinter? Warum hast du es gekauft?«

»Ich wollte schon immer in einem alten Haus leben. Als die Jungs heute Abend reinkamen, sagten sie, es sähe aus wie ein Spukhaus.«

»Und? Spukt es hier?«

»Ich hoffe nicht. Ich wohne allein hier, und ich glaube nicht, dass die Hunde viel tun würden, um mich zu beschützen, sie würden bloß aus Leibeskräften bellen.«

»Um Einbrecher abzuschrecken, taugen sie nicht viel, oder?«

»Nein, gar nicht.«

»Ich würde gern mal das ganze Hause sehen.«

»Warum nicht jetzt?« Jake checkte, ob alle noch zu trinken hatten. Niemand schien eilig nach draußen in die Kälte zu wollen, und die Jungen spielten vergnügt FIFA auf den Konsolen. »Möchtest du?«

»Sehr gern.«

Jake ließ Hannah auf der Treppe nach oben den Vortritt, einmal aus Höflichkeit und zum anderen weil er – da war er ganz ehrlich – ihren Po sehen wollte, während sie die Treppe hinaufstieg. Das Schönste an Hannah war, befand er, als er sie oben am Geländer der Galerie stehen und hinunterblicken sah, dass sie nicht im Geringsten ahnte, welche Wirkung sie auf ihn oder auf andere hatte. Ihr war überhaupt nicht bewusst, wie hübsch sie war.

»Beth hat gesagt, das Haus war ganz heruntergekommen, als du es gekauft hast?«

»Ja, richtig verwüstet. Im Krieg wurde es als Lazarett genutzt, und danach konnten die Besitzer sich die nötigen Arbeiten nicht leisten. Schließlich haben sie aufgegeben. Als ich es gekauft habe, stand es schon viele Jahre leer.«

Hannah ließ die Hand über das seidenglatte Holz des Geländers gleiten. »Ich kann gar nicht glauben, dass du in einem so fantastischen Haus wohnst – seltsam, oder?«

Jake schüttelte den Kopf. »Überhaupt nicht. Mir geht es ja ganz ähnlich. Das ist himmelweit entfernt von dem, wie wir – wie ich aufgewachsen bin.«

»Wir«, stimmte Hannah leise zu. »Ich nämlich auch. Ich weiß, was du meinst.«

Er sah sie einen Moment lang an und machte dann, als würde er von einer unsichtbaren Kraft gezogen, einen Schritt auf sie zu. Hannah sah ihm in die Augen.

»Es ist einfach –«, setzte Jake an, doch da – wie auf Kommando – kam von unten Gepolter und dann sprang ein Ball über den Fliesenboden der Eingangshalle, gefolgt von zwei lachenden, juchzenden Jungen, die ihn aufhoben, bevor er Schaden anrichten konnte. Mit einem Lächeln schüttelte Hannah den Kopf.

»Ich glaube, es könnte jetzt an der Zeit sein, die ganze Bande nach draußen zu schicken, sonst geht hier noch irgendwas zu Bruch.«

»Ich glaube, da könntest du recht haben.«

Sechsundzwanzigstes Kapitel

Oje, oje, dachte Hannah. Sie legte sich die Hand aufs Herz, um sich zu beruhigen, denn eine Sekunde lang hatte sie sich tatsächlich vorgestellt, Jake würde sie gleich küssen. Dann hatten die Jungen unten losgetobt, und schlagartig war sie wieder in der Realität gelandet. Die Chancen, dass er ihr seine ewige Liebe erklären würde, wenn sie – na ja, einfach sie selbst war – waren gleich null. Hannah schüttelte den Kopf und musste innerlich über sich lachen.

Draußen im Garten wanderten sie einen Kiesweg hinunter, der neben dem langen Rasenstück in einem Bogen zum Wald führte. Unter der Bezeichnung Sommerhaus hatte Hannah sich eine Art Hütte vorgestellt, aber es war ein wunderschönes großes Holzhaus, das in den Alpen hätte stehen können, mit einer Grillgrube davor und Sitzgelegenheiten ringsherum. Lichterketten erhellten es mit tausend glitzernden Lämpchen. Es gab einen großen Kessel mit heißem Kakao, und dazu auf einem Tischchen Sprühsahne, Marshmallows und Schokostreusel. Daneben standen Cracker, Marshmallow Fluff und Chocolate Chunks, um S'Mores herzustellen. Die Jungen stürzten sich unverzüglich darauf.

»Der Wahnsinn, oder?«, sagte Anna, die neben Hannah stand, leise. »Kommt mir vor, als wäre ich in einem amerikanischen Film.«

»Geht mir genauso.« Hannah nickte. »Nur, dass es da am 5. November kein Feuerwerk gibt, und außerdem finden sie es auch total bekloppt, dass wir eine Guy-Fawkes-Puppe verbrennen.«

Beide Frauen lachten.

»Wenn man vom Teufel redet...« Anna zeigte auf die Jungen, die gerade quer über den Rasen kamen und die große Strohpuppe hoch in die Luft hielten. Sie lachten und machten ordentlich Krach.

»Dann gehen wir lieber auch wieder raus«, sagte Hannah und zog ihren Schal fester um den Hals, denn im Freien war die Luft frisch. »Ich glaube, gleich wird das Feuer angezündet.«

»Drei – zwei – eins – LOS!«, brüllte die ganze Fußballmannschaft begeistert, und Jake stieß eine brennende Fackel in den Holzhaufen. Sofort schossen Flammen heraus, und alle jubelten.

»Und jetzt das Feuerwerk«, sagte Jake, als der Holzhaufen richtig loderte und alle eine Weile zugeschaut hatten. Er ging zu einer Stelle, die sorgsam mit Metallstäben und Seilen abgesperrt war.

»Dürfen wir es anzünden?«, rief Ben hoffnungsvoll.

»Kommt nicht in die Tüte!« Jake lachte.

Hannah merkte, dass sie einen Handschuh im Sommerhaus vergessen hatte, und als sie damit zum Feuer zurückging, begegnete ihr Jake.

»Das ist megaschön«, sagte sie. »Du bereitest ihnen einen unvergesslichen Abend.«

»Das Mindeste, was ich tun kann.«

Über ihren Köpfen zischten in schneller Folge bunte Raketen und funkensprühende, knisternde Lichter durch die Luft. Hannah sah ihm ins Gesicht, das vom Flammenschein beleuchtet war, und ihr wurde bewusst, dass das heiße Prickeln, das sie spürte, nichts mit den Feuerwerkskörpern zu tun hatte, die den samtschwarzen Nachthimmel erhellten. Die Wahrheit ist, gestand sie sich ein und legte überrascht die Hand vor den Mund, dass du dabei bist, dich Hals über Kopf in diesen Mann zu verlieben. Und du kannst ihn nicht haben.

Siebenundzwanzigstes Kapitel

Der November war rasend schnell vergangen. Inzwischen hatte Hannah den Laden schön weihnachtlich geschmückt, und das zweite Buchklubtreffen war ein Volltreffer gewesen. Allmählich fühlte sie sich in Little Maudley zu Hause, und sie konnte kaum das Wochenende erwarten, denn Katie wollte sie besuchen. Seit die Freundin das letzte Mal da gewesen war, waren einige Wochen vergangen, und Hannah freute sich sehr auf ein Mädelswochenende mit Wein und Weihnachtsfilmen und einem Takeaway vom Chinarestaurant in Bletchingham.

Katie erschien mit den Armen voller Geschenktüten und einem Nebel aus feinen Regentröpfchen im Haar. Ein trüber, nasser Dezember hatte den kalten, klaren November abgelöst, aber das störte Hannah nicht. Sie hatte beschlossen, dass es ein fröhliches Weihnachtsfest werden sollte – nicht nur für Ben, sondern auch für sie selbst. Es machte ihr Freude, Pläne dafür zu schmieden, ohne Phils mangelndes Interesse an den Feiertagen berücksichtigen zu müssen, und sie gab ihr Bestes.

»Mein Gott, das sieht ja toll aus.« Katie blieb einen Moment vor dem Laden stehen, um sich alles anzusehen. Sie schaute durchs Fenster in die kleine Buchhandlung. »Und dein Buchladen ist hinreißend. Jetzt lebst du deinen Traum, stimmt's?«

Hannah lächelte. »Ein bisschen schon. Ich hab ehrlich nicht geahnt, wie gut es mir hier gefallen würde.«

»Auf der Dorfwiese steht schon ein Weihnachtsbaum,

und die Bücherei in der Telefonzelle ist mit Lichterketten geschmückt.«

»Und morgen gibt es einen Gottesdienst mit Advents- und Weihnachtsliedern. Es ist wie in einem Richard-Curtis-Film.«

»Jetzt brauchst du bloß noch einen geilen Fußballer, der dich vom Hocker haut.« Katie folgte Hannah in den Laden. »Aber stopp mal, den hast du ja schon.«

»Jetzt fang nicht wieder damit an. Er ist ein Freund, mehr nicht.«

»Ein Freund, der zufällig vorbeikommt und dir hilft, wenn im Laden das Licht ausgeht?«, fragte Katie verschmitzt.

»Das hättest du doch auch getan, oder etwa nicht?«

»Doch, klar. Okay, das ist ein Argument.«

Vor zwei Abenden hatte Jake gerade Ben von einem Mittwochstraining nach Hause gebracht, als im Laden mit einem beunruhigenden Knall der Strom ausfiel. Kurz zuvor hatte Hannah über den Bücherregalen eine letzte Lichterkette angebracht. Jake war hereingekommen, hatte geholfen, das Problem zu lösen, und war dann auf einen Kaffee geblieben. Sie hatten über ein Buch gesprochen, das er gelesen hatte, und er war überzeugt gewesen, dass es ihr sehr gefallen würde. Am nächsten Morgen war er dann kurz in den Laden gekommen und hatte es ihr gebracht.

»Jedenfalls«, Katie ließ sich aufs Sofa fallen, »ich finde es schön, dass du jemanden hast – auch wenn es *nur ein Freund* ist, ja, ich weiß schon.« Sie warf Hannah einen vielsagenden Blick zu. »Aber er ist anständig und behandelt dich gut.«

»Da hast du recht.«

»Und Ben findet ihn genial, stimmt's?«

»Ja, das ist wahr. Er hat Respekt vor ihm, während er Phil nie respektiert hat.«

»So richtig erstaunlich ist das nicht, oder?«

Hannah verdrehte die Augen. »Nein, eigentlich nicht.«

Sie ließ Katie ihre Sachen auspacken und ging in die Küche, um die Teller zum Anwärmen in den Backofen zu stellen. Ben war wie üblich mit Freunden zusammen, aber sie würde ihm etwas aufheben.

»Ich hole uns schnell was vom Chinesen. Bis ich in Bletchingham bin, haben sie das Essen fertig. Hast du überhaupt Hunger?«

»Ich falle gleich um vor Hunger«, rief Katie aus dem kleinen Gästezimmer. »Ich könnte jetzt gut eine große Portion Rindfleisch mit schwarzen Bohnen und Nudeln verdrücken und vielleicht noch ein paar Frühlingsrollen als Vorspeise.«

»Prima. Ich rufe vom Auto aus im Restaurant an.« Hannah griff nach ihrem Handy.

Es war witzig, wie schnell sie sich an das Leben auf dem Dorf gewöhnt hatte. Wenn jemand ihr vor einem Jahr gesagt hätte, dass sie ganz selbstverständlich fünf Meilen weit fahren würde, um ein Takeaway zu holen oder in den Supermarkt zu gehen, hätte sie nur gelacht. So viel hatte sich in dieser kurzen Zeit verändert. Sie fuhr aus dem Dorf hinaus und an der Abzweigung nach Greenhowes vorbei. Über die Hecke hinweg konnte sie die Lichter des großen Hauses zwischen den Bäumen schimmern sehen. Vermutlich war Jake da und machte irgendetwas, was er an Samstagabenden eben so machte.

Es war seltsam, dass er nie von der Frau sprach, die ihn von

Helens Dinnerparty abgeholt hatte. Irgendwann hatte er mal eine Assistentin erwähnt. Ob sie das gewesen war? Vielleicht war sie mehr als eine Assistentin? Doch eigentlich spielte das keine Rolle, oder? Schließlich machte er Hannah keine stürmischen Liebeserklärungen. Aber es war schön, dass sie sich angefreundet hatten. Sie hatte eigentlich nie männliche Freunde gehabt – Phil war immer eigentümlich besitzergreifend gewesen, und als Ben noch klein war, hatte sie auch kaum Gelegenheit gehabt, neue Leute kennenzulernen. Jetzt wohnte sie in einem winzigen Dorf, und ihr Sozialleben war bunter, als sie es sich jemals hätte träumen lassen.

Sie stellte den Wagen auf dem Parkplatz am Kanal ab und ging durch das schmale Gässchen zum chinesischen Restaurant hinauf. Eine der Straßenlaternen flackerte unheimlich, und in der menschenleeren Gasse überkam sie etwas wie eine dunkle Vorahnung. Dabei war Bletchingham doch alles andere als eine Großstadt – Hannah schüttelte den Kopf und versuchte, sich das bange Gefühl auszureden. Als jedoch ein großer, korpulenter Mann auf sie zukam, drehte sie mit einer fast unbewussten Bewegung ihren Autoschlüssel so, dass die Spitze zwischen ihren Fingern hervorguckte. Der Mann sah sie im Vorbeigehen von der Seite an, dann zog er sein Handy heraus und telefonierte.

»Ja, ich versuche gerade rauszukriegen, wo sie ist. Das kann doch nicht so schwer sein.«

Hannah beschleunigte ihre Schritte und war erleichtert, als sie aus der düsteren Gasse auf die Hauptstraße kam. Das Essen war bereits verpackt und wartete auf sie. Sie nahm es lächelnd entgegen, bedankte sich und bezahlte und beschloss dann, zum Parkplatz zurück den Umweg an der alten Bibliothek vorbei zu machen.

Als sie wieder in Little Maudley ankam, stand ein wohlbekannter dunkler Range Rover vor dem Laden. Verwirrt nahm Hannah das Essen an sich und ging ins Haus. Schon als sie die Haustür öffnete, hörte sie Katies schrilles Gelächter und eine vertraute Stimme.

»Wir haben Besuch«, sagte Katie, als Hannah ins Wohnzimmer trat.

Jake stand vom Sofa auf. Katie hatte es sich im Sessel gemütlich gemacht und schien sich ganz zu Hause zu fühlen.

»Hallo.« Hannah stellte die Tüte mit dem Essen auf den Couchtisch und sah Jake an.

»Hi.« Er rieb sich das Kinn und wirkte plötzlich verlegen. »Tut mir leid, ich hätte mir ja denken können, dass ihr gerade esst.«

»Kein Problem.« Hannah sah zu Katie hinüber, die Bauklötze staunte und mit den Lippen das Wort »Wahnsinn« formte.

»Jake wollte dich bloß um einen Gefallen bitten«, sagte sie dann und stand nun auch auf. »Weißt du was? Ich hole uns Teller und Besteck, und er kann dir sagen, was du morgen tun sollst.«

»Von sollen ist nicht die Rede«, sagte Jake. Die Situation schien ihm peinlich zu sein.

»Doch, Hannah soll das machen«, sagte Katie nachdrücklich. »Ich will keine Widerrede hören.«

»Was ist denn los?« Hannah hockte sich auf den Couchtisch. Jake zögerte einen Moment, als sei er unsicher, ob er stehen bleiben oder sich auch hinsetzen wolle. Schließlich setzte er sich wieder aufs Sofa, legte die Hände auf die Oberschenkel und beugte sich ein wenig vor.

»Ich hab morgen Abend eine – Veranstaltung. Ich hatte zwar versucht, das abzublasen, aber ein Freund von mir musste absagen, und jetzt brauchen sie mich. Ich soll eine Auszeichnung verleihen.«

»Okay ...« In Hannahs Magen wühlte es – war es Nervosität oder schon Vorfreude? Vielleicht beides. Sie sah Jake schweigend an.

»Und die Sache ist, dass ich da nicht allein hinkommen kann.«

»Du brauchst eine Begleitung?« Hannahs Worte kamen piepsig heraus, und sie errötete dabei. Warum konnte sie nicht einmal ein bisschen cool sein? Katie hätte sich in dieser Situation nicht wie eine Vierzehnjährige verhalten.

»Hm.« Jake verzog das Gesicht, »ja, könnte man so sagen.«

»Okay.« Hannah atmete behutsam ein und bemühte sich, ruhig und gelassen zu erscheinen. »Und an wen hast du gedacht?«

»An dich natürlich.« Jake fing an zu lachen. »Ich meine – ich bin nur – also, ich brauche eine Frau, die mitkommt, die das Ganze aber nicht so tierisch ernst nimmt, und ich hab gedacht, vielleicht findest du es ganz schön, dem Dorf mal für einen Abend zu entkommen. Aber dann habe ich gesehen, dass du Katie hier hast, und –«

Katie erschien mit einem großen Tablett mit drei Tellern und dem Essen, das sie in Schüsseln gefüllt hatte. »Und ich hab ihm schon gesagt, dass ich absolut kein Problem damit habe, hier zu bleiben, ein Auge auf Ben zu haben und die Stellung zu halten. Fahr du nur nach London und vergnüge dich da mit den Promis.«

»Promis?« Hannah sah Jake fragend an.

»Na ja, berühmte Sportler. Es geht um die Verleihung der Auszeichnung *Sportler des Jahres.*«

»Oh, toll! Da wird Ben ja total neidisch sein.«

»Wenn er weiter so spielt wie bisher, ist er bald selbst dabei.«

»Siehst du«, sagte Katie, offenbar sehr zufrieden mit sich.

»Aber warum soll gerade ich mitkommen?«

Katie warf Hannah einen verzweifelten Blick zu. »Hannah, du musst sagen: ›Oh, wow, herzlichen Dank, lieber Jake, ich komme wahnsinnig gern mit.‹«

»Ach –« Hannah schob sich eine Locke hinters Ohr. »Tut mir leid. Ja, ich begleite dich gern. Aber ich habe nichts anzuziehen.«

»Doch«, sagte Katie bestimmt. »Und ich mache dir die Haare und schminke dich und so.«

»Du würdest mir einen riesigen Gefallen tun«, sagte Jake. Er schob seinen Ärmel hoch und rieb sich den Arm. Wenn sie bei der Verleihungszeremonie neben ihm stand, würde sie wie eine graue Maus aussehen, überlegte Hannah. Aber vielleicht war das ja der Sinn der Sache. Sie wusste gut, wie sehr Jake die Presse und Publicity überhaupt verabscheute. Wenn er nun eine Frau am Arm hatte, die einfach nichts hermachte, würden die Fotografen ihn gar nicht bemerken.

»Sehr gern«, sagte sie entschlossen.

»Ernsthaft?« Jake wirkte erleichtert. »Wunderbar.«

»Hab ich dir doch gesagt«, erklärte Katie mit der Zufriedenheit einer geborenen Kupplerin. »So, ich hab einen Bärenhunger. Jake, bleibst du und isst etwas mit uns?«

»Ich würde ja gern«, er warf einen schmachtenden Blick auf das Essen, »aber vermutlich habt ihr beide euch ganz viel zu erzählen. Hannah, ich rufe dich morgen an und sage dir, wann ich dich abhole, ja?«

»Perfekt.« Und nein, sie würde sich nicht davon unterkriegen lassen, dass sie schon jetzt vor Aufregung kaum noch Luft bekam.

»Schön, also, dann bin ich wieder weg.«

»Willst du wirklich nicht bleiben?« Katie fuchtelte ihm mit einem Stück Frühlingsrolle vor der Nase herum.

»Nein.« Jake lachte. »Aber danke.«

»Ich bring dich zur Tür«, sagte Hannah und stand auf.

Als Hannah die Wohnzimmertür schloss, drehte sie sich ganz kurz zu ihrer Freundin um. Katie strahlte über das ganze Gesicht und hob den Daumen, dann steckte sie sich das Stück Frühlingsrolle in den Mund.

»Ich bin noch nie auf so einer Veranstaltung gewesen«, sagte Hannah an der Haustür zu Jake. Er blieb auf der kleinen Veranda stehen. Mit seiner Größe und seinen breiten Schultern füllte er sie beinahe aus.

»Ich freue mich darauf, den Abend mit einer Begleiterin zu verbringen, deren Gesellschaft ich genieße«, sagte er und sah ihr in die Augen. Hannah wurde vor lauter Aufregung und Vorfreude flau im Magen.

»Gut, dann sagst du morgen früh Bescheid, wann du mich abholst? Soll ich mich hier schon entsprechend anziehen, oder –« Sie wollte nicht unverschämt sein, aber wie lief das normalerweise bei solchen Veranstaltungen? Blieben die Leute dort oder nahmen sie ein Taxi nach Hause? Oder einen Wagen mit Chauffeur? Für Hannah war das alles etwas unheimliches Neuland.

»Ich hole dich ab, und ich werde nichts trinken, also fahre ich selbst. Aber du kannst so viel Champagner schlürfen, wie du möchtest.« Er lächelte sie an und hob eine Augenbraue. »Ich verspreche dir, dass ich das nicht ausnutzen werde.«

Bei seinem letzten Satz geriet Hannahs Herz kurz ins Stolpern und sie spürte, wie sie leicht errötete. Sie kehrte ins Wohnzimmer zurück, schloss die Tür und lehnte sich mit einem tiefen Seufzer dagegen.

»Du lieber Himmel!« Katie fächelte sich mit einer Serviette Luft zu. »Wo fange ich an?«

»Keine Ahnung.« Hannah rutschte an der Tür hinunter auf den Teppichboden, wo sie leicht benommen sitzen blieb. »Als ich gesagt habe, ich wollte aufs Land ziehen und da ruhig und in Frieden leben, hab ich mir das eigentlich anders vorgestellt.«

Katie stand auf und streckte ihr die Hand hin, um sie hochzuziehen. Dann nahm sie Hannah ganz fest in die Arme.

»Ich freue mich so sehr für dich, Hannah. Ich hab dir immer gesagt, dass du im Leben auch mal etwas für *dich* tun musst. Und jetzt machst du das, aber hallo.«

Hannah ließ sich auf dem Sofa nieder. Das Essen, das allmählich kalt wurde, ignorierte sie. Sie hatte nicht mehr den geringsten Hunger.

Katie schaltete den Fernseher ein, löffelte Nudeln und

Hähnchen in süßsaurer Soße auf einen Teller und reichte ihn Hannah. »Du musst was essen, Kind, du siehst aus, als wärst du auf einem anderen Stern.«

»Alles in Ordnung.« Halbherzig stocherte Hannah in den Nudeln herum.

»In Ordnung nennst du das?« Katie sah sie scharf an. »Du bist total verrückt nach ihm, und jetzt versuch bloß nicht, mir zu widersprechen.«

Hannah öffnete den Mund.

»Nein, hab ich gesagt.« Katie hob warnend den Zeigefinger. »Und außerdem« – sie spießte ein Stück grüne Paprika auf die Gabel und fuchtelte damit in der Luft herum – »ist er auch total verrückt nach dir.«

»Ja, genau.« Hannah verdrehte die Augen. »Weil englische Fußballmillionäre immer auf gestresste Fünfunddreißigjährige mit Teenagersöhnen stehen. Wahrscheinlich tue ich ihm einfach leid.« Sie dachte an Jakes Bemerkung, dass er ihren Zustand nach dem Champagnertrinken nicht ausnutzen würde, und spürte ein winziges, heimliches Kribbeln. Er konnte doch nicht wirklich Interesse an ihr haben?

»Hannah, du bist eine hinreißende Frau und ein liebenswerter Mensch, du bist hierhergezogen und endlich aus dem Schatten von diesem verdammten Phil rausgetreten. Du hast einen Buchklub gegründet und eine Buchhandlung eröffnet, und soweit ich das sehe, halten dich alle hier im Dorf für die Größte. Ich glaube, es ist höchste Zeit, dass du dich selbst mal so siehst, wie andere dich sehen.«

»Jetzt hast du's mir aber gegeben.« Hannah lachte.

»Das war auch mal nötig.« Katies Stimme war fest. »Und

sobald ich das hier alles aufgegessen habe« – sie zeigte auf das riesige Tablett mit Essen –, »nehme ich dich mit ins Schlafzimmer und wir suchen dir etwas Schönes zum Anziehen.«

Als Hannah am nächsten Morgen aufwachte, war ihr vor lauter Erwartung ein bisschen übel. Sie checkte sofort ihr Handy, einfach für den Fall, dass Jake ihr eine Nachricht geschickt hatte – dabei war er wahrscheinlich noch gar nicht wach.

Guten Morgen – ich hoffe, es bleibt dabei mit heute Abend?
Sie tippte sofort eine Antwort.
Ja, klar.
Da bin ich erleichtert. Okay, ich hole dich um drei ab? Der Verkehr kann abartig sein, aber dann haben wir gute Chancen, rechtzeitig ins Hotel zu kommen, und können uns fertig machen.
Hotel? Überrascht sog Hannah die Luft ein.
Hast du nicht gesagt, wir fahren zurück?
Doch, klar ☺ Aber sie geben mir selbstverständlich ein Zimmer, zum Umziehen und so, bevor es dann losgeht. Du kannst deine Sachen mitbringen und dich da anziehen. Es ist eine ganze Suite, ich komme dir also nicht in die Quere.

Hannah musste zugeben, dass die Aussicht, sich in einer eleganten Hotelsuite fertig zu machen, reizvoll war. Wenn sie bloß Katie mitnehmen könnte, um ihr dabei zu helfen.

Klingt super. Kann ich irgendwas mitbringen?

Kaum hatte Hannah das abgeschickt, da war ihr schon klar, wie naiv es klang. Diese Veranstaltung war ein riesiges Event, keine Schuldisco, wo man eine Flasche billigen Wodka einschmuggelte und sie leer machte, wenn die Lehrer gerade nicht guckten.

Nur dich selbst. x

Bevor sie antwortete, betrachtete Hannah für einen langen Moment das Küsschen.

Katie amüsierte sich prächtig. Sie spielte Kaufmannsladen. Zum Glück würde eine der Ehrenamtlichen aus dem Dorf den ganzen Tag lang zur Verfügung stehen und sich um die Kasse und andere technische Dinge kümmern. Aber Katie war entschlossen, richtig mit anzupacken. Sie hatte eine »Das Alte Postamt«-Schürze vorgebunden und ihr Haar zu einem kecken Pferdeschwanz frisiert und staubte mit einem Staubwedel die Bücherregale ab. Dabei summte sie vor sich hin.

»Na, macht dir das Spaß?«

»Ich find's einfach super.« Katie strahlte. »Ich könnte doch kündigen und herziehen und das ganztags machen.«

»Das kann ich mir nicht vorstellen. Schon allein deshalb nicht, weil du nicht genug verdienen würdest.«

»Na gut, aber ich habe bisher null Erfolg darin gehabt, einen fantastischen Abend mit einem hinreißenden Fußballer zu ergattern, und du bist in der Beziehung offenbar ziemlich gut.«

»Ach, halt den Mund.« Hannah kicherte.

»Gut, jetzt lass uns mal gucken, was du heute Abend anziehst.« Sie warf einen Blick zum Ladentisch hinüber, wo die Ehrenamtliche gerade bediente. »Ich gehe eben mit Hannah rüber und helfe ihr«, erklärte sie. Die Frau wirkte etwas verblüfft. Hannah schüttelte in gespielter Verzweiflung den Kopf und folgte Katie ins Wohnhaus.

»Weißt du was?« Katie hielt ein langes schwarzes, mit Pailletten besetztes Kleid hoch und verzog nachdenklich das

Gesicht. »Für eins müssen wir Phil dankbar sein. Diese vielen unglaublich öden Abende bei irgendwelchen Geschäftsessen haben dafür gesorgt, dass du wenigstens ein paar schöne Kleider im Schrank hast.«

»Aber ich finde, das ist ein bisschen zu schlicht, meinst du nicht?«

»Elegant, nicht schlicht. Elegant mit Glitzer. Genau der richtige Stil.«

»Ich hab ein ganz schlechtes Gewissen. Du kommst extra her, um mich zu besuchen, und da haue ich nach London ab.«

Katie gab etwas wie ein Prusten von sich und schüttelte den Kopf. »Ich finde das wunderbar. Du hast es verdient, ganz und gar.«

»Du brauchst nicht im Laden zu arbeiten, hörst du. Grace kommt gut allein klar.«

»Ja, ich weiß.« Katie rieb sich die Hände. »Aber es macht mir richtig Spaß, Kaufmannsladen zu spielen und ein bisschen Dorfatmosphäre zu schnuppern.«

»Du klingst wie Beth. Allerdings ging es ihr nicht um die Atmosphäre, sondern um den Dorfklatsch.«

»Ja, darauf hab ich auch Lust. Falls irgendwas Aufregendes passiert, kriegst du eine Nachricht.«

Achtundzwanzigstes Kapitel

In Greenhowes saugte Jake die Autositze. Obwohl er dem Wagen in der vergangenen Woche eine komplette Innenreinigung spendiert hatte, waren sie noch voller Hundehaare, denn Meg und Mabel hatten die Angewohnheit, in jede offene Wagentür hineinzuspringen, weil sie hofften, zu einem Abenteuer mitgenommen zu werden. Für die Nacht auf Sonntag hatte Pippa die Hunde mit zu sich genommen, daher brauchte er sich keine Sorgen zu machen, dass er vielleicht nicht rechtzeitig zurück sein würde. Er war ganz kribbelig vor Aufregung, nicht wegen der Veranstaltung – die würde er schwänzen, wenn er die Möglichkeit hätte –, sondern bei der Aussicht auf einen ganzen Nachmittag und Abend mit Hannah. Solange ihm nicht die Gesprächsthemen ausgingen, dachte er, aber bisher war das in den Unterhaltungen mit ihr nie ein Problem gewesen. Wenn er in den Laden kam, quatschten sie immer ewig miteinander. Und nach dem Fußballtraining, wenn Ben und die anderen Jungen gern noch ein bisschen weiterkickten, standen Hannah und er am Rand, redeten und tranken Kaffee. Er hatte noch nie einen Menschen kennengelernt, mit dem er so ungezwungen sprechen konnte – und dass sie so unglaublich hübsch war, schadete auch nicht gerade. Jake konnte es kaum erwarten, sie heute Abend in festlicher Garderobe zu sehen.

Er hatte gerade das Haus abgeschlossen und packte die Kleiderhülle mit dem Anzug auf den Rücksitz, da hörte er, dass ein Auto die Auffahrt entlangkam. Jake wartete einen

Moment. Wer konnte das sein? Er hatte nichts bestellt, und die Post war bereits da gewesen. Als der Wagen sich näherte, sah Jake, dass es ein Taxi war. Es hielt, und Sarah stieg aus. Sie hängte sich ihre Taschen über die Schulter.

»Hallo«, sagte er, ging zu ihr hinüber und nahm ihr eine Tasche ab. Sie war so schwer, dass er sich fragte, ob sie neben ihren Büchern auch Steine darin herumschleppte.

»Hi.« Sarah wirkte verlegen. »Ich dachte, du wärst schon weg.«

»Nö.« Jake folgte ihr zurück zum Haus. Sarah schloss mit ihrem Schlüssel auf, ließ ihre Tasche im Flur fallen und machte Licht, denn es war zwar erst halb drei, wurde aber bereits dunkel. Zum Glück war der kürzeste Tag des Jahres nicht mehr fern, und bald würde es wieder heller werden. Jake hasste die Finsternis des Winters.

»Ich dachte, dein Kurs wäre erst am Montag zu Ende?«

Erst gestern hatte er Sarah mit Taschen voller Bücher und der Meditationsmatte unter dem Arm zum zweiten Teil ihres Achtsamkeitskurses gefahren.

»Das stimmt ja auch.«

Jake runzelte die Stirn. »Was ist denn passiert?«

»Keine Ahnung.« Sarah seufzte. »Es war dieses Mal alles – ziemlich intensiv. Jedes Mal, wenn wir Übungen gemacht haben, kamen schlimme Erinnerungen in mir hoch, und ich hatte das Gefühl, dass ich ausrasten könnte.«

»Deswegen finde ich diese ganzen Meditationsgeschichten schwierig«, sagte Jake. »Wenn ich meine Gedanken loswerden will, lese ich ein Buch. Ich will nicht darüber meditieren, was in mir vorgeht – oder was auch immer man da machen soll.«

»Ich glaube, man soll eigentlich an gar nichts denken ... Aber ich musste immer über Mum nachgrübeln und wie es in unserer Kindheit war. Und auch über Joe.«

»Über Joe?«, fragte Jake behutsam. Sarah hatte ihren Ex ewig nicht mehr erwähnt.

»Keine Ahnung, es war ja nicht alles schlimm.«

»Er hat dich geschlagen«, sagte Jake finster. »Wie schlimm muss es denn noch kommen?«

»Ich weiß, ich weiß. Ich hab einfach ...« Sarah verstummte. »Jedenfalls ist mir bewusst geworden, dass ich es gerade überhaupt nicht gebrauchen kann, auf einer Yogamatte zu sitzen und über das alles nachzudenken. Das wollte ich damit sagen. Also habe ich mir gedacht, es ist am besten, wenn ich wieder herkomme und vor dem Kamin mit den Hunden chille oder einen Film gucke und mir überlege, was ich als Nächstes tun könnte.«

»Du brauchst nichts zu tun.« Jake nahm seine Halbschwester in die Arme. »Du hast genug Scheiß erlebt, mit dem du fertigwerden musstest, Sarah. Vielleicht ist es in Ordnung, wenn du dich eine Weile einfach ausruhst.«

»Kann sein.« Sarah sah zu ihm hoch und zog nachdenklich die Stirn kraus. »Ja, vielleicht ist das die Lösung. Wo sind eigentlich die Hunde?« Sie sah sich in der Diele um.

»Sie sind über Nacht bei Pippa.«

»Ach so.« Einen Moment lang wirkte sie ganz enttäuscht. »Na gut, dann haue ich mich einfach aufs Sofa und gucke irgendwelche blöden Filme.«

»Im Kühlschrank ist ganz viel zu essen, falls du Hunger hast – und Wein und Champagner sind auch da, wenn du möchtest.«

Jake wollte ihr nicht auf die Nase binden, dass er den Kühlschrank mit Getränken und Naschereien aufgefüllt hatte, weil er die ganz leise Hoffnung hegte, dass er Hannah nach der Veranstaltung überreden könnte, noch mit nach Greenhowes zu kommen und ein Gläschen Champagner mit ihm zu trinken oder so. Was dieses »oder so« sein könnte, wollte er sich selbst nicht eingestehen.

»Cool.« Sarah nahm ihre Taschen. »Darum kümmere ich mich später. Wo fährst du hin?«

»Ach, bloß zu so einem Event in London, wo eine Auszeichnung verliehen wird. Kannst ja mal gucken, vielleicht siehst du uns nachher in den Nachrichten.«

»Uns?«

»Ich habe Hannah gebeten, mitzukommen. Macht mehr Spaß, wenn sie dabei ist.« Jake bemühte sich, ganz locker zu klingen.

Sarah wirkte nicht überzeugt. »Gut, dann macht ihr euch also einfach eine schöne Zeit.«

»Genau.«

Sarah rieb sich das Kinn und sah ihn mit wissender Miene an.

»Also, hoffentlich hab ich dir jetzt nicht in die Suppe gespuckt, Brüderchen.«

»Ach was, nein.« Jake schüttelte lachend den Kopf. »Aber jetzt muss ich wirklich los.«

Um keinen Preis hätte er Sarah gestanden, dass sie genau das getan hatte.

Neunundzwanzigstes Kapitel

»Und mach nichts, was ich nicht auch machen würde«, rief Katie, als Hannah in den Wagen stieg. Von Ben hatte sie sich schon im Haus verabschiedet, und er hatte sich – bemüht cool – geweigert, mit nach draußen zu kommen und zu winken.

»Ach, halt den Mund.« Hannah lachte. Jake, der gerade ihre Tasche in den Kofferraum lud, schien Katies Ermahnung nicht gehört zu haben. Er setzte sich ans Steuer und ließ den Motor an.

»Auf geht's. London?«

»London.« Hannah nickte.

Die ersten fünf Minuten oder so saßen sie schweigend nebeneinander, und allmählich wurde es Hannah etwas peinlich. Was hatte sie sich bloß dabei gedacht, als sie Jake zugesagt hatte? Gestern Abend nach dem Essen hatte Katie vorgeschlagen, Jake mal zu googeln. Hannah hatte zwar ein schlechtes Gewissen gehabt, war aber einverstanden gewesen.

»Komm, wir sehen uns mal die Mitbewerberinnen an«, hatte Katie gesagt, sich Hannahs Laptop geschnappt und durch die Bilder von Jake gescrollt. »Er hat auf jedem einzelnen Foto eine andere am Arm, Models, Schauspielerinnen, was weiß ich.«

»Und das soll mir helfen?«, Hannah hatte stöhnend den Kopf in die Hände sinken lassen.

»Du bist eine tolle Frau«, hatte Katie gesagt, um ihr Selbstvertrauen zu stärken.

»Nicht so toll wie ein Topmodel.«

»Aber dich hat er gefragt, ob du mitkommst, nicht eine von denen.«

»Wahrscheinlich, weil ich ihm leidtue«, hatte Hannah vermutet und erschrocken den Kopf geschüttelt.

Jetzt saß sie neben ihm im Auto und sah ihn verstohlen von der Seite an, während er über die Landstraßen zur Autobahn fuhr. Er war beim Friseur gewesen und hatte sich anscheinend nicht nur die Haare schneiden, sondern auch seinen üblichen Fünftagebart trimmen lassen. Lächelnd blickte er zu Hannah hinüber.

»Was ist?«

»Ich überlege gerade ...«

»Was denn?« Jake blickte nach links und nach rechts und fädelte sich dann auf die Schnellstraße ein.

»Für einen allein ist dein Haus doch sehr groß.« Oje, jetzt hatte sie angefangen und musste weitermachen. »Kommst du dir darin nicht manchmal verloren vor?«

»Im Moment lebe ich nicht allein im Haus, um ehrlich zu sein.«

Ihr wurde das Herz schwer. Genau deshalb sollte man keine Fragen stellen, Hannah, sagte sie sich.

»Nein?«

Jake rieb sich den Nacken. »Nein.« In seiner Wange zuckte ein Muskel. »Zur Zeit wohnt jemand bei mir.«

»Verstehe.« Sie biss sich auf die Lippe und kam sich blöd vor, weil sie Katies hirnverbrannter Behauptung, dass er an ihr interessiert sei, Glauben geschenkt hatte. »Hat sie was gegen solche Veranstaltungen?«

Jake lachte auf. »Sarah?« Er schüttelte den Kopf. »Nein – ich weiß nicht. Es ist kompliziert.«

Hannah schwieg. Als Nächstes würde er ihr erzählen, dass diese Frau ihn nicht verstand.

»Sie ist – ach, dir kann ich ja vertrauen.« Jake unterbrach sich und sah Hannah einen Moment lang an, ohne auf die Straße zu achten. Sie wartete ab.

»Sarah ist meine Schwester. Meine Halbschwester. Sie wohnt vorübergehend bei mir, weil ihr Partner sie misshandelt hat. Da hat sie mich gesucht und – es ist das Mindeste, was ich ihr bieten kann. Ich wünschte, ich könnte mehr für sie tun.«

»Sie hat dich gesucht?«

»Ich wusste nichts von ihrer Existenz. Ich bin bei meiner Tante und meiner Kusine in Wythenshawe aufgewachsen. Wir hatten nicht viel, aber meine Kindheit war ganz in Ordnung. Es hat mir sehr zugesetzt, als Sarah erzählt hat, wie unsere Mutter mit ihr umgesprungen ist.«

»Du hast deine Mutter nicht gekannt?«

»Nein.« Einen Moment lang verdüsterte sich sein Gesicht. »Seit ich weiß, was für schwere Zeiten Sarah durchgemacht hat, habe ich das Gefühl – also, es sind verschiedene Gefühle. Schuldgefühle, weil ich nicht da war. Kummer, weil ihr Leben so schwer war. Es ist kompliziert. Jedenfalls, nachdem unsere Mutter gestorben war, musste Sarah sich allein durchschlagen. Sie hat sich mit einem Arschloch eingelassen, der hat sie wie Dreck behandelt.«

»Schlimm.« Hannah dachte an die blasse junge Frau, die sie nach Helens Dinnerparty am Steuer von Jakes Wagen gesehen hatte. »Dann ist Sarah die Frau, die dich von Helen abgeholt hat?«

»Ja. Ich hatte gehofft, dass niemand sie bemerken würde.«

»Ich glaube, außer mir hat euch keiner gesehen.« Hannah legte die Fingerspitzen aneinander. Sie spürte, wie sie rot wurde. »Ich habe euch wegfahren sehen, weil – ich dachte, sie müsste deine Freundin sein.«

»Überhaupt nicht.«

Die Atmosphäre im Wagen hatte sich spürbar verändert, das war keine Einbildung. Jakes Hand ruhte auf dem Schalthebel, und Hannah überlegte, wie leicht es wäre, die Hand auszustrecken und sie auf seine zu legen. Vielleicht hatte Katie doch nicht ganz unrecht.

»Dann hast du also ... ich meine, du hast keine ...?«

»Nein, nein.« Leicht amüsiert sah Jake sie an. »Glaubst du, ich würde dich zur Auszeichnung zum Sportler des Jahres einladen, wenn da eine andere Frau wäre?«

Hannah bewegte zweifelnd die Hand hin und her. »Ich weiß nicht. Ich dachte, vielleicht wolltest du einfach – ich dachte, vielleicht tue ich dir leid oder so.«

»Hannah«, Jakes Stimme war sanft, »ja, ich habe meine Schwester aufgenommen, weil sie aus einer beschissenen Beziehung geflohen ist. Und ich habe auch zwei Straßenhunde aufgenommen, und ich verbringe ganz viel Zeit damit, eine Fußballmannschaft aus Dorfjungen zu trainieren. Aber ich habe dich ganz bestimmt nicht aus Mitleid eingeladen.« Jake berührte mit der Handkante sanft ihre Hand, die auf ihrem Bein ruhte. »Ich habe dich eingeladen, weil ich mit dir zusammen sein möchte – und weil du der einzige Mensch bist, den ich kenne, der so eine Veranstaltung erträglich machen kann. Ich hasse dieses ganze Brimborium.«

Als Hannah seine Berührung erwiderte und ihren kleinen Finger an seinen drückte, legte er seine Hand auf ihre und hielt sie fest. Hannah stockte der Atem, und das Herz tobte ihr in der Brust, als wollte es herausspringen.

»Wie praktisch, dass wir dieses Gespräch ausgerechnet auf der M40 führen, oder?« Jake fasste ihre Hand noch fester. »Denn ich kann jetzt gerade gar nichts tun.«

»Was denn zum Beispiel?« Hannah sah ihn mit neugewonnenem Selbstvertrauen an.

»Zum Beispiel dich küssen, für den Anfang.« Er atmete langsam aus. »Diese Autobahn ist einfach viel zu lang.«

Die restliche Fahrt schien sich unglaublich hinzuziehen – aber es war ein köstliches Warten. Sie unterhielten sich über Bücher, Fußball und ihre Kindheit in Manchester, über Orte, die er als Fußballspieler kennengelernt hatte, und über Länder, in die sie beide gerne reisen würden. Es gab zahllose Gesprächsthemen und unendlich viele Gemeinsamkeiten. Hannah liebte die Gespräche mit ihm, aber sie sehnte den Moment herbei, wenn er den Wagen anhalten und – ach, sie konnte noch nicht recht glauben, dass dann etwas geschehen würde.

Das Fünf-Sterne-Hotel befand sich in einer teuren Straße in London. Jake fuhr in die Tiefgarage, hielt auf einem Stellplatz, zog den Schlüssel aus dem Zündschloss und wandte sich Hannah zu.

»So«, sagte er und nahm ihre Hand.

»So.« Sie verschränkte die Finger mit seinen.

»Ich konnte dich ja vorhin nicht küssen.«
Hannah nickte.
»Darf ich jetzt?«
»Bitte. Ja.«
Er umfasste ihr Kinn und strich mit dem Daumen sanft über ihre Wange. Hannah schloss einen Moment lang die Augen und gab sich ganz ihrer Empfindung hin. Als sie mit klopfendem Herzen die Augen wieder öffnete, blickte er auf ihren Mund und beugte sich zu ihr, während seine Finger in den Locken in ihrem Nacken spielten. Hannah legte die Hand an seine Wange und spürte, wie weich seine dunklen Bartstoppeln waren. Jake sog scharf die Luft ein und zog sie an sich. Erst streifte er mit den Lippen sanft über ihren Mund, dann schloss er sie fester in die Arme, und Hannah spürte seinen kraftvollen Körper und seinen Atem am Ohr, als er ihr Kinn küsste, ihre Wange, ihren Hals. Sie streichelte seinen Rücken und fühlte die Muskeln unter dem weichen Stoff des T-Shirts, und dann fand er wieder ihren Mund.

»Wir sollten wohl lieber reingehen«, sagte er nach einer Weile atemlos.

»Wahrscheinlich.« Hannah lächelte. Bestimmt sah sie aus wie eine Katze, die gerade Sahne geschleckt hatte.

»Ich hab mir das schon so lange gewünscht.« Er zog sie wieder an sich zu einem weiteren Kuss.

»Ich auch.« Hannah strich über seine Finger. »Aber ich glaube, wir sollten wirklich reingehen, bevor die Wachleute auf dumme Gedanken kommen.«

Jake drehte sich um und musterte den Wachmann in Warnweste, der sie stirnrunzelnd anstarrte.

»Na, jetzt hat er was, was er nachher beim Abendessen erzählen kann«, sagte er lachend.

Sie stiegen aus, und Jake lud sich alle Taschen auf, sodass Hannah nichts zu tragen hatte. Während sie neben ihm herging, war ihr, als würde sie schweben. Der Fahrstuhl brachte sie aus der Tiefgarage direkt in den fünften Stock und entließ sie auf dem Flur, an dem ihre Suite lag.

»Aber du hast noch nicht eingecheckt.« Hannah war verwirrt.

»Das geht alles online. Sieh mal.« Er tippte einen Code in das Touchpad vor der Zimmertür, und sie öffnete sich geräuschlos. Die Räume dahinter boten fast mehr Platz als Hannahs gesamtes Häuschen. Es gab ein Wohnzimmer mit einem riesigen Flachbildschirm und ein luxuriöses Badezimmer.

»Das ist ja toll.«

»Die legen sich immer richtig ins Zeug.« Jake stellte die Taschen ab. Hannah sah ihn an, und plötzlich flatterten ihr die Nerven.

»Ich habe dir zugesichert, dass du dich in Ruhe umziehen kannst und ich dir nicht in die Quere komme.« Er legte ihr sanft die Hände auf die Hüften. »Aber vielleicht musst du mich vorher küssen.«

»Ich glaube, das lässt sich machen.« Sie schlang ihm die Arme um den Hals und hob das Gesicht.

»Und dann«, versprach er ihr zwischen zwei Küssen, »lasse ich dich in Ruhe.«

Hannah stieß einen leisen Laut des Bedauerns aus und spürte mit den Lippen, wie er den Mund zu einem Lächeln verzog.

»Vorläufig jedenfalls.«

In der überdimensionalen Badewanne entspannte sie sich in einem köstlich duftenden Schaumbad, dann legte sie Make-up auf und frisierte sich nach Katies Anweisungen, und schließlich zog sie ihr Kleid an. Jake hielt Wort und ließ sich nicht blicken – Hannah hörte, dass er im Wohnzimmer der Suite den Fernseher eingeschaltet hatte, und konnte sich ungestört fertig machen. Sie war dankbar dafür, denn die Vorstellung, dass sie nachher am Tisch höfliche Konversation mit ihr unbekannten Promis machen musste, verunsicherte sie schon jetzt.

»Du siehst einfach umwerfend aus«, sagte Jake, als sie vor dem Fahrstuhl standen, der sie nach unten zu einem wartenden Wagen bringen sollte. Er nahm sie in die Arme und küsste sie auf die Stirn.

»Du auch.« Hannah strich über den Aufschlag seines Smokings, und er griff nach ihrer Hand, hob sie an den Mund und küsste die Innenseite ihres Handgelenks. Ihr war, als müsse sie vor Sehnsucht gleich in Ohnmacht fallen. So also fühlte es sich an, wenn man einen Mann wirklich begehrte ... kein Wunder, dass es mit Phil während all der Jahre so mühsam gewesen war. Sie fand Jake nicht nur äußerlich attraktiv, sondern seine ganze Persönlichkeit zog sie unglaublich an. Und das Seltsamste war, dachte Hannah, als sie in den Fahrstuhl trat und sich und ihn im Spiegel betrachtete, dass es ihm offenbar genauso ging.

Im Fahrstuhl waren bereits zwei Leute. Hannah sah Jake im Spiegel an, und sie tauschten einen Blick, der sie innerlich dahinschmelzen ließ.

Der Abend wurde schöner, als Hannah gedacht hatte. Sie saßen an einem Tisch mit Jakes Agenten und einigen berühmten Sportlern, die Hannah aber nicht kannte, und deren Frauen. Alle waren nett und viel unkomplizierter, als Hannah erwartet hatte. Mit einer der Frauen, sie hieß Grace, ging sie sogar zur Toilette, und Grace gestand ihr, dass sie solche Events hasste und ihren Mann nur aus Pflichtgefühl begleitete.

»Jake und du, ihr scheint euch ja richtig gut zu verstehen«, fügte sie hinzu, während sie sich zum Spiegel vorbeugte, um pflaumenfarbenen Lippenstift aufzutragen.

Hannah blickte auf das Waschbecken hinunter und versuchte, sich zu beruhigen. Die böse Stimme in ihrem Kopf hatte ihr einzureden versucht, das Jake allen Frauen gegenüber so charmant und aufmerksam war.

»Ich hab noch nie erlebt, dass er von einer Frau so hin und weg war«, fuhr Grace fort. »Normalerweise ist er ziemlich reserviert – ja, sogar distanziert.«

»Jake?« Hannah zog die Stirn kraus. »Er ist einer der umgänglichsten und offensten Menschen, die ich je kennengelernt habe.«

»Das ist doch der Beweis, oder?« Grace lächelte und betupfte ihre Lippen mit einem Papiertaschentuch. »Was immer da zwischen euch beiden läuft, er hat sich offenbar richtig in dich verguckt.«

Als die beiden Frauen zum Tisch zurückkehrten, erhob Jake sich und blieb stehen, bis sie wieder saßen. »Siehst du, was ich meine?«, flüsterte Grace Hannah zu. »Altmodische Manieren. Kein anderer Mann hier am Tisch gibt sich solche Mühe.«

Hannah schüttelte lächelnd den Kopf. Jake beugte sich zu ihr und fragte so leise, dass nur sie es verstehen konnte: »Alles in Ordnung?«

Hannah nickte. Er suchte unter dem Tisch nach ihrer Hand und schloss einen Moment lang die Finger darum.

»Jetzt dauert es nicht mehr lange. Wenn ich meine Aufgabe hier erledigt habe, können wir uns rausschleichen, es sei denn, du willst bis zum bitteren Ende durchhalten.«

»Nicht unbedingt.« Hannah wünschte sich nichts mehr, als mit ihm allein zu sein – irgendwo, wo sie keine Angst haben musste, dass die Presse Wind bekam oder dass jemand sie beobachtete.

Dreißigstes Kapitel

»Endlich.« Die Fahrstuhltüren schlossen sich, und Jake zog Hannah in seine Arme, barg das Gesicht in der weichen, dunklen Wolke ihrer Haare und atmete ihren Duft ein. Als er kurz die Augen schloss, spürte er, wie heftig sein Herz klopfte. Bestimmt konnte Hannah es durch sein Smokinghemd spüren. Er lehnte sich leicht zurück und sah mit fragendem Lächeln zu ihr hinunter.

»Was ist?« Hannah blickte ihm in die Augen.

»Nichts.« Er streichelte ihre Wange und schloss wieder die Augen. Ihr Körper war weich, seine Hand ruhte auf ihrer Hüfte. Er könnte sich ganz einfach von seinem Verlangen überwältigen lassen – aber was wäre dann morgen?

Der Fahrstuhl hielt, und das Ping der sich öffnenden Türen brachte ihn wieder zur Vernunft.

»Schade«, sagte Hannah, als er den Schlüsselcode für die Suite eintippte. Sie stand so dicht neben ihm, dass er die Wärme ihres Körpers spürte. »Eigentlich schade, dass wir nach Hause müssen, oder?«

Die Tür öffnete sich, und mit ungewohnter Kühnheit nahm Hannah ihn an der Hand und zog ihn in den Raum hinein, dann schlang sie ihm die Arme um den Hals und küsste ihn, erst zögerlich und sanft, aber als er den Kuss erwiderte, reagierte sie mit einer Leidenschaft, die ihn überraschte und sein Verlangen noch weiter anfachte.

»Wir müssen nicht nach Hause fahren«, sagte er mit dem Mund auf ihren Lippen, »wenn du das nicht möchtest. Wir können hier bleiben.«

»Ich möchte nicht nach Hause.« Hannahs Hände fanden den Weg unter sein Hemd und streichelten seinen Rücken. Er zog sie wieder an sich und küsste sie unter dem Ohr und dann den Hals hinunter und auf ihre bloße, mit Sommersprossen übersäte Schulter.

»Dann ist das geklärt.«

»Schön.«

»Schön.« Jake hob mit einem Finger ihr Kinn an, sodass er ihr in die Augen sehen konnte. »Solange du dir sicher bist, dass du das wirklich möchtest.«

»Ich möchte es«, sagte sie schlicht.

Er atmete scharf ein, als er spürte, wie sie mit dem Daumen eine Linie über seinen Bauch zog, am Rand seines Gürtels entlang. Und dann schaltete sein Verstand ganz ab.

Als Jake am nächsten Morgen erwachte, wollte er automatisch nach seinem Handy greifen, um die Uhrzeit zu checken. Doch da wurde ihm bewusst, dass er nicht zu Hause war und auch nicht allein. Hannah hatte sich an seinen Rücken geschmiegt und schlief noch fest, und ihr Haar lag in wilden Wellen über das Kopfkissen gebreitet. Jake bewegte sich behutsam, um sie nicht zu wecken.

»Oh«, sagte sie und schlug die Augen auf. »Hallo.«

Sein Magen zog sich zusammen. Bereute Hannah, was geschehen war?

»Hi.« Er drehte sich um, sodass er sie richtig ansehen konnte.

»Das war gut.« Sie legte ihm eine Hand in den Nacken. »Gestern Abend, meine ich.«

»Gut«, wiederholte er neckend und fing an zu lachen.

»Na schön, das Wort trifft es vielleicht nicht richtig.«

Es kam ihm merkwürdig selbstverständlich vor, neben Hannah aufzuwachen. Jahrelang hatte er die Frauen, die er kennengelernt hatte, gern auf Abstand gehalten – das war ihm einfacher erschienen. Er hatte Diana sehr gemocht, aber was er für sie empfunden hatte, war mit seinen jetzigen Gefühlen gar nicht zu vergleichen. Jetzt lag er im Bett mit einer Frau, die ihm wirklich etwas bedeutete – er begehrte sie nicht nur, sondern er bewunderte sie aus tiefstem Herzen und wollte mit ihr zusammen sein. Vielleicht konnte er sich sogar für die Möglichkeit öffnen, sie –

Sein Handy brummte dreimal kurz hintereinander.

»Entschuldige bitte.« Er drehte sich wieder zu seinem Nachttisch um und griff danach. »Ich muss eben nachsehen, was das ist.«

»Und ich muss aufs Klo«, sagte Hannah.

Ich möchte nicht, dass du dir Sorgen machst, lautete die erste Nachricht, *aber Joe ist hier aufgetaucht. Bevor du antwortest, es besteht keine Gefahr, ihm geht's gut, und ich glaube, er hat – also, er wirkt verändert. Melde dich, wenn du das hier liest, und schreib, wann du nach Hause kommst.*

Ungläubig blickte Jake auf das Display. Gleich darauf kam Hannah aus dem Bad zurück. Sie hatte sich in einen der flauschigen weißen Bademäntel gehüllt, die dort an der Tür hingen. Nun kletterte sie wieder ins Bett, zog die Beine unter sich und sah plötzlich viel jünger und sehr verletzlich aus. Ihm war schwer ums Herz.

»Es tut mir leid«, sagte er, immer noch mit dem Smartphone in der Hand. »Ich muss nach Hause.«

»Ach so.« Hannah hob die Hand an den Mund, als versuche sie, sich zusammenzunehmen. »In Ordnung. Alles gut.«

»Nein.« Jake streckte die Hand nach ihr aus. »Es hat nichts mit dir zu tun, es ist – ich muss wirklich zurück. Sarah hat Probleme.«

»Shit.« Hannah runzelte die Stirn. »Was ist passiert?«

»Dieser Ex, von dem ich dir erzählt hab, ist in Greenhowes aufgetaucht.«

»Das darf nicht wahr sein.«

»Ist es aber leider.«

Einunddreißigstes Kapitel

Auf der Heimfahrt versanken sie in ein etwas unbehagliches Schweigen, unterbrochen nur ab und zu von flüchtigen Bemerkungen über nichts Bestimmtes. Hannah war klar, dass Jake ganz von den Gedanken an seine Schwester in Anspruch genommen war, und sie kannte ihn nicht gut genug, um zu wissen, wie sie am besten reagieren oder ihm helfen konnte. Als sie nach Little Maudley hineinfuhren, war sie tatsächlich erleichtert, dass sie gleich zu Hause sein und in der Küche mit Katie Tee trinken würde. Ihre Freundin würde zumindest teilnahmsvoll zuhören, wenn sie von ihren wachsenden Schuldgefühlen berichtete, weil es ihr gelungen war, mit Hilfe einer Flasche Champagner und in dem Gefühl, meilenweit von ihren üblichen Verpflichtungen entfernt zu sein, eine perfekte Freundschaft zu zerstören.

»Es tut mir leid«, sagte Jake, als er vor dem Laden hielt. In den Fenstern funkelte die Weihnachtsbeleuchtung, und an diesem trüben grauen Dezembervormittag wirkte der Laden warm und einladend. Hannah sah, dass Katie sich drinnen mit Ben unterhielt, gerade lachten sie zusammen über irgendetwas.

»Alles gut«, sagte sie und raffte ihren Mantel zusammen.

Jake holte ihre Tasche aus dem Kofferraum und wollte sie in den Laden tragen.

»Das schaffe ich schon.« Hannah nahm sie ihm aus der Hand. »Fahr du wieder los und kümmere dich um deine Schwester.«

Das schien Jake zu erleichtern. Hannah war fast überrascht, als er ihr das Haar aus dem Gesicht strich und ihr einen zarten Kuss auf die Wange gab.

»Ich fand es gestern Abend wirklich sehr schön mit dir.« Er trat einen Schritt zurück und sah sie mit seinen blaugrünen Augen eindringlich an.

»Ich auch.« Warum bloß hatte sie das Gefühl, dass hier gerade das »Vielen Dank, aber nein danke«-Gespräch geführt wurde? Hannah bemühte sich tapfer um ein Lächeln, das ausdrücken sollte: »Ich mache so was andauernd.«

»Okay, ich gehe jetzt mal lieber rein und sehe mir an, was sie während meiner Abwesenheit im Laden angestellt haben. So, wie ich Ben kenne, hat er wahrscheinlich alle Wände besprüht und Katie erzählt, ich hätte ihm das erlaubt.«

Jakes Gesicht entspannte sich zu einem Lächeln. Einen Moment lang wich die Unruhe, die Hannah ihm die ganze Fahrt über angesehen hatte, und er wirkte wieder so locker wie sonst.

»Viel Glück. Ich melde mich nachher und berichte dir, was los ist.«

»Ja, bitte.« Hannah legte ihm die Hand auf den Arm und drückte ihn sanft, als Geste der Zuneigung und Unterstützung. Durch den Pullover spürte sie seine Muskeln. »Ich denke an dich.«

Jake hob leicht die Augenbrauen. »Danke.«

»Na, hallo, du Herumtreiberin«, empfing ihre Freundin sie, als sie den Laden betrat.

»*Katie*«, zischte Hannah und sah sich nach Ben um. Zum Glück war er ins Café verschwunden und quatschte an der

Theke mit einem der Mädchen, die am Wochenende dort arbeiteten. Er kannte sie aus der Schule.

»Ich will alle schmutzigen Einzelheiten hören.« Katie rieb sich die Hände. »Und ich meine wirklich *alle*.«

»Lass mich nur eben meine Tasche ins Haus bringen.« Hannah hängte sie sich über die Schulter und wollte zur Verbindungstür gehen.

»Ich komme in zwei Minuten nach. Ursula« – Katie nickte zu der älteren Dame hinüber, die die Dosensuppen im Regal neu ordnete – »hat dafür gesorgt, dass ich auf dem rechten Weg bleibe.«

»Katie hat mir sehr geholfen.« Ursula lachte. »Allerdings weiß ich nicht, ob du mit ihrer Arbeit an deinen Bücherregalen ganz glücklich bist ...«

Hannah fuhr herum. Katie hatte sämtliche Bücher so umgestellt, dass sie jetzt nach den Regenbogenfarben geordnet waren. Es sah umwerfend aus, aber Hannah konnte nur vermuten, was die Dorfbewohner davon halten würden.

»Du musst zugeben, dass das richtig super aussieht.« Katie wirkte sehr zufrieden mit sich und ihrem Werk.

Hannah trat näher. Katie hatte den kleinen Sessel in die Ecke geschoben und eine bunt gestreifte Decke und ein dickes Kissen hineingelegt. Außerdem hatte sie ein paar von Bens Bildern an die Wände gehängt.

»Du hast auf Bens Bilder Preisschildchen geklebt?«

»Ja.« Katie nickte. Ben kam aus dem Café zurück, in der Hand ein Brötchen mit gebratenem Speck, das er seiner Freundin abgeschwatzt hatte.

»Katie meint, ich könnte die Bilder verkaufen«, sagte er mit vollem Mund. »Falls ich also im Fußball nicht weiterkomme, kann ich immer noch Graffiti-Künstler werden.«

»So wie Banksy«, warf Katie ein.

»Genau«, sagte Ben.

»Na gut, solange es dich davon abhält, Blödsinn zu machen«, sagte Hannah. »Hat er sich während meiner Abwesenheit einigermaßen benommen?«, fragte sie Katie.

»Mustergültig.« Katies Zwinkern zu Ben hinüber war bühnenreif.

»Ach du je.« Hannah seufzte und lachte dann. »Was war denn los?«

»Nichts.«

»Was für ein Nichts?«

»Wir haben euch im Fernsehen gesehen«, platzte Ben heraus, und Hannah registrierte verblüfft, dass ihr Sohn tatsächlich beeindruckt war. »Ihr habt mit Kian Burrows und Jordan Hall zusammengesessen. Hast du dir Autogramme geholt?«

Auf die Idee war Hannah gar nicht gekommen. »Ach nein, tut mir leid.«

»Macht nichts.« Ben zuckte die Schultern. »Wir haben auch gesehen, wie Jake die Auszeichnung überreicht hat. Er sah wirklich cool aus. War es komisch für dich, dabei zu sein, obwohl du nur eine gewöhnliche Frau bist?«

Katie kringelte sich vor Lachen. »Deine Mutter ist nicht ›nur eine gewöhnliche Frau‹.« Sie stupste Ben mit dem Ellbogen in die Rippen. »Sie ist einfach wunderbar. Sie ist hierhergezogen, hat eine Buchhandlung aufgemacht und den Laden auf Vordermann gebracht, sie hat dafür gesorgt, dass du in der Spur bleibst …«

»Ja, ja, ja.« Ben schüttelte den Kopf. »Wie auch immer.« Grinsend schlenderte er ins Café zurück.

»Er liebt dich heiß und innig«, sagte Katie, während sie ins Wohnhaus hinübergingen.

»Glaubst du?«

»Unbedingt. Ich meine, er ist dir sowieso immer näher gewesen als seinem Vater, aber seit ihr nach Little Maudley gezogen seid – also, das hat eure Bindung noch weiter gestärkt. Sieht er Phil häufiger?«

»Eigentlich gar nicht. Ich glaube, sie chatten auf WhatsApp. Phil verspricht immer wieder, dass er kommt, und dann hat er Ausreden, warum es nicht klappt.«

»Schöne Scheiße.«

»Ja.« Hannah nahm ein Beutelchen mit Wattepads aus ihrer Tasche und fing an, sich die Wimperntusche und die getönte Feuchtigkeitscreme abzuwischen, die sie am Morgen vor der Heimfahrt aufgetragen hatte. Sie wollte nur noch ins Bett kriechen und bis zum nächsten Morgen schlafen – zum Teil, weil eine quälende Unruhe sie befallen hatte, aber auch, weil sie in der vergangenen Nacht kaum Schlaf bekommen hatte.

Als hätte Katie ihre Gedanken gelesen, verschränkte sie die Arme und sah Hannah streng an. »Also ... erzählst du mir jetzt mal, was passiert ist? Warum hast du dich entschlossen, doch in London zu übernachten?«

Hannah legte sich einen Moment lang die Hände vors Gesicht, denn sie spürte, wie sie knallrot wurde.

»O Gott«, sagte Katie mit Augen so groß wie Untertassen. »Nicht wirklich, oder?«

Hannah presste die Lippen zusammen, nahm die Hände vom Gesicht und sah ihrer besten Freundin in die Augen. »Ich ...«

»Ich hab's *gewusst!*«, rief Katie und klatschte vor Freude in die Hände. »Ich hab euch zwei immer beobachtet, wenn die Kamera über euren Tisch schwenkte, und jedes Mal hab ich gedacht, er steht total auf sie – und ich hatte recht!«

»Ja, aber ...« Hannah seufzte.

»Jetzt fang mir nicht mit diesem Ja-aber-Quatsch an – er hat dich nach Hause gebracht, oder? Du willst mir doch nicht weismachen, dass du glaubst, er hätte dich schon abserviert?«

Hannah ließ sich in die Sofakissen sinken. »Er konnte doch gar nicht anders, als mich wieder mit nach Hause zu nehmen. Little Maudley liegt nun mal in der tiefsten Provinz.«

»Ja, ja, aber – wie kommst du darauf, dass er kein Interesse mehr an dir hat?«

Hannah rieb sich nachdenklich das Kinn. Jake hatte ihr im Vertrauen von Sarah berichtet, und irgendwie – obwohl sie Katie sonst alles erzählte – sagte ihr Ehrgefühl ihr, dass diese Geschichte ein Geheimnis bleiben musste.

»Ach, ich weiß nicht.« Sie fragte sich, was in Greenhowes vor sich ging, und griff nach ihrem Handy, bloß für den Fall, dass er eine Nachricht geschickt hatte – aber er war natürlich gerade erst zu Hause angekommen. Und ganz realistisch betrachtet hatte er unter den gegebenen Umständen bestimmt gerade andere Sorgen, als ihr eine WhatsApp zu schreiben.

Sie musste sich zusammenreißen und sich auf das konzentrieren, was vor ihr lag. Ein Journalist von der Lokalzeitung hatte ihr eine Mail geschrieben. Er wollte morgen vorbeikommen und mit ihr darüber sprechen, wie Buchhandlungen sich in einer Welt, in der das Onlineshopping immer mehr zunahm, veränderten. Das war jetzt wichtig – und nicht, ob Jake vorhatte, verbindlicher zu werden.

»Du hast ein Recht auf Glück«, sagte Katie.

»Wie bitte?«

»Ich meine, es ist in Ordnung, dass du eine schöne Nacht mit ihm hattest, und es ist auch in Ordnung, wenn daraus mehr entsteht. Vorausgesetzt, du willst das. Du kannst die Sache natürlich auch einfach als One-Night-Stand verbuchen, obwohl das peinlich werden könnte, weil du jedes Wochenende am Fußballplatz stehst, aber ich bin sicher, dass du das hinkriegen würdest …«

»Es war wirklich eine schöne Nacht.« Hannah schloss einen Moment die Augen, denn sie spürte wieder dieses überwältigende Verlangen. Es war, als wäre sie von einem besonders heftigen Blitz getroffen worden. Sie schüttelte den Kopf. »Ich meine – ach, weißt du, es war mehr als schön. Aber er hat – er hat was am Hals.«

»Was am Hals?«

»Familiengeschichten.«

»Ach so. Aber das heißt doch nicht, dass ihr nichts miteinander haben könnt. Du hast ja selbst Familie.« Katie deutete auf ein gerahmtes Foto von Hannah und einem wesentlich jüngeren Ben.

»Stimmt.« Hannah nickte. »Keine Ahnung. Es ist kompliziert.«

»Das braucht es nicht zu sein«, sagte Katie.

»Vermutlich hast du recht.« Hannah war nicht überzeugt.

Später, als Katie wieder auf dem Weg nach Manchester war und sie den Laden abgeschlossen hatte, sank Hannah in die heiße Badewanne. Ihr tat alles weh – sie spürte, wie sie rot wurde, als ihr bewusst wurde, dass der Grund dafür ... nun ja, schuld daran waren Bewegungen, die sie verdammt lange nicht gemacht hatte. Und dann gleich eine ganze Nacht lang. Und außerdem saß sie auf heißen Kohlen, auch wenn sie das vor sich selbst nicht zugeben mochte. Jake hatte weder angerufen noch geschrieben. Sie hatte sich gestattet, WhatsApp zu checken, aber er war gar nicht online gewesen. Also hatte sie ihr Smartphone im Schlafzimmer gelassen, denn sie wollte nicht zu den Frauen gehören, die den ganzen Abend lang immer wieder aufs Display guckten. Doch während sie in der Wanne lag, fragte sie sich ständig, ob er sich wohl gemeldet hatte. Sie ließ sich in den Schaum sinken, schloss die Augen und sagte sich, dass sie sich auf das Interview morgen konzentrieren müsse. Der Journalist wollte auch einen Fotografen schicken, und sie musste bis dahin entscheiden, ob sie Katies Regenbogen so lassen oder ob sie die Bücher wieder in einer traditionelleren – wenn auch weniger fotogenen – Ordnung aufstellen wollte.

Zweiunddreißigstes Kapitel

Als Jake in seine Einfahrt abbog, bekam er vor Sorge Magenschmerzen. Er hatte keine Ahnung, was von Joe zu erwarten war, und sein brüderlicher Instinkt drängte ihn, ins Haus zu gehen, Sarahs Ex am Schlafittchen zu packen und ihn hochkantig rauszuschmeißen. Doch ihm war klar, dass er damit das Risiko eingehen würde, Sarah zu verprellen. Er musste strategisch vorgehen, so wie all die Jahre auf dem Fußballfeld. Jake sah auf sein Handy. Am liebsten hätte er Hannah angerufen und sie um Rat gefragt ... was sollte er bloß machen? Wenn er zu forsch war, könnte Sarah einfach mit Joe verschwinden, und Gott allein wusste, ob er sie jemals wiedersehen würde. Während er noch gedankenverloren auf sein Handy starrte, klingelte es. Jake schrak zusammen.

»Hier ist Max.« Max, sein Agent.

»Alles klar, Max?«

»Ja, super. War schön, dich gestern Abend zu sehen. Und Hannah ist ein Schatz, oder?«

Max brachte Jake immer zum Lächeln. Er war ein echter, raubeiniger Cockney, aber unter der harten Schale besaß er einen weichen Kern und ein Herz aus Gold. Mit achtzehn hatte er seine Frau Steph geheiratet, und er liebte sie heiß und innig.

»Ja, Hannah ist eine tolle Frau.« Jake dachte daran, wie bezaubernd sie ausgesehen hatte, als sie – unsicher und verlegen – im Hotel aus dem Bad gekommen war. Die Pailletten auf ihrem schwarzen Kleid hatten im Licht gefunkelt und ihr

Haar war eine Flut aus schimmernden dunklen Wellen gewesen. Dann schweiften seine Gedanken ab, und er erinnerte sich, wie sie nackt neben ihm auf dem weißen Laken gelegen hatte, das zerzauste Haar war über das Kopfkissen gebreitet, und im Schlaf hatte sie sich eine Hand unter die Wange geschoben – bevor sein verdammtes Handy sich gemeldet hatte. Ach, er sollte einfach alle seine Telefone abschaffen. Sie brachten ihm nichts als Ärger.

»Ja, sie ist hinreißend. Ihr wart ein schönes Paar. Ich wollte nur sagen, dass wir wieder ein Angebot für dich haben, es geht wieder um eine Moderation, und –«

»Nein.« Jake schüttelte leicht belustigt den Kopf. Ganz egal, wie oft er solche Dinge ablehnte, Max ließ nicht locker.

»Du würdest das wahnsinnig gut machen.« Max änderte seine Taktik.

»Kann sein«, sagte Jake, »aber ich bin das einfach nicht. Ich habe mich während meiner ganzen Laufbahn bemüht, der Presse aus dem Weg zu gehen. Da will ich sie doch jetzt nicht umwerben, indem ich jedes Wochenende meine Visage im Fernsehen zeige. Außerdem bin ich Fußballspieler und kein Fußballguru.«

»Du bist ein sturer Hund.« Max lachte. »Ich kann dich wirklich nicht überreden, oder?«

»Keine Chance.« Jake überlegte einen Moment. Wenn es jemanden gab, dem er vertrauen konnte und der ihn offen und ehrlich beraten würde, war das Max. »Aber da ist was, wobei du mir helfen könntest.«

»Was könnte das sein?«

»Ist eine heikle Sache. Eine lange Geschichte.«

Eine Viertelstunde später betrat Jake das Haus. Er hatte Max sein Problem geschildert und mit ihm durchgesprochen, was er tun könnte. Vorerst würde er ganz cool bleiben und versuchen, alles ruhig anzugehen. Und dann würde er diesen gefährlichen Dreckskerl, der seine Schwester geschlagen hatte, für immer aus ihrem Leben entfernen. Er musste dazu nur ganz locker bleiben.

Er fand die beiden im Wohnzimmer vor dem Kamin. Erleichtert registrierte er, dass sie in getrennten Sesseln saßen. Die Hunde lagen an Sarahs Füße geschmiegt, wirkten aber nicht besonders glücklich. Sie waren schon immer recht gute Menschenkenner gewesen, und von Joe hielten sie offenbar nicht viel.

»Hi.« Sarah winkte Jake zu. Sie wirkte wieder ruhelos, gehetzt, und auch die dunklen Ringe unter ihren Augen waren zurückgekehrt. Joe musterte ihn einen Augenblick, dann stand er auf und streckte die Hand aus.

»Schön, dich kennenzulernen, Mann«, sagte er. »Ist ja 'ne nette Hütte, die du hier hast.«

»Danke.« Jake sah ihn an, bemüht, sich nicht zu verraten. »Und wie ... wie hast du uns gefunden?«

»Nichts leichter als das«, sagte Joe selbstzufrieden. »Ein Freund von einer Freundin hat's mir gesteckt.«

Daraufhin schnaufte Sarah leise. »Eigentlich ist sie keine richtige Freundin«, wisperte sie.

»Jedenfalls«, Joe bedachte Sarah mit einem kurzen, aber durchdringenden Blick, als wolle er sie zum Schweigen bringen, »dieser Freund hat so nebenbei erwähnt, dass Sarah bei ihrem neu entdeckten Halbbruder wohnt, und da war es nicht mehr schwer rauszukriegen, dass du in diesem Nest lebst. Dann bin ich hier in den Dorfladen gegangen, und die Tussi hinter der Theke hat mir genau erklärt, wo du zu finden bist.«

Jake biss die Zähne zusammen. Also hatte eine der Dorfbewohnerinnen geplaudert, und jetzt saß Joe hier in seinem Haus, als hätte er alles Recht dazu. Jake ballte die Fäuste, entspannte sich aber wieder, als er sich daran erinnerte, was Max ihm geraten hatte.

»Ich dachte, wir könnten uns was Schönes zum Essen machen, was meint ihr dazu?«

Sarah sah ihn etwas verdutzt an.

»Klingt gut.«

»Ich hab ein paar Steaks und so was.« Jake trat hinter Joes Sessel. »Sarah, hättest du Lust, mir zur Hand zu gehen?«

Jake sah ihr an, dass sie sich wunderte. »Klar«, sagte sie und erhob sich.

Aber auch Joe entging nichts. Er stand gleichzeitig mit Sarah auf und strich seine schlechtsitzende Jeans glatt. »Ich helfe dir auch.«

Während sie kochten und auch anschließend beim Essen wich Joe Sarah nicht von der Seite. Offenbar war ihm klar geworden, dass Jake sie unter vier Augen sprechen wollte. Doch Jake war fest entschlossen, seinen Plan weiter zu verfolgen. Es war genau wie früher, wenn er ein Tor schießen wollte und ein Spieler der gegnerischen Mannschaft ihm bis in den Strafraum hinein an den Fersen klebte. Schließlich jedoch, nachdem er sich mit Rotwein und teurem schottischem Whisky ordentlich die Kante gegeben hatte, war Joe aus den Latschen gekippt und lag nun schnarchend auf dem Sofa. Jake machte Sarah ein Zeichen, dass sie ihm in die Küche folgen solle.

Er sah sie fragend an. »Was geht hier ...?«

Sarah schüttelte den Kopf. »Ich – es war einfach – ich dachte, er hätte sich vielleicht geändert.«

»Solche Leute ändern sich nicht.«

»Aber er hat sich entschuldigt und gesagt, dass er Scheiße gebaut hat und dass er noch mal neu mit mir anfangen will.«

»Na klar will er das.« Jake stieß heftig die Luft aus und tat sein Bestes, um einen kühlen Kopf zu bewahren. »Und was glaubst du, wie lange es dauert, bis er wieder zuschlägt? Sarah, das ist ein festes Muster bei Leuten wie ihm – wir haben doch darüber gesprochen – und auch darüber gelesen.«

»Ich weiß.« Sarah ließ den Kopf hängen. »Ich hab einfach – er kam hier an und war total lieb, und ich dachte ... aber vorhin wollten wir mit den Hunden rausgehen, und da hat er es sich in letzter Minute anders überlegt. Richtig blöd – er wurde sauer, weil Mabel ihn angeknurrt hat. Da hat er gebrüllt, sie soll sich verpissen.«

»Hunde sind normalerweise gute Menschenkenner.«

»Ich weiß.« Sarah stemmte sich auf die Arbeitsplatte hinauf und setzte sich in den Schneidersitz. Sie wirkte so winzig und zerbrechlich, dass Jake nur noch das Bedürfnis hatte, sie zu beschützen. Als ihr Bruder musste er tun, was er konnte, damit sie von diesem Mann loskam.

Aus dem Wohnzimmer ertönte ein grunzender Schnarcher.

»Ich hab eine Idee.« Jake fuhr sich mit der Hand durchs Haar und verzog nachdenklich das Gesicht. »Du hast doch deinen Pass bei dir, oder?« Der Pass war eins der wenigen

Dokumente gewesen, die Sarah bei ihrer Ankunft in ihrem nahezu leeren Rucksack gehabt hatte.

»Ja, er ist oben in meinem Zimmer. Warum?«

»Gut. Du gehst jetzt gleich hoch und legst dich früh schlafen. Ich bleibe hier unten und behalte diesen Vollpfosten im Auge. Ich sorge dafür, dass er nicht auf Wanderschaft geht, falls er aufwachen sollte. Nach der Menge Rotwein, die er sich hinter die Binde gekippt hat, würde mich das allerdings überraschen.«

»Danke.« Sarah sprang vom Küchentresen hinunter. »Warum fragst du nach meinem Pass?«

»Einfach eine Idee. Überlass es mir.«

Jake wartete ab, bis Sarah nach oben gegangen und Stille eingekehrt war, dann griff er zu seinem Handy.

Dreiunddreißigstes Kapitel

Hannah entschied, die Bücher so stehen zu lassen, wie Katie sie geordnet hatte – nach den Regenbogenfarben. Der Fotograf der Lokalzeitung würde sie eben so ablichten müssen, wie er sie vorfand – dann hatten die Leser wenigstens Gesprächsstoff. Wenn sie seit der Übernahme des Ladens etwas gelernt hatte, war das, dass die Meinungen über Bücher und Buchhandlungen total auseinandergingen.

Sie wachte früh auf, schlich nach unten, um Pinky nach draußen zu lassen, und war überrascht, dass das Dorf unter einer glitzernden Raureifdecke lag. Das Gras schimmerte weiß, und die Blätter an der Hecke vor dem Haus sahen aus, als wäre jedes einzelne sorgfältig mit Reif überzogen worden. Die Lichter des Weihnachtsbaums auf der Dorfwiese funkelten in der Dunkelheit des frühen Morgens, und es war einfach wunderschön.

Hannah zog ein knielanges Wollkleid und Strumpfhosen an, und ein Paar klobige Bikerstiefel vervollständigten ihr Outfit. Sie hoffte, dass sie nicht mit auf das Foto musste, aber falls doch, würde sie wenigstens einigermaßen akzeptabel aussehen.

Im Laden war gerade der Bär los, als der Fotograf erschien. Er kam fast eine Stunde zu spät, erst um die Mittagszeit, und Hannah musste sich gleichzeitig um die Kunden und um ihn kümmern. Als Krönung des Ganzen klingelte dann auch noch ihr Handy. Sie war nicht schnell genug dran und fluchte leise, als sie sah, dass Jake angerufen hatte.

Der Fotograf brauchte für seine Aufnahmen nur ein paar Minuten, dann brauste er in seinem ramponierten alten Kia wieder los. Irgendwann meldete sich dann auch der Journalist, der das Interview mit ihr führen wollte. Hannah sah auf ihr Smartphone – sollte sie Jake zurückrufen? Er hatte keine Nachricht hinterlassen, vielleicht wollte er ihr das, was er zu sagen hatte, persönlich mitteilen.

Hannah beschloss, das ganz ihm zu überlassen, und hoffte, dass er sich wieder melden würde. Vorerst musste sie sich auf die Weihnachtsvorbereitungen konzentrieren, und Ben hatte noch ein letztes Spiel. Immerhin würde sie Jake bei der Gelegenheit treffen und erfahren, was los war. Außerdem musste sie den Besuch von Beth und Lauren vorbereiten, die die Festtage bei ihr in Little Maudley verbringen wollten. Es würde merkwürdig sein, ihre Kusine in dem Häuschen zu empfangen, in dem sie so viele Jahre gelebt hatte, aber Hannah hatte sich entschieden, dass dieses Weihnachten allen in bester Erinnerung bleiben sollte.

Auf der Fahrt nach Bletchingham saß sie schweigend neben Ben im Auto. Jake hatte sich immer noch nicht gemeldet, und Hannah gab sich größte Mühe, nicht traurig zu sein. Inzwischen hatte sie sich eingeredet, dass sie bloß eine weitere Kerbe in seinem Fußballer-Torpfosten war und dass ihre aufkeimende Freundschaft ihm nicht so viel bedeutet hatte wie ihr.

»Ich bin einfach um eine Erfahrung reicher«, hatte sie am Vorabend zu Katie gesagt und versucht, tapfer zu klingen.

»Du könntest ihn auch anrufen und fragen, was verdammt

noch mal los ist.« Wie immer hatte Katie unumwunden ihre Meinung kundgetan.

»Nein. Ich laufe ihm nicht nach«, hatte Hannah entschieden geantwortet. »Und außerdem habe ich genug andere Sachen um die Ohren.«

»Zum Beispiel?«

»Weißt du doch. Phil.« Hannah schüttelte den Kopf. »Er hat diese Neue offenbar in unser Haus einziehen lassen, und dadurch wird die Chance, dass er sich die Mühe macht, Ben vor Weihnachten noch mal hier zu besuchen, nicht größer.«

»Ich frage mich, ob sie weiß, was eine Scheidung bedeutet?«, sagte Katie bissig.

»Keine Ahnung. Um ehrlich zu sein, ich bin einfach erleichtert, dass er nicht mehr mein Problem ist. Ist das schlimm?«

»Nein, im Gegenteil. Du hast so viele Jahre lang alles zusammengehalten und seine dreckigen Unterhosen gewaschen. Wenigstens bist du dafür jetzt nicht mehr zuständig.«

Hannah verzog das Gesicht. Der Gedanke an Phil – von seinen Unterhosen ganz zu schweigen – löste ein vages Unbehagen in ihr aus. Was auch zwischen Jake und ihr geschehen sein mochte, eins war ihr dabei klar geworden: Sie würde sich nie wieder mit *ist doch gut genug* zufriedengeben.

»Wieder so ein herrlicher Morgen«, sagte einer der Väter, der am Fußballplatz zu ihr trat, während eine Bö ihnen den Regen ins Gesicht trieb.

Hannah schüttelte lachend den Kopf. »Ich habe gerade gehört, dass der Wetterbericht Wintersonnenschein und Schauer vorhersagt. Aber die haben wohl vergessen, den Sonnenschein zu bestellen.«

»Ihr Sohn hat sich gut eingelebt, oder?« Er deutete mit dem Kopf auf Ben, der gerade auf die andere Seite des Platzes hinüberlief, wo die Jungen schon mit dem Aufwärmen begannen. »Er ist wirklich ein Gewinn für die Mannschaft. Wir hatten noch nie einen Stürmer, der tatsächlich aufs Tor zielen und den Ball dann auch noch reinschießen konnte.«

Inzwischen hatte Hannah sich an den trockenen Humor der Fußballeltern gewöhnt. Die meisten lästerten über die Mannschaft, wenn die Jungen es nicht hörten, aber diese ironischen Bemerkungen verwandelten sich in den Nachbesprechungen mit den Spielern in optimistische, ermutigende Unterstützung. Hinzu kam, dass Jake jetzt die Mannschaft aus Little Maudley trainierte. Mit seiner unnachgiebigen, aber positiven Art gelang es ihm, aus jedem einzelnen Jungen das Beste herauszuholen, sodass die Mannschaft so gut spielte wie noch nie.

»Nicht viele Freizeitfußballmannschaften können sagen, dass sie von einem englischen Nationalspieler trainiert werden«, fuhr der Mann mit beifälligem Nicken fort. »Wir schlagen uns recht gut, wenn man es so bedenkt. Als Gary im letzten Frühjahr krank wurde, dachten wir, die Mannschaft müsste einpacken.«

»Aber heute ist Jake wohl nicht da?«, fragte Hannah ganz beiläufig.

Der Vater schüttelte den Kopf. »Nein, Gary vertritt ihn. Ich glaube, Jake hat zu tun oder so.«

Hannah biss sich auf die Unterlippe, um ihre Besorgnis zu verbergen. Es war ihres Wissens das erste Mal, seit Jake die Mannschaft übernommen hatte, dass er bei einem Spiel nicht dabei war.

»Die da drüben haben sich bestimmt auch besseres Wetter gewünscht«, bemerkte sie mit einer Kopfbewegung zu der gegnerischen Mannschaft hinüber, die sich ebenfalls gerade aufwärmte.

Eine andere Mutter, die sich zum Schutz gegen den Regen Kapuze und Schal halb über das Gesicht gezogen hatte, lachte. »Zum Glück ist es bloß ein Freundschaftsspiel«, sagte sie.

Die erste Halbzeit schleppte sich so dahin. Keins der beiden Teams schien in Bestform zu sein, und der strömende Regen tat sein Übriges. Als eine Gestalt mit tief ins Gesicht gezogener Kapuze an der Seitenlinie entlang auf sie zukam, dauerte es eine Weile, bis Hannah auffiel, dass sie diesen Gang gut kannte.

»Hallo, Fremde.«

Hannah blinzelte, da sie ihren Augen noch nicht recht traute. »*Phil?*«

Sie entfernten sich von den beiden Eltern, mit denen Hannah gesprochen hatte. »Was machst du denn hier?«, fragte sie. »Du hast dich gar nicht angekündigt.«

»Ich weiß. Ich dachte, wir könnten zusammen was essen gehen und reden, aber ich hatte vergessen, dass du beim Fußball bist.«

Hannah verzog kurz den Mund. Natürlich hatte Phil das vergessen – in all den Jahren, die Ben jetzt schon Fußball spielte, war er nie zu einem Spiel mitgekommen, sondern hatte immer bloß behauptet, er habe eine unüberwindbare Abneigung gegen diesen Sport. Hannah verbiss sich eine scharfe Bemerkung und beschloss, die Klügere zu sein.

»Ja, jedes Wochenende.« Sie strich sich eine nasse Haarsträhne hinters Ohr und zog ihre Kapuze zurecht, die aber ohnehin nicht viel Regen abhielt. »Es gibt mehrere Frauen, die sich samstags um den Laden kümmern, daher klappt das wunderbar. Und wenn es Probleme gibt, bin ich ja nicht weit weg.«

»Aber weit genug bei diesem Pisswetter.« Phil schüttelte den Kopf. »Wie auch immer, wir müssen wirklich ein paar Dinge besprechen.«

»Was für Dinge?«

»Unsere Dinge. Schließlich trennen wir uns, oder?«

Hannah sah ihn stirnrunzelnd an. Auf dem Platz ertönte gerade der Halbzeitpfiff, und Gary rief die Jungen zusammen. Während sie etwas tranken, hörten sie sich an, was er zu sagen hatte. An seiner Körpersprache las Hannah ab, dass es etwas war wie: »Wenn ihr schon am Samstagmorgen so früh aufsteht und spielt, müsst ihr euch auch ein bisschen anstrengen.« Wenn man bedachte, wie die Mannschaft bisher abgeschnitten hatte, fand Hannah diese Ermahnung angemessen.

»Wer ist das?« Phil kniff die Augen zusammen, um durch den Regen, der in eine Art feuchtes Nieseln übergegangen war, besser sehen zu können.

»Das ist Gary«, antwortete Hannah geduldig. »Der Trainer.«

»Ach so.« Phil zuckte die Achseln. »Du weißt ja, ich und Fußball. Ist das dieser berühmte Spieler, von dem Ben immer so schwärmt, wenn wir telefonieren?«

»Nein«, erklärte sie. »Und Jake, der eigentliche Trainer, ist mal berühmt *gewesen*. Jetzt ist er bloß noch ein ganz normaler Mensch, der hier im Dorf wohnt.«

»Aber ich wette, dass er die Nase immer noch ganz schön hoch trägt. Wenn man so berühmt ist, steigt einem das zu Kopfe, und man kriegt Egoprobleme.«

»Jake nicht«, sagte Hannah. »Er ist toll, und er würde für die Jungen durchs Feuer gehen. Er nimmt sich an zwei Abenden in der Woche Zeit, um sie zu trainieren, und er hat –«

»Schon gut, schon gut, genug von deinem neuen Kickerfreund.«

»Wir sind einfach befreundet, und er hat einen erstaunlich guten Einfluss auf Ben, mehr nicht.«

»Und ich hab keinen guten Einfluss auf Ben?« Phil wirkte verletzt.

Hannah sah ihn von der Seite an. Distanz hatte eine sonderbare Wirkung. Sie waren so viele Jahre zusammen gewesen, und Hannah hatte ihre Ehe eigentlich nie in Frage gestellt, sondern einfach angenommen, dass das, was sie verband, Liebe war und dass sie zusammen glücklich waren. Aber jetzt sah sie Phil an und spürte – nichts. Nichts außer einer diffusen Zuneigung und dem quälenden Gefühl, dass sie sechzehn Jahre ihres Lebens eigentlich nicht viel empfunden hatte. Vielleicht war das unfair?

»Doch, natürlich«, sagte sie mit übertriebener Großmut. »Er wird sich bestimmt sehr freuen, dass du hier bist.«

»Ach, ich hatte gar nicht geplant, mir das ganze Spiel anzugucken.« Phil sah zum Himmel hinauf. »Es gießt ja immer noch, und außerdem bin ich – also, ich bin heute Abend zum Essen verabredet.«

»Ach so?« Hannah stellte sich direkt vor ihn und sah ihm ins Gesicht. An den erschrockenen Blicken der anderen Eltern erkannte sie, dass sie offenbar ziemlich laut geworden war.

»Ja. Also, es ist – na ja. Siehst du, Hannah, die Sache ist, ich wollte alles richtig machen.«

Sie schluckte.

»Ich habe Gemma durch die Arbeit kennengelernt. Da war nichts«, setzt er rasch hinzu, als sie die Augenbrauen hob. »Erst als es zwischen dir und mir aus war –«

»Hab ich was anderes behauptet?«

»Nein, nein, es ist einfach – also, sie ist jetzt ja eingezogen und so, und ich will nicht, dass du falsche Vorstellungen hast.«

»Hab ich nicht. Ich meine –« Hannah bemühte sich, ihm auf nette Weise zu sagen, dass es ihr wirklich egal war, aber ihr fielen nicht die richtigen Worte ein. »Alles in Ordnung. Ehrlich.«

Phil blieb neben ihr stehen und schimpfte über die Kälte, bis das Spiel vorbei war. »Ich verstehe nicht, warum du nicht im Auto wartest«, sagte er, die Hände tief in die Taschen geschoben.

»Weil ich Ben gerne spielen sehe.« Hannah bemühte sich, nicht wie ein Teenager die Augen zu verdrehen. »Und weil –«

»Und weil was?«

Hannah wollte etwas sagen wie: »Weil wenigstens einer von seinen beiden Eltern für ihn da sein muss.« Aber sie biss sich erneut auf die Zunge. Es hatte keinen Sinn, ihren Ex jetzt noch ändern zu wollen. Phil war eben Phil, und damit Schluss.

Gerechterweise musste man sagen, dass er Ben zum Mittagessen ins Dorfgasthaus mitnahm. Das gab Hannah die Möglichkeit, nach Hause zu gehen und nach zwei Stunden im eisigen Regen in einem heißen Bad wieder aufzutauen. Sie nahm ihr Smartphone zur Hand, um nur mal eben Facebook zu checken, ließ es dann aber vor Schreck fast ins Badewasser fallen, als sie sah, dass sie Hunderte von Benachrichtigungen hatte.

»Diese Dorfbuchhandlung ist ein Traum«, hieß es in dem Artikel, in dem sie getaggt wurde. Hannah klickte auf den Link. Die Zeitung hatte den Bericht über die unterschiedlichen Weisen, wie Bücher gegenwärtig den Weg in die Hände der Kunden fanden, mit den Regenbogenregalen eingeleitet, und dieses Foto beflügelte offenbar die Fantasie der Büchernarren im Netz. Der Journalist hatte geschrieben, die Buchhandlung sei ein Ableger der kleinen Bücherei im Telefonhäuschen. Hannah war getaggt worden, der Artikel wurde überall geteilt, und die Facebook-Gruppe in Little Maudley rastete aus.

Das wird Little Maudley berühmt machen, hatte Helen privat gemailt. *Was für eine geniale Idee.*

Die nächsten Tage wurden stürmisch. Die Weihnachtsferien hatten begonnen, und die Buchhandlung verzeichnete stetig wachsende Besucherzahlen. Helen verkündete mit großer Freude, dass die Spenden für die Küche im Dorfhaus aufgrund der neuen Einnahmequelle nun deutlich reichlicher flossen als bisher, und teilte die guten Nachrichten in der Facebook-Gruppe.

»Siehst du«, sagte Beth, als sie Heiligabend ankam, »du bist hier der absolute Hit. Stimmt doch, Lauren, oder?«, fügte sie, an ihre Tochter gewandt, hinzu.

Hannah errötete. Sie befürchtete, dass ihre Kusine sich

durch ihren Erfolg gekränkt fühlen könnte, aber Beth schien sich aufrichtig für sie zu freuen.

»Du bist in diesen ganzen Dorfgeschichten so viel besser als ich«, sagte Beth, als sie im Laden stand und die Veränderungen in Augenschein nahm. »Das sieht wirklich megacool aus.«

Weihnachten war ungewöhnlich, aber schön. Hannah hatte es immer seltsam anstrengend gefunden, nur zu dritt zu feiern, und mit Beth und Lauren machte es einfach viel mehr Spaß. Am ersten Weihnachtstag aßen sie, bis sie fast platzten, guckten schauderhafte Fernsehshows und dösten auf dem Sofa. Es war genau das, was sie alle brauchten, dachte Hannah, als sie am Abend ins Bett ging.

Der zweite Weihnachtstag verging wie im Flug, und am nächsten Morgen war Hannah schon früh auf den Beinen und bereitete alles für den Ansturm der Dorfbewohner vor, die über den Laden herfallen würden, als hätten sie nicht bloß zwei Tage, sondern einen ganzen Monat lang nicht einkaufen können. Das Zusammensein mit Beth und Lauren war schön gewesen, aber jetzt freute sie sich darauf, das Häuschen wieder nur mit Ben zu teilen und sich nicht ständig anhören zu müssen, wie Beth zu ihrer Zeit die Dinge im Laden gehandhabt hatte.

Sie hatten halbwegs erwartet, dass Phil am Heiligen Abend kommen und Ben besuchen würde, aber niemand war auch nur im Geringsten überrascht, als er absagte und fragte, ob er Ben stattdessen am kommenden Wochenende sehen könnte. Beth packte gerade die Sachen zusammen, die sie noch im

Häuschen gelassen hatte, und Hannah räumte die Regale in der Buchhandlung auf, denn dort war den ganzen Vormittag über Betrieb gewesen. Sogar ein Paar von Bens Kunstwerken waren verkauft worden, und er freute sich wie ein Schneekönig und plante bereits, sich von seinen Einnahmen die teuren Sportschuhe zu besorgen, mit denen er schon länger liebäugelte. Beth und Lauren wollten ihn mit nach Oxford nehmen, und Hannah freute sich auf ein ausführliches Telefongespräch mit Katie.

Ihr Handy brummte. »Hallo«, sagte sie, »ich dachte, du wolltest erst um zwei anrufen?«

»Stimmt ja auch«, sagte Katie, »aber ich musste raus, sonst wäre ich vor lauter Weihnachtsschokolade erstickt. Jetzt sitze ich gerade auf dem Cross-Trainer. Verstehst du mich gut?«

»Klar.« Hannah stellte das Handy auf die Ladentheke. »Aber ich bin im Laden, vielleicht muss ich auflegen, wenn viel los ist. Du weißt ja, wie das nach Weihnachten ist, alle wollen eben schnell Brot und Milch holen.«

»Und Wein?«

»Genau, und Wein. Alles Lebensnotwendige.«

»Also«, Katie ging direkt zum Angriff über. »Phil.«

»Der Kerl hat sich tatsächlich schon wieder gedrückt. Seit wir uns getrennt haben, hat er Ben kaum gesehen, es ist nicht zu fassen.«

»Ich bin bloß erstaunt, dass du dich darüber wunderst.« Katies Worte wurden vom fernen Wummern der Bässe im Fitnessstudio untermalt. Nur über das Thema nachzudenken machte Hannah schon müde.

»Aus den Augen, aus dem Sinn, scheint mir«, sagte sie.

»Aber als wir noch zusammenlebten, war er doch gar kein so schlechter Vater, oder?«

»O doch, er war ein Scheißvater. Du hast ihn bloß andauernd in Schutz genommen, und erst seit er sich aus deinem Leben verabschiedet hat, siehst du, was wir anderen schon lange gesehen haben.«

Hannah stöhnte. »Na, vielen Dank, jetzt fühle ich mich wie eine Vollidiotin.«

»Du bist keine Idiotin«, sagte Katie vergnügt, »bloß ein kleines Dummerchen.«

»Das mit der Aufrichtigkeit zwischen Freundinnen kann auch etwas zu weit gehen«, gab Hannah zurück.

»Na schön.« Sie konnte sich Katies Achselzucken vorstellen. »Aber ist doch wahr, du hast bei Bens Erziehung die ganze Knochenarbeit gemacht, und jetzt –«

»Und jetzt lässt Phil ihn einfach fallen, kaum dass er eine Neue hat, und er macht sich nicht mal die Mühe, es Ben selbst zu sagen. Offenbar hat sie ihre Kinder mitgebracht, als sie bei ihm eingezogen ist, hatte ich dir das erzählt?«

Hinter Hannah wurde leise die Tür geschlossen, und sie fuhr herum. Ben stand mit ausdruckslosem Gesicht vor ihr, er runzelte nur ganz leicht die Stirn. Er war für die Fahrt nach Oxford angezogen und hatte den Rucksack auf dem Rücken.

»Ich muss Schluss machen«, sagte Hannah rasch zu Katie. »Bis später.«

Ben ließ die Arme hängen, aber er hatte die Fäuste geballt und biss krampfhaft die Zähne zusammen. Hannah legte ihm die Hand auf den Arm. Er fühlte sich so fest an wie eine gespannte Feder.

»Fertig, Bennie?« Geräuschvoll stürzte Beth durch die Tür, mit der Tasche über der Schulter, und Lauren folgte ihr mit ihrem teuren Rollkoffer, wie immer tadellos geschminkt und frisiert.

»Ach Gott, mein Schatz«, flüsterte Hannah. »Du solltest es nicht auf diese Weise erfahren.«

»Aber jetzt weiß ich es wenigstens.« In seiner Wange zuckte ein Muskel.

»Ben – du weißt doch, wie dein Vater ist, er meint es nicht böse, er ist einfach –«

»Ist doch Quatsch, und das weißt du genau. Ich nehme mal an, dass er dir auch keinen Unterhalt für mich zahlt, stimmt's?«

Hannah sah ihren Sohn überrascht an. »Das spielt keine Rolle«, sagte sie. Vor einigen Tagen war ihr klargeworden, dass Phil noch gar nichts geklärt hatte. Sie hatte sämtliche Weihnachtsgeschenke von ihrem eigenen Geld gekauft.

»Nein? Während meiner ganzen Kindheit hat er nichts als seine Scheißarbeit im Kopf, und kaum ziehen wir hierher, da verlässt er dich wegen einer anderen?«

»So war das nicht, Ben.«

»Okay.« Er schüttelte den Kopf. »Ich jedenfalls nenne das hinterhältig. Zum Kotzen ist das.«

Und damit drehte er sich um und stapfte aus dem Laden.

Beth hatte offenbar etwas im Haus vergessen und es schnell noch geholt. Jetzt erschien sie wieder, mit weit ausgefahrenen Klatsch-Antennen.

»Was ist denn los?«

Hannah schüttelte den Kopf. »Phil ist einfach ein Mistkerl,

und Ben hat etwas mitgehört, was nicht für seine Ohren bestimmt war.«

»Du meine Güte.« Beth nahm ihre Kusine in die Arme. »Ich rede auf der Fahrt mit ihm.«

»Danke.«

Sie verabschiedeten sich. Ben war immer noch sauer und nicht ansprechbar. Hannah ging wieder in den Laden. Ein Nachmittag shoppen mit Lauren würde ihn hoffentlich wieder aufheitern. Und sie würde inzwischen Phil anrufen und ihm sagen, was er ihrem Sohn mit seinen jämmerlichen Versuchen, Vater zu spielen, antat.

Hannah legte sich gerade ihre Worte zurecht, als die Ladentür sich öffnete.

»Sofort«, sagte sie, ohne aufzusehen.

»Kein Problem«, antwortete eine vertraute Stimme.

Hannahs Herzschlag setzte kurz aus. Sie legte das Telefon hin und sah in Jakes Augen. Er stand mit einem Strauß weißer Rosen vor ihr.

»Die sind für dich.« Er reichte Hannah die Blumen. »Es tut mir leid, ich wollte nicht einfach so vom Erdboden verschwinden.«

»Schon gut.« Hannah neigte den Kopf und schnupperte an den Rosen.

»Ich finde, sie riechen nach gar nichts«, sagte Jake.

»Aber sie sind wunderschön.« Hannah lachte.

»Hör mal, wenn du nachher nicht arbeiten musst, würde ich dich gern auf einen Drink einladen und dir alles erklären.«

»Das brauchst du nicht.« Sie hatte das Gefühl, dass es

am besten war, wenn sie ruhig und gelassen blieb. Ein Teil von ihr wollte ihm zwar ins Gesicht schreien: »Was hast du denn bloß gemacht?«, aber der andere, vernünftigere Teil wusste, dass es eine logische Erklärung für sein plötzliches Verschwinden geben musste. »Wie geht es Sarah? Ist alles in Ordnung?«

»Ja, ihr geht's gut. Und das wird auch so bleiben. Als ich nach Hause kam, habe ich mich um ihren Ex gekümmert und bin dann mit ihr nach Málaga geflogen. Ich komme gerade von da zurück.«

»Aus Málaga?« Hannah runzelte die Stirn.

»Meine Tante und ihr Mann leben da – die beiden, bei denen ich aufgewachsen bin. Sie kannten Sarah natürlich gar nicht, aber ich hab mir gedacht, Familie ist Familie. Und für Sarah ist diese Lösung am sichersten, sie ist im Ausland am besten aufgehoben.«

Hannah nickte. »Ja, ich verstehe.«

»Und ich komme buchstäblich gerade vom Flughafen. Wenn du Lust hast, können wir nachher auch noch was zusammen essen und reden?«

»Gerne.«

»Schön.«

Hannah sah ihm nach, als er den Laden verließ, und machte sich dann wieder an die Arbeit.

Es wurde drei Uhr, an einem dieser Winternachmittage, an denen der Himmel gar nicht richtig hell wird. In Little Maudley schienen schon sanft die Lichter, als Hannah über die Dorfwiese ging, um ein paar Bücher, die sie mehrfach hatte, gegen Bücher im Telefonhäuschen auszutauschen. Sie suchte alte, zerlesene Exemplare heraus und schob stattdessen die neueren in die Lücken. Dann eilte sie zurück. Hoffentlich war Ben wieder da, wenn sie nachher losging. Aber die Läden würden ja ohnehin bald schließen.

Sie schrieb eine Nachricht an Beth: *Wollte nur fragen, wann Lauren zurückkommt. Von Ben habe ich nichts gehört.*

Lauren ist gerade erst nach Hause gekommen. Ben wollte ganz schnell zum Bahnhof.

Aber er ist noch nicht zu Hause.

Bestimmt hat er am Bahnhof oder beim Umsteigen in Bletchingham einen Kumpel getroffen, schrieb Beth zurück.

Auch um fünf war Ben noch nicht wieder da, und er ging auch nicht an sein Handy. Hannah wurde immer unruhiger. Normalerweise ging er dran oder antwortete zumindest auf eine Nachricht, und wenn er gelegentlich mal einfach verschwand, wusste sie immer ziemlich genau, wo sie ihn suchen musste. In der Hoffnung, dass sie irgendeinen Hinweis finden würde, begab sie sich in sein Zimmer.

Sein Bett war nicht gemacht, was Hannah nicht weiter wunderte, aber seine Schranktür stand offen, und der Inhalt lag neben seiner Kommode auf dem Teppich. Hannah überflog seinen Schreibtisch. Auch dort fand sie nichts, was auf – ja, auf was? – hingedeutet hätte. Vielleicht war er einfach noch zu einem Freund gegangen? Hannah bekam Magenschmerzen. Irgendwie hatte sie das Gefühl, dass es diesmal nicht so einfach war.

Hi, Ihr alle, schrieb sie an die Chatgruppe der Fußballeltern. Sie war bemüht, die Nachricht auch um ihrer selbst willen unbekümmert klingen zu lassen. *Versuche gerade, Ben ausfindig zu machen, bevor der Hund sein Abendessen ... hihi. Hat jemand ihn gesehen?*

Hier nicht ☹

Nee

Heute nicht, hab auch Finn gefragt

Die Antworten kamen schnell, aber in keiner stand, was Hannah sich erhofft hatte. Da pingte ihr Handy noch einmal.

Was ist passiert?

Jake. Sie seufzte erleichtert auf.

Keine Ahnung, wo er ist.

Sofort klingelte das Handy.

»Ich komme, bin in fünf Minuten bei dir.«

Hannah versuchte, sorglos zu erscheinen. »Alles gut, wirklich.« Aber während sie zittrig ausatmete, war sie unendlich erleichtert, dass sie mit diesem Problem nicht allein dastand.

Jake hielt Wort. Mit strubbligem Haar, so als hätte er gerade auf dem Sofa ein Nickerchen gehalten, kam er durch die schmale Haustür und gleich ins Wohnzimmer.

»Wann hast du ihn zum letzten Mal gesehen?«

»Heute Mittag. Er ist mit Beth nach Oxford gefahren, weil er mit ihrer Tochter shoppen wollte. Aber offenbar ist er dort gleich zum Bahnhof gegangen. Wo kann er denn bloß sein?«

»Ich vermute mal, dass es etwas mit seinem Vater zu tun hat?« Jake rümpfte die Nase.

Hannah nickte. »Ben hat heute Mittag mitgehört, wie ich telefoniert habe. Ich hatte schon darüber nachgedacht, wie ich ihm am besten beibringe, dass Gemma mit ihren Kindern bei Phil eingezogen ist, aber dann hat Ben gehört, wie ich mit Katie gesprochen habe. Wie konnte ich nur so blöd sein.«

»Du bist nicht blöd.« Jake legte ihr den Arm um die Schultern und zog sie an sich. »Gut, also, was glaubst du, wo er hinfahren könnte?«

Hannah zuckte die Schultern. »Keine Ahnung. Nach Salford? Zu seinen alten Freunden? Etwas anderes kann ich mir nicht vorstellen. Wo sollte er sonst hin?«

»Klingt plausibel.« Jake hatte den Autoschlüssel noch in der Hand. »Gib mir ein paar Adressen. Du bleibst hier. Ich fahre kurz durch Bletchingham, bloß für den Fall, dass er da noch irgendwo rumläuft und sich selbst leidtut, und dann mache ich mich auf den Weg.«

»Nach Manchester?« Hannahs Frage kam heraus wie ein ersticktes Quieken.

»Ja.«

»Du musst nicht –«, fing sie an.

»Pscht. Bleib einfach hier und halte die Augen offen. Schick mir die Adressen von seinen Freunden in Salford.« Jakes Eile führte dazu, dass sein nordenglischer Akzent so stark wurde, wie Hannah ihn noch nie gehört hatte. »Und gib mir die Adresse von eurem Haus in Salford. Bloß für alle Fälle.«

»Gut.« Sie nahm ihr Handy und scrollte durch ihre Kontakte. »Ich schicke sie dir jetzt gleich rüber.«

Als Jake ihr die Hand auf den Arm legte, hielt Hannah ganz kurz inne und sah ihm in die Augen. Sie wirkten dunkler als sonst, tief meergrün mit einem Fächer aus schwarzen Wimpern ringsherum. Ihr stockte der Atem. Jake erwiderte einen Moment lang ihren Blick, und beide schwiegen. Dann senkte

Hannah den Kopf. Sie hatte das Gefühl, dass ihr das Herz gegen die Rippen schlug, und war vollkommen überrascht, als Jake ihren Arm noch fester griff und ihr einen Kuss auf die Schläfe drückte.

»Versuche, dir keine Sorgen zu machen. Wir kriegen das hin.«

Und damit war er fort.

Was hatte er sich dabei bloß gedacht? In tiefer Dunkelheit raste Jake die Straße nach Bletchingham entlang. Er schüttelte den Kopf. Wie konnte er nur so ein Idiot sein. Hannah war ganz und gar mit Ben und seinem Verschwinden beschäftigt, und er hatte sich gehen lassen und einen Moment lang sein Verlangen nach ihr über alles andere gestellt. Er bog nach links ab und folgte der Straße den Berg hinunter und in das Städtchen hinein. Aber da war auch noch etwas anderes: ihm wurde bewusst, dass er Hannah sofort helfen wollte, wenn sie in Schwierigkeiten geriet. Im Moment hatte sie Kummer und Sorgen, und er wollte derjenige sein, der ihr zur Seite stand. Es war ein überwältigendes Bedürfnis.

Jake packte das Lenkrad fester, fuhr über die Brücke, schlängelte sich durch die schmalen Straßen und suchte dabei mit den Blicken die Bürgersteige ab. Die Geschäfte hatten längst geschlossen, und der Ort war wie leergefegt, nur eine Handvoll Menschen vertrat sich nach dem Abendessen noch die Beine. Ben war nicht darunter. Auch der kleine Busbahnhof war menschenleer, bis auf zwei Teenager, die sich in einem Wartehäuschen küssten. Jake wendete und fuhr wieder aus der Stadt hinaus. Er drückte auf die Telefontaste am Lenkrad.

»Hallo?«

»In Bletchingham war nichts von ihm zu sehen.« Jake fuhr auf die Landstraße und beschleunigte.

»Hier weiß auch niemand etwas von ihm.«

»Und von seinem Vater hast du vermutlich nichts gehört?«

»Keine Antwort«, sagte Hannah.

»Das war ja klar«, murmelte Jake.

»Wie bitte?« Zum Glück hatte Hannah ihn nicht verstanden.

»Ach, nichts, hab bloß laut gedacht. Halte mich auf dem Laufenden – gib mir Bescheid, sobald du was hörst.«

»Mach ich.«

Jake zappte durch die Radiosender und suchte etwas, das ihn ablenken würde, fand aber nichts Geeignetes. Schließlich entschied er sich für Radio Five, ertappte sich allerdings dabei, dass er gereizt vor sich hinmurmelte, als er den Kommentar zum Fußballspiel hörte. Zum Glück war die Autobahn ausnahmsweise einmal ziemlich frei, und die Fahrt verging überraschend schnell.

Als er in Salford angekommen war, rief er Hannah an. »Bin schon auf dem Weg zu deinem alten Haus«, sagte er, während er sich von seinem Navi durch die Straßen leiten ließ. O Mann, es war seltsam, wieder hier oben im Norden zu sein.

Vierunddreißigstes Kapitel

Aus dem Flur fiel ein Lichtschein auf den schmalen Gehweg. Jake ignorierte die Klingel und wummerte an die Haustür. Dabei wippte er auf den Fußballen wie ein Boxer, aus Besorgnis, sagte er sich, in Wahrheit aber wollte er Hannahs Ex eine reinhauen, wenn er aufmachte. Doch zum Glück schlug er nicht gleich zu, als die Tür sich öffnete, denn vor ihm stand eine blonde Frau mit Pferdeschwanz, die sich in einen flauschigen grünen Bademantel gehüllt hatte. Mit offenem Mund starrte sie ihn an.

»Ist Ben hier?«

Sie gab keine Antwort, sondern glotzte ihn nur weiter an.

»Wer ist denn da, Schatzi?« Aus dem Wohnzimmer ertönte eine Stimme, und Jake hörte die leisen Geräusche einer Comedy Show. Das Publikum lachte.

»Äh«, sagte die Frau nach gefühlt dreißig Sekunden. »Ich will eben – ich meine, nein, Ben ist nicht hier. Er wohnt nicht mehr hier, er lebt jetzt bei seiner Mutter. Gibt's Probleme?«

»Was ist denn los?« In Boxershorts und T-Shirt erschien Phil in der Tür. Er hatte dunkelviolette Ringe unter den Augen und sah verkatert aus.

»Ich suche Ben. Ihren Sohn.« Jake bemühte sich nach besten Kräften, Ruhe zu bewahren.

»Ben?«

Diese beiden schienen sich eine einzige Gehirnzelle zu teilen. Jake schüttelte den Kopf und konzentrierte sich weiterhin darauf, nicht die Beherrschung zu verlieren.

»Er ist verschwunden. Hannah macht sich furchtbare Sorgen. Er geht nicht ans Handy, und seine Freunde im Dorf wissen auch nicht, wo er ist.«

»Und wieso glauben Sie, dass er hier sein könnte?« Phil kratzte sich den Kopf.

»Sie wollen wohl sagen: ›Verdammte Scheiße, ich hoffe, ihm ist nichts passiert‹«, sagte Jake eisig.

»Ja, natürlich. Wie auch immer.«

»O mein Gott«, rief die Frau, als wäre sie gerade wieder zum Leben erwacht. »Jake Lovatt! Hab doch gewusst, dass ich das Gesicht von irgendwoher kenne.«

»Hannah hat mir eine Liste mit Adressen von seinen alten Kumpels mitgegeben, damit ich bei denen nachfragen kann. Wollen wir uns aufteilen? Dann würde es viel schneller gehen.«

»Ja, klar«, sagte Phil und stieg dabei in Jakes Ansehen um mindestens einen Punkt. »Bin in zwei Sekunden fertig.«

»Und ich?«, fragte die Frau.

»Du bleibst hier«, sagte Phil und Jake nickte.

Phil brauchte ein paar Minuten, um sich anzuziehen und seinen Autoschlüssel zu finden. Jake nutzte die Zeit, indem er die erste Adresse in sein Navi eingab. Er nickte Phil kurz zu, als er aus dem Haus kam.

»Hier sind die Adressen, die ich habe.«

Er schickte sie Phil aufs Handy, und die beiden Männer teilten sie zwischen sich auf.

»Wenn du irgendwas hörst, ruf mich an, Gemma, okay?«

Gemma nickte. Offenbar war sie immer noch damit beschäftigt, die Tatsache zu verarbeiten, dass sie sich erinnert hatte, wer Jake war. Er schüttelte irritiert den Kopf und wunderte sich wieder einmal, wie sonderbar manche Leute auf ihn reagierten.

In Little Maudley verlor Hannah vor lauter Sorge fast den Verstand. Die Fußballeltern hatten sich im Laden versammelt und gingen jetzt in die Nacht hinaus, um nach Lebenszeichen von Ben zu suchen. Es kam ihr vor, als wäre sie in einen grausigen Sonntagabend-Fernsehkrimi geraten. Sie hatte sich die Lippe blutig gebissen, lief im Laden auf und ab und überprüfte wieder und wieder, ob sie ihr Handy auf volle Lautstärke gestellt und nicht aus Versehen stumm geschaltet hatte.

»Wie geht's dir?« Nicola legte ihr den Arm um die Schulter. Sie war auf Hannahs Nachricht hin sofort gekommen, was wirklich lieb von ihr war. Laut darüber zu sprechen ließ die Tatsache, dass ihr Sohn verschwunden war, zur Realität werden, jetzt war es nicht mehr bloß ... Hannah atmete aus.

»Meinst du, wir sollten die Polizei rufen?«

Nicola nickte. »Das kann bestimmt nicht schaden.«

»Und wenn er in zehn Minuten aufkreuzt? Dann kriege ich Probleme, weil ich sie umsonst bemüht habe.«

»So was ist eigentlich ganz untypisch für Ben, oder?«

Hannah biss sich wieder auf die Lippe. Der Einzige im Dorf, der von Bens früheren Eskapaden wusste, war Jake. Alle anderen hielten ihn für einen aufgeschlossenen, wohlerzogenen Teenager. Das Problem war – falls sie die Polizei rief, würden die Beamten dann automatisch annehmen, dass Ben wieder seine alten Spielchen trieb?

Hannah zuckte zusammen, weil ihr Handy brummte.

Hab's bei zwei Freunden versucht – bisher kein Glück.

Nicht hinzugefügt hatte Jake, dass man ihm an der ersten Haustür unmissverständlich gesagt hatte, er solle sich sonstwohin scheren, und dann im Nachsatz: »Kian wohnt hier nicht mehr, und wenn Ben irgendwas ausgefressen hat, hat Kian damit nichts zu tun.« An der zweiten Haustür hatte man ihn mit einem vagen Achselzucken und dann der Bitte um ein Autogramm empfangen. Beide Begegnungen hatten ihn nicht gerade hoffnungsvoll gestimmt.

Was hätte er selbst wohl unter solchen Umständen mit sechzehn gemacht? Jake saß im Auto, die Ellbogen auf das Lenkrad gestützt, und sah mit gefurchter Stirn auf die dunkle Straße hinaus. Die Mülltonnen standen für die Abfuhr am nächsten Tag bereit, und die Bürgersteige waren mit Autos zugeparkt. Durch einige Fenster leuchteten noch blendend hell die Fernsehschirme. Ein Mann kam vorbei, die Kapuze des Hoody tief ins Gesicht gezogen, und sprach eindringlich in sein Handy.

Irgendetwas hatte Bens Handlung ausgelöst – etwas hatte ihn wieder dorthin gezogen, wo er hergekommen war, fort von dem neuen Leben, das Hannah ihm bereitet hatte. Ben hatte herausgefunden, dass Phil eine neue Familie hatte – aber was genau hatte ihn so reagieren lassen? Ratlos schüttelte Jake den Kopf.

Er fuhr wieder los, kurvte durch die Straßen und suchte die Bürgersteige ab, bis er auf die heruntergekommene Einkaufspassage stieß. Dort entdeckte er eine kleine Gruppe von Halbwüchsigen, die mit einem BMX-Bike Blödsinn machten. Als Jake ausstieg, roch er den Rauch von irgendwas Illegalem.

»Alles klar?«

»Achtung, da schleicht sich ein Pädophiler an«, sagte einer, und die anderen lachten.

»Ihr habt nicht zufällig einen Jungen namens Ben gesehen?«

»Ben Reynolds?«

»Genau den meine ich.« Jake atmete auf, wollte sich aber noch keine Hoffnungen machen. »Ist er euch heute begegnet?«

»Vor einer halben Stunde war er noch unten im Park. Ich hatte ihn seit Ewigkeiten nicht gesehen.«

»In welchem Park?«

»Sag ihm das nicht!«, warnte einer der anderen Jungen, »du weißt nicht, wer der Typ ist.«

Das grelle Weiß einer Handylampe blendete Jake. Sie leuchtete ihm direkt ins Gesicht.

»Aber ich weiß es«, sagte ein anderer. »Das ist Jake Lovatt. Was machen Sie denn hier?«

»Ich bin auf der Suche nach Ben.«

»Wieso das?«

»Er ist – er ist der Sohn von meiner Freundin.«

»Ach ja?«, grölte der Wortführer, »Freundin«, säuselte er dann.

»In welchem Park?« Jake würde sich von diesen Burschen nicht verarschen lassen.

»Greenbank. Hinten am Ende von der Harroway Road.«

»Danke.«

»Kein Problem.« Noch während Jake sich abwandte, blitzte ein Handy auf. Ein Foto.

Der Greenbank Park war nicht beleuchtet, und Jake stapfte

durch das nasse Gras und spähte in die Dunkelheit, konnte aber nichts entdecken.

Sein Handy meldete sich.

»Was gefunden?«

»Nichts.«

»Ich versuche es jetzt bei den letzten beiden Adressen«, sagte er zu Phil. »Dann können wir uns wieder bei Ihnen treffen.«

»Guter Plan.«

In keinem der beiden Häuser hatte Jake Erfolg. Eins stand leer, und bei dem anderen kam ein junges Mädchen in einem Snoopy-Schlafanzug an die Tür und sagte, nein, ihr Bruder sei nicht da, und sie habe Ben schon seit Monaten nicht mehr gesehen.

»Er ist doch in den Süden gezogen, oder? In irgendeine noble Gegend.«

»Danke«, sagte Jake und sprang wieder in den Wagen.

Er bog gerade wieder in die Beulah Avenue ein, da sah er eine bekannte Gestalt auf Hannahs frühere Haustür zuwanken. Sein Herz machte einen Satz. Er trat auf die Bremse und sprang aus dem Wagen.

»Ben!«

Ben drehte sich um, sah ihn aber an, als könne er sich nicht richtig erinnern, wer er war. Jake brauchte einen Moment, dann begriff er, dass der Junge betrunken war. Schwankend lehnte er sich an die Haustür und schlug mit der Faust dagegen.

»Dem werd ich sagen, was ich von ihm halte. Der war immer so scheiße!«

»Komm mit rein«, sagte Jake. Die Tür öffnete sich, und Gemma sah sie beide an, immer noch staunend und eindeutig kein Mensch, auf den man in einer Krisensituation bauen konnte.

»Können wir reinkommen?« Jake war ungeduldig.

»Ach so! Sorry, ja.« Sie trat zurück.

»Wer sind Sie denn?« Ben wirkte verwirrt. »Ach –«

Jake legte ihm den Arm um die Schultern, um ihn zu stützen, und führte ihn auf die Treppe zu. Dort sackte Ben zusammen. Er versuchte, den Kopf in die Hände zu legen, was ihm aber nicht gelang, sodass er wie eine Stoffpuppe umkippte.

»Wo ist Dad? Will ihm sagen, was ich von ihm halte«, nuschelte er.

»Ich bin hier.«

»Wollen wir ihm eine Tasse Tee machen?«, wandte Jake sich an Gemma. »Und den beide die Möglichkeit zum Reden geben?«

Sie nickte und führte ihn in die Küche. Auf dem Tisch lag ein Stapel mit zusammengefalteten kleinen Schuluniformen.

»Wie viele Kinder haben Sie?«

»Zwei. Connor und Kelsey.«

»Okay.« Jake deutete auf den Wäschestapel. »Hatten die beiden es Weihnachten schön?«

Gemma füllte den Wasserkessel und stellte ihn an. »Sehr schön, danke.«

»Und Sie sind nicht auf den Gedanken gekommen, dass es vielleicht gut gewesen wäre, wenn Phil Ben in Little Maudley besucht hätte?«

Gemma holte Becher aus dem Schrank, hängte in jeden

einen Teebeutel und nahm Milch aus dem Kühlschrank. Jake wartete auf eine Antwort.

»Doch, ich hab daran gedacht.« Sie lehnte sich gegen die Arbeitsplatte. »Ich wollte bloß ... ich wollte Phil ein bisschen für mich haben, bevor wir in diese ganze Patchwork-Geschichte verwickelt werden.«

»Ernsthaft?«

Sie blickte auf den Küchenfußboden und rieb mit dem bestrumpften Fuß über die Fliesen. »Ich weiß. Das klingt egoistisch, oder?«

»Das können Sie laut sagen.« Jake schüttelte verzweifelt den Kopf. »Haben Sie sich denn nicht überlegt, wie es Ben damit gehen könnte? Er ist ein lieber Kerl, wissen Sie.«

»Ja, ich weiß ...« Gemma stockte. »Ich hab eine ganz beschissene Zeit gehabt. Mein Ex ist abgehauen, als die Zwillinge gerade laufen konnten. Phil und ich haben uns kennengelernt, und ich wollte einfach ...«

Am liebsten hätte Jake sie angeschrien, hätte ihr erklärt, wie verdammt hart Hannah arbeitete und wie Phils Verhalten sich auf Ben auswirkte. Aber das hätte wohl nicht viel Sinn gehabt. Gemma war kein schlechter Mensch, sie dachte einfach zuerst an sich selbst und dann erst an andere. Solche Leute gab es viele.

Gemma brachte Ben und Phil ihren Tee. Jake blieb in der Küche und informierte Hannah. Er wünschte sich jetzt nichts sehnlicher, als Ben auf den Beifahrersitz zu packen und die Autobahn hinunter nach Little Maudley zu rasen.

»Jake?« Als er hörte, dass Ben ihn rief, stand er vom Küchentisch auf.

»Ich komme.« Er schob das Handy in die Tasche.

»Ich hab das total vermasselt.« Phil rieb sich verlegen den Kopf.

»Das ist nicht deine Schuld.« Gemma legte ihm den Arm um die Schultern. Jake unterdrückte den Impuls, die beiden darauf hinzuweisen, dass es nicht für gute Elternschaft sprach, wenn man Kinder behandelte, als wären sie überflüssig. Aber was wusste er denn schon? Er hatte ja keine Kinder. Er holte tief Luft und beruhigte sich wieder.

»Also dann, wenn es dir recht ist, sollten wir wohl daran denken, uns wieder auf den Weg zu machen?«

Ben nickte.

»Und vielleicht besuchst du uns hier, bevor die Schule wieder anfängt?«, schlug Phil vor.

»Mal sehen.« Ben wirkte unschlüssig.

Im Auto stellte Jake das Radio an und ließ Ben eine ganze Weile in Ruhe, bevor er ihn ansprach.

»Alles klar?«

Ben nickte.

»Ich glaube, du hast deiner Mutter einen ganz schönen Schrecken eingejagt.«

»Ja.« Ben griff sich an den Kopf. »Ich weiß, ich hab das nicht richtig durchdacht. Hab bloß irgendwie rotgesehen.«

»Das verstehe ich.« Jake setzte den Blinker, weil er sich dachte, dass ein Burger wahrscheinlich helfen würde. »Du hast ein wichtiges Jahr vor dir. Das heißt, du musst dich entscheiden, ob du dich zusammenreißen und wirklich eine Karriere im Fußball anstreben willst oder ob du weiter solchen Mist bauen willst wie heute.« Das war hart, aber Jake wusste, dass Ben es annehmen konnte. Und es war nötig.

»Ich will Profifußballer werden.« Ben wirkte entschlossen.

»Schön. Dann gibt es allerdings weniger davon –« Jake deutete auf das McDonald's-Schild, während er parkte – »denn dann musst du deinen Körper wie einen Tempel behandeln.«

»Uff«, stöhnte Ben.

»Aber ab und zu gibt's mal einen Tag frei«, fügte Jake lachend hinzu. »Ich bin ja kein Unmensch.«

Fünfunddreißigstes Kapitel

Hannah hatte an der Haustür darauf gewartet, dass in der Dunkelheit der Mitternacht die Scheinwerfer von Jakes Wagen auftauchten. Seit Ben am Mittag losgefahren war, schien eine Ewigkeit vergangen zu sein, und ihr war etwas schwindelig vor Erleichterung, dass er nun heil nach Hause zurückkehrte.

»Hier bringe ich einen Teenager zurück, der auf Abwegen war«, sagte Jake, als er Ben zur Haustür begleitete. Hannah schloss ihren Sohn in die Arme, was er gnädig geschehen ließ.

»Ich hab mit ihm gesprochen und ihm aufgezeigt, dass es vielleicht eine gute Idee ist, nicht immer gleich zu verschwinden, wenn ihn etwas stresst.«

»Kann ich jetzt gehen?« Ben trat von einem Bein aufs andere.

»Klar, geh nur.«

Ohne einen Blick zurück trollte er sich.

»Dein Ex ist ein Hohlkopf, wenn ich das mal so sagen darf.«

Hannah prustete vor Lachen. »Deswegen ist er mein Ex.«

»Gute Entscheidung.« Jake zitterte ein wenig.

»Oje, dir muss eiskalt sein. Für unser Dinner ist es jetzt etwas zu spät, aber möchtest du reinkommen und was trinken?«

»Ja, gern, etwas auf die Schnelle.«

Hannah schickte ihn ins Wohnzimmer, wo er sich in seiner ganzen Länge neben Pinky aufs Sofa setzte. Der Kater erhob sich, rieb kurz den Kopf an Jakes Hand und kletterte dann auf seine Knie.

»Das heißt, dass du akzeptiert bist.« Hannah lächelte ihm zu. Es sah tatsächlich so aus, als wäre er hier zu Hause.

»Ist bestimmt ein gutes Zeichen.«

»Das glaube ich auch.«

Jake sah ihr in die Augen und lächelte.

In der Küche fühlte Hannah sich allerdings zerrissen. Es war vollkommen klar, dass Ben sie jetzt brauchte, und da durfte sie nicht zuerst an sich und ihre Wünsche denken. Sie öffnete eine Bierflasche und schenkte zwei Gläser ein.

»Zum Wohl.«

»Danke.« Jake nahm ihr das Glas ab.

Sie setzte sich ans andere Ende des Sofas und der Abstand zwischen ihnen erschien ihr riesengroß.

»Ich –«, begann sie.

»Willst du –«, sagte Jake gleichzeitig und fügte dann hinzu: »Du zuerst.«

»Ich glaube, ich muss mich jetzt um Ben kümmern.«

»Das finde ich richtig.« Jake streckte die Hand aus, und ihre Finger berührten sich. »Ich meine, ich wünsche mir was anderes, aber ich glaube, er braucht dich jetzt.«

»Ja.« Hannah sah ihn über ihr Glas hinweg an.

»Ich möchte, dass Ben das Gefühl hat, dass er sich auf mich verlassen kann«, sagte Jake. »Er ist ein guter Junge.«

»Und du bist ein guter Mensch.«

Hannah atmete tief durch und sammelte Kraft, um sich von dem nettesten Mann zu lösen, den sie je kennengelernt hatte, und ganz für ihren Sohn da zu sein.

»Das musst du gerade sagen.« Jake verzog das Gesicht. »Aber im Ernst, ich bin froh, dass wir uns kennengelernt haben.«

»Ich auch.« Sie hakte ihren kleinen Finger in seinen, und Jake zog sie sanft zu sich. Hannah stellte ihr Glas auf dem Couchtisch ab und lehnte sich an ihn. Sie spürte seine Wärme, doch als sie ihm die Hand an die Wange legte, fühlte sie auch, wie angespannt er war.

»Wir können Freunde sein«, sagte sie und musste sich mühsam beherrschen, um ihn nicht zu küssen.

»Auf jeden Fall.« Jake ergriff die Initiative. Er drückte ihr einen Kuss auf die Stirn, dabei legte er ihr die Hand in den Nacken, und seine Finger spielten mit ihren Locken.

Hannah hob den Kopf. Ihre Lippen fanden sich, und ihr Kuss war kurz, aber so intensiv, dass beide nach Atem rangen. Jake richtete sich auf.

»Ich weiß nicht, ob Freunde sich so küssen«, sagte Hannah.

»Wohl kaum.«

»Alles gut, ich kann mich sehr gut beherrschen.«

»Ich mich auch.« Jake trank von seinem Bier und lehnte sich wieder zurück. Pinky war aus Protest von seinen Knien gesprungen und stand jetzt laut miauend vor ihm.

»Gut, dann ist das ja geklärt.«

»Schön.« Jake sah ihr in die Augen. In seinem Blick las Hannah nichts als Verlangen.

»Mum!« Ben kam ins Wohnzimmer gestürzt. »Hast du meine Adidas-Tasche gesehen?«

Sie fuhren auseinander. Hannah sprang auf die Füße, und Jake richtete sich kerzengerade auf. Wäre er nicht noch so jung gewesen, überlegte sie später, dann hätte Ben sicherlich gemerkt, dass zwischen ihnen etwas war. Aber zum Glück war er sechzehn und ganz und gar mit sich selbst und seinem eigenen Leben beschäftigt, daher blieb er nichtsahnend stehen und bemerkte nur in Jakes Richtung: »Ach, du bist noch da?«

Jake lachte. »Ja, aber schon auf dem Sprung.«

»Ich bringe dich zur Tür«, sagte Hannah, und Ben ließ sich aufs Sofa plumpsen, um eine Fernsehsendung zu gucken.

Im Flur war es dunkel. Jake zog Hannah an sich und drückte sie fest an seine Brust.

»Das ist aber keine freundschaftliche Umarmung«, sagte sie in seinen Pullover.

»Nein?« Er ließ eine Hand an ihrem Arm hinunterwandern, nahm ihre Hand und küsste ihre Fingerspitzen, eine nach der anderen. Dann senkte er den Kopf und küsste sie auf die Lippen, erst zart, und dann so, als wäre es das letzte Mal.

»Wir bleiben also Freunde.« Er öffnete die Haustür.

»Ja. Pscht.« Hannah legte den Zeigefinger an die Lippen.

»Gut. Das kriegen wir hin.«

Drei Monate später

Hannah stand an der Seitenlinie und dankte den Wettergöttern dafür, dass der Samstag ausnahmsweise einmal Sonnenschein und schon einen Hauch von Frühlingswärme gebracht hatte.

»Herrlicher Tag«, sagte Helen, die mit ihren Hunden unterwegs war. Sie gab Hannah zur Begrüßung ein Küsschen auf die Wange.

»Schön, oder?« Hannah blickte über den Platz zu dem Mann hin, der gerade mit Jake sprach. Er hatte schon die ganze Zeit dort gestanden, das Spiel beobachtet und gelegentlich telefoniert. Die Jungen hatten brillant gespielt und ihre Rivalen um den Platz an der Spitze der Liga mühelos mit vier zu null geschlagen. Gerade ertönte der Schlusspfiff, sie klatschten sich ab und schüttelten der anderen Mannschaft die Hände. Als Jake sie zur Nachbesprechung zusammenrief, entschuldigte Hannah sich.

»Ich möchte einfach hören, was er zu sagen hat«, erklärte sie Helen. Die anderen Eltern, die das Spiel beobachtet hatten, waren bereits über das Absperrseil gestiegen und wanderten über den Platz.

»Ihr wart großartig«, sagte Jake zu den Jungen und verteilte Wasserflaschen. »Die Mannschaft ist nicht einfach, aber eben sah es aus, als würdet ihr gegen Zwölfjährige spielen.«

»Kurz nach der Halbzeit hätte ich den Ball fast nicht gehalten«, sagte der Torwart kopfschüttelnd.

»Aber nur fast.« Jake legte den Zeigefinger an die Lippen

und brachte ihn so zum Schweigen. »Beim Fußball geht es immer darum, was tatsächlich auf dem Platz passiert, nicht darum, was vielleicht hätte sein können.«

Er sah kurz zu Hannah hinüber, begegnete ihrem Blick, und ihr Herz zog sich zusammen. In den vergangenen drei Monaten hatte sie sich so sehr bemüht, Abstand zu halten, und Jake seinerseits hatte es genauso gemacht. Am Fußballplatz waren sie Woche für Woche höflich und professionell gewesen, wenn sie sich trafen, und Hannah hatte ihre gesamte Energie in Ideen gesteckt, wie sie die Buchhandlung noch erfolgreicher machen könnte. Sie hatte begonnen, auch neue Bücher zu verkaufen – Wanderführer und eine Biografie von Bunty und ihrer Arbeit während des Zweiten Weltkriegs, die Lucy verfasst hatte. In der letzten Woche hatten Lucy und sie zur Buchpräsentation eingeladen, und fast das ganze Dorf war erschienen, noch dazu im Stil der 1940er Jahre gekleidet, um mitzufeiern.

Ben war richtig in Little Maudley angekommen und glücklich. Er hatte überraschend gute Noten bekommen, und wenn er so weitermachte, würde er einen guten Abschluss machen und dann Sport studieren können. Ein Angebot der Ridgeway Grammar School für ein Sportstipendium hatte er mit der Begründung abgelehnt, er habe keine Lust, mit einem Haufen reicher Jugendlicher rumzuhängen. Jake war im Stillen hocherfreut gewesen, das zu hören.

Sarah hatte sich in Spanien niedergelassen und machte in einem Schönheitssalon in Málaga eine Ausbildung zur Kosmetikerin. Ihr Ex war mit einem Auto voller gestohlener Sachen erwischt worden und hatte eine Anzeige wegen

Diebstahls bekommen. Es sah ganz so aus, als würde sein Schicksal ihn schließlich doch noch ereilen. Und Phil hatte tatsächlich Anstrengungen unternommen, sich zu bessern – er war mit Gemma und ihren Zwillingen nach Little Maudley gekommen, und sie hatten alle zusammen etwas verlegen im Pub Mittag gegessen. Doch Ben schien mit dem Arrangement zufrieden zu sein, und Hannah war überrascht, aber auch froh gewesen, dass er einen Teil der Frühjahrsferien in Salford verbringen wollte. Sie hatte sich zwar die ganze Zeit Sorgen gemacht, dass er wieder in sein altes Verhalten abrutschen und sich Ärger einhandeln könnte, doch nichts dergleichen war geschehen. Als er nach Hause gekommen war, von Kopf bis Fuß in neues Sportzeug gekleidet, das Phil ihm spendiert hatte, hatte er ihr erzählt, er sei mit seinen alten Freunden aus der Grundschule zusammen gewesen.

»Gut, das ist alles«, sagte Jake und entließ seine Mannschaft. »Ihr könnt abhauen.«

Der Mann, der an der Seitenlinie gestanden hatte, hielt sich immer noch in der Nähe auf. Vielleicht war er ein Vater, den sie nicht kannte? Hannah lächelte ihm höflich zu.

»Ben«, Jake legte dem Jungen die Hand auf den Arm, »kannst du noch kurz hierbleiben?«

Ben nickte.

»Hannah, dafür brauche ich dich auch eben.« Jake sah sie an.

»Das ist Rob«, stellte Jake den Unbekannten vor. »Er scoutet für Oxford United.«

Ben sah aus, als würde er gleich in Ohnmacht fallen. So reglos und so stumm hatte Hannah ihn noch nie gesehen.

»Hallo.« Hannah schüttelte Rob die Hand. Sie nickte Ben fast unmerklich zu, woraufhin dieser aus seiner Erstarrung erwachte und ihrem Beispiel folgte.

»Rob hat sich einige Spiele angesehen.«

»Genau.« Rob nickte. »Und ich möchte – oder besser, *wir* möchten – dir einen Platz an der Akademie anbieten, Ben, falls du daran interessiert bist.«

»Meinen Sie das ernst?«

Rob schmunzelte. »Ja, allerdings.«

»Wahnsinn.«

»Diesen Teil meines Jobs liebe ich.« Rob lachte in sich hinein. »Das wird mir nie langweilig.«

»Wir reden hier über ernsthaftes Training, Ben, und du wirst in aller Herrgottsfrühe aufstehen müssen, um morgens rechtzeitig in Oxford zu sein.«

»Das kriege ich hin.« Ben nickte heftig.

»Ich mache jetzt einen Vorschlag«, sagte Rob. »Ich habe den Papierkram im Auto, drüben auf dem Parkplatz. Komm doch mit, dann kannst du dir das ansehen, und wir können deine Mutter bitten, zu unterschreiben.«

»O ja, bitte.« Ben klang plötzlich viel jünger. Er schien von innen heraus zu leuchten. Hannah sah zu Jake hinüber, der breit grinste.

»Ich hab dir ja gesagt, dass er das Zeug dazu hat.«

»Lass uns gehen, Junge«, sagte Rob. »Die beiden können ja nachkommen.«

Hannah und Jake blieben stehen, und beide beobachteten, wie Ben in angeregtem Gespräch mit Rob über den Fußballplatz ging.

»Dafür, dass du befürchtet hast, der Junge könnte aufs falsche Gleis geraten, ist das nicht schlecht«, sagte Jake.

»Das war alles dein Werk. Du hast es ihm ermöglicht«, erwiderte Hannah. Sie sah Jake an und spürte wieder einmal, dass ihre Gefühle sich kein bisschen verändert hatten.

»Nein, das war dein Werk, Hannah. Du hast ihn an erste Stelle gesetzt, du hast für ihn getan, was du konntest – und ich glaube, jetzt ist es Zeit.«

»Zeit für was?« Hannah wagte kaum zu atmen.

»Zeit für dich.« Er machte einen Schritt auf sie zu und vergewisserte sich dabei kurz, dass Ben und Rob weiter zum Wagen unterwegs waren und ihnen den Rücken zukehrten. »Und für uns.«

Hannah nickte kaum wahrnehmbar. »Und was ist mit –«

»Darum kümmern wir uns, wenn es so weit ist. Aber jetzt geht es um dich.« Er nahm sie in die Arme und küsste sie ganz kurz. »Na ja, um dich und um mich«, sagte er lachend. »Ich kann mich nicht mehr lange so zurückhalten. Das haben wir jetzt verdient, finde ich, oder etwa nicht?«

»Doch.« Sein Mund lag schon fast auf ihrem, als sie sagte: »Das finde ich auch.«

Sie gingen über den Platz zu Robs Wagen und sprachen dort noch eine Weile über die praktische Seite von Bens beginnender Fußballkarriere. Sie planten, in der nächsten Woche zu den Anlagen von Oxford United zu fahren, um zu sehen, was ihn dort erwartete, und um die Trainer kennenzulernen. Dann machte Rob sich mit fröhlichem Winken auf den Rückweg und ließ die drei auf dem Parkplatz stehen.

»So«, sagte Ben. Er sah Jake und Hannah an und bemühte sich, sein Grinsen zu unterdrücken.

»So?« Hannah verschränkte die Arme und musterte ihren Sohn.

»Hört ihr beiden jetzt auf, umeinander rumzuschleichen?«

»Wie meinst du das?« Mit einem Lächeln in den Mundwinkeln sah Jake Hannah an.

»Ach, komm.« Ben schüttelte den Kopf. »Ist doch ziemlich offensichtlich, was hier läuft.«

»Gar nichts läuft hier«, sagten Hannah und Jake einstimmig. »Wir sind bloß –«

»Ja, genau«, spottete Ben. »Bloß Freunde.«

»Das stimmt!«, protestierte Hannah.

»Hm-hm.« Ben nickte.

Hannah winkte aus der Ferne Nicola zu, die mit ihrem Mann einen Samstagnachmittagsspaziergang machte. Der Himmel war blau und kündigte den Frühling an, und bei dem Gedanken, dass sogar ihr größter Wunsch sich vielleicht noch erfüllen würde, wurde ihr plötzlich ganz leicht ums Herz.

»Also«, sagte Ben so langsam, als versuche er, kleinen Kindern etwas zu erklären, »falls ihr euch doch entscheiden solltet, dass ihr mehr seid als *bloß Freunde*« – er zeichnete Gänsefüßchen in die Luft –, »dann will ich nur sagen, dass das für mich okay ist.«

»In Ordnung.« Jake lachte.

»Wir behalten es im Sinn«, fügte Hannah hinzu.

»Gut.« Ben nickte. »Aber vielleicht könntet ihr die öffentliche Knutscherei auf ein Minimum beschränken. Denn *das eben*« – er deutete auf den Fußballplatz, auf die Stelle, wo sie sich geküsst hatten, in der Annahme, er sei so in sein Gespräch mit Rob vertieft, dass er es nicht mitkriegen würde – »war mehr als krass. Ehrlich.«

Und damit sprang er lachend auf sein Fahrrad und sauste davon, während sie sprachlos stehen blieben und amüsiert die Köpfe schüttelten.

»Also gut«, sagte Jake dann. »Ich finde, da wir ja jetzt die Erlaubnis bekommen haben, sollten wir noch mal neu anfangen. Ganz offiziell.«

»Ich finde«, sagte Hannah, als er sich zu ihr beugte, um sie zu küssen, »da hast du recht.«

Dank

Ein Buch in dieser Zeit zu schreiben war eine ungewöhnliche Erfahrung. Doch es gibt insbesondere zwei Menschen, die dafür sorgten, dass es zustande kam – ein riesiges Dankeschön an Amanda Preston, meine Agentin, die Tag und Nacht für mich da ist und immer die richtigen Worte findet, mich zum Lachen bringt und überhaupt ein Wunder ist. Und ein weiteres riesengroßes Dankeschön an Caroline Hogg, meine Lektorin, die sich mit mir getroffen hat (in einer der kurzen Phasen, in denen wir uns mit anderen treffen durften), mich zum Brunch eingeladen hat und mit mir um einen Park in Buckinghamshire herumgewandert ist, während wir die Geschichte, die ich verknäuelt im Kopf hatte, ausarbeiteten. Danke auch an das geniale Team bei Pan Macmillan, das hinter den Kulissen sehr hart gearbeitet hat, um daraus ein Buch zu zaubern.

Ebenfalls bedanken möchte ich mich bei den wunderbaren, inspirierenden und genialen Leuten von *Book Camp* und den *Word Racers* – ich mag euch sehr. Besonders liebe Grüße und Dankbarkeit gehen an Cathy Bramley, Alice Broadway, Miranda Dickinson, Josie George, Caroline Smailes, Keris Stainton und Hayley Webster, die alle dafür gesorgt haben, dass ich in diesem sonderbaren Jahr nicht (jedenfalls nicht völlig) den Verstand verloren habe.

Allerliebste Grüße (und Kartoffeln) an Melanie Clegg und Violet Fenn (für völlig unangebrachten Klatsch). An Jax und Elise ein riesengroßes liebes Dankeschön dafür, dass sie immer da sind.

An Verity, Rosie, Archie, Jude und Rory: Danke dafür, dass ihr die denkbar liebsten und lustigsten Leute seid, mit denen man Pandemiezeiten verbringen kann. (Ich hätte nie gedacht, dass ich einmal diesen Satz schreiben würde.)

Und ein Dankeschön an James, der wegen des Lockdowns viel an meiner Seite war, während ich dieses Buch schrieb: Danke für die Liebe und die Inspiration. Du bist der Beste.